職人影視原創劇本 / 影像寫真書

TEARS ON FIRE

公視　my Video

編劇

蔡銀娟、李志薔、曾群芳

晨星出版

　　寫評論越久，越覺得溫情主義是很危險的東西。一旦劇本遇到卡關無論怎麼都過不去，只要加點溫情主義，把觀眾的淚水催出來，一切疑難雜症便統統解決，關於此道日劇韓片乃是箇中高手，台片台劇急起直追，不僅偶像劇和八點檔長壽劇時不時就用溫情主義去餵養觀眾賺收視率，現在甚至連很多瞄準市場的紀錄片都依樣畫葫蘆。

　　很不尋常地，以打火兄弟為題材的消防職人劇《火神的眼淚》，並沒有落入溫情主義的窠臼，也沒有流於淺薄的英雄造神之路。十集的篇幅，四個主要角色，一個是無法擺脫幼時兄長之死而背棄音樂世家出身走上打火之路，一個是出身貧困為分擔家計成為消防員卻發現自己的使命和熱情遭現實與制度無情磨蝕，一個始終無法在消防員的工作和丈夫、父親三重角色之間找到平衡，還有一個則是從小活在母親失婚的陰影下力圖透過女性也能做好消防員的工作來證明自己，假如只看前兩集，很容易誤解《火神的眼淚》走的是標準日式職人劇套路：一話一完結，每話安排稀奇古怪的客場人物現身與上述四個主場角色互動，藉由完成客場人物的心願或難題，逐一化解主場人物心結，最終再以一場驚天大火決定幾個關鍵人物去留。

　　不過《火神的眼淚》無意依循套路，它有非常多機會可以將自己打造成一齣摧枯拉朽的煽情狗血劇，但身為編導的蔡銀娟（另兩位聯合編劇為本劇製作人李志薔和曾群芳）卻沒有譁眾取寵地一味「去脈絡化」片中種種悲情和憤怒，反倒以非常縝密細膩的鋪陳方式，有條不紊剝開劇中幾名要角的內在層次，讓觀眾感同身受他們的艱難處境，理解他們的憎恨與恐懼。

　　蔡銀娟並非科班出身，大學主修是社工，研究所遠赴英國取得插畫碩士學位，回國後出版繪本、然後斜槓編劇，再來開始自編自導，2012年完成描述兄弟情誼的家庭劇《候鳥來的季節》獲得矚目，2016年推出從兒童視角看待親人離世的療癒作品《心靈時鐘》，《火神的眼淚》是她首齣連續劇作品，職人題材乍看與過往作品內容差距甚大，但細究其內核，其實與前兩部電影不約而同聚焦在家庭遭逢變故以致分崩離析，家族成員如何從衝突走到彼此和解，在面臨生離死別的情況之下如何自我調適，

高雄人，寫影評，策劃影展，也在大學教電影，著有《台灣電影愛與死》、《她殺了時代：重訪日本電影新浪潮》、《台灣電影變幻時：尋找台灣魂》。

以及人生在世面對突如其來的天災人禍及堅不可摧的僵化體制力如何不從心此一共通母題。在職人與職場專業領域的表皮之下，真正推動《火神的眼淚》劇情前進的，始終是社工學位賦予蔡銀娟對於人性和社會的犀利觀察、以及悲憫與批判間取得平衡的人道關懷。

蔡銀娟擅長寫生離死別，《火神的眼淚》正是一齣由各式各樣生離死別堆砌而成的多線敘事。火場無情，人間有情，劇本從打火兄弟的角度去看惡火之下的人性美善和醜惡、強大與卑微，同時也把視野擴及消防隊員與自家父母兄弟朋友若即若離的情感關係。在職場方面，這個劇本除了如實呈現消防隊員包山包海長期過勞且裝備匱乏的窘況，也把警消官商醫藥環環相扣的社經利益網絡描繪得淋漓盡致，甚至火災及意外現場千奇百怪的人性反應都囊括其中，可以説蔡銀娟沒有放棄任何一個角色，即便只是旁觀叫囂的憤怒路人，她都努力提供觀眾一個思辨的空間、一條有歷史有前因後果的脈絡。

在這個網路公審氾濫、群眾易受有心人士操弄而容易陷入理盲而濫情的失控狀態的21世紀今日，《火神的眼淚》把頌揚消防隊員的英勇熱血篇幅縮減至最少，反倒耗費更多篇幅去辯證在集體焦慮的社會景況下執行公務的何等艱難以及明哲保身的何等必要，這齣劇的英雄們比過往台灣職人劇主人翁有著更多的遲疑與困惑、更多的徬徨與不確定，它告訴我們在現實中從來就沒有「從此幸福快樂」這回事，絕望與希望是並行的，正如黑夜之後黎明終將到來，但是白日過後仍須面對黑夜，每個個體生命所要作的就是勇敢面對未來，好好的向前走。

《火神的眼淚》是一個關於集體療癒的故事，它的對象不只是打火兄弟，而是整個台灣。

影評人、作家　鄭秉泓

2021.5.6

很多人常問我，當初為什麼會想要拍攝這麼困難的戲？

眾所皆知，消防類型的電影或影集技術難度相當高，所需要的資金相對也高。歐美、日韓和香港等地區，也都有拍出許多膾炙人口的打火英雄片，雖然因為技術難度的原因，並不很多，但電影已經有朗霍華導演的《浴火赤子情》、香港謝霆鋒主演的《救火英雄》，影集也早就有美國的《芝加哥烈焰》、《19號消防局》跟《911緊急救援》，這些早已是觀眾們耳熟能詳的作品了。

然而，當初讓我開始想拍攝消防職人劇的原因，並不是前述那些影片，而是前幾年台灣發生了許多消防員殉職的大火，震驚全台。等我閱讀一些相關報導後才發現：這二十年來台灣消防員殉職率之高，慘烈程度堪稱鄰近國家之冠。為什麼台灣消防員的傷亡如此多又如此頻繁？而且，台灣消防人力嚴重不足、過勞與雜務太多的狀況，也令人訝異跟擔憂。我想現在是一個適當的時機，藉著《火神的眼淚》這部影集，來喚醒社會對消防議題的重視與討論。

因為我覺得，社會先要有察覺，進而才能有討論和改善。這也是身為一個創作者的責任：透過作品向我們的社會探問，並且反映當代重要的社會議題。

但我們也了解這個題材的難度。因此，在孕育《火神的眼淚》時，製作人李志薔就提出了一個藍圖：希望這部影集能為台灣影視產業的升級拋磚引玉，期許能突破台劇新類型的挑戰，接軌國際影視。

我們的另一個企圖是：希望打造出一部具有台灣在地特色的消防職人劇。因為《火神的眼淚》在爆破、特效和場景技術上也許很難匹敵歐美，在總體預算和製作時間甚至可能只有人家的十分之一；但我們期盼，本劇在深刻度、在社會議題的探索以及情感的連結性上，是可以跟國外一較短長的。

在《火神的眼淚》裡，雖然所有的縣市、消防分隊跟人物都是虛構的，但是他們所面臨的困境，卻是真真實實發生在台灣這片土地上。

劇中的四位主角：英勇消防員張志遠、冰山消防員徐子伶、正義消防員林義陽、爸爸消防員邱漢成，都是大員市同安分隊的隊員。我想透過他們，來呈現一些常見於台灣消防員的議題。劇中，這些以搶救人命為己任的消防員，有如一群在煉獄裡和死神拔河的人，我想透過各種不同的兩難情境，來呈現他們的愛與困頓、勇氣與犧牲。因為，往往在這樣緊急甚至危險的情境下，益發彰顯世態之炎涼，和人性之高度。

當然，影集裡一定會有愛情、友情和親情這些元素，這些是人類的共感、是劇本裡基本要處理的東西。但我更希望，透過他們的故事，來照見許多社會和消防體制的問題，也碰觸到一點關於生命的真諦。

此外，本劇還透過各種救護或救援過程，觸及了不同面向的社會議題，例如器官捐贈、臨終遺願、關廠工人、同志婚姻、網路國際詐騙等。更重要的是，我想透過幾個重要的配角，來呈現我對台灣消防制度甚至整個民主社會的省思。無論是預算的編列、媒體與民代的影響、民調與民意的盲點、社會大眾對於工會與遊行的刻板印象等。許多議題我自己也沒有答案，但我希望這是一個起點，期盼更多人可以來關心這些長期被忽視的問題、思索我們的成見，並持續追蹤這些與我們息息相關的社會議題。

在本劇第九集末尾，有一段台詞說：「如果你今天救一個人，他可能可以幫助五個人，而這五個人之後可以幫助更多人，那這個世界就會不一樣了。」這不但是所有救人工作最重要的核心、是許多消防員的理念與初衷，也是我透過這個影集所想要彰顯的價值。

台灣是一個民主自由的社會，這片土地上住著許多關懷彼此的人們。我相信透過更多的討論、反省、改變與行動，可以讓這個社會更進步，我也期盼台灣能成為更美好的世界，讓生活在其中的人都能幸福。

《火神的眼淚》導演／編劇統籌　蔡銀娟

2021.4.15

　　2015年，剛當完消防替代役的好友英儒來台北拜訪蝸居在小套房的我跟我的男友孟謙。蹲了分隊一年的英儒跟我們大肆爆料關於消防隊的各種鬼故事，基本上沒有鬼，但人比鬼可怕很多。那個晚上打開了我們對消防員這個職業的想像，我跟孟謙甚至選了其中一則故事做短片的發想，但遲遲沒有機會拍攝出來。直到2018年，銀娟導演帶著我們參加公視的劇本孵育計畫說明會，在熱絡的討論中，我們揣在懷裡的劇本跟導演想發展的題材不謀而合，於是《火神的眼淚》便漸漸長出了雛形。

　　在那之後的兩年間，導演跟我為了瞭解我們一點都不熟悉的消防員職業，在台灣東奔西跑打擾各分隊，幸運的是遇到很多願意聯絡幫忙的人，而且各縣市的消防局都歡迎我們去拜訪，田野調查期間我們悄悄扮成志工，跟著救護車、消防車出勤。不過我跟銀娟導演的體質似乎都很好，一旦下分隊，那天的勤務便是少之又少，這應該是值得高興的事。為了取材，後來甚至有好幾天我們決定在消防分隊的沙發上過夜，深怕錯過警鈴響起。

　　每個縣市的消防分隊因為地理環境還有各地方政府資源不同，所以不管是制度或是實作上都存在著差異，但相同的是民眾對於這份工作不理解所導致的無理取鬧，以及基層消防員們因為複雜繁多的工作內容而精疲力竭。我們遇過大部分的消防弟兄對於他們遭遇到的待遇選擇的幾乎都是默默承受，「消防跟救護工作我做起來能救人，比起那些讓我更累的是寫報告，好多報告要寫」，我從不同的消防員口中聽到好多次一樣的話。在田調期間聽到的故事跟心情不計其數，我們一縷縷地收集了這些真實發生在他們生活中的片段，編織進劇本，盡力讓這些現實表現出百分之一。

在劇本完成即將進入拍攝的階段，剛好發生台中大雅火災，不幸又有兩名消防員喪生。關心消防員權益的民間團體在立法院前面展開追思活動，我在劇組下班之後到那裡支持。現場有幾位在劇本寫作階段幫很多忙的消防員，他們跟我說殉職的消防員是同期的朋友，希望我們能好好把劇做出來，我當下說不出話，梗在喉嚨裡的那個「好」幾乎要從眼角流出來，我才理解這個劇本有多大的責任。

在拍攝的前置階段，導演組的大家陪著我們把劇本中許多關於救護及消防的細節更加落實，製片組溝通協調將資源串連加以安排。到了拍攝期這個劇組更是為了達成劇本中的各式困難場面花費偌大的心力，只為了讓畫面的每一處細節更貼近真實，而後來的成品非常震懾人心。

我很慶幸有這次機會能跟冬候鳥電影的銀娟導演、志薔哥還有湯哥兩位製作人合力完成這個劇本，並且有幸參與拍攝過程，且在最後看到自己的文字化為影像躍上螢幕，這個過程中還要感謝的人太多了：為我們牽線的、給劇本意見的、持續陪伴的……，如果沒有這麼多人伸出援手，我想這個劇本也寫不成。希望看完故事的朋友們能實質地為消防員們帶來一些撫慰與改變，也期許劇本中荒謬與無奈的劇情在未來回頭看時，都能只是令人莞爾一笑的純屬虛構。

編劇　曾群芳
2021.4.25

目次　Content

第一集　日常⋯⋯⋯⋯⋯⋯⋯⋯⋯⋯⋯⋯⋯⋯⋯⋯⋯⋯⋯⋯⋯⋯⋯⋯⋯⋯⋯⋯⋯⋯⋯⋯⋯⋯⋯⋯⋯⋯*18*

- 寫真全紀錄／故事從一場住宅火警開始，這是同安消防分隊日常又忙亂的午後，火場外的衝突跟火場內的驚險同時進行著，一直忙到半夜的大家都疲憊不堪。第二天下班後，張志遠、徐子伶、林義陽、邱漢成四位消防員又須面對各自的生活⋯⋯

第二集　遺願⋯⋯⋯⋯⋯⋯⋯⋯⋯⋯⋯⋯⋯⋯⋯⋯⋯⋯⋯⋯⋯⋯⋯⋯⋯⋯⋯⋯⋯⋯⋯⋯⋯⋯⋯⋯⋯⋯*66*

- 寫真全紀錄／平靜的溪邊起了騷動，張志遠跟隊友們前往救溺，事後卻意外撞見他的國小老師。剛生產完的邱妻請求邱漢成轉行，錯愕的他十分為難。徐子伶去救護一位癌末老太太，對方卻哀求將救護車違規繞去她童年的海邊看看，因為這是她人生最後的願望。奉公守法的徐子伶陷入掙扎⋯⋯

第三集　SOP⋯⋯⋯⋯⋯⋯⋯⋯⋯⋯⋯⋯⋯⋯⋯⋯⋯⋯⋯⋯⋯⋯⋯⋯⋯⋯⋯⋯⋯⋯⋯⋯⋯⋯⋯⋯⋯⋯*98*

- 寫真全紀錄／邱漢成去打火時，為了怕火勢延燒而緊急破門，不料事後卻有了大麻煩。常酗酒路倒的老吳延誤了林義陽去搶救另一個瀕死民眾的時機，林義陽怒不可抑。出救護任務的張志遠想為命危病患進行氣胸穿刺，但醫生卻拒絕授權；同一時間，也出救護任務的徐子伶遇到難搞民眾，一路催他們飆車⋯⋯

第四集　兩難⋯⋯⋯⋯⋯⋯⋯⋯⋯⋯⋯⋯⋯⋯⋯⋯⋯⋯⋯⋯⋯⋯⋯⋯⋯⋯⋯⋯⋯⋯⋯⋯⋯⋯⋯⋯⋯*146*

- 寫真全紀錄／林義陽又遇酗酒路倒的老吳，卻意外從小辣椒口中得知老吳的另一面。張志遠婉拒到張父的基金會工作，哥哥的幻影卻質疑他的決定。邱漢成出救護時，報案人要求趕快破門以搶救人命，但按照消防局新公布的準則，邱漢成必須等警察跟里長到場後才能破門，他不禁陷入天人交戰⋯⋯

第五集　深淵⋯⋯⋯⋯⋯⋯⋯⋯⋯⋯⋯⋯⋯⋯⋯⋯⋯⋯⋯⋯⋯⋯⋯⋯⋯⋯⋯⋯⋯⋯⋯⋯⋯⋯⋯⋯⋯*178*

- 寫真全紀錄／邱漢成因破門事件備受媒體抨擊，邱妻更加期盼他轉行。林義陽到娛樂城進行消防安檢，該公司的沈經理竟找了王議員來關說威脅。徐子伶照規定婉拒胖大叔的捕蜂要求，胖大叔暴怒。張志遠奉命搶救想跳樓的錢小姐，他在高樓頂樓一直苦勸著對方，希望她回心轉意⋯⋯

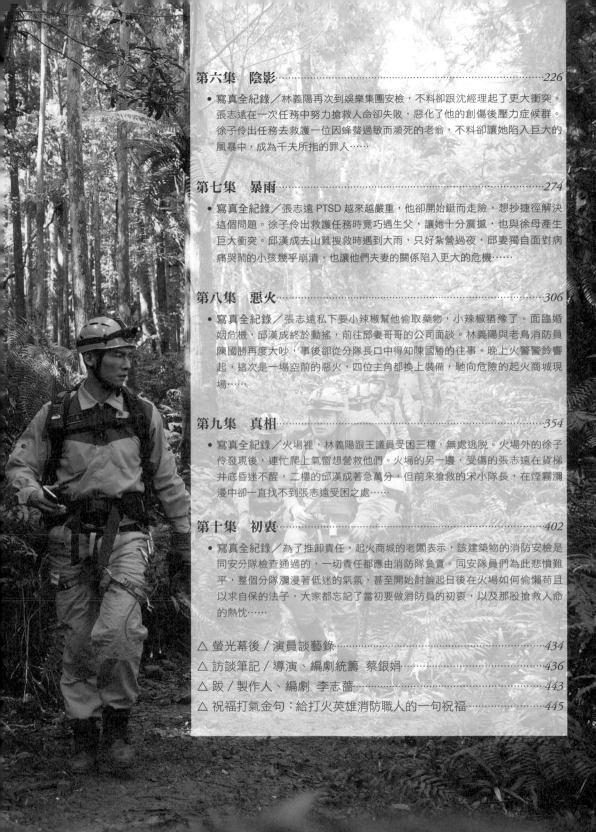

分集劇本 EP1-10
導演／編劇統籌：蔡銀娟
編劇：蔡銀娟、李志薔、曾群芳
故事企劃：蔡銀娟、曾群芳、江孟謙
【本劇純屬虛構，如有雷同實屬巧合】

劇情大綱

大員市消防局同安分隊的隊員們，執行著「勤二休一」的勤務工作。他們在每次驚險的打火、救護與救援任務中看見人性與社會百態，卻也不時遭受個案的衝擊。

邱漢成（溫昇豪飾）在妻小與工作中陷入兩難，他雖然熱愛消防，但卻無法顧全家中即將臨盆的妻子及五歲稚女。徐子伶（陳庭妮飾）是同安分隊裡唯一的女隊員，她想證明自己的能力不輸男性，卻常受到寡母及老鳥學長的質疑，只好武裝著自己脆弱的一面。

張志遠（林柏宏飾）平常執勤是最熱血、最奮不顧身的勇者，但沒人知道，他的心裡其實隱藏著不為人知的創傷。林義陽（劉冠廷飾）是充滿正義感的隊員，剛正不阿的個性使得他經常得罪民眾和議員，讓自己身陷險境，但也正是他的單純和率真，讓隊員之間的情誼更加堅固。

然而，一場突如其來的惡火，吹響了死神的號角，也改變了四人的命運……

溫昇豪╳邱漢成…………同安分隊隊員、綽號「邱Sir」、深情暖爸「金句人帥」

陳庭妮╳徐子伶…………同安分隊隊員、魔鬼學姊「同安女俠」

林柏宏╳張志遠…………同安分隊隊員、熱血帥氣「萬人迷」

劉冠廷╳林義陽…………同安分隊隊員、綽號「羚羊」、正義魔人「憤怒鳥」

夏騰宏╳阿忠…………同安分隊隊員、帶屎盟主「鳳梨王」

胡釋安╳魏嘉軒…………同安分隊隊員、落拍菜鳥「傻大個」

謝章穎╳小高…………同安分隊隊員、嘴砲菜鳥「大胃王」

馬力歐╳伍誌民…………同安分隊，分隊長

鄭志偉╳陳國勝…………同安分隊資深隊員

許元康╳宋小隊長…………同安分隊，小隊長

邱木翰╳同麟學長…………田新分隊，隊員

王　玥╳徐靜華…………徐子伶的母親

江宜蓉╳小辣椒…………大員醫院急診室護理師，張志遠的青梅竹馬

柯奐如╳小穎…………邱漢成的妻子

洪綺陽╳林義陽媽媽…………貧苦的寡母

黃迪揚╳大員市議員…………市議員

赫　容╳張志遠媽媽…………大學音樂系教授

王　淇╳張志遠爸爸…………大學音樂系教授

朱芷瑩╳跳樓女子…………為照顧病母而辭職的孝女

丁　寧╳大員市長…………市長

藍葦華╳鄭消防員…………消防改革的鼓吹者

陳家逵╳李先生…………同志情侶之一

林志儒╳古老師…………張志遠的小學老師

林嘉俐╳古媽媽…………古老師的妻子

蘇　達╳大虎…………義消，工廠老闆

梁以辰╳新娘…………新娘

李沛旭╳孫董…………Amuz One 娛樂世界董事長

楊宗樺╳酒鬼老吳…………身世悽慘，喪志借酒澆愁

許聖梅╳何月眉…………資深媒體人

許榮哲╳姜秉賢…………政論家

湯昇榮╳吳昌言…………電視台名嘴

溫昇豪 ✕ 邱漢成

同安分隊隊員、綽號「邱 Sir」、
深情暖爸「金句大師」

陳庭妮×徐子伶

同安分隊隊員、魔鬼學姊「同安女俠」

林柏宏 ╳ 張志遠

同安分隊隊員、熱血帥氣「萬人迷」

劉冠廷 × 林義陽

同安分隊隊員、綽號「羚羊」、正義魔人「憤怒鳥」

第一集 日常

　　故事從一場住宅火警開始，這是同安消防分隊日常又忙亂的午後，火場外的衝突跟火場內的驚險同時進行著，一直忙到半夜的大家都疲憊不堪。第二天下班後，張志遠、徐子伶、林義陽、邱漢成四位消防員又須面對各自的生活……

公寓三樓爆出更大的火焰，
現場尖叫聲四起……

消防員林義陽丟出水帶，迅速跑向消防車把水帶裝上消防車的幫浦。

廚房竄出猛烈的火舌，受困的老太太被重物壓著腳，火已經延燒到消防員頭頂上方，天花板與吊扇燒得搖搖欲墜……

冷清的積水街道上，是一個個打火消防員疲倦的身影。

S1

外景：大員市／大馬路邊（火場東側）／日
人物：張志遠、魏嘉軒、伍誌民、陳國勝、熟女、林義陽、消防員、記者、
　　　警察和圍觀民眾

△冬天午後，從高空遠遠可以俯瞰到，大員市
　建築物節比鱗次。遠處傳來隱約的警笛聲。
△大員市的街景漸漸變大，慢慢可以看見一條
　大馬路上，有救護車跟消防車向前疾駛著。
　警笛聲也越來越刺耳。

勤指中心：（VO，無線電內的聲音）灣台36灣台36，灣台呼叫。

現場指揮官：（VO，無線電內的聲音）灣台36回答。

勤指中心：（VO，無線電內的聲音）灣台36，請問現場火勢如何？還有沒有受困民眾？

現場指揮官：（VO，無線電內的聲音）目前火勢集中在三樓跟四樓，現場正進行搶救，起火點還不明，請加派支援，已經有三名患者送醫，現場關係人表示還有民眾受困在火場裡，我們正派人進行搜索……

△ 鏡頭跟著消防車一直往前走，轉入一條停了十幾台消防車跟救護車的大馬路，那些車的警笛已關掉，只留紅燈刺眼地閃著。消防車繼續開，經過同安16旁的消防員張志遠（男，28歲）。他跟菜鳥消防員魏嘉軒（男，20歲）帶著氣瓶準備拿消防車上的水帶器材。從他背後看向前方，向上仰望可看見公寓的三樓到四樓有濃煙，有的窗口還有火光。一樓擠滿消防員、SNG車跟圍觀民眾。

張志遠： 傍晚是哪個菜鳥靠么說今天很無聊的？你還是小高？你們剛下分隊三天就這麼多火警，很開心齁？

△ 魏嘉軒尷尬地笑，不敢講話，從車上拿出撬棒跟水帶就跟著張志遠往火場走。

張志遠： 明天給我去買一打乖乖放在值班台，（笑了笑）聽到沒有？

魏嘉軒： 是的學長。

△ 火場入口處，一位消防員在管制板上做了記號，一些消防員帶著民眾匆忙地快步走過。

△ 一旁傳來女子錢小姐哭喊的聲音。

錢小姐：（VO）讓我進去，放開！讓我進去！

△ 熟女錢小姐想闖進火場，被分隊長伍誌民（男，44歲）跟另一位消防員攔了下來。

錢小姐：（驚慌地）我媽媽還在裡面！

伍誌民： 怎麼樣？

錢小姐：（上氣不接下氣）我媽媽，她還在裡面！

△ 這時三樓不斷有火舌竄出，看起來燒得非常劇烈。

伍誌民： 幾樓，幾號幾樓？

錢小姐： 她行動不方便，你快去救救她！

伍誌民： 先不要緊張！小姐，幾號幾樓讓我知道！

錢小姐：（顫微微地比出數字）八號、四樓！

伍誌民： 好好好，你放心，我們現在馬上派人去救你媽媽，往後退！

（畫外音：玻璃碎裂音）

△ 伍誌民抬頭一看，原來是三樓爆出更大的火焰，現場尖叫聲四起。一旁走進的張志遠跟魏嘉軒也被嚇了一跳。

伍誌民： 往後退！往後退，這邊危險先往後退！

張志遠：分隊長。

△ 伍誌民回頭，看見張志遠帶著魏嘉軒來報到。

伍誌民：志遠，八號四樓有個老太太受困，先去把人救下來。

張志遠：（一聽到有人受困，馬上變得嚴肅正經）好。

伍誌民：四樓！注意安全！

張志遠：（邊戴上面罩邊指揮魏嘉軒）嘉軒。

△ 張志遠帶著魏嘉軒一邊戴面罩一邊往火場入口走進去，進入前，他們將安全插銷拔下來，交給火場入口正在寫安全管制板的安全官（兼12司機）陳國勝。

分隊長：（VO）欸宋小，志遠去四樓的話你跟邱Sir去三樓。一樣！搜救優先！

宋　小：（VO，無線電傳出的聲音）好，收到！（大喊）邱Sir！

△ 張志遠進門之前往外看了一眼，然後便隨著魏嘉軒進入漆黑的門內。

S2 外景：大員市／大馬路邊（火場西側）／日
人物：林義陽、消防員跟記者及警察和民眾若干、阿伯A、雲梯車消防員

△ 消防員林義陽（男，28歲）筆直地丟出水帶，然後跑向消防車後把剛丟出的水帶裝上消防車的幫浦。

△ 路邊一個圍觀民眾阿伯A被攔在封鎖線後，忿忿不平地指責消防員們。

阿伯A：還不快進去救人！到底會不會啊？

△ 林義陽裝好了水帶，正用無線電通話。

林義陽：呼叫光榮31，水已經送過去了。

消防員：（VO）光榮31收到，準備射水。

△ 路邊群眾仍謾罵著。

圍觀民眾：（VO）消防隊在搞什麼？慢吞吞的！

圍觀民眾：（VO）對啊，太沒效率了！怎麼都不去打火，太沒用了啦！

圍觀民眾：（VO）一堆消防隊擠在路上幹什麼？人這麼多，光顧著看有什麼用？

△ 林義陽皺眉轉頭看了看謾罵著的民眾，又回頭望向火場。

△ 火場西側，二到四樓濃煙驚人，四樓還有火光，但雲梯車（光榮31）上的消防員打開瞄子，卻只對著失火公寓的外牆射水做防護。

阿伯A：（眼看水柱噴出來，更氣）你們應該對火噴水嘛！對空氣噴水幹嘛呢！

圍觀民眾：（VO）對啊，我來打火都比較快！

△ 林義陽轉身看著議論紛紛的群眾，終於忍不住回嘴。

林義陽：（不滿地）裡面還有人就不能亂射啦！不然火往裡面燒，會把他們燙傷你知不知道！

△ 火場另一頭的伍誌民拍拍一位消防員，讓他繼續工作。

伍誌民： 注意安全喔！

△ 伍誌民遠遠地看到林義陽跟圍觀的阿伯Ａ吵了起來。

阿伯Ａ： 火那麼大你沒看到嗎？快去打火啊！

林義陽： 我又不是瞎了怎麼會沒看到？

△ 聽到林義陽的嗆聲，阿伯Ａ憤怒地越過封鎖線朝林義陽走去。

阿伯Ａ：（生氣）你那是什麼態度！我繳稅就是養你們這些廢物是不是？

林義陽：（也生氣）你說什麼廢物啊！

阿伯Ａ： 我說你們就是廢物！

林義陽： 媽的你再講一次！

阿伯Ａ： 趕快救火啊！

林義陽： 給我退到封鎖線外！

阿伯Ａ： 你像不像話！

林義陽： 出去！

△ 阿伯氣得就要往林義陽衝去。不遠處的分隊長伍誌民及消防員陳國勝（男，52歲）連忙把他拉走。

伍誌民：（拖著林義陽往後退）好了！好了！

陳國勝： 阿伯歹勢啦，歹勢啦。這裡很危險喔，麻煩退到封鎖線外面，拜託拜託！

△ 陳國勝讓阿伯Ａ退到封鎖線後面，另一邊的林義陽仍一臉憤怒。

S3　內景：失火公寓內四樓的樓梯間（溫老太太屋外）／日
　　　人物：張志遠、魏嘉軒

△ 一根撬棒正努力撬一扇鐵門。

伍誌民：（VO，由無線電傳出）志遠，你們找到八號四樓了嗎？

張志遠：（VO）我們已經在門口了。

張志遠：（拿起無線電說話）志遠回答。

△ 煙霧瀰漫的樓梯間，魏嘉軒正在撬八號四樓的鐵門。一旁的張志遠拿著水線，接起無線電。

張志遠： 同安06，志遠呼叫，破門完成，準備入室搜索。

△ 此時魏嘉軒撬開鐵門，張志遠用手摸了一下鐵門，然後開門帶著水線進去。嘉軒跟在後面。

△ 從客廳往陽台看，可以看見張志遠帶著魏嘉軒走進來。他們看到客廳倒著一個身型瘦小的老太太，而不遠處的廚房竄出猛烈的火舌。

張志遠： 發現火點了，發現火點了，在廚房。（朝著老太太走過去）發現民眾，請派人支援。

伍誌民： （無線電 VO）好。

△ 身形極瘦小的溫老太太倒臥中央，她的一隻腳跟輪椅被壓在一個倒塌的電視櫃下面，動彈不得。旁邊窗戶有火從樓下延燒到窗內、燒到客廳的天花板。張志遠連忙走向溫老太太。

張志遠： （對溫老太太）阿嬤妳還好嗎？有沒有受傷？

△ 溫老太太痛苦地呻吟，指向腳。

溫老太太： 我的腳，很痛！

張志遠： 她的腳被卡住了，把櫃子移開。我幫她戴共生面罩，嘉軒你動作快！快點、快點！

△ 魏嘉軒努力想搬開溫老太太身上的電視櫃。張志遠則拿共生面罩給溫老太太使用，同時往上一看，發現火舌從天花板角落一直往客廳的懸空置物櫃延燒，置物櫃搖搖欲墜。

張志遠： 快！

魏嘉軒： 櫃子卡住了！拉不動！幫我一下，好重！

張志遠： 火勢燒出來了，快點！

△ 張志遠伸手幫忙魏嘉軒，魏嘉軒一臉痛苦。張志遠拍了拍魏嘉軒要他讓開。

張志遠： 讓開！

△ 張志遠拿著橇棒把電視櫃撐起來，這時天花板置物櫃的火爆了出來，老太太發出痛苦的呻吟。

張志遠： （讓魏嘉軒拿著橇棒，對魏嘉軒說）抬高！

△ 張志遠努力要搬開壓住輪椅的家具。

魏嘉軒： 志遠學長，上面！

△ 張志遠抬頭一看，火已經延燒到他的頭頂上方，將天花板跟吊扇燒得搖搖欲墜、發出嗶嗶剝剝的聲響，火星掉落。

△ 張志遠將壓著老太太腳的重物搬離開，撐開輪椅，然後繼續奮力想拉出溫老太太的腳，卻拉不出來。

魏嘉軒： 學長你要快一點，電扇要掉下來了！

△ 此時火越燒越大，天花板跟吊扇瞬間掉下一段，發出巨大怪聲。

魏嘉軒： 學長！學長！

張志遠： 快！

△ 從天花板往下看，可以看見晃動的吊扇終於掉落，往張志遠砸去。半蹲的的張志遠快速拖出老太太，馬上轉身用背護著。

△ 一陣火花煙塵。

△ 煙慢慢散開，張志遠看著老太太，驚魂甫定。

S5 外景：大員市／大馬路邊（火場東側救護車）／日
人物：徐子伶、小高、骨折年輕人、周遭消防員和民眾若干

△ 從火場上方往下看，火煙竄出建築物，底下的人們一片慌忙。

△ 救護車旁，消防員徐子伶（女，29歲）跟消防員小高（男，20歲）正在幫坐在調成椅式的擔架床上的骨折年輕人包紮。

△ 徐子伶正在用抽氣式護木幫患者固定，小高幫忙病患戴上氧氣罩。

小高： 幫你戴個氧氣喔，放輕鬆，呼吸慢點。

徐子伶： 除了手之外還有沒有哪裡不舒服？頭呢？有沒有撞到？

△ 此時徐子伶的手機刺耳響起，來電顯示「老佛爺」。但她繼續倒落地包紮，沒有理會。

徐子伶： 那你摔倒之前在做什麼？

年輕人： 我就很害怕想逃跑，但太黑了我看不到。

徐子伶： 那你被櫃子壓到時人是清醒的嗎？還是有短暫昏迷？

S6 內景：失火公寓內／三樓房間／日
人物：邱漢成、宋小隊長、消防員Ａ、消防員Ｂ

△ 門打開，可以看見兩個消防員進來，拿著瞄子慢慢前進。

宋小： （VO）邱 Sir，進去小心！

△ 帶頭的是消防員邱漢成（男，35歲），他一進客廳就看到火勢旺盛。

邱 Sir： 整個客廳都燒起來了！沒有看到受困民眾！蹲低姿勢，跟著我，趕快滅火，快！

△ 邱漢成帶著消防員A往前走兩步，停下，打開瞄子射水。此時宋小隊長（男，40歲）帶著消防員B也進來了。

消防員A： 開瞄子，射水！

△ 邱漢成的水柱朝火海射了出去。

S7	內景：大員市／大馬路邊（火場東側救護車）／日
	人物：徐子伶、小高、骨折年輕人、周遭消防員和民眾若干

 △ 徐子伶跟小高將擔架床推上救護車。

徐子伶：（對年輕人說）放輕鬆，準備上車了。

 △ 徐子伶跟小高將擔架床改成躺式，推上救護車。

 △ 徐子伶邊坐上救護車前座一邊拿出手機來看。

徐子伶：（看了手機來電顯示一眼，無奈又不耐煩地拉下口罩說）媽，你一天要打幾次電
   話？（邊說邊上救護車駕駛座）我就在忙是要怎麼接妳電話？好啦不說了，bye-bye。

 △ 徐子伶打開救護車的閃燈跟鳴笛，發動車子。

徐子伶：（拿著無線電回報）灣台灣台，同安 91 離開現場，車上一名男性患者約 20 歲，從
   火場受困救出。患者意識清楚準備送醫。

 △ 救護車緩緩駛離現場。現場可以看到公寓三樓窗戶陷入火海。

S8	內景：失火公寓內／三樓房間／日
	人物：邱漢成、宋小隊長、消防員 A、消防員 B

 △ 火場中，許多物品在強力水柱衝撞下乒乒乓乓掃落一地。

 △ 火勢漸漸變小。大家慢慢往前進。邱漢成往左看到有兩個房間。

宋小：邱 Sir，停放，搜索！

 △ 邱漢成關掉水柱，看到門底下有濃煙溢出。不料此時消防員A竟然就直接去開房間的門。

邱漢成：（連忙要阻止消防員 A）不要開門！

 △ 但已經來不及了，門一開房內的大火瞬間竄出，消防員A嚇得跌倒而邱漢成瞬間蹲下。

 △ 邱漢成連忙把消防員A往後拉。

邱漢成：有沒有怎樣？

 △ 眼看消防員A搖頭，邱漢成鬆了一口氣。

宋小：射水！射水！

 △ 宋小跟另一位消防員打開瞄子射水。

 △ 火舌沿著天花板往前延燒。邱漢成看向火焰，面罩也被染上熊熊火光。

外景：大員市／大馬路邊（火場東側）／夜
人物：伍誌民、陳國勝、宋小隊長、張志遠、徐子伶、林義陽、邱漢成、魏嘉軒、
　　　小高、消防員 A、消防員 B

　　△ 夜晚，大員市大樓林立，燈火燦爛。

電視主播：（VO）昨天傍晚東方公寓大火，由於起火當時仍是上班時間，公寓住戶大多外
　　　　出。經過消防員數小時的搶救後，已經在午夜全部撲滅。大員市消防局表示，
　　　　這次大火一共出動水箱車 38 輛、雲梯車 2 台，救護車 20 輛，總計疏散 51 人，救
　　　　出 23 人，其中 12 人受傷送醫，幸好絕大多數為濃煙嗆傷，無人死亡。起火層位
　　　　於三樓，火勢快速延燒至四、五樓，而起火原因仍在調查中。

　　△ 人潮散去的大馬路邊，只停著同安分隊的消防車。宋小隊長正帶著消防員們做善後工作、
　　　收捲水帶、排煙機、撬棒等工具。

　　△ 張志遠跟邱漢成抬著排煙機走出公寓。

宋小：嘉軒，把這個疊起來。

　　△ 伍誌民分隊長走過來，一邊發礦泉水一邊叮嚀大家。

伍誌民：（把礦泉水發給邱漢成）辛苦了，來，喝個水吧。

邱漢成：（接過水）謝謝。

伍誌民：辛苦了辛苦了，宋小（把水遞給宋小）辛苦了。（對消防員們說）來，大家注意到
　　　　這邊！

　　△ 忙到一半的消防員們轉頭看向分隊長。

伍誌民：參與打火勤務的同仁，早上就不用勤教了。好好休息補個眠。（看到陳國勝）國
　　　　勝，那個火場照片拍好了沒？

陳國勝：有啦，拍好了。

伍誌民：（朝隊員們喊）謝謝大家，收隊！（走到收東西的林義陽面前）義陽。

林義陽：分隊長。

伍誌民：脾氣改一下，不要那麼衝，講很多次了。

林義陽：不是嘛，他們今天很過分嘛。

伍誌民：他們聽不懂的，現在民眾沒那麼好搞。

　　△ 林義陽表情還是不平，伍誌民把一瓶發礦泉水遞給他，拍了拍他就走了。林義陽仰起頭
　　　來，灌著礦泉水。

　　△ 遠遠地可以看見，冷清的積水街道上，是一個個消防員疲倦善後的身影。

<table>
<tr><td>S10</td><td>外景：大員市路上／夜
人物：伍誌民、陳國勝、宋小隊長、張志遠、徐子伶、林義陽、邱漢成、魏嘉軒、小
高、消防員Ａ、消防員Ｂ</td></tr>
</table>

△ 數輛消防車閃著紅色的警示燈，行駛在下雨微濕的馬路上，路面上的水把紅光反射得十分刺眼。

<table>
<tr><td>S11</td><td>外景：同安分隊／車庫／夜
人物：林義陽、邱漢成、陳國勝、張志遠、魏嘉軒、徐子伶、小高</td></tr>
</table>

△ 深夜，同安消防分隊前的街道，仍在一片夜色中，雨滴細細地打下來。
△ 車庫外，眾人都忙著回分隊後的善後工作。大家正在辛苦刷一條條變黑的水帶，眾人一臉疲憊。（徐子伶、小高仍是救護班制服。）

徐子伶：（拉著水帶）一、二、三。

△ 魏嘉軒打了一個大大的哈欠，一旁的邱漢成忍不住笑著對魏嘉軒說。

邱漢成：嘉軒你打哈欠喔？看你以後還敢不敢說今天很無聊？

張志遠：媽的以後有菜鳥分發報到時我要申請連休啦。不逃難不行。

△ 嘉軒尷尬地笑了，小高也跟著笑。

林義陽：小高還笑啊？你們兩個同梯的菜鳥湊一起很恐怖欸。

張志遠：對啊，還一次兩個！

邱漢成：（笑）你們講話很大聲齁，當初剛你們下我們隊上我們也是旺了一個月啊。

林義陽：（笑著指張志遠）都是他帶屎啦！

張志遠：（指回去）林義陽帶屎啦！

林義陽：我只記得第一次聽打無線電的時候差點往生。

魏嘉軒：（驚訝）什麼聽打無線電？

徐子伶：就是把火災現場全部的無線電內容都打成逐字稿。

小高：（臉都綠了）全部？

徐子伶：對啊。

陳國勝：（在後面用手機，一邊說）還有民眾筆錄、車輛部屬圖、火災檢討報告，我們都要做……跟你講，像我們這種做兩天休一天的，有休跟沒休一樣！等到你做10年，身體都壞光光。

張志遠：我看這樣，誰敢再講什麼今天好無聊的就請大家喝飲料……

林義陽：不然打逐字稿！

徐子伶：同意！

張志遠：小高，還在休息喔？趕快刷啊！

小　高：（指著邱漢成的拖把）學長你那支借我一下好不好？

邱漢成：你要借哪一支？

林義陽：你那支就不錯了啦，等一下拿一支牙刷給你！

魏嘉軒：多嘴，快刷啦！

　　△ 遠遠地可以看見消防員們疲憊清洗水帶、苦中作樂開玩笑的身影。

S12　外景：大員市街道／日
　　　　人物：無

　　△ 大員市的早晨，車水馬龍。

S13　內景：張志遠家／客廳／日
　　　　人物：張志遠、張父、張母

　　△ 下班的張志遠疲憊地開門走入張家客廳。

　　△ 張志遠家的擺設典雅大方，客廳正播放著古典樂，張父（65歲）坐在沙發上看報紙，張母（64歲）坐在桌前寫著什麼，桌上擺了一堆信封。張父抬頭看張志遠一眼，便視若無睹地繼續看報。

張　母：（充滿關心）志遠，回來啦？有幫你留早餐，要不要吃？

張志遠：不要，好累喔，我要睡一下……

張　母：你昨天都沒有回訊息欸，我們好擔心啊。

張志遠：我就下午打火到凌晨啊，你們沒看到新聞嗎？

　　△ 張父手上的報紙頭條寫著：「消防員冒死搶救」。

張　母：還是會擔心啊。

張志遠：（有點無奈）不用擔心啦。

　　△ 張志遠經過張母身邊順手拿起一封信看，那是張父的退休音樂會邀請函。

張志遠：這次做得滿好看的啊！

張母：（期盼地說）那你爸的音樂會你到底要不要去啊？

張志遠：我就要上班啊，班表都排好了。

　　△　張父倏地站起，一臉慍色地把報紙放到一旁，走上樓梯。張志遠臉色沉了下來。

張母：其實你爸很關心你，剛看到新聞就一直不說話。

張志遠：沒事啦，我又不是第一天進火場。

張母：那他的退休音樂會你就想辦法去參加嘛。他很希望你去啊！

張志遠：（無奈地）我知道，你再讓我想一想，睡囉。（順手將邀請函塞入褲子口袋）

張母：午餐弄好再叫你。

　　△　張志遠笑了笑點頭，疲憊地走上樓。

　　△　張母看著邀請函，歎了一口氣，看著桌上的邀請函，上面有張父西裝筆挺坐在鋼琴旁的照片。

S14　內景：張志遠家／張志遠房間／日
　　　人物：張志遠、15歲少年張浩遠

　　△　張志遠打開房門，極度疲憊地脫下外套、躺到床上。然後，他想起什麼似地舉起手，調整自己手腕上的手環。

　　△　張志遠的手腕上有一條手環，上面鑲著三個可調動的骰子。他把數字從「358」調到「359」，此時忽然聽到一個聲音。

　　（15歲少年VO：欸，聽說你救了那個阿婆。）

　　△　張志遠抬頭一看，原來一個15歲的少年在書櫃前站著，挑著書邊講。

15歲少年：（沿著書櫃瀏覽裡面的書，從書架抽出卡繆《鼠疫》，邊看邊說）她都病得不能走路了，現在房子也燒了，人又受了重傷，要是她知道以後會癱瘓，那她還會開心嗎？

張志遠：（閉著眼睛）我不知道。

15歲少年：那你這樣救她有什麼意義？

　　△　張志遠仍閉著眼睛不說話。

15歲少年：（看了一眼張志遠，又逼問一次）有什麼意義？

張志遠：（忽然睜眼直視少年）就算再痛苦，只要她想活下去，我們都應該要救她。

　　△　15歲少年愣了愣。

15歲少年：（坐上桌前，繼續看書）隨便你。

　　△　張志遠翻身背對少年，閉眼睡覺。

　　△　桌前已空無一人。

　　△　張志遠平靜地睡著。

　　△　畫面飛黑。

　外景：大員市某民宅內／日
　　　人物：徐子伶、林義陽、阿伯B、病患阿婆、阿婆女兒

　　△ 救護車駛過大橋，發出刺耳的鳴笛聲。
　　△ 民宅裡，徐子伶正在救護一位胸口不適的阿婆。

徐子伶： 阿孃你放輕鬆，現在還有哪裡不舒服？胸口喔？你不舒服多久？

阿婆： （虛弱）半小時……

　　△ 阿伯B（阿婆的先生）跟阿婆女兒站在旁邊。

徐子伶： 所以你現在坐著，是因為坐著比較舒服？

阿伯B： （在後面焦急看著）是在量血壓？

　　△ 林義陽幫阿婆量血壓血氧，徐子伶問阿婆問題。

徐子伶： 你可以告訴我你現在最痛的感覺是什麼？悶痛、刺痛還是撕裂痛？

阿伯B： 他就已經說他身體不舒服了，不趕快送醫是在問什麼！

林義陽： （耐性說明）阿伯，我們要正確評估症狀我們才有辦法正確處理。

阿伯B： 人家不是說有一種救心、放在舌下含的嗎？趕快給她一顆啊！

林義陽： （有點不高興）阿伯不要妨礙我們評估好嗎？

阿伯B： （更不悅）你那什麼態度！我跟你說市議員王文德是朋友，小心我跟他說。

林義陽： 他那麼厲害，你就叫他來救啊！

阿伯B： （惱羞成怒地）你叫什麼名字？我絕對給你投訴。

林義陽： （也更加不悅）我同安分隊林義陽啦。

阿伯B： （大怒）你囂張什麼？林義陽？我絕對去投訴！

阿婆女兒： （拉著激動的阿伯）阿爸你幹嘛啦！麥亂啊。

　　△ 混亂中徐子伶的手機響起，她拿起來一看來電號碼便切掉。
　　△ 林義陽打開椅式擔架。

林義陽： （對阿伯說）你如果那麼閒，桌子先移到旁邊啦。

阿婆女兒： （推著阿伯）快啦！

　　△ 阿伯B與女兒移開桌子，徐子伶抱著阿婆，跟林義陽合力讓她坐上椅式擔架。

徐子伶： 手抱胸。（對林義陽說）我好了，一二三。

S16　外景：大員市某民宅門口／日
　　　人物：徐子伶、林義陽、病患阿婆、阿婆女兒、阿伯B

△ 林義陽跟徐子伶把阿婆推上救護車，阿伯B跟女兒跟在旁邊。

阿伯B： 你們手腳也不快一點。

阿婆女兒： 爸，你留在家裡，醫院我去就好。

阿伯B： 你說什麼啦！我當然要跟著去啊。

徐子伶： 阿伯要不要去，要去的話上前座，（對女兒說）來你跟我上後座。

阿婆女兒： 謝謝。

　　△ 阿婆女兒跟著徐子伶上了後座，林義陽到前座準備開車。

　　△ 阿伯B到了前座上車，在車內仍舊碎碎念。

阿伯B：（VO）快點快點，趕快開去醫院，怎麼慢吞吞？

林義陽：（VO）我哪有慢吞吞，我一上車就發動了哪有慢吞吞？

阿伯B：（VO）你那什麼態度？

林義陽：（VO）請你不要妨礙我開車好嗎？

　　△ 救護車的喇叭響了兩聲。

林義陽：（VO）你不要亂按喇叭啦！

　　△ 救護車揚起刺耳的鳴笛，閃著紅燈疾駛去。

S17 內景：同安分隊／值班室／日
人物：張志遠、阿忠

　　△ 大員市的早晨，車子熙來攘往，高速公路後的群山悠然翠綠。

　　△ 同安分隊門口，看似寧靜。

　　△ 穿著救護背心的張志遠跑進值班台拿鑰匙跟派遣單，值班一整夜的消防員阿忠（男，30歲）則看著電腦。

張志遠： 又是尾刀！我再10分鐘就下班了說！

阿忠： 在大員公園欸。

張志遠： 大員公園？一定是那個全身痛，叫我們載他回家的阿伯啦！

阿忠： 我看不像，時間點不對。

張志遠： 肯定是他啦！又要去早點名了。賭一杯熱美式。（拿著裝無線電的籃子，邊說邊離去）

阿忠： 兩杯！

張志遠： 好喔！（往樓梯喊）嘉軒快一點！

　　△ 魏嘉軒緊張地跑過來。

魏嘉軒：（問阿忠）鑰匙勒？

阿忠： 拿了啊！

　△ 阿忠看著魏嘉軒跑走，有點傻眼。

　　（畫外音：救護車的聲音淡入）

S18　外景：大員市／街道（救護車上）／日
　　　人物：張志遠、魏嘉軒

　△ 救護車在車輛跟行人間行駛，救護車鳴著刺耳警報聲在街上行駛。
　△ 一夜沒睡的魏嘉軒疲憊地開著車。

張志遠： 等一下如果是那個阿伯，你要跟他敬禮問好欸。

魏嘉軒：（困惑地）為什麼？

張志遠：（開玩笑地）你沒送過他齁，你沒敬禮會被判軍法喔。

魏嘉軒： 真的嗎？

張志遠： 當然是真的啊！（笑了出來）

S19　外景：大員市／某公園／日
　　　人物：張志遠、魏嘉軒、中年阿伯X、警察大胖、警察甲

　△ 早晨的公園邊，一輛救護車駛入，停下。張志遠先下車，魏嘉軒在車上回報無線電。

魏嘉軒： 灣台灣台，同安91抵達現場。

　△ 公園裡運動的人來來往往，張志遠先開了後車門，魏嘉軒隨即來幫著拉擔架床。
　△ 兩人找到一位坐在路邊衣衫不整、身旁好多酒瓶、酒氣沖天、年約50歲的中年阿伯X。

張志遠： 先生，你哪裡不舒服？

中年阿伯X：（揮舞手上喝到一半的酒瓶）我手痛、我腳痛，肚子也很痛，還有頭（大喊）齁，
　　　快死了啦！

　△ 整夜沒睡的張志遠跟魏嘉軒望著中年阿伯X發酒瘋，一臉無奈。

張志遠： 我們現在送你去醫院好嗎？

中年阿伯X： 我不要去醫院！

張志遠：（微微蹙眉）你不是說你不舒服嗎？

中年阿伯X：（無理取鬧大喊）送我回家！

魏嘉軒：（看著中年男人，又累又困惑）到底是誰打119的？

張志遠：（無奈地）現在人都很熱心，只要看到這些醉倒在路邊就直接打 119……（對阿伯說）送你去醫院好不好？

中年阿伯X：（大聲地）我要回家！

△ 忽然張志遠身後傳來洪亮的男人聲音。

（男人VO：阿伯！）

△ 原來是警察大胖跟另一位警察，中年阿伯X一看馬上跳起來立正站好。

大胖：（凶巴巴地）又是哪裡在不舒服？

中年阿伯X：（跳起來，恭敬地）報告長官！就……肚子痛……

大胖：肚子痛就去醫院啊！在這裡亂什麼？

中年阿伯X：是……遵命！

△ 張志遠跟魏嘉軒互看一眼，不禁為中年阿伯X的勢利氣結。

張志遠：可不可以自己走？

中年阿伯X：可以。

張志遠：可以，來自己走喔，手扶這裡。

魏嘉軒：慢慢走喔。

△ 張志遠向警察大胖舉手示意，大胖點頭。阿伯扶著擔架床，乖巧地跟張志遠與魏嘉軒走遠。

S20　外景：大員醫院急診室／門口／日
　　　人物：魏嘉軒、病患跟家屬若干

△ 高速公路上，救護車行駛著。

△ 大員醫院的急診室大門口，停著張志遠他們的救護車。此時魏嘉軒走出急診室將擔架床推上車。

S21　外景：大員醫院急診室／門口／日
　　　人物：張志遠、小辣椒、病患跟家屬若干

△ 急診室內，張志遠夾著救護紀錄表，從內科滯留區走出，他邊走邊拿掉口罩及手套，來到檢傷處，丟入旁邊的專用垃圾桶。而坐在檢傷處忙著打電腦的小辣椒護理師楊亞梅（女，28歲），一看到張志遠就開口。

小辣椒：欸張志遠，剛剛那個「酒空」，他老婆電話號碼是空號欸。

張志遠：（蹙眉）怎麼可能？我剛剛才打電話給她欸……

小辣椒： 真的啊！

　　△ 張志遠湊過去，看她電腦螢幕上的手機號碼，跟救護紀錄表上的號碼對照。然後他笑了出來。

張志遠： 齁……小辣椒同學！我寫的是378啦，什麼318！

小辣椒： （這才停下打電腦的動作，看了一眼紀錄表上的號碼）喔……你從小的字就這麼醜，誰看得懂？

張志遠： （把救護紀錄表遞去，但不讓小辣椒拿）不曉得是誰小時候都逼我幫她抄作業？

小辣椒： （搶過救護紀錄表）你再吵小心我把你打成OHCA（到院前心肺功能停止）。

張志遠： （一臉促狹地取笑）好凶喔～妳這樣說我會心痛，要CPR（心肺復甦術）。

　　△ 旁邊正用另一台電腦的專科護理師A忍不住回過頭看。小辣椒臉色一變，氣炸了。

小辣椒： （狠狠瞪了張志遠一眼）不要再學那個酒空講話了！

張志遠： 下次他再送宵夜給妳，拿給我，我幫妳吃！

小辣椒： （笑著把救護紀錄表塞給張志遠）你不是要下班了嗎？快滾。

張志遠： 掰掰！

　　△ 小辣椒對張志遠比出中指。張志遠也比中指回應，但馬上做出YA的手是裝可愛，隨即離開。小辣椒受不了地翻了個白眼，笑著將收執聯歸檔，忙著打電話。

S22　外景：同安分隊車庫／日
　　　　人物：張志遠、魏嘉軒

　　△ 魏嘉軒倒車將救護車停進車庫。
　　△ 張志遠一臉疲憊，拿著救護紀錄表跟小籃子走進值班台。

S23　外景：同安分隊值班室／日
　　　　人物：張志遠、魏嘉軒、阿忠、小高

　　△ 阿忠看到張志遠，調侃地笑著。

阿忠： 哎呦，下班囉！

　　△ 張志遠走進值班室，他把小籃子放在值班台，前面坐著剛值班的小高。

張志遠： 兩個尾刀救護都是你值班，你真的很屎！

阿忠： 屎的是你吧？上個月的OHCA王是誰你自己說。

　　△ 張志遠放好無線電，走向公務電腦坐下來。

張志遠：（傻笑）OHCA王是誰，我不認識。

阿忠：（笑著說）少來！啊我的熱美式呢？

張志遠：（想起什麼似的，連忙說）對吼，剛才就是那個阿伯！咖啡拿來！

△ 阿忠一聽，連忙看了看牆上的鐘。

阿忠：唉呀都九點多了，我要趕快下班了……

張志遠：欸欸欸兩杯喔！

阿忠：（連忙走向值班室出口，笑著）你還不快下班？不要害警鈴又響了啊！

張志遠：你現在去給我買咖啡！（拍了拍小高的肩膀）以後阿忠學長值班你小心一點……
有夠屎。

△ 小高笑了笑。

S24　內景：同安分隊／車庫／日
人物：邱漢成、林義陽

△ 已換上救護服的邱漢成正在救護車上補耗材。剛下班的林義陽經過救護車，看到邱漢成便
苦中作樂開玩笑。

林義陽：邱Sir！

邱漢成：（靦腆笑笑）嘿！羚羊……下班啦？

林義陽：對啊，辛苦啦。我看你很多天沒休欸！

邱漢成：對啊！

林義陽：大嫂都不是要生了，你怎麼還在這邊，不多陪陪她？

邱漢成：（笑著）我先多上幾天班，之後好連休。

林義陽：對啦你之前琦琦出生給他錯過了，怎麼這樣。

邱漢成：對啊，上次錯過那一次被念好幾年，煩死了……

林義陽：啊你沒趁這次一次給他洗白！

邱漢成：一定要洗白！

林義陽：啊對了，我要當你兒子乾爹喔。

邱漢成：沒問題啊，紅包要包大包一點。

林義陽：（逞強地）可以啊那有什麼問題？

邱漢成：可以啊，那提款卡拿來我看裡面有多少……

林義陽：邱Sir你先忙齁，我看那邊還有什麼……（邊說邊逃走）

邱漢成：（看林義陽逃走，笑著說，）跟他在那邊……

△ 邱漢成笑了笑，繼續工作。

S25　內景：同安分隊／寢室／日
　　　人物：林義陽、阿忠

△ 寢室裡，林義陽一邊拿出櫃子裡的衣服聞，一邊講手機。
△ 阿忠走了進來，一邊走一邊拉出制服襯衫上衣。

林義陽：喂媽，剛下班啦，我剛剛匯三萬過去了，啊你跟義方說他的補習費我再匯給他。叫他專心念書，不用擔心……有啦，我這邊夠用。

△ 林義陽一邊聽林母說話，一邊拿出一件上衣嗅聞，聞到OK的，就重新放回衣櫃，有的他覺得該洗了，就丟入一旁的洗衣籃裡。
△ 阿忠脫下制服襯衫，一邊看林義陽講電話。
△ 林義陽的櫃子裡面貼著他跟母親還有弟弟笑容燦爛的的照片。

林義陽：對啊，就休一天，改天排到兩天假我再回家看你……啊你那糖尿病的藥要記得吃欸，不要再出去打零工了，錢不夠用跟我說，我再匯給你。

△ 阿忠在一旁換好了便服。

林義陽：好啦我知道，我會好好照顧自己……掰掰。

△ 阿忠把換下的制服丟到自己的籃子裡，也順勢整理了一些要洗的衣服。一旁的林義陽聞到一件很臭的，連忙噁心地將衣服丟入洗衣籃裡。

阿忠：幹，你是多久沒洗衣服了！

林義陽：靠夭喔！（順勢把手上的髒衣服往阿忠丟過去）

阿忠：噁不噁心啊你。（把衣服丟回去）

S26　外景：大員市街頭／日
　　　人物：無

△ 大員市的建築物矗立著，車子來來往往，可以見到遠方的山。

S27　內景：同安分隊／辦公室／夜
　　　人物：徐子伶、林義陽、陳國勝、阿忠、張志遠

△ 消防隊辦公室裡，林義陽拿著文件走進來，看到穿著救護背心的徐子伶在認真K書。

林義陽：妳在念什麼？

△ 徐子伶抬起頭來，發現是經過她辦公桌前的林義陽。她便把書本立起來，讓林義陽看封面。

林義陽：（看著書封面，有點訝異地）喔，在準備三等考試？

△ 徐子伶沒回答，坐在後面辦公桌的陳國勝就忍不住插嘴。

陳國勝：年紀輕輕就想當分隊長，野心這麼大？

徐子伶：想當分隊長有什麼不對？上次阿忠也在看升等考試的書，學長你就說他很上進？

△ 座位上的阿忠跟張志遠聽到，都抬起頭來。

陳國勝：不一樣啊，阿忠是男生欸。

林義陽：學長，什麼年代了？現在我們都有女總統了，女分隊長剛好而已吧。

陳國勝：女孩子還是不要太強勢、也不要太有野心，很不可愛啦。

△ 陳國勝說著，走出辦公室，徐子伶一臉不滿，張志遠見狀想緩頰。

張志遠：子伶，不要太在意，國勝哥就是這樣。

徐子伶：不是啊，現在明明已經很多警大畢業的女分隊長，學長是什麼意思啦？

阿忠：好啦妳就不要理那個老番顛了，腦袋卡卡！

林義陽：對啊，他每天就在混吃等死等退休啦，不要理他！

△ 徐子伶不作聲，仍一臉不服氣。

S28　內景：大員醫院急診室／日
人物：小辣椒、張志遠、醉倒病患、醫生護士病人若干

△ 大員醫院急診室裡，人們熙來攘往。
病床邊，小辣椒一臉無奈地處理醉倒的病患，一旁張志遠在幫忙。

小辣椒：張志遠，你幹嘛一直送他來這裡睡覺？

張志遠：妳都不知道他有多嚴重，他說他腳趾痛，痛到快要死掉了。

小辣椒：我看他不是痛到快死掉，他是睡死了好不好？這種渾身酒味的酒空根本就不應該送來急診室。

張志遠：妳以為我願意喔？我昨天才睡幾個小時妳都不知道，我現在比他還睏！（指了指躺在床上的酒空）

小辣椒：那你要睡他隔壁床嗎？

張志遠：好啊，那妳去鋪床啊！

小辣椒：（瞪了張志遠一眼）快滾！

△ 張志遠笑了笑，把病患推走。

內景：大員醫院急診室／日
人物：小辣椒、張志遠、醫生護士病人若干

　　△ 處理完病患的張志遠坐在角落寫救護紀錄表。

　　△ 小辣椒走近。

小辣椒： 小辣椒：同學。

張志遠： 同學。

小辣椒： 你不是想睡嗎？怎麼還在這裡？

張志遠： 快寫完了啦，我認真工作啊！

　　△ 小辣椒坐了下來，裝作不在意地問。

小辣椒： 欸，聽說你又在火場裡耍帥了喔？

張志遠： 有嗎？我不是本來就很帥？

小辣椒： （笑了，接著說）上次東方公寓大火，聽你們學長說有個不要命的張志遠救了一個老太太，你有必要這麼拚嗎？

張志遠： 哇，我帥到學長那裡去喔？

　　△ 小辣椒翻了個大白眼。張志遠笑笑，繼續寫表。

張志遠： 我都做七、八年了，不會有事啦。

小辣椒： 你這麼拚，你媽還是會擔心啊。

張志遠： 我媽？

小辣椒： 嗯，上次在醫院遇到她。

張志遠： 喔喔，她又來拿藥喔？

小辣椒： 嗯！

張志遠： 哎，她就是會過度擔心啦……欸，但我覺得妳還是不要跟她講我工作的事情，她跟我爸都會想太多。

小辣椒： （有點無奈地）噢，好啦。

張志遠： （笑著轉向小辣椒，將救護紀錄表遞過去）但是還是很謝謝妳陪她聊天啦！（小辣椒接過表）其實妳之後可以跟我媽說，消防員工作很輕鬆啊！時不時還可以來急診室睡覺什麼的。

　　△ 小辣椒又氣又好笑地把紀錄表撕下來給張志遠，站起來準備離開。

小辣椒： 有種你去睡啊！

張志遠： 啊妳床鋪好沒？

　　△ 小辣椒聽到，又走回來作勢要踹張志遠。

張志遠： 欸欸，公眾場合！

△ 兩個人都笑了，小辣椒走離。

S30	內景：同安分隊走廊／日 人物：消防員兩位

△ 兩個身穿救護背心的消防員急急跑過走廊，出任務去了。

S31	內景：同安分隊／小會客室／日 人物：伍誌民、王文德、阿伯B、林義陽

△ 上午的同安分隊，小會客室裡，分隊長伍誌民正跟王文德議員及阿伯B在泡茶。林義陽一臉不爽地坐旁邊。

△ 伍誌民沏了兩杯茶，分別給阿伯B跟穿著西裝的王議員。

伍誌民： 阿伯來，喝個茶，議員也請……

王議員： （笑咪咪的不肯喝）分隊長……你們這次實在很不像話。

伍誌民： 其實我們隊員都是按照標準作業流程在做的，可能是有些誤會。

王議員： （笑笑地）延誤病人就醫是可以有什麼誤會？

林義陽： （氣不過開口）我哪有延誤就醫？我們才開10分鐘就到醫院，而且他太太也順利出院啦！

阿伯B： （很不高興地說）你看你看，有夠凶！到現在還狡辯！

林義陽： （又要繼續爭執）哪有狡辯啊，我說的是事實好不好？

伍誌民： （打斷林義陽）好了義陽，好了啦！

王議員： （只看伍誌民）對老人家講話，需要火氣這麼大嗎？

伍誌民： （對議員及阿伯B）不是啦，我們同仁年紀輕，可能比較衝動，比較衝動啦！抱歉啦阿伯，抱歉！

王議員： 分隊長，我沒有在針對誰，只不過你們出來工作，對老百姓這種態度，難怪我們坤伯會生氣。

阿伯B： 對啊對啊，那天他態度就跟現在一樣，有夠差的啦……

伍誌民： 坤伯啊，我是分隊長，我在這邊跟你說聲抱歉，年輕人說話比較衝動，不要生氣，喝點茶啦！

△ 林義陽臉色不悅地瞪著王議員。原本還想對王議員據理力爭的伍誌民，被林義陽這麼一亂，變得理虧了，只好忍住怒意，陪著笑臉盡力安撫王議員跟阿伯。

S32 外景：同安分隊門口／日
人物：伍誌民、王文德、阿伯B、司機

　　△　消防分隊的值班室大門口，伍誌民禮數周到地送王議員跟阿伯B出來。

王議員： 阿伯啊，我等等送你回去，你先坐車！

　　△　王議員的車已在門口等。司機開了車門。
　　△　王議員讓一臉滿意的阿伯先上了車，對分隊長握握手。

王議員： 分隊長，謝謝啊！

伍誌民： 不好意思！

王議員： （拍拍伍誌民的肩膀，）麻煩你啦！

　　△　王議員上車，車子駛離。
　　△　此時一台救護車默默地駛回分隊車庫。
　　　　伍誌民目送議員離開，一臉無奈。

S33 內景：同安分隊車庫／日
人物：徐子伶、魏嘉軒

　　△　消防隊的一樓，魏嘉軒正在進行救護車的車輛保養補耗材。此時另一台救護車駛入分隊。
　　△　徐子伶下車，看到魏嘉軒在這種時間車輛保養，覺得很奇怪。

徐子伶： 嘉軒你在幹嘛？現在又不是打掃時間？

魏嘉軒： 沒有啦！（指指樓上辦公室）現在低氣壓，我怕被掃到颱風尾。

徐子伶： 為什麼？

魏嘉軒： 剛剛有議員帶民眾來抗議，說羚羊學長前兩天救護態度很差。現在分隊長罰他寫金剛經，要他改改脾氣。

徐子伶： 是上次一直叫我別問病史、不然要去找議員的那個阿伯嗎？

魏嘉軒： 對啊，他原本要找妳欸，幸好妳不在。

　　△　徐子伶撇撇嘴，眉頭微蹙。

S34 內景：同安分隊辦公室／日
人物：林義陽、徐子伶

△　宣紙上，毛筆字正歪歪斜斜寫著「若有色、若無色；若有想、若無想……」

　△　空蕩蕩的辦公室裡，只有林義陽一個人握著毛筆，看著電腦裡的金剛經寫字，一臉不爽。寫到一半時，他的面前忽然出現一杯咖啡。他抬頭一看，是徐子伶。

徐子伶：聽說有人幫我擋災了？

林義陽：（低頭繼續寫）誰說是幫妳？我本來就看那個阿伯很不順眼了好不好。

　△　林義陽繼續寫。徐子伶看他似乎仍心情不好，又不知該如何安慰，便低頭小聲念著宣紙上的文字。

徐子伶：若非有想，非無想，我皆令入無餘涅槃，而滅度之……（念著念著，忍不住蹙眉）什麼意思？

　△　林義陽停筆瞪了徐子伶一眼，這才終於拿起咖啡喝一口。

林義陽：（看著字帖，非常認真翻譯）我已經參透這其中的道理了，意思就是說，我一想到那個阿伯我就非常的不爽，所以乾脆就不要想，呃……趕快進入這個沒有多餘盤子的餐廳大吃一頓，消滅心中的怒火，阿彌陀佛！

　△　徐子伶一臉打趣地笑了，插著腰，林義陽還繼續說。

林義陽：欸妳知道金剛經裡面沒有金剛嗎？

徐子伶：（噗嗤一笑）那你知道太陽餅裡面沒有太陽嗎？（走到自己座位坐下）

林義陽：那妳知道阿婆鐵蛋裡沒有阿婆嗎？

徐子伶：（笑著）無聊死了！

　△　林義陽轉回座位繼續寫字。

林義陽：那妳知道同安分隊裡面沒有分隊長嗎？

徐子伶：你再講我就跟他說喔！

　△　林義陽嘴角抿著笑，繼續罰寫毛筆。

S35	內景：同安分隊備勤室／邱漢成家客廳（視訊畫面）／日
	人物：張志遠、邱漢成、阿忠、魏嘉軒、消防員若干、林義陽、琦琦跟小穎（視訊）

　△　次日午後，同安分隊沐浴在明亮的陽光裡。

　△　備勤室裡，邱漢成走進備勤室。

張志遠：（VO）我們在這邊健身你在那邊吃泡麵，你好意思？

邱漢成：好了各位，下禮拜要業務檢查評分了，大家動作可能要快一點喔。

　△　邱漢成拿著資料，坐在正吃泡麵的阿忠前面。

阿忠：又要年底囉，大家加油，把假資料生出來！

△ 備勤室裡，有的消防員在運動，包括魏嘉軒跟張志遠、林義陽。
　　（小高值班台廣播畫外音：嘉軒，子伶學姊在車庫等你訓練喔！）
　△ 魏嘉軒滿臉驚恐地跳起來跑走。

魏嘉軒： 對欸要訓練！

林義陽： 訓練還敢忘記，讓學姊等，跑快一點！

阿忠： 欸子伶真是魔鬼教練，他今天已經操幾次了？……

張志遠： 真的超拚！

林義陽： 要趕快讓學弟上手啊。

　△ 這時邱漢成的手機忽然響起，他連忙拿起手機接聽視訊。

邱漢成：（對手機說）喂，怎麼樣啦？

小穎：（VO，手機裡傳出）琦琦她吵著要打給你，你陪她講一下話吧。

邱漢成： 喔好啊！

　△ 手機螢幕裡，邱妻小穎（33歲）拿著手機給5歲的女兒琦琦視訊。

小穎： 琦琦，爸爸！

　△ 小穎說完就轉身離開了，琦琦一臉興奮。

邱漢成： 嗨琦琦！

琦琦： 嗨！

邱漢成： 妳看妳看妳看，兩個叔叔欸！

　△ 視訊螢幕裡，張志遠跟林義陽也湊了進來。

琦琦： 嗨！

林義陽、張志遠： 嗨！琦琦！

張志遠： 琦琦，上次教妳的魔術是不是很厲害？志遠叔叔是不是好棒棒？

林義陽：（擠開張志遠）走開！（對手機說）羚羊叔叔教的比較厲害對不對？妳看！

　△ 林義陽對螢幕用手指變出一二三四，張志遠笑著拍他。

張志遠：（擠開林義陽）你三小白痴喔！

林義陽：（擠開張志遠）你才白痴！

　△ 手機裡的琦琦忍不住笑出來。

琦琦： 哈哈哈，白痴！

邱漢成：（也笑了）什麼白痴？我小孩在這裡啦！（對螢幕）不要理他們喔！

琦琦： 爸爸，那你什麼時候回來？

　△ 張志遠跟林義陽還忙著在邱漢成後面做鬼臉。

邱漢成： 今天你好好睡覺，明天爸爸送妳去幼稚園上課好不好？

琦琦： 好！

邱漢成： 跟叔叔掰掰！跟阿忠叔叔掰掰！

琦琦： 掰掰！

△ 林義陽、張志遠跟阿忠對螢幕裡的琦琦揮手再見。

S36	外景：大員市區中央藝大／日 人物：無

△ 大員市，中央藝大外，人車來往。

S37	內景：中央藝大／演奏廳／日 人物：張父、張母、張志遠、滿堂聽眾若干

△ 燈光已暗的學校演奏廳裡，燈光漸暗。

△ 張父穿著西裝走向鋼琴，觀眾掌聲如雷。

△ 張父微笑致意，看了看台下的觀眾，看到張母在台下笑著拍手。

△ 張母旁的座位空了一格，她看了看空位，笑容少了一些。

△ 張父鞠躬，然後坐下把手放到琴鍵上，一串悠揚的音符傾瀉而出。

△ 張母倖倖然地看著旁邊的空位，然後看著台上的張父。

△ 演奏廳的後門忽然打開來，是穿著便服的張志遠，他隨便找了個靠近門的空位坐了下來，默
　默看著遠遠舞台上的父親。

△ 舞台上，張父猶專心彈奏著鋼琴曲。

△ 張志遠聽著父親演奏，表情複雜。

S38	內景：中央藝大／演奏廳外／日 人物：張父、張母、張父同事、劉教授、張志遠、學生與聽眾若干

△ 相機快門聲，是學生在幫觀眾跟張父、張母合影。

△ 演奏廳外，花籃花束被擺在各個角落。

△ 張父和張母正送聽眾離開。

張父： 謝謝、謝謝！

張母： 謝謝，慢走！

△ 一位同事走了過來，握了握張父的手。

同事： 張老師，恭喜恭喜恭喜！今天的演出太精彩啦！

張父： 謝謝、謝謝！

同事： 有空一定要回來看我們喔！

張父： 一定、一定！

同事： 好，先這樣，掰掰！

張父： 掰掰！

張母：（對著學生說）這些送到系辦去。

學生： 好！

張志遠： 爸！恭喜！

△ 張父母轉身一看，原來是張志遠帶著禮物站出來了。

△ 張父母臉上露出驚喜。

張母：（開心的笑容滿面）志遠你怎麼來了？不是要上班嗎？

張志遠： 當然是辛苦去調假啊。爸的退休音樂會怎麼能不來？（給了爸爸禮物）爸，你的最愛。

△ 張父接過禮物，雖然沒有說話，卻看得出來神色很是欣慰。

張母： 那晚上湯伯伯他們要請你爸吃飯，你就一起來吧？

△ 張志遠有點猶豫，這時後面有個人走過來，是劉教授。

劉教授：（握住張父的手）泰威，恭喜恭喜恭喜！以後一定要常常到系上看我們！

張父： 我會的！

劉教授：（注意到張志遠）……志遠欸？好久不見。

張志遠：（尷尬笑笑）好久不見！

劉教授：（有點驚喜）今天怎麼沒上台跟你爸爸來個四手聯彈？

△ 張志遠禮貌地笑笑，沒有搭腔。張父的臉色也黯淡下來。

張母：（連忙轉話題）劉老師，晚上湯老師說要請大家一起吃個便飯，你會去吧！

劉教授： 會啊，搭我的便車，我們一起去？

張志遠：（拘謹地笑笑）我調假時間到六點，就先不過去了。

△ 張父一臉失望。

張母： 你不跟我們一起吃飯？

張志遠： 下次請你們去吃大餐。爸再見，劉叔叔再見。

△ 眼看張志遠匆匆離去，張父母眼中滿是失望。

劉教授： 難得看到志遠來聽音樂會，他最近一定很忙吧？

張母：（一臉鬱悶）老樣子。說什麼都不肯碰琴……

△ 劉教授看張父變了臉色，試著緩頰，拍了拍張父。

劉教授：當消防員也很好。救人的，很有意義。

△ 張父落寞笑笑，沒說什麼。

S39　內景：同安分隊車庫／夜
　　　人物：邱漢成、魏嘉軒

△ 夜晚，同安分隊車庫可看見救護車駛入，邱漢成與魏嘉軒在車內。

△ 魏嘉軒看了看空蕩蕩的車庫。

魏嘉軒：哇，今天這麼旺，都出去啦？

邱漢成：靠，不會吧～又是阿忠值班啊？

魏嘉軒：有可能欸，上次火警我洗澡到一半忽然警鈴響，也是阿忠學長值班。

邱漢成：妳都忘了，他綽號叫行動鳳梨，旺啦！

△ 下了救護車，魏嘉軒往值班台走去，邱漢成的手機響起。

邱漢成：（看了一眼就接起來聽）喂媽……（聽了一會，臉色微變）羊水破了？現在要生！
　　　媽妳等一下，我看能不能請假，我等一下打電話給妳好不好？好好好！

△ 邱漢成邊掛電話邊往值班室走去，不料值班室裡的機器傳出刺耳廣播聲。

（廣播VO，機器聲音：救護！救護！出動91！）

△ 邱漢成愣住了。此時魏嘉軒拿著派遣單的小籃子衝出來，跑上救護車。

魏嘉軒：學長，是噎到休克！學長！

△ 邱漢成猶豫了一下，便還是上了救護車。

S40　外景：大員市街道／夜
　　　人物：邱漢成、魏嘉軒

△ 救護車在道路上疾駛著。

（勤指中心VO，無線電：病患是20幾歲年輕人，吃東西噎到，疑似異物梗塞已經OHCA，我們正在指導家屬CPR了。）

△ 魏嘉軒開著車。邱漢成邊看手上的派遣令，邊用無線電跟勤務中心聯繫。

邱漢成：（對無線電）大概再三分鐘到。

△ 此時邱漢成的私人手機響了，邱漢成看了一下便馬上接聽。

邱漢成： （對手機）喂媽，我現在有緊急任務，沒辦法過去……（聽了一下，神情緊張起來）他們血庫沒血？那就叫他們趕快去調啊……

△ 魏嘉軒忍不住轉過頭來，看著邱漢成。邱漢成眉頭深鎖地聽著。

邱漢成： （對著手機）媽妳就簽名就可以了，現在調血重要！

△ 邱漢成心情沉重地放下手機，表情凝重，他看了看魏嘉軒。

邱漢成： 沒事……

△ 邱漢成說完，緊繃地看向前方。

S41 外景：小巷／夜
人物：邱漢成、魏嘉軒、媽媽 M

△ 小巷弄裡，救護車由遠而近駛入，停下。媽媽M已經滿臉淚痕地等著。

媽媽M： （焦急哭著揮手）這裡這裡！

S42 內景：普通公寓一樓／夜
人物：邱漢成、魏嘉軒、年輕人 K、媽媽 M、爸爸 N

△ 邱漢成跟魏嘉軒跟著媽媽M快步走入病患家。

媽媽M： （邊走邊講）他吃到一半就噎到了，我們怎麼弄也弄不出來。

△ 客廳裡，爸爸N正在地上幫一位20幾歲、臉色發白但嘴唇尚有血色、剛昏迷的年輕人K進行CPR。邱漢成馬上過去、蹲下。

邱漢成： （對滿頭大汗的爸爸 N 說）爸爸 CPR 做得很好，**繼續幫我按壓**。（說完便目視少年口中）

△ 邱漢成評估呼吸脈搏，壓額抬下巴。

邱漢成： （對魏嘉軒說）OHCA 了，AED！

△ 魏嘉軒連忙操作AED貼片，邱漢成拿起AMBU（人工急救甦醒球）蓋住少年口鼻。

邱漢成： （對爸爸說）暫停一下。

AED 聲響： 正在分析病人心律，請不要碰觸病患。正在分析病人心律，請不要碰觸病患。

邱漢成： 氣進不去。

魏嘉軒： 學長，Asystole（無心律）。

邱漢成： （對爸爸說）**繼續壓**。

△ 魏嘉軒與邱漢成馬上著手下一步。

邱漢成：（對魏嘉軒說）喉頭鏡。

　　△ 魏嘉軒準備喉頭鏡。

邱漢成：MAGILL（異物夾）。

　　△ 邱漢成接過魏嘉軒遞過來的異物夾，小心翼翼地深入年輕人K的嘴巴。

　　△ 爸爸N邊CPR邊緊張望著邱漢成動作。

媽媽M：（擔心地捧著胸口，緊張地問）看到了嗎？

邱漢成：看不見……

　　△ 邱漢成聚精會神地深入年輕人K的喉嚨。

媽媽M：那怎麼辦？怎麼辦？

　　△ 邱漢成沒回答，只是聚精會神地深入年輕人K的喉嚨。

　　△ 邱漢成專心夾弄，終於成功將肉塊夾出來了。

邱漢成：異物排除。

　　△ 媽媽M摸著胸口，鬆了口氣。

邱漢成：ENDO（氣管內管）。

　　△ 魏嘉軒立刻遞上ENDO，邱漢成就將ENDO置入患者口中，兩人迅速且確實的合作。

S43	外景：大員市街道／夜
	人物：邱漢成、魏嘉軒、年輕人 K、媽媽 M、爸爸 N

　　△ 救護車在路上疾駛。

　　△ 後座，邱漢成仍在幫年輕人K進行CPR，媽媽M則在按壓甦醒球，每六秒一次。

媽媽M：一、二、三、四、五、六。（用力壓甦醒球）

邱漢成：媽媽，氣不用給那麼多。

媽媽M：（點點頭）二、三、四、五、六……

AED 聲響：正在分析病人心律，請勿碰觸病人。

　　△ 邱漢成停止CPR、也阻止媽媽M壓甦醒球，自己看向AED。

邱漢成：嘉軒有 rhythm！

媽媽M：那是什麼意思！

　　△ 邱漢成轉身，用手測量年輕人K的頸動脈。

邱漢成： 有心跳了！

　　△ 媽媽M驚喜望著邱漢成。前座的爸爸N也鬆了一口氣。

邱漢成： 媽媽妳幫我繼續，六秒一次。

媽媽M： （繼續壓甦醒球）一、二、三、四……

　　△ 年輕人K漸漸恢復氣色。

S44　內景：大員醫院急診室／檢傷處／夜
　　　人物：邱漢成、小辣椒護理師、醫生Z、媽媽M、爸爸N、病人及醫護若干

　　△ 醫院急診室裡，人來人往。

　　△ 檢傷處內，邱漢成把填寫好的救護紀錄表交給小辣椒護士簽名。

邱漢成： 小辣椒，簽一下。我有急事要走了！

　　　（男人女人VO：先生先生！）

　　△ 邱漢成轉頭一看，是媽媽M跟爸爸N感激的臉。

媽媽M： 謝謝你！真的很謝謝，醫生說我兒子沒事了。真的很謝謝你把我兒子救回來。

爸爸N： 謝謝！

邱漢成： （點頭致意，有點焦急）那我……

爸爸N： 那我們先過去了。

　　△ 邱漢成點點頭，連忙往外衝去，消失在轉角。

S45　內景：持仁醫院走廊／夜
　　　人物：邱漢成、環境人物若干

　　△ 持仁醫院的長廊上，可以看見邱漢成急急地跑來，心緒慌亂的他，差點撞上護理師推的推車。

S46　內景：持仁醫院婦產科病房／夜
　　　人物：邱漢成、邱妻、邱母、琦琦

　　△ 產房裡，邱母抱著琦琦累得睡著了。疲憊的邱妻也正闔眼休息，邱漢成走進來，安靜地靠
　　　近邱妻床邊，俯身輕撫邱妻的額頭，滿臉愧意。

邱漢成： 還好嗎？

　　△ 邱妻委屈地要哭出來，不回答。翻了個身背對邱漢成，紅了眼眶。

△ 邱漢成看著邱妻的背，一臉鬱悶，卻又不知該說什麼才好。

邱漢成：（摸著小穎的頭）對不起……

S47　內景：持仁醫院嬰兒房／日
　　　人物：邱漢成、嬰兒A、嬰兒若干、路人若干

△ 隔天早上，邱漢成站在嬰兒房窗戶外。

醫生：（VO）幸好血庫調到血，母子都很平安，接下來好好休息就好。

△ 邱漢成站在窗邊看著嬰兒A熟睡的神情，一臉慈愛。（嬰兒A床頭寫著蕭天穎之男）
△ 邱漢成欣慰又慈愛地看著嬰兒。

S48　內景：同安分隊備勤室／日
　　　人物：徐子伶、林義陽、張志遠、阿忠、（廖新聞主播）

△ 這天中午，分隊備勤室裡，有的消防員在吃便當，有的正從廚房拿筷子過來，有的去飲水機裝
　水。
　（電視主播VO：上週一的東方公寓大火議員在質詢的時候就抗議說，為什麼雲梯車不朝著失火
　戶射水，認為消防隊延誤最佳打火時機……）

林義陽：吃屎啦講那什麼屁話？

張志遠：根本在鬼扯！

△ 電視機裡，可以看見昨晚公寓大火的畫面。主播台上的主播繼續。

新聞主播：（電視畫面）對此消防局長卻駁斥，表示說消防員會那麼做主要就是在阻絕延燒，
　　　　　　希望議員尊重他們的消防專業。

林義陽：這樣講才對嘛！

張志遠：說得好！

徐子伶：沒錯！

新聞主播：（電視畫面）另外在當天有消防員冒險進入火場，搶救出一名老太太，她的女兒在
　　　　　　接受訪問的時候說媽媽因為不良於行，當時又被衣櫃給壓住了，所以無法順利逃
　　　　　　脫，幸好有消防員冒險救她一命，她萬分感謝。那這個大廈裡頭樓梯間都堆滿雜
　　　　　　物……

△ 電視畫面配合主播念出的新聞，秀出一段火場裡張志遠背著受困老婦走出一樓樓梯間、將老
　婦交給支援消防員的畫面。

林義陽：（看到新聞畫面）哇張志遠，上電視了。

　　△　眾人發出笑聲跟叫好聲。

張志遠：（抬頭看螢幕）怎麼才這幾秒？我這麼帥欸……

　阿忠：嘿啦你最帥，那位阿婆很快就會去「告白消防」找你了。

　　△　眾人哄堂而笑。張志遠也笑著罵阿忠。

張志遠：（對大家）欸對啦，我明天休假時要去看一下邱 Sir 跟小穎，有沒有人要一起嗎？

林義陽：我昨天去了！我乾兒子長得超帥，跟我超像。

張志遠：長得像你，你戴邱 Sir 綠帽喔？

林義陽：欸對齁……怪怪的。

徐子伶：所以小穎情況有好一點嗎？

林義陽：不知道欸，看不出來。

張志遠：那我明天要帶什麼去給她比較好？

徐子伶：紅包啊！

林義陽：實際。

　阿忠：（舉手）啊，尿布！

徐子伶：黃金！

張志遠：黃金？這麼有誠意？

　　　　（廣播畫外音，陳國勝聲音：子伶、羚羊救護。）

　　△　徐子伶跟林義陽連忙放下手上的便當，快速離開備勤室。

林義陽：（想到什麼似地轉頭對阿忠大喊）不要偷吃我的便當蛤！

　阿忠：（正光明正大夾起林義陽便當裡的肉）幹怎麼只有一個香腸……

張志遠：怎麼沒有肉啦！

```
S49
```
內景：同安分隊車庫／日
人物：徐子伶、林義陽

　　△　救護車（同安92）內，駕駛座的林義陽插入鑰匙，發動車子。徐子伶打開副駕駛座的門，進
　　　　來坐好。

林義陽：（邊開警示燈邊打開導航）幹今天怎麼這麼忙，92 都出三次了。

徐子伶：（一邊綁安全帶一邊看手上派遣單的地址，念給林義陽聽）光明四路 211 號……
　　　　（突然臉色大變）

林義陽：（疑惑地）怎麼了？

徐子伶：（錯愕地）我家欸。

　　△　駕駛座上的林義陽一臉驚訝。

△ 馬路上，一台救護車在狂飆，發出刺耳響笛。

△ 林義陽開車疾駛，徐子伶看著自己手機上的撥號畫面，一臉憂心。

△（ins.）徐家客廳、廚房裡無人，電話鈴聲響著。

△ 徐子伶一臉擔心，放下手機。

徐子伶：（拿起無線電）灣台灣台，同安92呼叫。

（勤務指揮中心 VO：灣台收到請說。）

徐子伶：請問報案人狀況如何？

（勤務指揮中心 VO：報案人說她一個人在家，忽然胸口悶痛，說了地址後就斷訊，回撥也
沒人接聽。）

徐子伶：無人接聽是電話不通還是報案人狀況不明？

（勤務指揮中心 VO：無法確定。）

徐子伶：我知道了（無奈掛上對講機）。

△ 徐子伶又繼續撥電話。救護車在公路上疾駛著。

△ 救護車轉進巷子，前面一台小貨車卻在卸貨，擋住狹小的巷道。

△ 林義陽皺著眉，頻頻按喇叭。

△ 一位司機急急忙忙跑出來要關上貨車後面的門。

司機：抱歉抱歉！

徐子伶：（搖下車窗，緊張地）欸！快點好嗎？

林義陽：（對著窗外貨車大喊）快一點啦！

△（ins.）徐家徐母床上，一隻手旁有支手機持續有「子伶」來電，但那隻手一動也不動。

（待續……）

第二集　遺願

平靜的溪邊起了騷動，張志遠跟隊友們前往救溺，事後卻意外撞見他的國小老師。剛生產完的邱妻請求邱漢成轉行，錯愕的他十分為難。徐子伶去救護一位癌末老太太，對方卻哀求將救護車違規繞去她童年的海邊看看，因為這是她人生最後的願望。奉公守法的徐子伶陷入掙扎……

張志遠替溺水少年 CPR 急救中。

護理站裡，小辣椒在幫張志遠處理手肘上的傷口。

兩人有若即若離的感情。

林義陽跟徐子伶救護一位癌末老太太，
她人生最後心願是到童年的海邊看看。
海邊微風徐徐，四個人一同望向湛藍的大海。

| S1 | 內景：徐子伶家（外連內）／客廳、飯廳／日 |
| | 人物：無 |

△ 徐子伶家客廳、飯廳都沒有人，電話聲持續響著。

| S2 | 內景：大員市街頭／日 |
| | 人物：徐子伶、林義陽 |

△ 馬路上，一台救護車在狂飆，發出刺耳的響笛。

△ 林義陽開車疾駛，徐子伶一臉憂心地打著電話但沒人接。

| S3 | 內景：徐子伶家（外連內）／客廳、飯廳到徐母臥室／日 |
| | 人物：徐子伶、徐母、林義陽 |

△ 徐子伶急急打開家裡大門衝了進去。她進了徐家客廳，匆忙尋找著。

徐子伶：（大喊）媽！媽！

△ 客廳空無一人，徐子伶便衝向徐母臥房。

　　△ 徐母坐在床上撇頭看向床邊，徐子伶衝向徐母，摸徐母的額頭確認有無發燒，徐母反抗。

徐子伶：（錯愕地）妳哪裡不舒服，妳為什麼不接電話？

　　△ 徐母不理會徐子伶。

徐子伶： 妳哪裡不舒服妳要說話啊？

　　△ 徐母看向徐子伶。

徐子伶：（氣急敗壞）妳沒有不舒服對不對？妳為什麼要亂打119？

徐　母： 我哪有亂打119？我今天到醫院去拿檢查報告，紅血球過低，貧血，我就問那醫生為什麼，他就說『喔有各種可能性啊，現在還不確定！』什麼叫現在還不確定啊！我都覺得我快死了！是不是要等到我死了妳才願意回來看我？

徐子伶： 媽，我在工作！

徐　母： 什麼工作？什麼工作？

　　△ 停好車的林義陽帶著椅式擔架跟急救包也跑來了，他一看到這個場面，也不禁愣住。

徐　母： 妳小的時候我不用工作嗎？我有因為工作不照顧妳嗎？

徐　母： 我拚命打電話給妳，妳也不接電話，我養妳這個女兒有什麼用啊？

徐子伶：（更為無奈）我明明跟妳說過很多次，我在工作的時候很常不能接電話，不是嗎？

徐　母： 那妳為什麼要去當什麼消防員啊？蛤？上班族不好嗎？貿易公司的工作很好啊，每天上下班我就可以看到妳。

　　△ 徐子伶瞪著徐母，憤怒又無奈。

徐　母： 每次看到有火災的新聞，妳知道我有多擔心嗎？

　　△ 徐子伶撇頭，嘆了口氣。

S4	內景：同安分隊／值班室／日
	人物：徐子伶、林義陽、陳國勝、環境消防員若干

　　△ 陳國勝坐在值班室打紀錄，徐子伶面無表情地走進值班室，林義陽跟在後頭。

　　△ 值班台前的陳國勝回頭望了徐子伶一眼，便白目地開玩笑。

陳國勝： 這招不錯。

　　△ 徐子伶坐在電腦桌前打紀錄，回頭看陳國勝一眼。

陳國勝： 改天我也要叫我老婆打119，這樣我可以回家坐坐，順便摸魚。

△　林義陽聽了之後，走向陳國勝，並看了徐子伶一眼。

林義陽： 學長，什麼摸魚？

　　△　徐子伶臉色鐵青，看向陳國勝、林義陽。

林義陽： 子伶是故意的是不是啦？

陳國勝：（有點不高興）我開玩笑一下而已，有要緊嗎？

林義陽： 這玩笑是可以隨便開的嗎？

　　△　林義陽走離值班台。

　　△　徐子伶轉回頭，繼續打紀錄。

S5 內景：溪邊／溪中及泥岸／夜
　　　人物：少年（古仕煌）、少年母親（古媽媽）

　　△　溪邊，夜色迷離。河岸旁站著一位17歲的少年，冷冷的月色逆光映照在他背上。

　　△　清冷的月光，照著河面粼粼的波光，倒映在少年臉上。少年眼中隱隱有淚光。

　　△　少年面無表情，突然下定決心，他失神落魄地從岸上往潺潺流動的溪水走去，少年的身影漸漸沒入溪流裡。

古媽媽：（VO）仕煌！仕煌！

S6 內景：溪中及溪邊泥岸／夜
　　　人物：宋小、魏嘉軒、張志遠（救護）、邱漢成、阿忠、古媽媽、
　　　　　　溺水少年（古仕煌）、兩三位警察、十幾位消防員

　　△　天空的雲飄動，救護車響笛由遠而近。

宋小：（VO）灣台灣台，同安07呼叫，報案人是溺者母親，我們現在在事故現場進行搜尋，還沒有找到，會繼續往下游擴大搜尋。

　　△　這天夜晚，從芒草高聳的小路看過去，可以看見遠遠的溪邊有十幾位消防員忙碌的身影。他們身上手電筒的光束在夜色裡搖曳著。

　　△　除了幾位救護員外，其他人都穿著潛水用的防寒衣。

宋小：（跟救護員講）等下你把搜尋過的區域紀錄起來，還有這邊。

魏嘉軒： 小隊長。

宋小： 你去幫志遠。

魏嘉軒： 好（走向志遠），學長。

張志遠： 來。

　　△ 宋小對古媽媽說話。

宋小： 古媽，在這邊等，我們的人已經下去搜尋了，一有消息馬上會通知妳。

　　△ 距離岸邊不遠的溪流某處，幾個消防員穿著防寒衣潛入水中找著。

　　△ 忽然，帶著潛水鏡的消防員R拉著溺水少年冒出水面。

邱漢成： 同安07，漢成呼叫，發現溺者。

宋小： 發現溺者！救護班準備，其他人準備支援！

宋小： 嘉軒，來幫忙！

　　△ 古太太泣聲衝向岸邊。

△ 邱漢成把少年拉上汽艇，開始幫他CPR。

宋小： 灣台灣台，同安07呼叫，溺者已經找到，等一下準備送醫。

　　△ 快艇駛向岸邊。古媽媽焦慮地走向前。

宋小： 古媽，妳先到後面一點，交給我們同仁處理。

　　△ 消防員們把少年從快艇上搬下來。

張志遠： 來這邊，準備放下（病患），來一二三（放下病患），嘉軒備 IV。

　　△ 古媽媽衝上前，被消防員攔住。

AED 聲響： 正在分析病人心率，請不要觸碰病人。

　　△ 阿忠暫停CPR。

AED 聲響： 不建議電擊，請繼續 CPR。

張志遠： 繼續壓胸（拿出 AMBU）。通氣測試。20下答數。

阿忠： 21、22、23、24、25、26、27、28、29、30……

張志遠： 壓一、壓二（壓了兩下 AMBU）。好，準備置入 iGel（氣管內管）。

　　△ 張志遠開始建立呼吸道。

張志遠： 繼續壓。

　　△ 阿忠繼續CPR。

張志遠： 剩下10秒，待會嘉軒準備換手。

AED 聲響： 正在分析病人心率，請不要觸碰病人。

張志遠： 不要動。

　　△ 阿忠跟魏嘉軒換手。

張志遠： asystole（無心律），不建議電擊，繼續壓胸。

AED 聲響： 不建議電擊，請繼續 CPR。

　　△ 魏嘉軒繼續CPR。

　　△ 張志遠拿出bosmin（腎上腺素），把bosmin打進IV裡面。

張志遠： 我現在抽 bosmin，第一支，IV push（打藥），打完我們就送醫。

　　△ 張志遠把bosmin打進IV裡面。

內景：大員醫院／急診室／急救區外／夜
人物：張志遠、阿忠、醫生甲、古媽媽、急診室醫護若干、家屬若干、
溺水少年（古仕煌）

△ 急診室的走廊，張志遠、阿忠跟兩位護理師推著擔架床在長廊上跑著，把溺水少年推進急
救區，古媽媽跟在後頭。

護理師： 借過！借過借過！

古媽媽： 仕煌……仕煌……。

護理師： 醫生！快點！醫生！

阿忠： 醫生！

△ 醫生甲跑過來從阿忠手中接過AMBU，進入急救區。

△ 慌張傷心的古媽媽要跟上前卻被張志遠、阿忠擋住。

張志遠： 妳在這邊就好，我們不能進去。

古媽媽： 我兒子還好嗎？

阿忠： 現在交給醫生就好了。

古媽媽： 你們要救他，一定要救他。

內景：大員醫院／急診室／急救區外／夜
人物：張志遠、阿忠、古媽媽、古爸爸、急診室醫護若干、家屬若干

△ 阿忠搔著頭走向坐在椅子上寫救護紀錄表的張志遠旁邊。

阿忠： 那弟弟醒過來了嗎？

△ 張志遠搖頭，把救護紀錄表遞給阿忠簽名。

（古媽媽畫外音：都是你！都是你！都是你！）

△ 張志遠、阿忠及零星幾位家屬、病人不禁看過去，原來是古媽媽
一看到古爸爸就崩潰痛哭。

古媽媽： 你為什麼要罵他丟臉！為什麼要摔爛他的手機！

△ 古爸爸沒回答，古媽媽繼續痛哭嘶吼著。

古媽媽： 他就是這次考不好，你就說他不配當你的兒子！他以前都考第一名的時候，你
有讚美過他嗎？蛤？為什麼……

△ 古媽媽猛拉著古爸爸的袖子，靠在古爸爸的肩上哭泣，古爸爸摟著古媽媽不發一語，看向
遠方。

△ 張志遠看著他們，神情感傷。古爸爸轉過身來，張志遠忽然瞪大眼睛，似乎在思索著什麼。

△ 這城市的夜，更深了。

S9	內景：持仁醫院／內科候診處／日

人物：徐子伶、徐母、若干民眾、若干護理師

△ 急診室裡，病人等待看診，護理師幫忙病人解決問題。

△ 持仁醫院內科候診處，徐子伶正陪著徐母候診。

徐母： 妳等一下跟醫生講，檢查完之後立刻可以看報告嗎？

徐子伶： 為什麼？

徐母： 妳覺得……我為什麼貧血啊？我覺得我可能是內出血……唉唷……難怪我去速食店打工的時候常覺得頭好暈，好在喔，我夠積極我還做檢查，如果沒有檢查出我是內出血的話，那不就糟了！

徐子伶：（氣音講）媽，所以我才一直跟妳說，叫妳不要去打工（徐母撇頭），我現在工作收入很穩定，妳幹嘛那麼累？

徐母： 我能動就動，我能多賺點錢就多賺點錢！好在以前我很拚，不然喔……白天的約聘人員那種工作，我怎麼養大妳啊？妳看……學費、補習費每個月花多少錢？

徐子伶： 所以我才說妳現在就退休，好好的休息嘛！

徐母： 我還沒 60 歲我退什麼休啊？況且妳那工作那麼危險，誰知道哪天會發生什麼事啊？我賺那麼多錢讓妳讀書，好不容易大學畢業，妳就不能夠在貿易公司好好上班嗎？去當什麼消防員！

徐子伶： 媽妳這已經念了很多次，可不可以不要再念了？

△ 徐子伶轉身，乾脆拿出手機打發時間。

徐母：（搖頭）當初要是生兒子就好了，妳爸就不會離開我們，去美國的就會是我們，哪輪得到那個女的？那個女的沒有一樣是強的，就是肚子比我強，生了一個兒子！

徐母： 不過人家兒子還真優秀，在美國開飛機。妳啊加油啦！不要被別人比下去啦！

△ 徐子伶一臉的倔強與不服。

S10	內景：同安分隊／備勤室健身區／夜

人物：張志遠、林義陽、邱漢成、阿忠、小高、魏嘉軒

△ 夜晚，同安分隊沐浴在寧靜的夜色裡。

△ 分隊備勤室，幾個消防員在各自在運動、吃東西。

張志遠：（看著正在健身的魏嘉軒）嘉軒，你今天常訓被子伶操成那樣你還有力氣練喔，你看小高都在吃第二攤了。

△ 大家笑了出來。坐在一旁吃泡麵的小高一臉尷尬。

小高：　學長你別這樣，我每天累得都要喝提神飲料了⋯⋯

邱漢成：　欸嘉軒你不是游泳隊嗎？體力應該很好吧！

阿忠：　太好啦！明年划龍舟比賽就不用抽籤，就派嘉軒去就可以了。

林義陽：　好欸！

魏嘉軒：　蛤？不要啦。

張志遠：　（對著阿忠）還敢講划龍舟咧，上次你去比賽隊上少一個人力，我還要停休回來
　　　　　幫你排練消防演習欸。

阿忠：　喔這麼委屈喔。

張志遠：　累死了。

林義陽：　你那個只是救護班哪有什麼！我那次梯間布線就排了四天，演習完還被線上派
　　　　　遣去打火，梯間布線到八樓欸！

阿忠：　幹！你也太衰小了吧？

林義陽：　那還不是你帶衰！又沒得名！

張志遠：　鳳梨王。

阿忠：　（對著張志遠）不然你以為划龍舟很爽是不是？

張志遠：　（忽然望向小高）哇靠小高，你在吃第三攤喔？

　　△　大家望向角落的小高。才剛偷偷打開一包吐司的小高，尷尬地笑笑。

小高：　我要去比大胃王比賽啊！

林義陽：　欸那吐司是我的吧？

　　△　小高望向林義陽，再看回吐司。

小高：　不是！花生醬才是你的！

林義陽：　那沒關係啦那過期了！多吃一點！

　　△　眾人笑，小高看著花生醬蓋子上的效期。

> **S11**　外景：大員醫院急診室門口／日
> 人物：張志遠、阿忠、酒醉年輕人、醫院警衛

　　△　次日，大員市一如往昔喧囂。

　　　　（畫外音：救護車的響笛淡入。）

　　△　醫院的急診室邊，救護車駛入，停下。醫院警衛開啟救護車後門，張志遠下車將擔架床拉出
　　　　來，阿忠也跟著下車一起推擔架床。

警衛：　（一邊拉一邊皺眉）怎麼這麼臭？

張志遠：　（一臉鬱悶）他剛在車上拉屎了。

警衛： 蛤？

　　△　警衛聽了一臉錯愕，往後退。

酒醉年輕人： 放開我！

　　△　酒醉年輕人（臉頰上有小擦傷）就忽然「嗯」了一聲，吐在阿忠身上。

酒醉年輕人： 放開我！

張志遠：（對酒醉年輕人說）你先躺好！（看向阿忠）你等一下去廁所擦一下吧？

　　△　阿忠點頭，指著急診室內示意先把酒醉年輕人推進急診室，無奈地跟張志遠繼續推擔架床。

S12　外景：大員醫院急診室／治療區病床／日
　　　人物：張志遠、小辣椒、酒醉年輕人、民眾若干、護理師若干

　　△　治療區的病床上，小辣椒想要處理酒醉年輕人臉上的小擦傷。

酒醉年輕人： 乾杯（說完大笑）！

小辣椒： 先生請你安靜！這裡是急診室！

酒醉年輕人： I'm so sad. I'm so happy.

張志遠： 先生這裡是急診室，請你講話小聲一點。不要打擾到其他人！

酒醉年輕人： OK！噓（食指放在嘴上）……

小辣椒： 你只是喝醉酒而已，住什麼院啊。

酒醉年輕人： 我哪有喝醉啊！

小辣椒： 請你安靜！躺好！

　　△　小辣椒把酒醉年輕人的頭壓下去，清理他臉上的小擦傷。

酒醉年輕人：（看了一眼小辣椒的名牌）欸妳態度很差喔！

　　△　酒醉年輕人大力把小辣椒的手撥開。

酒醉年輕人：（指著自己的頭）我就跟妳說我不是這裡痛！我是胃痛（小辣椒退後）！這什麼態度啊？欸！

　　△　酒醉年輕人用手拉扯小辣椒的名牌想看清楚。

張志遠：（連忙幫小辣椒按住酒醉年輕人的手）幹什麼！

小辣椒： 幹嘛！

酒醉年輕人： 妳叫什麼名字啊！Do you know who I am？我是妳的 boss……

小辣椒：（終於怒氣爆發）你不想擦藥，就不要來醫院浪費醫療資源！

酒醉年輕人：（抖動著身體笑）醫療資源……（抓狂抄起一旁護理工作車上的剪刀，劃向小辣椒）你們這什麼醫療資源啊！

△ 張志遠連忙用手護住小辣椒，導致手臂外側被刀劃傷，小辣椒退到張志遠後面。

酒醉年輕人： 這什麼醫療資源！（對著小辣椒喊）妳要擦藥妳過來擦啊！

　　△ 酒醉年輕人握著剪刀指著張志遠，張志遠上前抵制酒醉年輕人。

張志遠： 幹什麼！

小辣椒：（對著張志遠說）欸你沒事吧！你受傷了。

酒醉年輕人：（反抗）你幹嘛？

張志遠： 你冷靜！冷靜！

S13	外景：大員醫院急診室／護理站／日
	人物：小辣椒、張志遠、古媽媽、古爸爸、民眾若干、護理師若干

　　△ 護理站裡，小辣椒在幫張志遠處理手肘上的傷口。

張志遠：（嘻皮笑臉地）還好我剛才有出來英雄救美，不然妳就 GG 了！

小辣椒： 你可不可以跟你們長官講一下，你們119不要送那些酒空ㄟ過來，他們在這裡不是睡覺就是罵人打人，健保就是被這種人浪費光的！他們上次還把我們護理師長打傷欸！這種垃圾送來醫院幹嘛？

張志遠： 不然要送去垃圾場喔？我不是開垃圾車的。這樣子我們警鈴要換一下欸！

　　△ 小辣椒疑惑看了張志遠一眼，張志遠開始唱起垃圾車的音樂，張志遠跟小辣椒一起笑著，此時急診室通道遠方忽然傳來爭執聲。他們驚訝地看過去，原來是上次溺水少年的父母（古爸爸夫妻）。

古媽媽： 我只是想要仕煌活下來，有什麼不對？

古爸爸：（無奈地說）他已經死了！妳為什麼講不聽啊？

古媽媽： 至少一部分的他還沒有死……

古爸爸：（很不高興地說）至少讓他留個全屍吧？蛤？妳去弄什麼器官捐贈啊！

　　△ 小辣椒跟張志遠往古爸爸、古媽媽的方向看。

古媽媽： 捐出去……捐出去可以救更多的孩子……（古媽媽又忍不住流淚）

古爸爸：（一臉無奈地）妳就聽我一次嘛好不好……

古媽媽：（咬牙切齒地瞪著古爸爸）我聽你的話……我聽你的話已經大半輩子了！聽到孩子都死了……都死了……

　　△ 想到傷心處，古媽媽又撕心裂肺地哭起來。

小辣椒：（神情感傷）欸……那不是古老師嗎？我們國小的班導？

張志遠：（點頭）嗯……

　　△ 張志遠神情感傷看著古媽媽悲痛地哭著，沒再說什麼。

外景：大員醫院／急診室大門外／日
人物：張志遠、古爸爸

△ 急診室大門外，古爸爸坐在椅子上發呆，似乎失了魂魄。張志遠拿了兩瓶易開罐咖啡走過來，猶豫了一下。

張志遠： 古老師。

△ 古爸爸轉頭一時沒認出來，有點困惑。

張志遠： 我是張志遠，白雲國小六年仁班……以前放學常搭你的車去安親班那位……還記得我嗎？

△ 古爸爸這才想起來，看向張志遠。

古爸爸： 你鋼琴彈得很好，常請假跟哥哥一起去比賽？

△ 張志遠聽到哥哥，表情瞬間變了一下，但他隨即笑笑。

張志遠： 喔……對……（遞給古爸爸一罐咖啡）這個給你。

古爸爸： 喔……謝謝……

△ 張志遠陪他坐下來，兩人默默無語。

張志遠： 當年我哥過世的時候，我爸也是這樣……

△ 古爸爸有點訝異地轉頭，看著張志遠。

張志遠：（看著遠方陷入回憶）在殯儀館的拜飯區時，我媽常哭到喘不過氣，但是我爸卻一滴眼淚也沒有流，那時候他們常常吵架，我媽就會邊哭邊罵我爸鐵石心腸……可是有一次半夜，我無意間看到我爸抱著我哥的小提琴嚎啕大哭，我從來沒看過他那麼傷心的樣子……

△ 古爸爸看了張志遠一眼，沒有說話，轉回頭看向遠方。

張志遠： 一直到現在，我爸都不會我們面前哭了。但是我知道，他比誰都更愛我哥……他比誰都捨不得……

△ 古爸爸嘆了口氣，站起來要往醫院裡走，張志遠也起身，只見古爸爸對他鞠了躬。

古爸爸： 謝謝。

張志遠：（點頭）嗯。

△ 看著古爸爸離去的背影，張志遠感觸良多。

內景：邱漢成家／客廳／連飯廳／日
人物：邱漢成、琦琦、小穎、Baby

△ 同一時間，邱家客廳裡，邱漢成抱著Baby在客廳哄睡，四周散了許多幼兒玩具（有一隻熊熊玩偶）。琦琦趴在客廳茶几畫畫。

△ 小穎站在飯廳，在餐桌上處理要餵給嬰兒的奶粉，還夾著手機跟以前的同事講電話。

小穎：（對著電話講）是啊本來是要回去的啊，我那時候都跟 Michael 談好了，結果又懷上弟弟，現在更不可能回去上班。

△ 邱漢成注意到了小穎通話的內容，走去琦琦旁邊看她畫畫。

小穎：（繼續對著電話講，手邊也忙著把奶粉挖出鐵罐）他哪有可能帶？他兩天才回家一次欸！反正我如果要去上班，還要等個三、四年吧，等小孩大一點再講囉……欸好啦我先不跟妳講了，我要去忙了，先這樣，謝謝妳啦，好……掰掰……（掛掉電話，在奶瓶裡加水）

△ 琦琦認真的畫畫。邱漢成站了起來，走向飯廳幫忙倒水進奶瓶裡。

邱漢成： 180……妳以前同事打電話給妳啊？

小穎：（把奶粉罐蓋子蓋好）小芬啊，她還問我什麼時候要回出版社，怎麼可能（搖晃奶瓶試溫度）！

邱漢成： 妳想回去就回去啊，我們請保姆就好，24小時那種……

小穎： 24小時都交給保姆？那如果遇到有問題的呢？

邱漢成： 那弟弟白天送托嬰中心啊？

小穎： 這我們之前不是聊過了嗎？妳忘了那個新聞喔？托嬰中心的保姆弄死嬰兒欸！而且如果我加班，她要怎麼辦（指著琦琦）？

邱漢成：（想了想）那妳之前不是有把稿件帶回家做嗎？先試試那個吧？

小穎： 我以前光顧一個還要接案就已經很勉強了，現在兩個欸！

△ 小穎帶著奶瓶走向小嬰兒床，Baby哭喊著。

小穎： 肚子餓喔。媽媽讓你等很久對不對？很討厭對不對（小穎抱起嬰兒）？吃ㄋㄟㄋㄟ囉！

S16	內景：邱漢成家／客廳／日 人物：邱漢成、小穎

△ 邱漢成從房內走出來，輕輕地帶上門，然後走到客廳。

邱漢成： 他們兩個都睡了。

△ 沙發旁邊，疊衣服的小穎臉色有點憔悴，她疊著衣服，邱漢成坐下來一起摺。

小穎： 我記得很久以前我們有講過，你說你要轉調內勤的，後來怎麼樣啦？

邱漢成：（沉默了一下）我有問過，但沒有缺。

小穎：（有點失望）都多久了？我從開始懷孕到現在，弟弟都生出來了，你還在外勤……

△ 邱漢成沒說話，只是一起幫忙疊衣服。

小穎：我懷孕期間你都沒有陪我去做過產檢，我兩次生產你都錯過。颱風你也要停休，有時候還有什麼山難救助，好幾天不能回家……我這樣跟單親媽媽有什麼不一樣？

邱漢成：（沉默了一下）婚前妳就知道我的工作狀況是這樣了。

小穎：可現在是我一個人帶兩個欸，如果我生病的話也沒有人可以幫我耶！有時候遇到你停休，甚至五天都不回家。像那次颱風天，陽台積水，我要照顧琦琦還要一個人解決問題，很累耶！

邱漢成：我知道妳很辛苦……

小穎：（猶豫了一下才開口）那如果你換工作呢？（邱漢成看著小穎）這我們之前也有講過啊！你不是也說過，很不希望錯過他們的成長嗎？

△ 邱漢成再度沉默，嘆了一口氣。

小穎：我跟你說，我有跟哥講過我們的事情，他說他很歡迎你去他們公司，雖然說是跑業務，但至少時間彈性，我們就不用像現在這樣嘛！如果你能夠考慮換工作，那也許我也就可以回去上班了……這樣家裡就不用光靠你一個人賺錢啊！壓力那麼大。

邱漢成：（嘆了口氣，微笑看向小穎）……我再想想看。

小穎：（憂心忡忡地看著邱漢成）嗯……

△ 邱漢成不發一語，低頭摺衣服。

S17　內景：大員醫院急診室／日
人物：徐子伶、秀娟（34歲，徐子伶前同事）、林義陽

△ 大員醫院的急診室裡，醫生與護理師忙著手邊的工作。

△ 角落裡，剛完成救護任務的徐子伶正在填寫紙本紀錄。

林義陽：（走過來坐在子伶，從口袋裡拿出筆要填寫救護紀錄表）他們抽氣式護木還了嗎？

徐子伶：還沒啊！長背板也還沒還。

林義陽：（開始填寫救護紀錄表）借我抄一下。

△ 徐子伶把自己的救護紀錄表給林義陽看。

（秀娟 VO：子伶？）

△ 徐子伶忽然聽到有人喊她，她抬頭一看，有點驚訝。

秀娟： 好久不見耶……

徐子伶：（站起身）秀娟妳怎麼在這裡？

△ 林義陽拿走徐子伶的救護紀錄表。

秀娟： 我女兒上吐下瀉，我帶她來掛急診，誰知道要住院。

徐子伶： 這麼嚴重？

△ 林義陽認真地填寫救護紀錄表。

秀娟： 也還好啦，醫生說她看起來很有活力，叫我不用太擔心。（說完便疑惑地看了看徐子伶的制服背心，很驚訝地）妳現在在醫院工作喔？

徐子伶： 不是，我是消防員……

秀娟：（驚嚇地倒抽一口氣）外貿公司轉到消防隊，妳這個轉變很大了耶！

△ 徐子伶笑笑，不想聊自己，沒說話。

秀娟： 欸對了，當初妳離職一聲不響就走了。然後那個手機換了、臉書也關了，我們都找不到，很擔心妳耶（說完拍了一下徐子伶的肩膀）。

徐子伶： 沒事，我很好。

秀娟：（突然想到某件事般驚訝地抬起手）謝廣弘！他後來結婚妳知道嗎？跟那個人事部那個雨昕啊！

△ 徐子伶皺著眉頭看秀娟，林義陽抬頭看向秀娟跟徐子伶，再回頭繼續填寫救護紀錄表。

秀娟： 他們兩個交往沒多久就結婚了，然後半年之後小孩就生出來了，誇不誇張？我跟妳說：他們現在天天吵架，超好笑的！我們就在討論說：他現在一定超後悔退妳婚、沒娶妳，對不對？妳現在好不好啊？

△ 徐子伶很不想讓林義陽聽到這些八卦，勉強對秀娟笑了笑。

林義陽：（作勢要走，對徐子伶說）我去拿抽氣式護木跟長背板，你們聊。

徐子伶：（連忙說）你等我一下。（轉頭對秀娟說）我先忙，有空再聊。

秀娟： 喔好，掰掰！保重喔！掰掰！

△ 秀娟還想說什麼，不想多談的徐子伶便匆匆跟林義陽離去。

S18 內景：同安分隊車庫／夜
人物：徐子伶

△ 夜裡，同安分隊亮著燈，靜靜地守護大員市。

△ 同安分隊車庫裡，徐子伶在檢查氧氣瓶，思考著剛剛秀娟說的事情。

<table>
<tr><td>S19</td><td>內景：邱漢成家／臥室／夜
人物：小穎、Baby、琦琦</td></tr>
</table>

△ Baby打了一個呵欠，雪亮的眼睛看著媽媽小穎。

△ 小穎輕輕拍著琦琦的背，看著琦琦睡覺。

<table>
<tr><td>S20</td><td>內景：邱漢成家／陽台／夜
人物：邱漢成</td></tr>
</table>

△ 當天晚上，夜闌人靜，俯瞰整座城市，萬家燈火，煞是美麗。

△ 邱家陽台前，邱漢成看夜景的背影，望著夜景發呆。

△ 邱漢成看著夜景，彷彿有心事。

△ 夜空裡，只有幾顆黯淡的星星。

<table>
<tr><td>S21</td><td>內景：邱漢成家主臥／晨
人物：邱漢成、小穎、琦琦、Baby</td></tr>
</table>

△ 第二天早上七點，天空還泛著魚肚白，整座城市仍半睡半醒。

△ 邱漢成準備要去上班，進房看看Baby。

△ 床上，琦琦正熟睡著，小穎摸著琦琦的頭，看向邱漢成。

邱漢成：我去上班了。

小　穎：昨天我們講的事情，你會考慮嗎？

△ 邱漢成愣了愣，一時沒聽懂小穎在問什麼。

小　穎：哥說他一定會好好帶你。

△ 邱漢成猶豫了一會，走向小穎，坐在小穎床邊。

邱漢成：我從小到大都不知道自己要做什麼，爸爸當消防員，我跟著當消防員。這輩子好像除了救人打火之外，我什麼都不會。但我這工作是有意義的。它有時候不只是救了一個人，而是救整個家庭……（誠懇地看著小穎）前幾年我參加特搜，也是為了可以救更多人……

小　穎：（兩眼直視邱漢成）你沒有去申請內勤，對吧？

△ 邱漢成愣了愣，因為被小穎拆穿而尷尬。

邱漢成：（抬頭看向小穎）對不起……

△ 小穎躺下蓋上被子，撇頭看向窗外。

邱漢成：（半晌，才緩緩開口）小穎……

小穎：（翻過身）我現在不想談。

△ 邱漢成無奈地站起來離開，小穎眉頭深鎖。

S22　內景：同安分隊車庫／日
　　　人物：林義陽、徐子伶

△ 同安分隊車庫裡，救護車倒退進車庫。徐子伶跟林義陽下了車，把後車廂的門打開。徐子伶彷彿有心事，沉默不語，拉出擔架床。林義陽也心知肚明，沒有說什麼。

林義陽：（一邊講一邊開始用酒精消毒單架床）剛剛那個弟弟也太勇敢了吧！腳都斷掉了都沒哭。

徐子伶：（也一起消毒擔架床）對啊，不過他榮譽心也真強，跑壘也可以跑到腿斷掉。

林義陽：其實跑壘很危險欸！因為我小時候打棒球，所以我知道（說完進救護車裡拿新的床套）。

徐子伶：是喔。

林義陽：什麼是喔！（拿出新的床套要打開）我小時候還參加過少棒選拔欸！

徐子伶：那你後來幹嘛不打？（接過林義陽打開的新床套一起鋪床）

林義陽：喔，因為我家後來有點狀況（說完徐子伶看向林義陽）。因為我爸是化學工廠的工人，然後後來得癌症過世，家裡剩我媽跟我弟，所以我從國中開始就要出去幫忙養家。我那教練是義消，叫我以後去考警專，這樣我 20 歲可以開始工作，很適合我！

徐子伶：（笑著看向林義陽）分隊長一定恨死你那個教練。

林義陽：（兩人一起把換好床包的擔架床放上救護車）為什麼？

徐子伶：沒事幹嘛要你考什麼消防隊啊？害他現在頭痛得要命。

林義陽：（笑笑）那就讓我轉調回家鄉啊！我申請了好幾次都沒過。

徐子伶：拜託你那什麼考績，誰要收你啊？

△ 徐子伶、林義陽一起關上救護車的後門。

林義陽：那就叫他給我考績甲等啊！這樣不是趕快擺脫我？（說完哈哈大笑）

徐子伶：（笑笑）什麼邏輯？

內景：餐館裡／日
人物：林義陽、林母

△ 林母一邊捧著裝著白飯的兩個碗走到座位，一邊看向店門口，此時林義陽拿著無線電走進餐廳。

林母：欸！義陽。剛剛好，菜都送上來了。

林義陽：媽！（拉開座椅坐下）妳怎麼突然跑來？

林母：唉唷……就隔壁的趙伯伯啊，他說要來大員做事情嘛……我剛好沒班就來啦！

林義陽：沒班妳就好好休息啊！

林母：你那麼久沒放假了！我當然要跑來看你啊！

林義陽：喔……我就沒有排到兩天的假嘛……

林母：（幫林義陽抽開筷子套）來來來！

△ 林母突然想起幫林義陽帶來的東西，拿起旁邊椅子上的菜籃遞給林義陽。

林母：喔！來來來……這個……你看……

林義陽：（打開菜籃）喔！泡菜跟醬瓜！（拿出醬瓜對林母笑）謝謝！

△ 林母笑著，又拿起桌上的菜移到林義陽桌前。

林母：這個也是你愛吃的，來！

林義陽：（看向林母）那等下吃飽，要不要去我們分隊坐坐？

林母：（夾菜放在林義陽的碗裡）唉唷……不要啦……我今天穿這樣邋哩邋遢的，去了給你沒面子。

林義陽：哪會！妳今天穿很漂亮啊！而且妳是我媽耶！我們分隊的人都超好，來嘛！

林母：（搖搖頭）不要啦！聊聊天就可以……在這裡聊聊天……

△ 林義陽低頭思索著。

林義陽：還是我幫妳訂一間旅館，妳去住一個晚上，明天我調假帶妳出去玩！

△ 林母抬頭責備林義陽。

林母：花那個錢做什麼！回去的車票我都買好了，等下吃完飯我就回去。

林義陽：喔……好吧……

△ 林義陽吃著飯，顯露出美味的樣子，林母看著他。

內景：山裡某平房內／日
人物：徐子伶、林義陽、癌末老太太、老公公

△ 這天午後，從天空慢慢往下看，是蓊綠清幽的山林。

△ 深山裡的一戶老平房門口，停著一輛救護車。但紅燈及鳴笛均已關掉，車後門也大開。

徐子伶：（VO）奶奶我們現在先幫妳移到擔架床上喔……妳放輕鬆。

△ 平房內，徐子伶跟林義陽正在把癌末老太太移到擔架床上，老太太戴著呼吸器，老公公在一旁緊張地看著，想幫什麼忙，卻什麼也幫不了。

林義陽：奶奶，慢慢往後躺。

徐子伶：我現在先幫妳繫安全帶，如果不舒服要說喔！

△ 虛弱削瘦的老太太躺在擔架床上，林義陽、徐子伶幫老太太繫安全帶，老公公在一旁張開毯子，交給徐子伶鋪在老太太身上。林義陽、徐子伶立起擔架床，老公公湊上老太太身邊。

老太太：（吃力地問老公公）通知牧師了嗎？

△ 老公公默默點頭。

老太太：（吃力地說）我先到主耶穌那兒去，將來……我們一定還會再團聚的……

老公公：（拍拍老太太的肩膀）好了好了……不要說了嘛……

S25　外景：山裡某平房外／日
人物：徐子伶、林義陽、老太太、老公公

△ 老平房門口，林義陽跟徐子伶熟練地將老太太送入救護車。老公公很擔心老太太，護著擔架床，提著一包的行李。

徐子伶：（幫老公公提包包）爺爺我們從側邊上車。

△ 徐子伶牽著老公公，開救護車的側門。

徐子伶：（對老公公說）小心。

S26　外景：大員醫院／急診室內／日
人物：小辣椒、張志遠、運送器官醫護人員若干、古老師

△ 急診室內，小辣椒正忙於手邊的工作，張志遠從內科滯留區走出來，悠哉地拿著填寫好的救護紀錄表，走到檢傷處要交給小辣椒。

張志遠：（故意露出驚訝的神情，壓低身體，雙手靠在小辣椒桌前）咦？同學，妳看起來好眼熟喔！我們是不是在哪裡見過？

小辣椒：（在救護紀錄表上簽名）老梗囉！要不要換一個。

張志遠：喔……欸同學，我們今天見幾次面啦？

小辣椒：很多次了！你是不是偷吃鳳梨？我們今天真的很忙，拜託你不要再送人來了！很不想看到你。

張志遠：我也不想看到妳（撕下存根聯後把剩下的單子還給小辣椒），掰掰。

△ 張志遠拿了存根聯就要離去，但又被小辣椒喊住了。

小辣椒：欸張志遠！

張志遠：幹嘛？不是不想看到我嗎？

小辣椒：（拿出一條小藥膏遞給張志遠）給你。傷口一天擦兩次。

張志遠：（有點疑惑）什麼傷口？

小辣椒：（歪頭）你那天不是被那個酒空ㄟ弄到手？

張志遠：（恍然大悟）喔……妳說喝醉酒一直落英文的那個喔……（學那個酒空年輕人講話）什麼我是妳的 boss……我有 stomach ache……This is hospital……我要一……

△ 小辣椒忍不住笑了。張志遠原本還想再說什麼，後頭卻傳來一陣急促的腳步聲讓他轉頭，他看見兩組醫護人員抱著一個奇特的盒子跑向急診室出口，古老師跟在後面。張志遠有點訝異看著。

器官捐贈小組：不好意思借過……借過喔……

張志遠：那不是古老師嗎？

小辣椒：（看了醫護人員跟古老師一眼）還有器官捐贈小組。

張志遠：（一臉訝異）古老師不是一直反對器捐嗎？

小辣椒：是啦……但是昨天他們來看小孩的時候，遇到一個女孩，等心臟等了三年，走了，全家在那邊大哭。

△ 張志遠感嘆地低頭，又望向古老師跑出去的走廊彼端。

小辣椒：（看看手錶）手術應該開始一陣子了，現在外面有一排救護車，都是在等器官的（神情感嘆）。

△ 張志遠猶豫了一下，忍不住追出去。

S27　外景：大員醫院／急診室門口／日
　　　人物：張志遠、運送器官醫護人員若干、古老師

△ 運送器官醫護人員跑出醫院大門，古老師跟在後面，看著他們上了C醫院的救護車，醫護人員關門，向古老師點點頭，古老師被拒於救護車外，看著車子駛離醫院。

△ 急診室外的廣場一角，停了一排各醫院的救護車。

△ 張志遠追出來，剛好看到救護車鳴起刺耳的響笛，疾駛離去。他又看看不遠處的古老師。

△ 古老師站在急診室門口，癡癡望著救護車遠去，一直到救護車完全消失在遠方，他也毫無動靜，不知在想什麼。

△ 張志遠看著古老師的背影，不發一語。

△ 救護車聲一直延續到下一場。

S28 外景：山裡小徑 A（救護車內）／日
人物：徐子伶、林義陽、老太太、老公公

△ 一樣蓊綠清幽的山林。深山裡的小徑上，一輛救護車行駛著。

△ 救護車裡，老太太吃力地摸摸老公公的手，對老公公提醒。

老太太： 我簽過的那個……放棄急救聲明書，你記得吧？

△ 老公公遲疑了一會，點點頭。林義陽看著老公公。

老太太： 我想去看看……老家外面的……那片海。我想去看最後一眼……

老公公：（有點錯愕地）什麼最後一眼，不要亂說。

△ 駕駛座上的徐子伶從照後鏡裡看了他們一眼，然後繼續開車。

老太太： 小時候我們常到那裡玩，有一年我生日，（閉起眼睛回想）你還撿了一個很美麗的貝殼送給我，記得嗎？

老公公： 記得，我當然記得！

老太太： 這是我最後一個心願了……

△ 老公公望著老太太，紅了眼眶。然後他轉頭看林義陽。

老公公： 可以嗎？ 就繞繞就好了……

林義陽：（對著前面駕駛座上的徐子伶問）我們就繞過去一下吧。

徐子伶：（愣了愣）可是你也知道，按照局裡的規定，我們要直接把病患送去醫院，不能繞去其他地方……

老公公： 一下山右轉就好了嘛！只是繞繞而已。

老太太：（有氣無力地說）今天不去……我就永遠去不了了……

△ 老公公看著老太太。

△ 徐子伶一臉猶豫，回頭看向老太太。

<table>
<tr><td>S29</td><td>外景：山裡小徑邊／日
人物：徐子伶、林義陽</td></tr>
</table>

徐子伶：（VO）學長，我們這裡是同安91。

　　△　稍微寬敞的山路邊，停著救護車。徐子伶講著手機。

徐子伶：現在車上有一名年約76歲的老奶奶癌末，家屬希望我們送醫之前，先繞去車程10分鐘的海邊……

　　△　林義陽看著徐子伶講著手機。

徐子伶：我知道SOP很重要，可是……（被打斷。她聽了一下）家屬不會抗議，因為這是他們要求的……（再度被打斷，只好又聽了一下）……好，我知道了，收到。

　　△　徐子玲掛掉手機，走回車上。

<table>
<tr><td>S30</td><td>外景：山裡小徑B（救護車內）／日
人物：徐子伶、林義陽、老太太、老公公</td></tr>
</table>

　　△　徐子伶上車。

林義陽：（對徐子伶講）怎麼樣？

徐子伶：抱歉，勤務中心還是希望直接送你們去醫院，這是規定。

　　△　老公公失望地看著徐子伶。

林義陽：（對著前座的徐子伶說）我們上次按照SOP走還不是被議員罵，有差嗎？而且他們沒有其他家屬，根本不用擔心被投訴！

　　△　徐子伶沒說話，轉身打開警笛，繼續開車。林義陽失望而氣憤地轉身面向老公公，老公公落寞地看著老太太，老太太失望地閉上眼睛。

<table>
<tr><td>S31</td><td>外景：大員醫院／急診室門口／日
人物：張志遠、運送器官醫護人員若干、古老師</td></tr>
</table>

　　△　在一旁排隊等待器官的D醫院的救護車開到急診室大門，古老師轉身看向急診室，等待第二批運送器官的醫護人員出來，卻看到張志遠站在門口，張志遠向古老師點頭便走到古老師身邊，陪著他。

　　△　這時又見醫生跟護理師跑出來，古老師看著他們上車，緊盯著裝載器官的冷凍盒。救護車門被關上，警笛響起，駛離大員醫院。

　　△　救護車警笛聲飄盪在空中，古老師伸長脖子看著走遠的救護車，彷彿在送別此生無法再見的孩子。

△ 音樂一直延續到下一場。

| S32 | 外景：街道上／日
人物：車輛駕駛 |

　　△ 從空中俯瞰道路，可以看見D醫院的救護車，在路上疾駛著，奔向另一個生命的重生。

護理師：（VO，手機聲響）喂，手術室嗎？我們是器官移植小組。剛剛已經離開大員醫院，預計15分鐘之後會到達。

手術室：（VO）好，收到收到。行車平安！

　　△ 救護車越來越遠，漸漸消失在遠方。

　　△ 午後的陽光，灑向高樓林立的城市。每一棟大樓的窗戶裡，彷彿都藏著一個重生或死亡的故事。

　　△ 音樂一直延續到下一場。

| S33 | 外景：山裡小徑 C／（救護車內）／日
人物：林義陽、徐子伶、老太太、老公公 |

　　△ 從救護車窗戶往外看，可以看見蓊鬱的樹林。

　　△ 點滴瓶在行駛中的車子裡，輕輕搖晃著。

　　△ 老太太仍吃力呼吸著，她微微皺眉閉眼，老公公仍緊緊握住老太太的手。

　　△ 後座的林義陽仍檢視著儀器上的各種生命跡象，老公公看向林義陽，林義陽不敢直視老公公的眼神。

| S34 | 外景：海邊（岩岸）旁的小路／日
人物：林義陽、徐子伶、老太太、老公公 |

　　△ 車子終於停下，熄火。林義陽疑惑看向前座的徐子伶，但徐子伶已經下車，只見擋風玻璃外一片美麗的大海。

　　△ 老公公喜上眉梢，看向老太太報喜。林義陽也高興地看向老公公、老太太。

老公公：欸……到海邊了！

　　△ 徐子伶打開救護車後車門，看著林義陽。

徐子伶： 我突然覺得肚子好痛喔，想要先來借一下廁所。

　　△ 徐子伶準備下擔架床，林義陽看向徐子伶，開心的傻住了。

徐子伶： （向林義陽使了眼色）幫忙啊！

S35	外景：海邊（岩岸）／日 人物：徐子伶、林義陽、老太太、老公公

　　△ 徐子伶一手高拿點滴、一手抱著毯子，林義陽將老太太的擔架床推到合適的位置。老公公
　　　 一直陪在旁邊。

林義陽： 奶奶，妳等下不舒服要讓我們知道喔。

　　△ 老太太喘著氣，點點頭。
　　△ 徐子伶把毯子鋪在老太太身上，老公公在一旁幫忙。
　　△ 微風徐徐。四個人一同望向湛藍的大海。

老公公： （彎著身子對著老太太說）對不起⋯⋯再也沒有辦法帶妳走過去了⋯⋯

老太太： （搖搖頭）沒關係，能夠聽到⋯⋯海的聲音⋯⋯我就很滿足了⋯⋯

　　△ 老公公看著老太太，笑著點點頭。
　　△ 徐子伶忽然想到什麼似的，看向大海。

徐子伶： （彎下身在老太太耳邊說）奶奶，妳等我一下（說完便把點滴袋交給林義陽）。

　　△ 林義陽疑惑地拿著點滴，三人不解地看著徐子伶走向海灘上。
　　△ 遠遠可以看見，徐子伶在海邊突然蹲下身子，不知做什麼。徐子伶撿起海灘上的什麼後站
　　　 起身，往回跑。等她來到老太太身邊，翻開老太太的毯子，在老太太手心裡放了一個美麗的
　　　 小貝殼。

徐子伶： 奶奶，送給妳。（說完便接回林義陽手中的點滴袋）

　　△ 林義陽看著徐子伶，再看向欣慰的老太太與老公公。
　　△ 老太太感動地看著手中的貝殼，再看向老公公，老公公開心的點點頭，老太太閉上眼睛，好
　　　 像在想像整片美麗的海岸。
　　△ 海浪一波波沖向海灘。徐子伶跟林義陽感動看著老太太，然後又轉頭，看向美麗的大海。
　　　 林義陽推著徐子伶的手肘，示意她把高舉著點滴的手靠在他肩上，徐子伶照做，兩人微笑。
　　△ 救護車裡，無線電傳來勤務中心的呼叫聲。

勤務中心： （VO，無線電）同安91，同安91請回答。同安91，你們在哪裡？

　　△ 徐子伶跟林義陽完全沒注意到救護車內的無線電呼叫。
　　△ 遠遠地可以看到，遠處的擔架床邊，徐子伶、林義陽跟老公公正圍著老太太。
　　△ 音樂結束。

　　　　　　　　　　　　　　　　　　　　　　　　　　　　　　　　　　（待續⋯⋯）

邱漢成去打火時，為了怕火勢延燒而緊急破門，不料事後卻有了大麻煩。常酗酒路倒的老吳延誤了林義陽去搶救另一個瀕死民眾的時機，林義陽怒不可抑。出救護任務的張志遠想為命危病患進行氣胸穿刺，但醫生卻拒絕授權；同一時間，也出救護任務的徐子伶遇到難搞民眾，一路催他們飆車……

海因社區火災警鈴大作，為避免火勢延燒，邱漢成破門而入，不料是一場虛驚。

屋主竟要邱漢成賠償破門的損失，
邱漢成決定獨自扛起責任。

張志遠拒絕了小辣椒的告白，又面對哥哥幻影的質問，工作上還承受傷患家屬的指責，已逐漸累積巨大的心理壓力。

徐子伶意外遇上需急救的人，經及時處理後，救護車載走病患，疲憊的徐子伶鬆一口氣，望著遠去的救護車。

趁邱漢成不在，林義陽拿著一個自製的紙箱，號召隊員，幫邱漢成募集賠償款。但徐子伶對林義陽的氣還未消。

接獲社區火警，同安分隊迅速整裝出動。

內景：海因社區／中控室／夜
人物：老管理員

△ 深夜，窄小的管理室裡，老管理員拿了鑰匙，放上「有事處理中」的牌子，老管理員拿著手電筒走出管理室。

S2 內景：海因社區／地下室／夜
人物：老管理員

△ 老管理員關了地下室的燈，走進停車場檢查。

S3 內景：海因社區／公設活動中心／兒童遊戲區／夜
人物：老管理員

△ 老管理員上樓梯，進到漆黑的小兒童遊戲區裡檢查，空間裡有桌球桌、撞球桌等。

S4 內景：海因社區／中庭／夜
人物：老管理員

△ 小小的中庭花園裡，只有微弱的光影，住戶大都睡了。社區異常安靜，老管理員持手電筒巡邏，光束隨著他的手勢四射，散發詭異的光暈。

△ 一個寧靜美好的夜晚。突然他疑惑地停下，往前面某棟樓望過去。

△ 七樓某戶，有一戶人家的窗簾後面有隱隱的火光。

△ 老管理員微微蹙眉，又往前走了幾步，仔細再看一次。

△ 窗簾後面，火光隱隱。

△ 老管理員臉色大變。（畫外音：警鈴聲大作）

S5 內景：同安分隊／三樓寢室／夜
人物：邱漢成、小高

△ 小高戴著耳機，臥坐在床上玩手機遊戲。

小高： 打打打打打打打打打！放招放招放招！大絕大絕大絕！補上去啦！

△ 小高激動地起身了。

小高： 欸下面有人下面有人下面有人！打打打打打！快點快點！

△ 邱漢成在隔壁床上剪指甲，大聲制止小高安靜一點，小高才把音量放低。

邱漢成： 小高小高！你小聲一點啦！很晚了！

小高： 打一下啦快點，人那邊要掉了……龍要掉了……

林義陽：（畫外音廣播）火警！火警！出動12、16、72、92！出動12、16、72、92！

△ 邱漢成跳起來，而在玩手遊的小高也急忙放下手機、耳機。

邱漢成： 欸小高快點！

△ 邱漢成跟小高都從床上跳下來，穿了拖鞋往房門口衝過去。

S6 內景：同安分隊／三樓走廊／夜
人物：邱漢成、小高、阿忠、消防員A、消防員B

△ 三樓走廊上，消防員A跟消防員B從他們寢室衝出來，沿著走廊跑下樓，從另一間寢室開門出來的邱漢成跟小高也跟在他們後面跑著。最後阿忠才匆匆從浴廁衝了出來，連褲子都還沒拉好，露出半截內褲，穿著拖鞋差點跌倒。

| S7 | 內景：同安分隊／值班台／夜
人物：宋小隊長、林義陽、魏嘉軒（救護）、92司機（救護）、小高、邱漢成、阿忠、消防員A、消防員B |
|---|---|

△ 值班台的林義陽遞派遣單給消防員A、魏嘉軒跟宋小。宋小轉身從櫃子裡拿了兩個無線電跑出值班室（值班室裡的無線電，有四、五個在天線上綁了膠帶，似乎有點故障）。

林義陽： 海因社區。（對宋小說）宋小，海因社區喔！

△ 魏嘉軒（救護班）、92司機（救護）、消防員A、消防員B、邱漢成、小高、阿忠也紛紛進入值班室拿無線電。

| S8 | 內景：同安分隊／車庫／夜
人物：宋小隊長、魏嘉軒（救護）、92司機（救護）、邱漢成、小高、阿忠、12司機、消防員A、消防員B、徐子伶 |
|---|---|

△ 遠遠地可以看見，消防衣架前，邱漢成、小高、阿忠、消防員A、消防員B、12司機紛紛跑出來、拼命地著裝，最後徐子伶頭包著毛巾，也匆忙拿著裝備跑出去。

△ 警笛大作，三台消防車駛離車庫。

**無線電
（勤指中心）：** （VO）同安07，同安07，灣台呼叫。

宋小： 同安07回答。

勤指中心： 報案人在現場，是社區管理員。目測社區七樓有火光，已疏散民眾。

| S9 | 外景：大員市街頭／消防車內／夜
人物：邱漢成、徐子伶、阿忠、宋小隊長、12司機 |
|---|---|

△ 馬路上，三台消防車響著警笛快速前進。

△ 領頭的中消防車裡，宋小坐在副駕駛座。他的無線電響起。

**無線電
（勤指中心）：** （VO）請到現場之後跟他確認並回報。

宋小： 同安07收到。

△ 邱漢成、徐子伶跟阿忠坐在大消防車後座，阿忠已穿好裝備，邊試無線電邊抱怨。

阿忠： 為什麼我的沒聲音？（拍拍在天線上綁了膠帶的無線電）這壞掉了耶！幹，也太衰了吧！最近已經連續三次大便時警鈴響。

邱漢成： （笑出來）誰叫你一直這麼帶屎？

徐子伶：（有點哀怨）拜託你以後要大號的時候廣播一下好不好？這樣我就不會去洗澡，我就直接去穿裝備。

　　△　阿忠定睛一看，徐子伶正拿毛巾胡亂擦著濕淋淋的頭髮。

阿忠：幹嘛這樣？我以為我們很好。

徐子伶：誰跟你很好？

邱漢成：（笑出來）誰跟你很好？

S10 外景：海因社區／社區中庭／夜
人物：老管理員、宋小隊長、邱漢成、徐子伶、小高、阿忠、魏嘉軒（救護）、92 司機（救護）、12 司機、消防員 A、消防員 B、民眾 D、E、F、若干民眾、安全官

　　△　三台消防車抵達勤務現場，穿過社區大門，進到中庭。社區裡的警報器以一種可怕詭異的聲音刺耳響著。

社區火警：（VO）發生火災！發生火災！請儘速撤離！

老管理員：讓一下讓一下！消防車來了！

　　△　宋小隊長下車，迎向老管理員。此時同安分隊的其他消防車也陸續抵達，邱漢成、阿忠、徐子伶接著下車，看著高樓處有一戶窗簾緊閉，裡面有隱隱的火光，邱漢成看了，緊皺眉頭。

宋小：你是報案人嗎？

老管理員：是啊，我是管理員……（拿手電筒指著冒著火光的七樓）就是這裡就是這裡啦！

宋小：通知屋主了嗎？

老管理員：連絡不上啊，電話也打不通啊！他們上次也是這樣煮菜差點燒起來，我們總幹事已經在他們門口了！

　　△　邱漢成、徐子伶拉開車廂，拿裝備。

宋小：邱 Sir，破壞器材帶上去！（小高跑上前，宋小對小高說）小高小高，拉封鎖線，疏散民眾，往那邊走。

小高：好！好！

　　△　魏嘉軒及92司機（救護）拉著擔架車穿越民眾。

宋小：（往前走向嘉軒）嘉軒，嘉軒，幫忙疏散幫忙疏散！

魏嘉軒：好！好！（對著民眾說）借過一下喔！配合一下！

　　△　海悅社區的中庭裡，許多居民都疑惑地下樓查看，大家多數穿著睡衣，有些人手裡還大包小包的。

民眾 D：媽！這邊啦！

民眾 E：　我阿公重聽，不知道他有沒有跑出來？

民眾 F：　啊我存摺沒拿出來，可以讓我再進去嗎？

魏嘉軒：　好，我知道。

宋　小：　（ＶＯ）後面不要再讓人進來了！

△　邱漢成帶著徐子伶等消防員，背著水帶、拿著撬棒，穿越民眾Ｄ、Ｅ、Ｆ，跟他們反方向、往樓梯間的入口走去。

△　高樓處，那扇窗戶裡的火光，看起來彷彿一種異樣的惡兆。

△　邱漢成、徐子伶、阿忠拉掉插銷，交給安全官，進入大樓樓梯間。

△　民眾急急地走出大樓。

徐子伶：　（對著民眾說）趕快向外移動喔！裡面很危險！快向外移動喔！

S11　內景：海因社區／樓梯間／夜
　　　人物：阿忠、同安消防員 A、民眾若干

△　樓梯間裡，社區的火災警報器繼續以一種可怕詭異的方式刺耳響著。
　　（ＶＯ：發生火災！發生火災！請儘速撤離！）

△　狹小的樓梯間，阿忠跟徐子伶正辛苦布水線。但由於樓梯間滿是住戶的鞋櫃、腳踏車、紙箱或雜物，他們行進及布線時還需要踢掉雜物，頗為辛苦。一個住戶走下樓梯，跟阿忠卡在一起。

阿　忠：　（對住戶說）小心喔！（一邊布線一邊踢掉障礙物）三小啦……（又踢掉一個雜物）把樓梯間當垃圾場喔！

S12　內景：海因社區失火戶門口／夜
　　　人物：邱漢成、徐子伶、同安消防員 B、社區總幹事

△　失火戶的門口，瀰漫著一股緊張的氣氛，火警警報聲持續響著。

△　邱漢成、徐子伶跟同安分隊消防員B背著水帶跟撬棒疲憊地爬到八樓。

△　社區總幹事早已等在失火戶門口，一看到邱漢成他們便急忙上前。

社區總幹事：　快點快點快點！這一間這一間，裡面都燒起來了，趕快趕快！（氣急敗壞）這家很多不良紀錄！他們老是這樣！快點快點！

邱漢成：　（拿起無線電說）同安07邱漢成呼叫，已抵達報案現場，現場確認中。

徐子伶：　（微微皺眉，聞著空氣中的味道，對邱漢成說）邱 Sir 是不是有焦味？

社區總幹事：　剛才就有聞到了，（更加激動）他們有不良紀錄，剛剛就有聞到焦味了！

邱漢成：好稍等一下，我確認一下！

徐子伶：你冷靜一點，先讓我們評估好嗎？冷靜一點，謝謝！

社區總幹事：冷靜什麼？趕快破門！

　　△　邱漢成把手放在大門上，用手背確認溫度。

邱漢成：（轉身對社區總幹事說）總幹事你稍等一下，我跟指揮官確認一下！

社區總幹事：（破口大罵）確認什麼？我們這棟有幾十戶欸！你確認什麼？你賠得起嗎？有幾百人耶，你負擔的起嗎？

　　△　邱漢成與徐子伶互相交換眼神，不知該如何是好，徐子伶試圖緩和社區總幹事激動的情緒，邱漢成當機立斷，決定直接破門，社區總幹事還是在旁邊頻頻抱怨。

邱漢成：（對同安的隊友們說）來！直接進入！直接進入！（對社區總幹事）好！好！（對同安的隊友們說）我破門，子伶幫我，來！

徐子伶：好！

S13	內景：海因社區／走廊／夜
	人物：小高、民眾若干

　　△　某樓層的走廊上，小高挨家挨戶地敲著門，住戶開門探頭。

　　（社區火警廣播 VO：發生火災！發生火災！請儘速撤離！）

小高：裡面有人嗎？裡面有人嗎？我們現在七樓發生火警，幫我確認一下屋內有多少人，至一樓疏散。

住戶A：啊？真的還假的啊？

住戶B：我以為警報器又壞了。

小高：不要緊張不要緊張，請至一樓疏散。

　　△　小高繼續挨家挨戶敲門，背景是民眾慌張地碎念聲。

小高：（敲著另一戶人家的門）裡面有人嗎？

S14	內景：海因社區失火戶門口／夜
	人物：邱漢成、徐子伶、同安消防員 B、社區總幹事

　　△　徐子伶站在失火戶鐵門前，把橇棒抵在門縫，邱漢成在後面敲著徐子伶手上的橇棒，但沒用。（以下是蒙太奇畫面）

徐子伶：來！

邱漢成：沒什麼用啊！準備小砂輪切割器。

徐子伶：好，收到！

S15 內景：海因社區／走廊／夜
人物：小高、民眾若干

△ 民眾試圖要搭電梯下樓，被小高制止。

小高：麻煩，我們火災不要搭電梯好不好！我們請走安全梯。

民眾C：走安全梯啦！快！

△ 小高繼續挨家挨戶敲門。七樓窗戶透出隱隱的火光，讓人感到不祥的預兆。

小高：有人嗎？裡面有人嗎？

S16 內景：海因社區失火戶門口／夜
人物：邱漢成、徐子伶、同安消防員B、社區總幹事

△ 邱漢成用砂輪切割器破壞鐵門上的小鐵條。火光四射、噪音隆隆。徐子伶跟同安分隊消防員
　 B只能擠在他身後。

△ 小鐵條斷了，邱漢成用橇棒橇開大門。

S17 內景：海因社區／失火戶內／夜
人物：邱漢成、徐子伶、同安分隊消防員B、社區總幹事

△ 客廳門內可聽到橇棒破門的聲音，突然碰然一聲，門開了，邱漢成抓著橇棒撞了進來，繼而
　 停下，愣住。徐子伶、同安分隊消防員B、社區總幹事也跟在後頭。

△ 屋內根本沒有火災，客廳窗簾邊擺放的是類似聖誕燈的裝飾用小燈，一晃一閃地，透過窗簾
　 讓老管理員及社區住戶誤看成真的火光。

徐子伶：你幫我檢查一下廚房。

消防員B：好。

△ 邱漢成和徐子伶面面相覷，露出不知所措的神情。

徐子伶：邱 Sir……

邱漢成：（拿起無線電說話）同安07邱漢成呼叫，已進入室內，室內沒有火，是聖誕燈。

S18 內景：同安分隊／一樓辦公室／會客室／日
人物：張志遠、阿忠、小辣椒

△ 這天早晨，休假的張志遠一身便服到辦公室的公務桌上繳交業務資料，看到阿忠穿著救護服在他自己桌前打哈欠。（阿忠辦公桌靠近會客室）

張志遠：（用力拍手上的資料夾）欸！一早就在「度估」，小心進來洽公的民眾投訴你。

阿　忠：靠夭喔！幹我昨天大便大到一半去打一個烏龍火警，還梯間布線到七樓！搞到三點多才回來，今天還要值救護班，骨頭都快散了。

張志遠：（將手上的報表放到公務桌上的檔案盒裡，笑著對阿忠說）就跟你說你帶屎你不信。

阿　忠：你才帶屎咧！快滾啦！你女朋友在裡面等你很久耶！（指指會客室裡滑手機的小辣椒）

張志遠：你不要亂講！她只是我小學同學兼鄰居。

阿　忠：是喔，我也好想要有小學同學常來找我吃早餐……

張志遠：（手指著阿忠）不要靠北！

　　△ 小辣椒走出會客室。

小辣椒：（走向張志遠）張志遠！我下班就來等了耶，等很久，好了沒啊！

張志遠：（開玩笑）好啦不要生氣啦，我剛剛聽你的話送酒空ㄟ去垃圾場，距離很遠啊。

小辣椒：難怪你臭臭的。

張志遠：（掀起衣服聞，再搧一搧）有嗎？我才剛洗過澡耶，很香吧！

小辣椒：噁心。

　　△ 兩人說說笑笑地走出辦公室，沿著走廊離去。阿忠轉頭看電腦，繼續辦公。

S19　內景：同安分隊／分隊長辦公室／日
　　　人物：邱漢成、謝科長、伍誌民

　　△ 午後的大員市，一如往昔喧囂。

　　△ 分隊長辦公室裡，伍誌民正在泡茶給穿襯衫西裝的謝科長喝，邱漢成忐忑坐一旁。

伍誌民：謝科，不好意思喔，還讓你跑這一趟。

謝科長：（對邱漢成說）不管到底有沒有發生火警，你把人家的門弄壞，人家當然要告你、叫你賠償啊。

　　△ 邱漢成沒回話。伍誌民連忙幫他辯解。

伍誌民：謝科，我跟您報告一下，當天是管委會報的案，然後我們從樓下看也疑似火光，而且現場有聞到燒焦的味道，最主要是屋主他失聯，我們聯絡不上才破門進去……

謝科長：可是後來你們有查到焦味來源嗎？

伍誌民：（看向邱漢成，小聲地說）後來就沒有了……？

△　邱漢成輕輕地搖頭。

伍誌民：（對謝科長）後來就淡掉了……

謝科長：（不以為然）你看嘛！這種損毀民眾財產的事情，是不是要先確認好再處理？

伍誌民：（一臉為難耐心解釋）謝科，那如果說今天我們不破門，難道等到真的火災發生，
　　　　　然後造成更多的財務損失嗎？那不是更麻煩？

謝科長：（沒理會伍誌民，繼續對邱漢成）總之我先幫你擋下來了，不過你還是要去跟那個
　　　　　屋主朱先生好好談談。不然對方要是正式提告，你跑法院就跑死了。

伍誌民：會！這個後面的動作我們會去做……不好意思不好意思……

　　△　邱漢成一臉鬱悶，還是沒講話，看向伍誌民，輕輕地點點頭。

S20　內景：早午餐餐廳／日
　　　人物：張志遠、小辣椒

　　△　幾樣西式早餐擺在桌上，咖啡還冒著熱氣。
　　△　張志遠跟小辣椒坐在餐廳一角，用著早午餐，小辣椒捧著馬克杯喝咖啡。

小辣椒：欸那個，古老師他兒子的告別式……你會去嗎？

張志遠：會啊。

小辣椒：阿晴、於泰、小薇……那天都會去。大家約好中午結束後順便聚餐。

張志遠：（愣了愣）喔，那天中午我有事耶……你們去吃就好了。

小辣椒：（頗失望，奮力抬頭）你不來嗎？上國中後大家就很少見面了欸，已經十幾年了。

張志遠：嗯……妳去幫我跟大家打個招呼就好了啊。

小辣椒：你是不是刻意在避著大家？

張志遠：哪有？想太多了吧。

小辣椒：（直視著張志遠）沒有嗎？

　　△　張志遠兀自吃著早餐，不講話。

小辣椒：當年你哥過世之後，你就好像變了一個人。合唱團不來，畢業典禮也不來，去你
　　　　　家找你玩你也不出來，連搬家都沒有說一聲，就消失了欸……

張志遠：（笑一笑）我哪有消失啊？現在不就在跟妳吃早餐嗎？

小辣椒：那是因為我在急診室工作，我們才又遇到的！

　　△　張志遠喝著咖啡，不講話。
　　△　小辣椒望著張志遠，若有所思。半晌，她才開口。

小辣椒：那我們現在這樣算什麼？

張志遠：（勉強笑著）什麼意思？

小辣椒： 你真的不懂我什麼意思？（眼看張志遠不講話，便繼續說）都這麼久了，你難道看不出來？

△ 張志遠看著小辣椒半晌，低頭吃早餐，嘆了口氣。

張志遠：（聲音小得彷彿自己也害怕聽到）妳難道不知道我哥喜歡妳嗎？

△ 小辣椒一臉錯愕，愣了幾秒才開口。

小辣椒： 你哥……？他已經過世十幾年了。

△ 張志遠又沉默了。

小辣椒： 你也差點死在那場火災裡，不是嗎？……（眼見張志遠還是沒說話）你沒辦法讓時光倒流，也沒辦法阻止他玩火造成火災，你更沒辦法讓他復活……

張志遠：（抬起壓在桌上的身子，垂著肩膀，無力地看著小辣椒）全世界誰都可以跟妳在一起，只有我不行。

△ 小辣椒望著張志遠，一臉不可置信。

張志遠：（迴避小辣椒的眼神，黯然說）對不起。

△ 小辣椒仍深深凝視著張志遠，但眼眶卻漸漸紅了。

S21　內景：張志遠家／三樓琴房／舊家琴房／夜
人物：張志遠、15歲少年

△ （ins.）小張志遠在舊張家琴房努力練琴。陰暗的琴房、書櫃上擺滿著獎盃，充滿壓力的氛圍。鋼琴上還擺著幾張裱框的舊照片，是哥哥拉小提琴的樣子，以及兄弟倆的合照。

△ 張志遠在三樓琴房裡，站在一座鋼琴前，若有所思。

△ 三樓琴房裡，張志遠仍望著眼前的鋼琴，若有所思。忽然身後傳來熟悉的聲音。原來是那位15歲少年，張志遠回頭看向他。

15歲少年： 不想彈一彈？從那場火到現在這麼多年了，難道你從來沒有想要彈彈看？其實她講得沒錯吧？你小時候不是最愛跟那些老同學溜出去玩，為什麼現在都避著跟他們見面？要是你真的碰面了，會怎麼樣？

△ 少年從身後的矮櫃上拿起小六張志遠跟哥哥的舊照。

15歲少年：（看著手上照片，逼問張志遠）他們會問你，還有沒有在彈琴？還是會問你跟她是不是一對戀人？

△ 張志遠沒有說話。

15歲少年： 你明明很喜歡她，為什麼要拒絕她？

△ 張志遠還是沒有說話。

15歲少年：你喜歡她很久了不是嗎？

張志遠：（臉色越來越鐵青，卻仍嘴硬）喜歡一個人，未必要跟她在一起……

15歲少年：那你幹嘛把責任推到我身上？

張志遠：我沒有！

△ 張志遠深吸一口氣，讓自己鎮定下來，然後望向哥哥。

△ 牆邊已沒有哥哥的身影。舊照片仍好好放在矮櫃上，彷彿從沒被拿下來過。

S22　內景：某高級餐廳內／夜
人物：徐子伶、徐母、年輕情侶（甲與女友）兩人、服務生 A、中年男士乙、太太乙、女兒乙、環境人物若干

△ 高級餐廳裡，休假的徐子伶正跟徐母（57歲）吃大餐。徐母看到徐子伶打呵欠，有點心疼地碎碎念。

徐母：妳為什麼不睡飽呢？在家裡慶生就好啦！

徐子伶：難得幫妳慶生嘛！開心一點啊！

徐母：工作時間那麼長，把自己搞得這麼累。妳要不要像那女人的兒子一樣去考個機師啊？我跟你講喔，下禮拜去相親的時候妳千萬不告訴對方妳是什麼消防員。不然……妳可以說妳是內勤，嗯……

徐子伶：（不以為然地）當消防員怎麼了？而且媽，我什麼時候答應妳要去相親的？

徐母：妳不相親怎麼結婚啊？蛤？妳怎麼生小孩？妳不年輕了，妳不要錯過這次機會！

徐子伶：我已經說過了我不想生小孩，而且我也沒有要相親啊！

徐母：妳要結婚妳的人生才會完整！不要像我一樣孤孤單單的一個人。我都答應讓妳去當什麼消防員了，所以妳要答應我去相親。

△ 隔壁桌的年輕人甲跟女友聽見，忍不住笑出來。

徐母：（對著年輕人甲跟女友）你笑什麼？

△ 年輕人甲跟女友愣了愣。

徐母：你笑什麼？你很沒有禮貌欸你！

年輕人甲：欸！是你自己講話這麼大聲的欸？

徐母：（怒氣沖沖地）我講這麼大聲干你什麼事嘛！

△ 附近的客人都望向徐子伶母女，徐子伶尷尬想阻止徐母。

徐子伶：（對著年輕人甲說）不好意思喔！（急切地對徐母私語）媽，妳冷靜一點啦！這裡公眾場合欸！

年輕人甲：（對著女友竊竊私語）神經病！

徐母：我講話大聲關你什麼事啊？你幹嘛偷聽別人講話啊你！

年輕人甲：這位太太，請問我們做錯什麼啊？妳自己先相親講這麼大聲，以為人家喜歡聽哦！

徐母：我講相親干你什麼事嘛你！

年輕人甲：好嘛我笑又怎麼樣？我笑又關妳什麼事嘛！

徐子伶：媽妳冷靜……

　　△（CDF）就在雙方劍拔弩張之際，隔壁桌一位用餐的爸爸（45歲，男士乙）在席間突然倒地、身體抽搐不止。

國中女兒：（VO）爸爸，你怎麼了？

客人A：先生……先生……

徐子伶：（眼看男士乙臉色發紺蒼白，便對一旁的服務生A喊）快打119！（挪開在一旁的太太乙）來，借過，我是救護員，讓我來！（轉身對著男士乙）先生？你發生什麼事？

　　△ 徐子伶解開男士乙的襯衫領口釦子，伸手測量對方的頸動脈，馬上跪在地上幫男士乙CPR。

服務生A：（VO）喂？119嗎？這裡是四維路一段三號，有人昏倒了！

徐子伶：（對旁邊報案完的服務生A說）你們現場有沒有AED？

　　△ 年輕稚嫩的服務生A才剛用手機報案完，也不知是否有AED，一時愣住。

服務生A：沒……沒有……

徐子伶：趕快去隔壁車站借啊！

　　△ 在一旁的徐母看傻了，卻也聽進徐子伶的話，著急地對服務生A大喊，服務生A迅速跑出去了。徐子伶持續對男士乙進行CPR，徐母看在眼裡。

徐母：快去快去快去啊！

太太乙：（VO，顫抖著聲音說）小姐，我先生發生什麼事情了？

徐子伶：（一邊壓一邊說）他心跳停止了。

太太乙：（VO，不敢相信）蛤？可是看起來有在呼吸欸……

徐子伶：那呼吸是無效的。如果再不急救的話就會活不了了。（對大家喊）現場有沒有人會做CPR？

徐母：（大喊）有沒有人會CPR？

　　△ 現場沒有人回應，徐子伶只好望向一旁的太太乙。

徐子伶：你是家屬嗎？

太太乙：我是他太太。

徐子伶：來，妳來我對面。待會AED來的時候，換妳接手CPR，妳別擔心我會教妳，跟著我做。

△ 女兒乙牽著太太乙到徐子伶對面，緊張的聽著徐子伶的指示。此時，服務生A拿著AED從大門口跑進來。

服務生 A： AED 來了！

徐子伶： 好。（對著太太乙說）妳把妳的手放在我手掌上面，我數到三換妳，好嗎？一、二、三。

△ 徐子伶放手讓太太乙嘗試自己做，太太乙恐慌的看著徐子伶，照著徐子伶的步調進行。徐母在一旁跟著點頭數拍子。徐子伶一邊開啟AED，一邊指導太太乙。

徐子伶： 來，速率跟著我，一下，二下，三下，四下，五下，六下，七下，很好喔，繼續做。妳可以壓深一點。一下，二下，三下，四下，五下，六下，七下⋯⋯

△ 徐子伶撕開中年男士乙的襯衫，貼上AED貼片。

徐子伶： 慢一點，一下，二下，三下，四下，五下⋯⋯

S23 內景：某高級餐廳內／夜
人物：徐子伶、徐母、年輕情侶（甲與女友）兩人、服務生 A、中年男士乙、太太乙、女兒、救護人員丙、救護人員丁、環境人物若干

△ 救護車聲由遠而近，兩位救護人員提著急救包跑進餐廳，來到徐子伶旁邊。徐子伶還在 CPR。

救護員丁：（對太太乙說）來，這邊讓給我。

徐子玲：（對著救護人員丙、丁說）學長，我是 TP，同安分隊的，六分鐘前目擊病人倒地，CPR 五分多鐘，電擊過一次。

救護人員丙： 好的，收到。

△ 徐母欣慰的看著徐子伶進行急救。

S24 外景：高級餐廳門外／夜
人物：徐子伶、救護人員丙、救護人員丁、中年男士乙、太太乙、女兒乙、環境人物若干

△ 餐廳門口，救護員丙、丁將擔架床快速推出餐廳。徐子伶幫忙把急救包搬上車。太太乙跟女兒乙站在一旁緊緊相依。

救護人員丙：（VO）家屬等我一下喔！（對著徐子伶說）學姊，謝謝辛苦了，剩下交給我們就好。

徐子伶： 學長辛苦了！

救護人員丙： 家屬跟我來。

△ 餐廳外，太太乙跟女兒乙上了救護車。救護車快速離去，從後車門的窗戶可見救護人員丙持續對中年男子進行CPR。

△ 疲憊的徐子伶鬆一口氣。她望著遠去的救護車，露出欣慰的笑容。

S25 內景：同安分隊／辦公室／日
人物：魏嘉軒、張志遠、阿忠、林義陽、小高、徐子伶

△ 魏嘉軒坐在椅子上，阿忠數著魏嘉軒手臂上被蜂螫的傷口。小高翻著魏嘉軒的領子，看魏嘉軒胸口的傷。張志遠掀起魏嘉軒的衣服，看見肚皮上滿是蜂螫。徐子伶、林義陽從遠處走來。

阿忠： 一個包、兩個包欸……

張志遠： 還好只有兩個！還有這裡……（看到徐子伶、林義陽走來）欸！你們來看！

阿忠： 天啊……

林義陽： 怎麼了？

張志遠： 我剛跟嘉軒去捕蜂，結果他得到蜜蜂勳章，（拍魏嘉軒的肩）恭喜啊！解鎖新成就！

阿忠： （擔心）你這千萬不要亂抓欸……

△ 魏嘉軒掀開衣服，擔心的看著肚皮上的傷口。

徐子伶： 你這看起來很嚴重，會不會不舒服啊？

魏嘉軒： 打過針了啦！沒事啦！

徐子伶： （擔憂）看你最近不太順，要不要去拜拜啊？

小高： 我們從來就沒學過什麼捕蜂捉蛇，根本就不應該叫我們做這種事啦！

林義陽： 啊上面就覺得給你捕蜂衣你就會捕蜂啊！給你捕蛇夾，哇你變成捕蛇達人！

張志遠： （挖苦）唉呦你不懂啦，這是他們的用心良苦啦……要訓練我們野外求生的技能。

阿忠： 我就知道跟你出去捕蜂準沒好事。

張志遠： （從口袋裡拿出藥膏）好啦，我們來為蜜蜂勳章的得主……頒獎！（開始哼頒獎的音樂）

△ 眾人也跟著一起哼頒獎音樂、跟著節奏拍手。正當大家開心歡唱的時候，陳國勝用力甩門，所有人驚嚇，轉身看向陳國勝。

陳國勝： （大喊）這種事情是可以開玩笑的嗎？

△ 陳國勝講完，忿忿然離場，大家面面相覷。

魏嘉軒： 國勝學長怎麼了啊？

林義陽： 誰知道？（模仿起陳國勝）可能覺得我們很不可愛吧？

△ 徐子伶在一旁笑噴。

阿忠： （對魏嘉軒說）前幾個月調來就這樣了啦，沒事少惹他。

張志遠： （打開藥膏）好了別理他，擦藥吧。

S26 外景：大員市街頭／救護車上（同安91）／日
人物：林義陽、徐子伶、（同麟學長）

△ 又是大員市日常的一天。

△ 馬路上，一輛救護車奔馳著。刺耳的警笛毫無間斷。

△ 救護車內，林義陽專心開車。此時徐子伶的手機響起，她拿起來接聽。

徐子伶： 喂？學長，怎麼了？

（同麟畫外音：欸子伶，灣台派我們支援一個你們轄區 OHCA，但我導航上找不到水源路
40巷8弄……）（OHCA，到院前心肺功能停止）

徐子伶： 那個地址是新開的，你導航上不會有，呃，你先從水里路轉進去才可以。你們快
到了嗎？

（同麟畫外音：才剛出發。好啦我先找，有問題再問你。）

徐子伶： 好。（掛斷手機）

林義陽： 怎麼了？

徐子伶： 同麟學長正要去支援我們轄區的 OHCA，但是找不到路，水源路40巷那邊。

林義陽： 水源路？那離我們才兩分鐘欸。

徐子伶： （一臉無奈）對啊。

林義陽： 哇……他們從田新過去至少要15分鐘，等他們到，人都死了。

△ 徐子伶也知道，臉色有點憂心。

S27 外景：大員市／路邊／日
人物：林義陽、徐子伶、中年婦女 A、中年婦女 B、老吳、路人若干

△ 一家便利商店的門口，遠遠地有一輛救護車駛近。

△ 徐子伶及林義陽下車後，拿出擔架床下車，中年婦女A便迎向前去，無奈說著一旁先生（老
吳）的狀況，稍微擋到林義陽的路。

林義陽： 借過。

中年婦女 A： 我看他這樣喔喝得醉醺醺的，站都站不穩，跌倒傷到腳，你看要不要載他去醫
院？

林義陽： 大姊，這種喝醉酒的，妳要叫他回去，不是送醫院啦！

　　△　老吳（男，59歲）坐在一旁的地上喝酒，身旁兩三罐空酒瓶，膝蓋流了一些血。旁邊四五個路人圍觀。

老　吳： （醉醺醺地）我……沒事，沒……沒醉啦！

林義陽： （有點生氣地對店員說）這個月第幾次了你知道嗎？他喝醉酒大家就打119。

　　△　中年婦女A一臉無奈。

中年婦女 A： 啊他腳就受傷啊！

徐子伶： （拿醫療器材包到老吳面前，蹲下想檢傷）先生，我看一下你哪裡受傷。

老　吳： 不要……妳閃開一點，不要擋到我就好。

徐子伶： 不然送你去醫院？

老　吳： （拿起手邊酒瓶罐了一口）你是聽不懂喔？不要啦！

　　△　林義陽皺著眉頭上前把老吳的酒瓶拿走，這時徐子伶的手機再次響起，徐子伶接聽。

老　吳： 欸！我有買單欸……（拿起身邊另一個酒瓶，示意要敬酒）不然我們一起喝，我還有，一起喝，來！

　　△　林義陽再次拿走老吳手上的酒瓶，丟到一旁，老吳看著酒瓶被丟到一邊，哀號幾句。

徐子伶： 學長？

　　（同麟學長畫外音：我們從水里路轉進去了，也找到水源路40巷了，可是怎麼門牌從4號、6號就直接跳到24號，啊中間那些咧？）

徐子伶： 那裡地址比較奇怪，你先左轉18巷，然後你就會看到40巷……你要不要問一下報案人啊？

　　△　林義陽緊皺眉頭看向徐子伶，擔心同麟學長那邊的狀況。

　　（同麟學長畫外音：報案人才六歲，問了半天他只會哭……好啦沒關係，我先找18巷看看。）

徐子伶： 喔好，（掛斷手機，看到林義陽詢問的眼神）同麟學長不熟我們轄區，他還沒到。

林義陽： 都幾分鐘了，人還沒到？

S28　外景：大員市／路邊／日
　　　人物：林義陽、徐子伶、老吳

　　△　白天的大員市，一如往昔喧囂。

　　△　老吳已躺平在地上，繼續胡言亂語著。中年婦女跟路人早已離開。

老　吳： （VO，醉醺醺地咕噥著）那是不是我的酒……

△ 林義陽聽到老吳的咕噥，轉頭看向老吳，徐子伶蹲下打開急救包，準備幫老吳擦藥。

老吳：（看到徐子伶準備拿出醫療器材包內的東西）你聽不懂喔⋯⋯

林義陽：（對老吳說）你身分證有帶嗎？

老吳： 我不要去⋯⋯你很盧欸！（對徐子伶說）你要陪我喝酒嗎？走！叔叔帶你去⋯⋯
叔叔帶你去⋯⋯我請⋯⋯我請（講完倒地）

林義陽： 你聽好喔！你到底要不要去醫院？

老吳： 要去你去啊⋯⋯

林義陽： 你不要去喔？（放下手上的救護紀錄表，扶老吳坐正）你坐好。

老吳： 你要做什麼？要做什麼啦？

徐子伶：（對老吳說）我幫你處理一下傷口喔。

林義陽：（指著救護紀錄表上的簽章處給老吳看）你不要去，那在這裡簽名。說你拒絕送
醫。

老吳：（欲在非簽名處簽）簽名⋯⋯簽名⋯⋯

林義陽：（壓著老吳的手到正確的位置）這裡啦！這裡啦！

老吳： 這裡喔？簽名我最厲害⋯⋯呵呵⋯⋯

△ 老吳喜孜孜地在救護紀錄表上亂畫了幾筆，是小小的火柴人。

林義陽：（暴氣）啊你簽這什麼東西啦！（憤怒地撕掉畫有圖案的救護紀錄表）

老吳： 呵呵⋯⋯這我女兒最愛的⋯⋯

林義陽：（大力把筆放在新救護紀錄表上）再一次！快點啦！認真一點啦！

△ 老吳卻把林義陽塞給他的筆扔向遠方，林義陽氣死了。

老吳： 簽三小⋯⋯認真⋯⋯

徐子伶： 欸！

林義陽： 你是在丟三小啦！

老吳： 簽三小⋯⋯（上半身向前倒）

林義陽： 你給我撿回來！

老吳：（醉醺醺地揮著手）你撿⋯⋯我不要撿。

△ 徐子伶把放在自己制服胸前口袋的筆拿給林義陽，起身去撿被丟出去的筆。老吳躺在地上
咕噥。林義陽大力把救護紀錄表摔在地上，皺起眉頭，生氣地看著老吳。

S29　外景：大員市街頭／日
　　　　人物：林義陽、徐子伶、老吳

△ 擁擠的車陣裡，救護車正努力穿梭著。

△ 林義陽一邊開車，一邊問後座的徐子伶。

林義陽： 妳問到了沒？

△ 後座，老吳膝蓋已包紮好，躺在擔架床上呻吟，講夢話。一旁的徐子伶拿著自己手機，等電話接通。

徐子伶：（有些著急）同麟學長，我子伶。你們找到了嗎？

△ 林義陽開著車，並關心地從照後鏡看了後車廂一眼。

徐子伶：（聽了一下）狀況怎麼樣？（又聽了一下，表情黯然）好，我知道了，謝謝。（掛上電話）

林義陽：（連忙問）怎樣？

徐子伶： 已經送醫了。不過 OHCA 半個多小時，應該救不活了……聽說是單親家庭，他的小孩一直哭著叫爸爸……

△ 林義陽繼續開車，眉宇之間怒火更熾。

林義陽：（用微弱的聲音說）媽的……

S30 外景：大員市／荒涼橋下／日
人物：林義陽、徐子伶、老吳

△ 車輛川流不息的馬路上，救護車繼續平穩地開著。突然之間，救護車急轉彎，駛進荒涼的橋下。

△ 徐子伶跟沉睡的老吳在車後座都默默無語。忽然車子停下、熄火。

△ 徐子伶因車子急煞而跌了一下，林義陽打開後車門，把擔架床拉出車外。

徐子伶：（一頭霧水）幹嘛？欸……你……你幹嘛啦！

△ 荒涼的橋下，林義陽不理會徐子伶，急著打開醫療器材包，拿出裡頭一支全新的未折封針筒，撕開包裝。

△ 徐子伶不理會林義陽，欲把擔架床推回救護車內。此時，林義陽拿起老吳的左手，朝手掌用力戳下去，徐子伶忍不住叫了出來，上前推開林義陽。

△ 老吳痛得睜開眼睛，哀號出聲來，他的手掌湧出鮮血。

林義陽： 操你媽！

徐子伶： 林義陽！

林義陽： 你害死了一個爸爸你知道嗎？我他媽的每天就載你們這些喝醉的（用力往擔架床踢下去），我真正可以救命的卻救不到！

徐子伶：（對林義陽大喊）欸！好了啦！

林義陽： 你他媽以後再喝酒醉打119試試看！

徐子伶：（對林義陽大喊）好了啦！

　　△　林義陽凶狠的看著老吳，氣喘吁吁。

　　△　老吳又唉唉叫了幾聲，但仍神智不清地躺在擔架床上。

S31　內景：大員醫院急診室／檢傷處／日
　　　人物：林義陽、徐子伶、老吳、小辣椒

　　△　急診室走廊，林義陽跟徐子伶推著躺著老吳的擔架床進到檢傷處。

　　△　急診室內的檢傷處，老吳的手已經包紮好了，林義陽、徐子伶正合力要將不省人事的老吳從擔架床上搬到病床上。

　　△　正要走回檢傷櫃台的小辣椒看到，也過來幫忙。

小辣椒：（對著老吳說）老吳，你又來啦？（對林義陽、徐子伶說）他今天怎麼受傷的？

林義陽：（若無其事）一樣啊！喝酒醉跌倒啊！一、二、三！

　　△　林義陽、徐子伶合力將老吳搬到病床上了。徐子伶冷冷望了林義陽一眼。

徐子伶：他手也有受傷，妳待會幫他看一下。

小辣椒：（VO）好。

　　△　林義陽看了徐子伶一眼，似乎對於徐子伶說的話有點在意。

　　△　林義陽把老吳的毛帽丟在老吳身上。急著把擔架床拉走，讓原本拉著擔架床的徐子伶有點跟蹌。小辣椒注意到他們的互動。

徐子伶：欸……

　　△　林義陽看了徐子伶一眼，把放在擔架床上的救護紀錄表交給她後，便快速推著擔架床離開。

　　△　徐子伶跟小辣椒推著病床離開。

徐子伶：（對小辣椒說）走囉。

S32　內景：同安分隊／三樓廚房／夜
　　　人物：徐子伶、林義陽

　　△　夜晚的大員市，燈火闌珊。

　　△　廚房裡，徐子伶把泡麵扔進一鍋沸水裡，開始煮晚餐。此時林義陽也走進來，也拿鍋子準備煮水餃。

林義陽：（停下手邊的動作，對徐子伶說）我要下水餃，妳要不要來幾顆？

　　△　徐子伶沒回應，冷冷地繼續弄自己晚餐。林義陽發現徐子伶很冷淡，又才開口。

林義陽：妳還在生氣喔？

徐子伶：（邊煮泡麵邊說）你今天不應該刺傷那個老吳的。

林義陽：那王八蛋根本欠人家教訓！每次都喝酒鬧事，浪費我們的時間就算了，還害到其他需要幫助的人欸！今天那個爸爸根本是被他害死的……

徐子伶：這根本是兩件事，請問是老吳害那個爸爸 OHCA 的嗎？

林義陽：但是他今天就浪費我們的時間，害那個爸爸連被搶救的機會都沒有欸！

徐子伶：我們是消防員，不是法官，更不是上帝。我們的職責就是好好地把傷病患送到醫院不是嗎？

林義陽：是啊！但是他每次都喝醉酒發酒瘋，沒病沒痛地占用救護車！那我請問妳，妳有更好的辦法，讓他受到教訓、不要再害到別人嗎？

　△ 徐子伶被問倒了，她愣了一下。

徐子伶：我不管你用什麼方式，你都不應該讓我成為你的共犯。

　△ 徐子伶端著泡麵離開。林義陽望著她的背影，一臉鬱悶，把雙手靠在流理台上。

S33　內景：同安分隊／一樓會客室／日
　　　人物：邱漢成、伍誌民、朱先生

　△ 這一天，同安分隊似乎不太寧靜。

　△ 遠遠地從走廊看過去，可以看見會客室裡分隊長跟朱先生（烏龍火警的屋主）在泡茶，邱漢成坐在旁邊尷尬地陪著笑臉。

朱先生：那天大家替我慶生，結束說要到我們家續攤，我帶了一大票朋友回家，結果我看到什麼？（指著伍誌民、邱漢成）你們知道我丟臉丟到哪去了嗎？

邱漢成：（木訥地道歉著）對不起朱先生，是因為你們家的聖誕燈忘了關……

朱先生：（一臉不爽）我不可以在家裡開聖誕燈嗎？政府哪一條法律規定我不可以開聖誕燈！

邱漢成：（尷尬地陪著笑臉）不是……從外觀上看起來像失火……而且我們聞到燒焦的味道。

伍誌民：（連忙點頭）有味道……

朱先生：看起來像就可以破壞我家門？（站起身，越講越激動）你們知道那一扇門有多貴嗎？

伍誌民：（站起）呃……朱先生你先不要這麼生氣，我跟你解釋一下。（邱漢成也緩緩站起）當天的狀況是這樣子的……是管委會打 119，我們才出勤嘛！那到了現場他們又很緊張，叫我們做滅火的動作……也連絡不到您……

朱先生：（插話）我不管，你們今天就要給我一個交代，不然的話，我就去市長信箱投訴、我跟媒體爆料……不然我們就法院見！

伍誌民： 沒有這麼嚴重啦⋯⋯這不需要跑法院啦⋯⋯我們⋯⋯你先火氣不要這麼大⋯⋯我們來想辦法解決你這個問題。看是要做賠償呢，還是⋯⋯（轉頭看向邱漢成，但邱漢成也一副不知該怎麼辦的樣子）對⋯⋯後續的這個動作，好不好？很抱歉啦，真的很抱歉⋯⋯

△ 伍誌民努力安撫著朱先生。邱漢成表情十分鬱悶。

S34　內景：邱漢成家／客廳／日
　　　人物：邱漢成、小穎

△ 次日白天，大員市陽光普照。
△ 邱漢成對邱妻小穎無奈的解釋著，小穎非常激動。

小穎： 八萬？這麼多？你以為我們很有錢嗎？

邱漢成： 人家要告我，我也沒辦法⋯⋯

小穎： 但你是執行公務啊！難道你可以不破門嗎？那你們長官怎麼講？

邱漢成： 局裡是有幫我協調啦，但民眾真的也很無辜，他們家就沒失火。

小穎： 民眾很無辜，那你就不無辜？我們家要賠這個錢我們家就不無辜？

邱漢成： 我不是這個意思⋯⋯妳想如果我繼續打官司的話，我們可能要花更多錢，而且這也會增加長官的困擾啊⋯⋯

小穎： 你怕增加長官的困擾，你就不怕增加家裡的困擾喔？欸你這什麼工作啊？欸你們認真打火，現在出了問題還要自己掏腰包解決喔？

邱漢成： 這次是意外啦⋯⋯

小穎： 不是，我真的不懂，這責任怎麼會是由你來擔呢？怎麼會是由我們來賠呢？這不合理嘛！而且你遇到這種事情，你不是更應該爭取你的權益嗎？你的長官更應該保護你們啊！這真的完全不合理，你不覺得嗎？

△ 面對小穎一連串的質問，邱漢成不知該如何是好，只能沉默。
△ 邱漢成低下頭，嘆氣。

小穎：（轉身往房間走去）我要去餵奶了。

△ 小穎轉身離開客廳，留下邱漢成沮喪地站在原地。

S35　內景：同安分隊／車庫／夜
　　　人物：邱漢成

△ 偌大的車庫裡，邱漢成一個人蹲在地上收水袋，緊皺著眉頭。

△ 邱漢成將收好的水袋放進消防車內器材區，落寞的離去。

S36　內景：同安分隊／分隊長辦公室／夜
　　　人物：林義陽、伍誌民

　　　△ 分隊長辦公室裡，林義陽在跟伍誌民爭取著。

林義陽：對，但我覺得這件事情漢成哥在法律上是完全站得住腳的啊！

伍誌民：沒有……問題是……我們真的是破門破錯了嘛！裡面沒有火災嘛！這個是事實，對不對？

林義陽：分隊長，你這次真的要幫漢成哥啦！他才剛生完第二胎耶。而且那個謝科根本縮頭烏龜嘛，怎麼可以把這個事情全部丟給漢成哥去扛呢？

伍誌民：等下……義陽，你能不能不要那麼激動……？

林義陽：（大聲回應）我沒有激動！（發現自己確實過激動，便收回一點情緒）好，我上次跟子伶出救護，我們繞路去上廁所，是我們不對，所以被處分我無話可說，但這次不一樣啊！漢成哥完全沒錯欸！卻要他扛所有責任，這太不公平了嘛！

伍誌民：好！我現在了解你的想法，那給我一點時間我會去處理嘛！

林義陽：而且這種事情應該要消防局出面處理吧？而不是把這種問題全部丟給我們基層。那以後我們到現場怎麼辦？屋主不在，那我們是不是不用破門？啊萬一裡面真的燒起來，那誰要負責？

伍誌民：不是……你不能這樣子講，你不能因噎廢食。對不對？我們不同案子有不同的處理方式嘛！

林義陽：對啊！但今天那個管理員就這樣報案啊！那我們到現場，那怎麼辦？

　　　△ 從隊員辦公室往分隊長辦公室看，可以看見分隊長很頭痛，但林義陽仍一直為邱漢成打抱不平的身影。

S37　內景：同安分隊／一樓辦公室／日
　　　人物：林義陽、邱漢成、徐子伶、張志遠

　　　△ 一樓辦公室裡，幾個消防員聚著，在為邱漢成抱不平。徐子伶因為還有點生林義陽的氣，刻意離林義陽有點距離。（分隊長辦公室裡沒有人）

徐子伶：邱 Sir，還是我跟你一起賠啦？破門我也有份，而且有焦味是我說的。

邱漢成：（搖搖頭）算了，主要破門的人是我，跟妳沒有關係。

林義陽：（氣憤地站起，走向邱漢成）媽的那個姓朱的是什麼東西啊！你都幫他修那個破門了還要求精神賠償？真的把人吃死死的欸！

張志遠： 分隊長都沒有幫你說話嗎？

徐子伶： 對啊，而且法律不是規定，消防人員的行為屬於「緊急避難」，不會罰嗎？

邱漢成： 其實我們分隊長已經幫我很多忙了，他把我從 12 萬談到剩 8 萬，我已經很感謝他了。

林義陽： 還要賠？邱 Sir……我看你乾脆就跟那個姓朱的抗爭到底啦！他要告就去告，絕對不會贏的啦！我們每天有這麼多的事情要處理，還要煩這個，根本就快瘋了！

邱漢成：（小調侃林義陽）我看你這麼生氣我火氣都全消了。但我真的沒時間每天跑法院。

張志遠： 可是邱 Sir……這對你真的太不公平了。

邱漢成： 我知道對我不公平啊，但能怎麼辦？倒是這樣，大家下次出勤的時候，要小心一點。

△ 邱漢成說罷離去。眾人望著他的背影，一臉無奈。

S38 內景：同安分隊／二樓備勤室／日
人物：張志遠、林義陽、徐子伶、宋小隊長、阿忠、魏嘉軒、小高、同安分隊消防隊員 A、同安分隊消防隊員 B

△ 備勤裡，有的人在運動，有的人在吃延後的午飯。趁著邱漢成不在，林義陽拿著一個自製的募款紙箱，張志遠走在一旁。兩人走進備勤室裡，張志遠大聲拍手，吸引大家的注意。

張志遠： 大家聽一下這邊。

林義陽： 那個……大家知道最近邱 Sir 遇到一些麻煩。他平常很照顧我們，所以現在兄弟有難，我們多多少少幫點忙。這邊有個紙箱，大家就隨意捐一點心意，我會再轉交給他。

△ 張志遠馬上走過去，手上握著四張千元大鈔。

張志遠： 那我就先拋磚引玉一下，大家隨意就好。（往紙箱裡投錢）

△ 阿忠也走過去投錢。

阿忠： 邱 Sir 是一定要挺的啊！

林義陽：（嶄露笑容）謝啦！

△ 這時一隻手把三張千元大鈔投入紙箱，林義陽抬頭一看，是徐子伶。林義陽對她笑笑，但還在為刺傷老吳事件而生氣的她，冷冷地沒看林義陽一眼就轉身走出辦公室。

林義陽：（對徐子伶說）謝謝。

宋小：（對大家說）大家幫忙一下！

林義陽：（VO）宋小，謝謝。

宋小：（對林義陽）辛苦了！

△ 魏嘉軒、小高也來投錢了。

△ 林義陽望著徐子伶，徐子伶沒有理會他。

S39 內景：同安分隊／隊長辦公室／日
人物：林義陽、伍誌民

△ 分隊長辦公室裡，分隊長正埋首看公文。忽然一個紙箱放到他面前的公文上，把他嚇一跳。
他抬頭一看，是林義陽。原來他帶著紙箱直接走入門沒關的分隊長辦公室。

林義陽：分隊長，這大家幫漢成哥湊的錢，還差1萬。

△ 分隊長看看紙箱，沉吟著。

S40 內景：同安分隊／二樓廚房／夜
人物：邱漢成、林義陽

△ 這天夜晚，整座城市似乎都在酣睡。

△ 廚房裡，邱漢成有點無精打采地在下水餃。林義陽走進廚房，見狀忍不住開玩笑。

林義陽：邱 Sir，我想說這麼晚了你怎麼沒有在寢室？原來躲在這偷煮消夜啊……

△ 邱漢成笑一笑。林義陽就把手上的募款小紙箱遞給邱漢成。

邱漢成：肚子餓嘛……

林義陽：（笑嘻嘻地）這是大家要給琦琦的生日禮物。

邱漢成：（一臉疑惑地問）琦琦生日還沒到啊？

林義陽：（笑著）提前慶生不行啊？

邱漢成：（接下紙箱）謝謝啊……什麼東西那麼神秘？

△ 邱漢成打開小紙箱一看，裡面全是千元大鈔。他連忙要退回。

邱漢成：唉……這我不能收啦。

林義陽：（笑著推回去）這是要給琦琦的，又不是要給你的。

△ 邱漢成繼續煮消夜。

邱漢成：這我不能收啦。

林義陽：還是你要分隊長親自來送？

△ 邱漢成有點愣住。

邱漢成：別鬧了啦……

林義陽：（臉色一沉）不是……那個破門的責任根本就不應該由你來扛啊！你不收，那我去找分隊長囉。

　　△　林義陽作勢要走出廚房去找分隊長，邱漢成連忙喊聲。

邱漢成：不要把事情搞這麼大啦。

林義陽：那你就收下嘛！

　　△　邱漢成愣在現場，一時之間不知該如何是好。

林義陽：啊不管啦（把募款小紙箱放在一旁矮櫃上），這都是大家的心意……大家都是一家人！

　　△　林義陽說完就轉身離開廚房。

　　△　邱漢成望著林義陽離去的背影，一臉感動。他低頭看了看小紙箱。

　　△　小紙箱上，是林義陽那孩子似的稚氣字跡，歪歪斜斜的字體寫著：「琦琦生日快樂！叔叔阿姨愛你喔」旁邊還畫了很幼稚的圖，那是一隻小小的羚羊。

　　△　邱漢成忍不住笑出來。

S41　內景：邱家／邱漢成客廳／日
　　　人物：邱漢成、琦琦、小穎

　　△　這日午後，邱漢成開門回到家，琦琦在客廳桌上疊積木。

邱漢成：（對剛剛掃好地的小穎說）匯款匯好了。

　　△　小穎拿著掃把走出客廳。

　小穎：真的對他們很不好意思耶……我做了一些布朗尼，明天帶去。要好好謝謝他們。

邱漢成：應該的。

　　△　邱漢成轉身走向琦琦。小穎繼續掃地。

邱漢成：妹妹，我們來丟球球好不好？

　琦琦：好！

邱漢成：有沒有看到（指著放在桌上的募款小紙箱）叔叔阿姨送給妳的盒子，上面有羊咩咩！

　琦琦：有！

邱漢成：丟球球……來，誰先丟進誰就贏好不好？

　　△　邱漢成充滿關愛的看著琦琦，陪她把小球一顆顆放進小紙箱。

　　△　琦琦開心地玩起來，邱漢成慈愛地陪她玩著。小穎在一旁看著，覺得欣慰。

S42	內景：Amuz One 娛樂世界／三樓ＶＩＰ室／日 人物：邱漢成、沈經理、伍誌民

△ 次日，Amuz One 娛樂世界，陰雲中露陽光。

△ 裝潢高級的VIP室裡，沈經理正在跟伍誌民分隊長、邱漢成談事情。

沈經理：（VO）喝吧……還是喝紅酒？

伍誌民：（VO）沒關係……沒關係……我們在執勤……

△ 伍誌民搔著頭，支支吾吾難以啟齒。

伍誌民：今天其實就是……來拜訪可能就是……關於捐贈的這一塊。

沈經理：我知道現在排隊等著捐救護車的單位很多，但是我老闆的意思就是，他願意等，他比較喜歡捐救護車。

△ 沈經理說完大笑幾聲。伍誌民、邱漢成一臉難為跟尷尬，互看了兩眼。

伍誌民：呃……沈經理，如果說捐住警器的話會比較好，尤其是民眾三更半夜睡覺的時候，如果有火災發生，住警器可以把民眾吵起來，可以讓民眾提早知道有火災，然後做逃生的動作……而且去年我們發放數量不夠，然後還被監察院糾正。

沈經理：（點點頭）喔……。那……你們應該發多少個？

邱漢成：（望向伍誌民，低著頭小聲地說）上面說四千個。

伍誌民：（對著沈經理）四千個。

沈經理：那你就叫消防局給你們買啊！呵呵……

邱漢成：（笑笑地講）他們預算也不夠。

伍誌民：（為難地）上面也只給我們兩千顆……

沈經理：（一臉不可置信）給你們兩千個，但要你們發四千個？

伍誌民：對……

沈經理：當你們多啦Ａ夢？（說完，豪邁地笑）

伍誌民：（尷尬地說）所以我才說能不能請孫董考慮一下，把捐救護車這個經費轉成捐住警器？對於我們的幫助會比較大。

沈經理：（有點鄙夷地大笑）這個……你看你們要打火、救護、安檢，還要募款？你們消防隊很忙啊？辛苦，辛苦辛苦……

伍誌民：對啊……

△ 伍誌民跟邱漢成笑得不太自在。

S43	外景：Amuz One 娛樂世界／大門口／日 人物：伍誌民、邱漢成

△ Amuz One娛樂世界的大門口，伍誌民跟邱漢成緩緩走出來。伍誌民從口袋裡拿出一包菸，遞了一根菸給邱漢成。

伍誌民：　來。

邱漢成：　不用了，分隊長，我把車開過來。

伍誌民：　不急啦！抽根菸再走啦！急什麼？

△ 邱漢成接過菸。兩人點起菸來。

伍誌民：　對了，回去記得跟宋小說，說對方打算捐住警器了，然後請他擬一下新聞稿。

△ 邱漢成點點頭，若有所思。

△ 談成贊助的伍誌民，臉上卻毫無喜悅之意。他只是無奈地繼續抽著菸。

S44　內景：山中平房內／日
　　　　人物：張志遠、小高、孫媽媽、氣胸年輕人

△ 陽光照入山裡，煞是美麗。

△ 救護車停在房子大門口，救護車後門打開，擔架床已經被拉出救護車內。

△ 張志遠檢查躺在躺椅上、上衣已經掀開、左右胸不對稱的年輕人（男，23歲）。

張志遠：　（對著小高說）小高，NRM。（手放在年輕人氣管上方皮膚，檢查著）氣管偏移，頸靜脈怒張，胸部起伏不對稱。

△ 孫媽媽（53歲）在一旁泛著淚光，不可置信地摀住嘴巴。

△ 張志遠先用聽診器聽著年輕人紅腫的胸膛，再改用手指在年輕人胸口扣打，聆聽是否有空心咚咚聲。

△ 年輕人的嘴巴一張一合，吃力地呼吸著。

張志遠：　（對著孫媽媽說）所以他是早上摔傷之後胸痛，現在感覺吸不到空氣，比較喘是嗎？

孫媽媽：　（驚慌地）是呀，那時我叫他去急診他就不聽。

張志遠：　（對著孫媽媽說）我現在幫他打點滴，打完我們就送醫。

△ 年輕人嘴巴張開彷彿陸地上吸不到空氣的魚。

S45　外景：山中小馬路上（救護車內）／日
　　　　人物：張志遠、小高、孫媽媽、氣胸年輕人

△ 救護車仍閃著紅燈在山路上疾駛著。

△ 嘴唇發紫的年輕人已戴上車裝氧。張志遠看著年輕人狀況，憂心忡忡拿出手機撥號。

張志遠：　喂，呂醫生你好。我同安分隊 TP 張志遠。現在有一名病患 air hunger，早上摔傷撞到胸口，目視胸口瘀青，左側起伏微弱，氣管偏移，頸靜脈怒張。血氧 85，血壓 70 over 40，呼吸次數 36，懷疑是張力性氣胸，請求針刺減壓。

　△　前座的孫媽媽憂心地看著救護車後座的兒子跟張志遠。

　△　張志遠看到年輕人臉色發紺、嘴唇紫黑，似乎已經意識不清。

張志遠：　（聽了一下，有點錯愕）可是我們現在在深山路六段，到醫院至少要 30 分鐘……（又聽了一下，不服氣地說）為什麼不行？我是 TP，而且我不是第一次做了！（又聽了一下，落寞地說）好，我知道了。

　△　張志遠掛了電話，孫媽媽從前座憂心地問。

孫媽媽：　現在發生什麼事？我兒子現在怎樣？

張志遠：　他應該是張力性氣胸……我們會盡快送他到醫院。

　△　小高開著車，回頭看了一下又繼續看著前方，憂心忡忡。

S46　外景：公園／日
　　　人物：徐子伶、魏嘉軒、男童、男童媽媽

　△　同一時間，公園裡花影扶疏，綠意盎然。

　△　公園的自行車道斜坡邊，停著一輛已經熄滅紅燈與警鈴的救護車。

　△　男童媽媽蹲下來哄著一位8歲左右、坐在路邊椅子上的男童。

男童媽媽：　再忍耐一下喔，救護車快來了。來了來了，（對著徐子伶、魏嘉軒揮手）這邊這邊這邊！

　△　徐子伶跟魏嘉軒推著擔架床來到男童與男童媽媽旁邊。

徐子伶：　（對著男童媽媽說）剛剛發生什麼事？

　△　男童媽媽一臉緊張，指著男童的膝蓋。

男童媽媽：　他剛剛在這裡騎腳車跌倒了，妳看摔得好嚴重喔！

　△　徐子伶蹲下來，看了看男童膝蓋。

徐子伶：　來，弟弟放輕鬆，你會痛嗎？（說完，男童搖搖頭）你剛剛撞到膝蓋，還有沒有撞到別的地方？

　△　男童膝蓋的小破皮，連流血都沒有。

徐子伶：　（VO）頭呢？會不會想吐？

　　　　　（男童媽媽畫外音：什麼爛地方啊！）

男童媽媽：　根本就不應該開放小孩子騎腳踏車！爛政府……我一定要打電話投訴……

△ 徐子伶看向男童媽媽一眼。徐子伶拿出生理食鹽水跟紗布，一邊沖洗男童的「傷口」，一邊輕聲地問。

徐子伶： 我現在幫你清傷口，會痛要說喔。

△ 徐子伶拿著紗布在男童的「傷口」上掃了幾下，男童媽媽見狀大罵。

男童媽媽： 欸妳也太粗魯了吧！

徐子伶： 媽媽，傷口上的沙一定要趕快清掉，不然待會會發炎。

男童媽媽： 妳可以小力一點嘛！（對著男童）你忍耐一下喔……

△ 男童乖巧地點點頭。

男童媽媽： （VO，對著徐子伶）妳輕一點好不好？

△ 男童媽媽眼神鋒利，狠瞪著徐子伶。徐子伶清完男童的「傷口」後，站起。

徐子伶： 他的傷口我們都評估過了，沒有什麼大礙。可以不用送醫院。

男童媽媽： （急忙打斷）不行！萬一他有內出血怎麼辦啊蛤？你們徹底檢查過了嗎？

徐子伶： 他的傷口我都已經大致處裡好了，而且弟弟剛剛也說他沒有頭痛或想吐的感覺。請媽媽放心。

△ 男童疑惑地看著媽媽跟徐子伶爭執。

男童媽媽： （加重語氣）麻煩你們現在就送我們去醫院，給醫生檢查過再說。

△ 徐子伶跟魏嘉軒又互看一眼。兩人都很無言。

S47 外景：山中稍大馬路上（救護車內）／日
人物：張志遠、小高、孫媽媽、氣胸年輕人

△ 救護車仍閃著刺眼的紅燈、鳴著警笛在山區疾駛著。

△ 車內，張志遠正滿頭大汗地幫年輕人CPR，但年輕人臉色紫黑，一點反應也沒有。

張志遠： 小高，開快一點，病人OHCA了！

孫媽媽： OHCA是什麼意思？

張志遠： （對著駕駛座上的小高喊）小高，還能再快一點嗎？

小高： 學長，我已經在趕了！這邊彎路很多，實在很難加速……

△ 前座，孫媽媽已經驚慌地哭起來。

孫媽媽： 怎麼辦……？怎麼辦……？（對著張志遠說）拜託你救救他……

△ 張志遠心一橫，對小高大喊。

張志遠： 小高！靠邊停！快！

小高： （愣住了）學長真的要靠邊停嗎？

張志遠： （大喊）趕快靠邊停！過來後面CPR！

S48 外景：大員市的街頭（救護車上）／日
人物：徐子伶、魏嘉軒、男童、男童媽媽

△ 救護車響著刺耳的聲音，在街頭疾駛。

△ 救護車的後座，徐子伶跟男童無奈地坐著。徐子伶寫著救護紀錄表。

△ 副駕駛座上，男童媽媽心急如焚地講手機。

男童媽媽： 我們現在在救護車上，呃要送到……對大員醫院……你等一下喔（忽然轉頭對魏嘉軒說）欸你不是救護車嗎？怎麼開那麼慢啊？

魏嘉軒： 前面的車已經在讓了，我在盡量快了……

男童媽媽： （直接打斷）那你就快啊！萬一瑋瑋出事，有危險怎麼辦？蛤？快點開！快點！

△ 魏嘉軒一臉緊繃地往前開。

徐子伶： 媽媽，雖然我們是救護車，但還是要注意路況，不能這樣橫衝直撞。這也是保護你們的安全。

△ 男童媽媽充耳不聞。這時，魏嘉軒見紅燈停了下來。

男童媽媽： （生氣地罵魏嘉軒）欸……你幹嘛又停啊？紅燈你幹嘛停啊？萬一耽誤我小孩就醫你要負責是不是？你會不會按喇叭啊？喇叭按下去！快按啊！

△ 魏嘉軒只好狂按喇叭，闖過紅燈，繼續急駛。男童媽媽繼續拿起電話，跟電話那頭的人抱怨。

S49 外景：山中稍大馬路上（救護車內）／日
人物：張志遠、小高、孫媽媽、氣胸年輕人

△ 救護車停在路邊，警笛聲關掉了。

△ 小高對年輕人進行CPR。

△ 張志遠打開創傷包，拿出大號針頭消毒，尋找年輕人鎖骨中線下、第二肋間的位置。小高一邊進行CPR一邊憂心地問。

小高： 學長，醫生不是說不行嗎？

△ 孫媽媽紅著眼眶、忐忑不安地看著張志遠。

張志遠： （豁出去了似的）再不做就來不及了！（拿起針筒，對著小高說）停。

△ 小高停止CPR。

△ 男孩媽媽啜泣著。

△ 張志遠找好針刺的位置，刺入。針拔起之後，身體像是洩了氣一樣，發出放氣的聲音。張志遠堵住皮膚上的孔洞。

張志遠： （對著小高說）繼續。

△　小高繼續對著年輕人進行CPR。

　　△　孫媽媽憂心忡忡看著張志遠治療自己的兒子。

S50　外景：大員醫院／急診室門口／日
　　　人物：張志遠、小高、孫媽媽、氣胸年輕人、小辣椒

　　△　大員醫院的急診室門口，同安分隊的救護車一駛入停下，小辣椒馬上拉開救護車後門，張
　　　志遠也從側門下來，兩人一起將擔架床拉出來。

小辣椒：狀況如何？

張志遠：（筋疲力竭地對著小辣椒說）病患23歲，早上摔傷撞到胸口，下午胸痛送醫。

　　△　小高此時也下車跑來協助，一群人很快地將擔架床上臉色恢復正常的年輕人推入急診室內。

張志遠：送醫途中傷患 OHCA，CPR 20 分鐘，實施針刺減壓，目前 ROSC（恢復自發性
　　　循環）……脈搏130，呼吸24，血壓70/40，血氧99。

S51　外景：大員市的街頭（救護車上）／日
　　　人物：徐子伶、魏嘉軒、男童、男童媽媽

　　△　而徐子伶這邊，救護車響著刺耳的聲音，繼續在街頭疾駛。

男童媽媽：（繼續用手機）不是……他開超慢，氣死我了！對啊……我就很怕影響到以後走
　　　路啊！

　　△　徐子伶仍在後座陪伴著男童。無奈的聽著男童媽媽的談話。

　　△　到下一個紅燈，魏嘉軒又慢下來，男童媽媽暫停手機，又轉向罵魏嘉軒。

男童媽媽：欸！你怎麼又停啊？我開車都比你快！你們救護車不是可以闖紅燈嗎？快過
　　　啊！

徐子伶：（有點火，對前座男童母親說）請妳相信我們的專業！不要指導我們開車好嗎？

男童媽媽：（往後轉頭罵徐子伶）什麼叫指導你們開車？萬一影響到小孩怎麼辦？延誤就醫
　　　妳要負責嗎？蛤！你們救護車就是要把握時間救人啊！

　　△　徐子伶氣到受不了，決定不繼續跟男童媽媽爭執，轉身靠在救護車側門。

男童媽媽：（更強勢罵指著徐子伶、魏嘉軒罵）趕快到醫院，不然我投訴你們！

　　△　魏嘉軒便在男童媽媽的責罵聲中繼續往前開。男童媽媽繼續講手機。

男童媽媽：氣死了，救護車開超慢的……快點！快點！快開！

　　△　忽然一輛汽車從旁邊衝出來，男童媽媽驚聲尖叫。魏嘉軒也驚恐地瞪大眼睛，在刺耳的煞
　　　車聲中碰地一聲撞了上去。畫面飛黑。

（待續……）

　林義陽又遇酗酒路倒的老吳，卻意外從小辣椒口中得知老吳的另一面。張志遠婉拒到張父的基金會工作，哥哥的幻影卻質疑他的決定。邱漢成出救護時，報案人要求趕快破門以搶救人命，但按照消防局新公布的準則，邱漢成必須等警察跟里長到場後才能破門，他不禁陷入天人交戰……

發生車禍的孕婦受困於車門內，徐子伶搶救中。

發生車禍的魏嘉軒，掙扎
於車險理賠或者申誡的抉擇。

<table>
<tr><td>S1</td><td>外景：市區十字路口／日
人物：徐子伶、魏嘉軒、男童、男童媽媽、肇事司機、交通警察甲、另一名交通警察、兩名田新消防隊員、車陣司機若干</td></tr>
</table>

　△　嘉軒坐在十字路口的地板手扶著頭，一副懊惱的樣子。（畫外音，男童哭泣聲，媽媽焦急的哭喊聲）

男童媽媽： 瑋瑋一定很痛齁？

田新消防隊員： 我們先幫你把固定帶固定好。

　△　相撞的救護車及小轎車猶冒著黑煙。

　△　遠遠地可以看見，田新分隊兩個隊員將擔架床上的小男孩推向田新分隊的91救護車中。

　△　頭上有點輕傷的男童媽媽一直跟在旁邊，焦急地喊著男童的名字。

男童媽媽： 輕一點……我拜託你輕一點好不好。

田新消防隊員： 好的，我們會注意的。

男童： （難受）……媽媽。

男童媽媽： 我知道，媽媽知道，慢慢來，不要動作那麼大啦，瑋瑋，媽媽對不起你。

　△　擔架床推入田新分隊救護車裡時，男童媽媽有點歇斯底里。

警員： 學姊你還記得剛剛發生什麼事情嗎？

徐子伶： 我們剛剛在送醫途中，警示燈跟警報器都有開，而且我們車速沒有過快，是對方直接撞上來，都沒有減速。

警員： 你們車速大概？你有印象嗎？

徐子伶： 大概3、40而已吧。

警員： 所以是他突然，他沒有減速突然撞到你們側邊就對了？

徐子伶： 對啊。

　△　田新分隊的兩名隊員上了救護車，開啟警笛駛離。

　△　路邊，輕傷的徐子伶正跟交通警察描述事件經過，有點激動的樣子。

　△　魏嘉軒懊惱地看著，沮喪地將頭埋入自己雙手裡。

S2 內景：大員醫院／急診室／病床區／日
人物：張志遠、孫媽媽、小高、醫護若干、病人與家屬若干

△ 張志遠坐在急診室內，將手上的數字腕帶數字又往前撥了一位，從392變成393。

孫媽媽： 先生真的謝謝你。

△ 張志遠站了起來

孫媽媽： 要不是你，我的兒子應該就救不活了，謝謝你。

△ 孫媽媽邊說邊鞠躬。

張志遠： 不用客氣，不用客氣。

△ 孫媽媽快速地繼續去處理兒子住院的事宜，此時小高帶著裝備走了過來。

小高： 學長。

張志遠： 器材拿回來了嗎？

小高： 嗯！

張志遠： 走吧。

小高： 好。

S3 內景：大員醫院／急診室／檢傷處／日
人物：張志遠、小辣椒、路人阿姨、小高、環境人物若干

△ 小辣椒正在跟路人阿姨說著如何走到醫療大樓。

小辣椒： 妳就走到底，過那個門再右轉，就可以了。

阿姨： 好謝謝妳。

△ 阿姨起身準備前往，小辣椒突然叫住她。

小辣椒： 阿姨妳等一下找不到的話，沿著地上的紅線走就可以了。

阿姨： 好，謝謝。

△ 遠處張志遠與小高走過來，準備給小辣椒簽救護紀錄表。

張志遠： 同學，剛剛氣胸那個年輕人，ROSC 救回來那個。

△ 小辣椒戴起口罩，面無表情地說。

小辣椒： 我在忙，等一下。

△ 轉身走遠去忙自己的事情。

張志遠： 就三秒鐘的事情耶。

△ 看著小辣椒走遠，張志遠默默地說著。

小高： 學姊怎麼了？

△ 張志遠無言以對，只好默默的放下手中的救護紀錄表。

張志遠： 在這邊等一下吧。

S4 外景：路邊人行道上／日
人物：老吳、民眾若干

△ 便利超商外，雜亂而淒涼。

△ 老吳（第三集的乾瘦酗酒者，59歲）顛簸著步伐，緩緩走近便利超商外街道。他哭腫了眼，提著一個透明塑膠袋，裡面放了一些香跟祭品食物，手掌綁著紗布，赤著腳，膝蓋也受傷流血，血跡沿著褲管和腳掌滲入地面，留下一道道血痕。

△ 老吳神情渙散，口中絮絮念著。眼中皆是迷離亂影。

△ 民眾疑惑地抬起頭看著顛顛危危的老吳。

△ 突然間，老吳暈眩倒地，手中酒水漫流一地，和地上血跡交混在一起了。
（畫外音：警笛聲大作。）

S5 外景：路邊人行道上／日
人物：林義陽、小高、老吳、便利商店店員

△ 這日，大員市的街頭一如往昔車水馬龍。
（畫外音：救護車駛近的聲音）

△ 救護車（同安91）熄了警笛、停下。林義陽與小高下車。小高到後車廂拉擔架床、拿醫療包。林義陽遠遠看到是老吳，一臉不爽。

林義陽： 媽的又是他……啊你今天是怎樣？

△ 小高推著擔架床靠近，蹲下檢查老吳，老吳喃喃自語，流著眼淚。

老吳： 我對不起你們……我好難過……

小高： 阿伯你說什麼？

林義陽： 你又在那邊浪費資源。

小高： （眼看林義陽火氣大，不敢造次）那學長，我們現在要怎麼辦？

林義陽： 先幫他清理傷口啊。

△ 林義陽他順手將老吳整包透明塑膠袋放到老吳身上。老吳這次沒反抗，只是繼續自言自語。

林義陽： 你還有哪裡受傷嗎？

△ 林義陽蹲下，把老吳的褲管往上捲，準備幫他沖洗傷口。老吳發出叫聲。

林義陽： 會痛齁，你再喝啊。

　　△ 林義陽把食鹽水灑在老吳的傷口上，老吳大叫。

林義陽： 你稍微忍耐喔。

S6 外景：馬路上／日
人物：林義陽、小高、老吳

　　△ 救護車（同安91）在城市裡疾駛，警笛聲刺耳地響著。

　　△ 駕駛座上的林義陽一臉不悅，按著喇叭。

　　△ 小高坐在後座，一邊看顧著包紮好的老吳，一邊瞄著前面一肚子火的林義陽，不敢吭聲。

S7 外景：大員醫院／急診室／內科病床區／日
人物：小辣椒、林義陽、老吳、若干家屬及病患

　　△ 醫院急診室的內科病床角落，已經冷靜下來的林義陽正協助小辣椒將檢傷完畢、半醉半醒的老吳推入、安頓。

小辣椒：（對林義陽說）那邊幫忙固定一下，謝啦……

林義陽：（一臉不爽）這他的香跟水果。

小辣椒：（看一下老吳哭腫的雙眼，恍然大悟對老吳說）老吳，你又去看你老婆跟小孩齁？

　　△ 半醉的老吳望了小辣椒一眼。林義陽有點訝異。

小辣椒： 你每天都醉成這樣，你老婆在天上會開心嗎？

　　△ 老吳仍望著小辣椒，沒有說話。

　　△ 小辣椒安頓好老吳，便要將老吳身上那一整包透明塑膠袋拿去床下放，不料老吳緊緊拉著塑膠袋不放。小辣椒有點驚訝。

小辣椒： 我幫你放到床下啦。好不好？

　　△ 老吳抱緊了塑膠袋，開始哭起來。小辣椒跟林義陽都嚇了一跳。

小辣椒： 好啦……不碰不碰。

　　△ 小辣椒嘆了一口氣，推著護理站的治療車要離開。林義陽連忙跟過去。

林義陽：（跟小辣椒小聲地交談）他老婆跟小孩怎麼了？

小辣椒：（整理治療車上的醫療器材）你不知道嗎？他跟老婆都是 RCCA 的關廠工人？小孩出生沒多久就發現得了癌症，他趕快要老婆去檢查，結果竟然也是癌症。不到三年，母女倆都過世了。都是他們工廠汙染水源害的。

林義陽：那老闆沒有賠償嗎？

小辣椒：他們工廠罹癌工人幾百個。老闆早就關廠落跑了，誰還傻到要留在台灣賠你錢？

△ 林義陽仍不敢置信地望著小辣椒。她整理完醫療耗材後，忽然想到什麼似的，又瞪了一眼林義陽。

小辣椒：老吳就算了，但其他那些酒空ㄟ還是別給我送來喔，上次那個愛打人的！氣都氣死。

△ 小辣椒推著治療車離去，留下感觸良多的林義陽。

△ 林義陽抱著救護紀錄表轉頭看遠方仍在哭泣的老吳，仍十分震驚。

△ 遠處，老吳仍抱著那一整個塑膠袋的東西哭著，無視周遭人的眼光。

S8　內景：同安分隊／車庫／夜
　　　人物：林義陽

△ 大員市寧靜的夜晚

△ 林義陽一個人在救護車上，看著當初刺傷老吳手的針頭，撫著自己的手掌心，若有所思。

S9　內景：同安分隊／分隊長辦公室／日
　　　人物：張志遠、伍誌民、徐子伶、魏嘉軒

△ 這天早晨，同安分隊外觀寧靜。

△ 分隊長辦公室裡，剛下班的張志遠正站在門口跟伍誌民說明。

張志遠：可是法律規定我可以進行針刺減壓。

伍誌民：那是在醫生同意下可以。

張志遠：可是他明明就氣胸了，而且還 OCHA，到醫院還要半小時，難道我要眼睜睜看著他死嗎？

伍誌民：當然不是，我們大家都知道你把他命救回來了，可是現在有問題，他摔傷後他有後遺症，他爸對於我們的急救有意見，醫生不肯為你的急救背書你懂不懂？

張志遠：他有腦震盪是因為他摔下來撞到頭，跟我處理他氣胸有什麼關係？

伍誌民：我們都知道沒有關係，但是他的家屬不懂。白科長現在在努力幫我們溝通中，我想應該是沒什麼問題，可以過關。不過你那個檢討報告要好好寫，下次不要再自做主張了！沒事了。

△ 張志遠還想說什麼，此時有人敲門進來，原來是徐子伶跟魏嘉軒。

徐子伶： 分隊長，你找我們？

△ 伍誌民點點頭，轉身走回自己辦公桌。張志遠只好鬱悶離去。

伍誌民：（邊走邊說）上次那個救護車禍，小男生沒事了，家屬也很明理，基本上不會追究嘉軒的責任。

△ 徐子伶及魏嘉軒也跟著走入、在辦公桌前坐下。徐子伶看了魏嘉軒一眼，不解地問分隊長。

徐子伶： 嘉軒有什麼責任？他那時趕著將民眾送醫，肇事的是那個汽車駕駛，他還酒駕欸。

伍誌民： 我知道他酒駕。問題是嘉軒他闖紅燈，車禍官司通常都要打很久，我們不可能說等官司打完再修車，車子還是要開，還是要用嘛。

徐子伶： 救護車開得慢會被家屬投訴，稍微開快一點出車禍了就要自己賠，這樣我們要怎麼出勤？

伍誌民： 先不要抱怨那麼多啦，比起一般縣市我們已經幸福多了。像那個中欽縣他們連車保都沒有。我們局裡雖然預算很低，至少他們還幫我們保了車險（轉頭對魏嘉軒）嘉軒啊，你一樣可以申請車保理賠，但是如果你要申請的話，依照規定你要被記一支申誡。你自己斟酌看看。

△ 從頭到尾都沒說話的魏嘉軒，忽然開口問。

魏嘉軒： 那我加班累積了那麼多的嘉獎，可以跟申誡抵銷嗎？

伍誌民：（嘆了一口氣）上面也規定不能功過相抵。

△ 徐子伶無奈又鬱悶。

△ 魏嘉軒也十分沮喪。

S10 內景：同安分隊／備勤室／日
人物：魏嘉軒、張志遠、徐子伶、林義陽、阿忠

△ 中午，大家吃著便當，魏嘉軒一臉鬱悶，眾人七嘴八舌地在為他出主意。

林義陽： 嘉軒，你就用車保賠啦！誰有那麼多錢賠那個酒駕王八蛋啊？

阿　忠： 但用車保就會被記申誡，到時候考績獎金就沒了喔。

張志遠： 考績獎金也賠不了修車子的錢啊，你一個月薪水才多少，不要自己貼錢修車啦。

徐子伶： 唉不對啊，之前灣河市不是有過救護車車禍後來不用賠的案例嗎？

張志遠： 嗯，人家是灣河市啊！他們有多少資源啊。

徐子伶： 但那個人酒駕耶！到時候你上法院也站的住腳，而且車禍鑑定委員會也會還你一個公道。

魏嘉軒： 但我現在就是沒錢修車，也沒有時間一直上法院。

林義陽： 這件事情真的太扯了，志遠上次去救那個氣胸的，後來被罰寫報告。

張志遠： 對齁，靠邀，那個報告我現在都還沒有寫完！

徐子伶： 都幾天了你還沒有寫完。

△ 大家紛紛閒聊起來。魏嘉軒只是默默聽著大家閒聊，仍舊愁眉不展。

S11	內景：同安分隊／分隊長辦公室／日
	人物：伍誌民、魏嘉軒

△ 分隊長辦公室門外，魏嘉軒拿著一張紙，他看了看紙後，敲敲門。

（伍誌民的聲音從門內傳出VO：請進。）

△ 伍誌民站在桌邊整理東西，看到魏嘉軒進來，坐回座位。

魏嘉軒： 分隊長。

△ 魏嘉軒沉重地上前遞上手中的紙。伍誌民看了看，抬頭問魏嘉軒。

伍誌民： 你要申請車保啊？你不自己賠？

△ 魏嘉軒神情黯然地點點頭，欲言又止。

魏嘉軒： 那個我家……幾個弟妹都還在念書。而且現在那個駕駛現在又來告我……

△ 伍誌民望著魏嘉軒，似乎也懂魏嘉軒的苦衷，便嘆了一口氣。

伍誌民： 好啦這樣也好。修車費太貴了……而且打官司又很漫長。好我知道了。

魏嘉軒： 謝謝分隊長。

△ 魏嘉軒轉身離去，走到門口要開門時，伍誌民忽然開口叫著他。

伍誌民： 嘉軒。

△ 魏嘉軒止步，回頭看著伍誌民。

伍誌民： 你明天休假對不對？

△ 魏嘉軒點點頭。

魏嘉軒： 對。

伍誌民： 明天你跟我去一趟消防局。

△ 魏嘉軒有點疑惑。

內景：消防局／小會議室內／日
人物：伍誌民、魏嘉軒、白科長、謝科長

△ 第二天，巍峨的大員市消防局，沐浴在明亮的陽光中。
△ 會議室裡，休假的分隊長伍誌民帶著魏嘉軒在跟白科長及謝科長談話。

伍誌民： 這些都是相關資料，我希望局裡能夠幫這個忙，拜託了。

白科長：（面有難色）這個沒有前例，我不知道行不行？

伍誌民： 我知道沒前例，但是對方是酒駕，他現在反過來告嘉軒……

謝科長：（一副多一事不如少一事的樣子）既然對方是酒駕，那你們還怕什麼？

伍誌民： 因為對方是名律師，我們辯不過他，他現在咬定嘉軒闖紅燈，然後搬了一堆法條說所有的肇事因素是他引起的，好笑啊這個。

△ 白科長沉思著。

謝科長：（對著伍誌民）可是你們現在想請的那律師未免也太貴了吧？

伍誌民： 我知道他是比較貴，可是對於這方面的案子他很有經驗、很有心得，如果他來幫我們的話，我們會比較有勝算。

謝科長：（對白科長說）白科長，我們局裡也有法務了，這樣不是自找麻煩嗎？而且你知道要額外申請律師來幫他，要上多少公文、要跑多少流程？

△ 白科長仍是沉思著。

S13 內景：消防局／小會議室外（連走廊）／日
人物：謝科長、伍誌民、白科長、魏嘉軒

△ 從走廊遠遠地可以看見會議室的門打開，謝科長一臉不悅地走了出來，匆匆離去。伍誌民帶著魏嘉軒也走出來，後面是送他們離開的白科長。

伍誌民： 白科，謝謝……

白科長： 這沒什麼，多跑幾個流程、多走幾份公文而已。楊局長很重視基層的聲音，我相信沒有問題。

伍誌民： 那我就放心了，還不趕快謝謝白科長，人家幫你耶。

魏嘉軒：（一臉感動跟感謝）謝謝白科長。

白科長： 不會。

伍誌民： 那後面的資料我再補上。

白科長： 好。

伍誌民：麻煩你了。

白科長：好……

伍誌民：那我們先走了，走嘍。

△ 白科長拍拍嘉軒，目送他們離開。

S14 外景：救護車上／深山小路邊／日／
人物：徐子伶、魏嘉軒、孕婦、同麟學長、小隊長 F、隊員 H、兩位員警

△ 深山裡的一條小山路上，一輛救護車響著刺耳的警笛疾駛著。

△ 救護車內，徐子伶跟魏嘉軒大老遠就看到山路邊停著一台車頭撞爛的轎車，轎車的副駕駛座貼著山壁。附近沒有其他人車。

徐子伶：欸那裡。

魏嘉軒：（皺眉對徐子伶問）學姊，我們來支援的，怎麼反而比他們轄區的早到？

徐子伶：這裡本來就離田新分隊比較遠。跟灣台更新位置。

魏嘉軒：好，灣台灣台，同安 91 抵達現場，位置更改為深山路 76K。

△ 救護車開過事故車，在不遠處熄燈停下、熄燈關警笛。徐子伶下車拿了救傷包，急忙走向事故車，發現裡面是一個孕婦卡住出不來。（駕駛座跟後車窗玻璃都破了）

徐子伶：（從窗外問）小姐，妳還好嗎？

孕　婦：（臉色慘白）我有懷孕……

徐子伶：妳有懷孕？

孕　婦：對……

徐子伶：好妳脖子不要動，你眼睛看前方，你有辦法幫我熄火拉手煞車嗎？

△ 徐子伶檢查了一下車況，並繼續詢問孕婦。

徐子伶：妳剛剛發生什麼事了？

孕　婦：有輛車從對面向撞我，他開很快，應該一定有超速，然後他一撞到我就逃走了……。

徐子伶：妳有沒有撞到肚子？

孕　婦：我不知道，可是我肚子很痛。

徐子伶： 好，妳先不要動，我馬上進去救妳好嗎？

　　△ 徐子伶嘗試從前面車窗，打開後車門，但是似乎變形已無法開啟。

徐子伶：（大喊）嘉軒，破壞器。

　　△ 徐子伶迅速敲破車窗，爬進車內到孕婦旁邊。

徐子伶： 小姐我先幫妳解安全帶，待會會幫妳上頸圈。

孕婦： 好。

徐子伶： 妳今年幾歲？是第幾胎？妳懷孕幾週？

孕婦： 第二胎，39週

徐子伶： 是雙胞胎嗎？

　　△ 孕婦搖頭。

徐子伶： 之前有沒有什麼妊娠疾病？

孕婦： 沒有。

　　△ 此時停好救護車的魏嘉軒，他連忙趕過去幫忙上頸圈。孕婦開始越來越不舒服的樣貌。

徐子伶： 放輕鬆。

孕婦： 痛……啊……

　　△ 孕婦開始呻吟著。

徐子伶： 嘉軒備 IV ！

　　△ 徐子伶協助孕婦剪掉安全帶、上頸圈。此時孕婦再次慘叫。徐子伶低頭一看，有血從孕婦下
　　　　體流到腳踝，不禁皺眉。

徐子伶：（接過魏嘉軒拿來的氧氣，給孕婦戴上）妳不要緊張，跟著我一起呼吸……嘴巴打
　　　　開，吸氣，嘴巴張開哈氣，哈二三四五。

孕婦： 我破水了，我破水了……

徐子伶： 深呼吸，吸氣，哈……二三四……

　　△ 此時，田新分隊消防車跟警車從遠方陸續開來。

　　△ 事故車內，徐子伶屏氣凝神，專心打IV。

徐子伶： 待會如果感覺到宮縮記得跟我說，目前血壓正常，我幫妳上個鼻管。

　　△ 馬路上，消防車跟警車陸續停下，小隊長F、同麟學長跟隊員H下車，拿好工具走過來。警察
　　　　也下車了，跑去道路兩邊放三角錐。

小隊長 F： 現在什麼狀況？

徐子伶：（已經打好 IV）學長，我們車上一位經產婦，懷孕 39 週，羊水已經破了，快點協
　　　　助我們送醫。

小隊長 F： 好！同麟準備車體破壞！

徐子伶：謝謝學長！

△ 孕婦再次陣痛哀嚎。

△ 車外，小隊長F看了一下車體狀況，又看孕婦情況緊急，便對大家下令。

小隊長F：同麟，從車頂破壞。

△ 車外，田新的隊員們拿著破壞車體的工具，用力剪車頂。

△ 車內，孕婦開始大口呼吸，越來越喘。

徐子伶：待會要破壞車子聲音會有點大，不要擔心我會在妳旁邊。

孕婦：我……吸不到空氣……

徐子伶：之前有過氣喘的經驗嗎？

孕婦：沒……

徐子伶：沒有？

孕婦：沒辦法呼吸……

△ 車內徐子伶迅速將鼻管換成面罩。魏嘉軒兩隻手幫孕婦拿保護板。

徐子伶：妳放輕鬆，妳現在是換氣過度，幫妳換一個面罩，妳這樣呼吸會比較舒服，呼吸慢一點，來吸……吐……吸……吐……

△ 徐子伶拿出儀器，測量孕婦的血氧濃度。

△ 車外，同麟學長終於將車頂剪破兩個洞。然後他們換了另一種工具，開始努力要把車頂鐵皮掀起來。

同麟學長：破壞完成，準備掀車頂，一二三。

△ 同麟學長把車停掀開。

同麟學長：嘉軒，拆掉保護板。

徐子伶：車頂已經打開了喔，沒事沒事。

△ 眾人已將孕婦放上擔架，準備把她拉出。

同麟學長：來準備，一二三。

△ 眾人把孕婦從後車窗拉出來，孕婦護著肚子緊張得大叫。

△ 車體破壞完成的田新分隊，準備收隊，小隊長F拉下拉門。

S15　外景：深山小路邊（救護車上）／日
　　　人物：徐子伶、魏嘉軒、孕婦（雷佩儀）、同麟學長

△ 山路邊，田新分隊的隊員們已經在收拾器材，準備要返隊。

小隊長F：人到齊了嗎？好、收隊！

△ 同安分隊的救護車上，魏嘉軒正忙著安頓孕婦的點滴跟生理監視儀器，孕婦身上蓋著治療

巾，背墊著棉被，正躺著開腳屈膝在擔架床上，看起來已經不喘了，但仍陣痛得猛喘氣。

徐子伶： 嘉軒通知灣台，我們要在這邊生。

魏嘉軒：（一臉驚訝）要在這裡生？

徐子伶：（點點頭）胎頭都已經露出了，等不了。

魏嘉軒： 灣台灣台，同安91呼叫，車上患者一名，女性28歲，經產婦，懷孕39週，下周二預產期，已規律陣痛40分鐘，間隔1分鐘，胎頭已露出，準備在車上接生。

徐子伶： 小姐我叫子伶，請問我怎麼稱呼妳？

雷小姐： 我姓雷。

徐子伶： 雷小姐，我現在要在這裡幫妳接生，妳聽我的指令。

　　△ 雷小姐抱著肚子，非常疼痛。

徐子伶：（安撫）請放輕鬆，來跟著我，吸氣、憋住來用力！用力！一二三四五六。

　　△ 雷小姐滿頭大汗，痛苦地想生出胎兒但生不出來。

徐子伶： 可以嗎，下一輪，好！吸氣用力！一二，加油，妳做得很好。

　　△ 魏嘉軒拿著生產包裡的各種工具，一臉專注地在旁待命。

　　△ 徐子伶滿頭大汗但神情專注。

徐子伶： 來吸氣，用力一二三。

　　△ 雷小姐表情痛苦點點頭，哀哀叫了出來。

　　△ 寧靜的山裡，蓊鬱的樹林中，忽然傳來一陣嬰兒啼哭聲。

S16　內景：張家／張志遠房間／夜
　　　人物：張志遠

　　△ 張志遠房間內，CD播放著音樂。

　　△ 張志遠正拿著手機傳訊息。

　　△ 張志遠傳給小辣椒的訊息都被已讀，張志遠又打下「同學，妳在生我的氣啊？」準備送出。

　　△ 張志遠想了想，把準備送出的文字全部刪除。

　　　（畫外音：一陣敲門聲。）

　　　（張母 VO：志遠。）

張志遠：（抬頭看走進來的母親）怎麼了？

張母： 沒事啦，你爸今晚請湯伯伯吃飯，你要不要過去？

張志遠： 你們去就好，我不用啦。

　　△ 張母尷尬地笑了笑，拉了一旁的椅子坐下。

張母： 其實你爸一直希望你換個工作。

張志遠：媽，現在要我當鋼琴家未免太晚了吧。

張母：你爸退休後弄了個基金會，可以去推廣音樂教育、辦理國際交流什麼的。

張志遠：（不以為然地）我現在工作好好的，沒事幹嘛換工作？

張母：基金會現在好缺人手，你可以去幫他的忙啊。

△ 張志遠從沙發站了起來拿換洗衣物，不回應母親。張母繼續講。

張母：何況你音樂底子好，對這個圈子也熟啊！你過去不是正好幫忙嗎？

張志遠：拜託那都多久以前的事情了，哪裡熟啊？而且你們學生不是很多人嗎？找他們去工作啊！

張母：可是你爸希望你去啊。

張志遠：媽……（不想理會媽媽，開始摺衣服）

張母：好吧，那你好好休息，不吵你了。

△ 張母說完便離開房間關門，張志遠抬頭看她的背影。

S17　內景：張家／張志遠家客廳／連飯廳／夜
人物：張志遠、15歲少年

△ 這天，夜已深。張志遠下樓來到飯廳，走到飯桌倒水喝。
（15歲少年畫外音：真的不考慮嗎？）

△ 張志遠轉頭一看，原來15歲少年坐在客廳看著他。

15歲少年：去爸的基金會啊。

△ 張志遠一臉不耐煩，不回答。

15歲少年：你沒看到媽的神情多失望？（從沙發上起身，走向張志遠）你救了那個氣胸年輕人的命，他媽媽明明有看到，也很感謝你，他爸卻因為兒子腦震盪而要找你麻煩，那你這樣拚命救他有什麼意義？幹嘛不去爸的基金會算了？

張志遠：我不是為了他們的感謝而救他的。

15歲少年：那你是為了什麼？

△ 張志遠沒說話。

△ 張志遠看了一眼自己的手鍊，還是沒說話。

S18　內景：大員醫院／急診室滯留區／日
人物：林義陽、老吳、護理師、若干病患及家屬

△ 林義陽協助護理師把一床病患推到留觀區的床位，在經過某床之後看到老吳躺在床上。兩人的眼神交會了。

△ 林義陽跟護理師把病人弄妥之後，林義陽拿出紀錄表畫了畫，眼神毫不避諱地盯著老吳。

△ 老吳被林義陽質疑又尖銳的眼神灼痛，趕緊翻了個面裝睡。

△ 林義陽沒說什麼，又看了老吳一眼，轉身離去。

S19 內景：大員醫院／急診室檢傷區／日
人物：林義陽、老吳、若干護理師、若干病患及家屬

△ 同一時間，大員醫院的急診室內，人來人往。

△ 檢傷區，林義陽正獨自低頭在填寫救護紀錄。

△ 剛酒醒起身的老吳緩慢走過，看到林義陽時愣了愣，然後擠出笑臉靠近他。

△ 老吳戳了戳林義陽，林義陽看到是老吳，有些驚訝。

老吳： 小阿哥……（怯生生地問）我這個月房租交不出來，可不可以……借我三千應急一下？

△ 林義陽望著老吳，一時不知該如何回答。

老吳： 我一定還你！（等了一會兒，尷尬地笑了笑）沒有也沒關係啦、沒關係。

△ 老吳躊躕離去。林義陽望著他離開的背影。

林義陽： 欸，等等。

△ 老吳回頭，林義陽小跑步過去，從錢包裡掏出三千元給他。

老吳： （驚喜地）謝謝你！謝謝你！

林義陽： （有些愧疚地指著老吳手上的傷口）你這傷口不要碰到水。

老吳： （拚命點頭）我知道、我知道！

△ 林義陽說完就轉身小跑步離去，直接到檢傷處將救護紀錄表拿給護理師簽名。

林義陽： （VO）學姊，這邊幫我簽個名。

△ 老吳訝異又感動地望著林義陽的背影，把紙鈔默默收著。

S20 外景：大員醫院／急診室外停車場／日
人物：徐子伶、林義陽、老吳

△ 急診室停車場，徐子伶正在清洗擔架床上的血跡。

△ 林義陽走過來，順手就幫徐子伶擦乾擔架床推入救護車，彼此都沒有說話。

△ 救護車裡，徐子伶跟林義陽上車，放好無線電跟救護紀錄表，忽然有一隻手伸入副駕駛座的車窗，把他們兩人嚇一跳，原來是老吳。

老吳：……小阿哥（搖搖手上的三千塊）這還你。

△ 林義陽有點疑惑地看著老吳，一時沒反應過來。老吳便直接把手上的三千元擺到林義陽的大腿上。

老吳：（笑一笑）本來今晚想去買幾罐來喝，但想想，一天沒喝也不會死。

△ 林義陽望著老吳，還是沒說話。

老吳：下次再跟你借。

△ 徐子伶很訝異地望著林義陽腿上的三千元。她看看林義陽，又看看老吳。但老吳已蹣跚離去。

△ 林義陽望著老吳的背影，神情複雜。

徐子伶：你借他錢喔？

△ 看著一跛一跛離去的老吳，徐子伶對林義陽的怒火已經化解了。

徐子伶：（輕鬆地）你今天是吃錯藥喔？怎麼對他那麼好？

林義陽：哎，看他今天沒亂鬧啊，妳才吃錯藥啦，不是都不想跟我講話嗎？

徐子伶：我今天心情比較好，不行嗎？

林義陽：（微笑）可以可以，希望妳以後都心情好。

徐子伶：我盡量啦。

林義陽：（看向窗外，感觸良多）我覺得我以前太自以為是了……看到有什麼不爽的就發飆，也沒想過說可能這個人有他的困難……

徐子伶：林義陽你今天真的吃錯藥喔。

林義陽：我在反省欸！不能鼓勵一下嗎？

徐子伶：（故意拖長語調）你很棒！

林義陽：少在那邊激怒我！我改變了！

△ 徐子伶笑了笑，發動車子離去。

S21　外景：同安分隊／車庫前／夜
人物：張志遠、阿忠、小高、魏嘉軒

△ 張志遠下班，走離分隊。

△ 阿忠開著車子靠近，副駕坐著小高，後座是魏嘉軒，他們在張志遠前面停下，叫住他。

阿忠：欸志遠！志遠，你真的不跟我們一起去喔？走啦，一起去吃飯！

小高：對啊學長，你不是連續上五天班了？今晚難得放半天假欸！

張志遠：不用啦，我今天晚上有事，我陪我爸媽吃飯啦！啊你哩（指著阿忠）你今天外出，不回家陪老婆喔？

阿忠： 嘿嘿，我老婆今天出差到外島，我難得放風才不要回家洗馬桶！

張志遠： 這麼開心？好啦你們吃吧，少喝一點喔！掰掰！

阿忠、小高、魏嘉軒： 掰掰！

S22　內景：大員醫院急診室／日
　　　人物：張志遠、小辣椒、醫護若干、家屬及病患若干

△　急診室裡面，人滿為患。

△　值班台前，小辣椒正在交代病患注意事項。

△　張志遠走進急診室。

小辣椒：（對病患說）等一下記得跟醫生說哪裡有不舒服喔。阿姨這樣就可以了喔，那邊坐，等一下會有人叫你。

△　張志遠鼓起勇氣，朝小辣椒走去。

張志遠：（擠出笑容）嗨同學（把手上的杯子放到小辣椒前面）熱奶茶。

△　小辣椒看了看張志遠，又看了看眼前的熱奶茶，她把杯子拿起，退到張志遠前面。小辣椒沒說話，繼續忙自己的事情。

△　張志遠一臉無奈，站在原地不知如何是好，踏了幾步之後走到一旁的椅子坐下。

△　小辣椒偷看了他一眼，然後又繼續忙自己的事情。

△　張志遠拿出手機，傳訊息給小辣椒：「等妳下班」。

△　小辣椒手機簡訊聲音響起，她拿起手機看訊息，又看了張志遠，還是面無表情。

△　張志遠對小辣椒笑了笑。

△　小辣椒把手機放回口袋，又繼續忙。

△　疲憊的張志遠靠在椅子上閉起眼睛。

S23　內景：大員醫院急診室／日
　　　人物：張志遠、醫護若干、家屬及病患若干

△　夜晚，月明星稀。

△　急診室裡面，人潮已經散去，只剩幾個護理師跟病患與家屬。

△　睡到脖子都歪了的張志遠醒來，發現自己身上多了件毛茸茸的背心。

△　張志遠趕緊看向值班台，發現那裡已經換了另一位護理師。張志遠眨著剛睡醒的眼睛尋找小辣椒身影，手機忽然傳來簡訊聲。

△　手機訊息顯示：「背心記得還我」。

△　張志遠看著訊息笑了，把背心收到包包裡，嘴角還止不住微笑。

<table>
<tr><td>S24</td><td>外景：某飯店會館大門口／日
人物：飯店服務員、徐子伶、林義陽</td></tr>
</table>

△ 次日，中午時分，城市的鬧區裡車水馬龍。警笛聲劃破天際。

△ 一間高雅飯店外，救護車疾駛而入。大門口一位西裝筆挺的服務人員連忙跑過來說。

飯店服務員： 這裡這裡！

徐子伶：（VO，對無線電匯報）灣台灣台，同安91抵達現場。

飯店服務員： 是我們叫119的。

△ 徐子伶和林義陽迅速下車，一邊拉出擔架床跟醫療器材一邊問資訊。

林義陽： 現在傷患目前意識清楚嗎？

飯店服務員：（一邊帶路一邊說）清楚清楚，我們裡面請。

△ 林義陽和徐子伶蹙眉跟著急性子的飯店服務員進去。

<table>
<tr><td>S25</td><td>內景：某飯店的新娘休息房／日
人物：徐子伶、林義陽、新娘、新郎、新娘父母、新郎父母</td></tr>
</table>

△ 典雅的飯店房間，四處擺著結婚典禮用的花束跟禮盒，一旁掛著新娘換下的婚紗，房裡只有新郎、新娘跟他們的父母，還有一些飯店工作人員。

△ 徐子伶半跪在地上詢問新郎父親身體狀況，新郎父親坐在椅子上，頭後方流血，手臂也有個撕裂傷，傷口流血，左手扶著右手十分痛苦的樣子。

徐子伶：（檢查新郎父親的傷勢）我幫你檢查一下傷口，放輕鬆。你剛剛是撞到頭嗎？（看到新郎父親搖頭，便轉頭問）你是家屬嗎？剛剛發生什麼事？

△ 狼狽的新郎點點頭。他的西裝因為勸架，都扭得不成形貌，領帶也鬆了。

新郎： 我爸跟岳父打起來了……

徐子伶： 我幫你包紮一下，除了頭之外還有撞到其他地方嗎？

△ 遠處，林義陽正用手臂幫新娘父親檢傷，新娘父親兩手抱著身體蜷曲（鎖骨骨折）。

林義陽： 你的手可能脫臼了，我幫你簡單固定一下。

新娘父：（生氣地罵新娘）早就說婚禮不要這麼寒酸，妳看看今天這種菜單，連龍蝦魚翅都沒有，把我的臉丟到哪去？

新娘：（又氣又委屈）爸，我跟博甫都覺得這家很好，到底哪裡丟臉？

新娘父： 怎麼不丟臉！（激動的）為什麼不去我訂的餐廳？我都幫妳安排好了！

林義陽：（有點怒氣）先生，我在幫你包紮的時候可以請你……

徐子伶：（出聲制止）義陽。（對林義陽搖搖頭）

林義陽：（抑制怒氣）可以請你不要亂動嗎？

新娘父：（繼續罵著）嫁給這種沒前途的，妳以後等著吃苦！

　△　旁邊的新郎父親聽到，馬上轉頭過來，氣憤的回罵。

新郎父：你說這什麼話？我兒子好歹是個博士！

新娘父：哲學博士有什麼屁用？（轉頭罵新娘）明明叫妳出國念商，為什麼就是不聽我的話？

新郎父：你給我搞清楚，我們博甫都幾歲了，誰還有那個時間等你女兒留學回來？

新娘父：那好歹要讓他們婚後可以自己住吧！為什麼你還逼他們跟你們住一起！

　△　新娘父激動地比畫著，林義陽無法用三角巾固定。

新郎父：兒子婚後跟老爸住是天經地義！

新娘父：妳的前途我都幫妳安排好了，為什麼不照我說的做！

新郎父：憑什麼要聽你的！你的意見就是聖旨，我們的意見就是狗屎啊？女方嫁過來，就是要聽我們男方的！

　△　林義陽越聽越生氣，眼看他就要爆炸時，忽然聽到一聲大吼。

徐子伶：你們夠了沒！

　△　現場的人都愣住了，驚訝地望向徐子伶。

徐子伶：到底是你們要結婚還是他們要結婚？（對著新郎爸）什麼叫兒子婚後跟老爸住天經地義？現在都什麼年代了！

　△　旁邊的新娘聽到徐子伶的話，忍不住掉眼淚。新娘母親心疼地幫她拭淚。

新娘父：（見到女兒掉淚就更生氣了）對對對，都什麼年代了還……

徐子伶：（馬上打斷新娘爸）對什麼對？你又要她換掉男友又要她出國念書，這到底是她的人生還是你的人生？

　△　新娘聽了，竟嚎啕大哭起來。眾人都嚇了一大跳。新郎連忙走到新娘身邊，想安慰她。新娘埋入新郎懷中大哭，新郎也終於忍不住掉下眼淚。

　△　雙方父親望著崩潰痛哭的兒女，一時語塞。

　△　徐子伶拿出衛生紙，交給新郎、新娘，讓他們盡情哭泣。

　△　林義陽望了徐子伶一眼，不發一語。

S26	內景：同安分隊／車庫／日 人物：徐子伶、林義陽

　△　救護車駛回同安分隊車庫，徐子伶和林義陽下車，到後座清理著耗材，並消毒擔架床。

林義陽：（邊工作邊對徐子伶說）剛剛很猛喔！

徐子伶：（苦笑）希望不要被投訴就好。

林義陽：不會啦！那父母超誇張，這樣乾脆不要結婚好了。

徐子伶：真的，看到一樁喜事變成鬧劇，感觸很深……

林義陽：感觸？

徐子伶：（百感交集）我其實之前也差一點要結婚。

林義陽：真的假的？

徐子伶：婚紗照都拍了、新房也租了，只是變得常常爭吵。

林義陽：是那個叫謝廣弘的？

徐子伶：（驚訝地笑了）我就知道你都有在聽！

林義陽：不是，你們講那麼大聲！

　　△　林義陽有點小尷尬地笑著。

　　△　徐子伶只是笑笑，然後陷入回憶。

| S27 | 內景：河邊堤岸（徐子伶回憶）／日
人物：徐子伶、謝廣弘 |

　　△　河邊堤岸的幽靜角落，徐子伶跟謝廣弘爭吵著。

徐子伶：（一臉怒意）我就已經跟你說過了，我不想生小孩，為什麼你要逼我！

謝廣弘：（也怒氣沖沖）生小孩到底有什麼不好？妳不知道我是獨生子嗎？

徐子伶：（更生氣）為什麼你媽可以搬來跟我們住，我媽就不可以？

謝廣弘：（終於火山爆發）妳媽那麼嘮叨，誰受得了跟她住一起！

| S28 | （接續26場）內景：同安分隊／車庫／日
人物：徐子伶、林義陽 |

徐子伶：我們兩人個性觀念差太多了。

　　△　林義陽專心聆聽著。

徐子伶：而且後來我選擇要退婚，我就乾脆把工作也辭了，反正我留在那家公司表現得再
　　　　好也沒用，升遷永遠輪不到我，都是給男生。

林義陽：（驚訝）所以當初要退婚的是妳？

徐子伶：（笑）帥吧。

　　△　林義陽也笑了。

林義陽：帥！

徐子伶：（低聲說秘密）但老實說，我媽那麼囉嗦，我也真受不了……（開玩笑）幸好我來
　　　　當消防員，可以兩三天才回一次家，回家一直睡覺也沒關係。

林義陽：（忍不住笑了）那妳應該要當軍人啊？

徐子伶：我適合嗎？（露出怪笑容向林義陽舉手敬禮）

　　△　林義陽笑了出來。

S29　內景：大員醫院急診室／日
　　　人物：張志遠、小辣椒、周醫生、若干環境人物

　　△　小辣椒在值班台忙碌，張志遠拿著一個紙袋跟一杯飲料走近。

張志遠：嗨，同學。

小辣椒：你來幹嘛？

張志遠：謝謝妳的背心（拿紙袋還給小辣椒）。

小辣椒：喔，好……

　　△　張志遠正想送上飲料，周醫師快步從後面走過來。

周醫師：學妹！我要的資料。

小辣椒：學長，（拿出文件跟醫生一起看）你剛剛叫我看的那個病人啊……我這邊有寫備
　　　　註，你看一下。

　　△　小辣椒跟周醫生靠得有些近，周醫生接過資料，準備離去。

周醫師：好，謝囉！辛苦了！（離去前摸了小辣椒的頭）

　　△　張志遠盯著周醫生瀟灑離去的背影。

張志遠：（試探地）新來的醫生？

小辣椒：（繼續低頭忙自己的）嗯，新來的醫生，是我的大學學長。（看張志遠有點失神，
　　　　打趣地問）幹嘛？吃醋喔？

張志遠：沒有啦，我幹嘛吃醋？（想把手上飲料給小辣椒，又放下）

小辣椒：那你來這裡幹嘛？

張志遠：（猶豫了一下才把飲料放到桌上）我買了飲料，熱奶茶。

小辣椒：這麼好，謝啦。（把口罩拉下，對張志遠笑了笑）

張志遠：要趁熱喝，那……我回家睡覺。

小辣椒：（笑著點頭）嗯。

張志遠：掰掰。

小辣椒：（揮揮手）掰掰。

△　張志遠滿足地笑著離開。小辣椒看著張志遠的背影，叫住了他。

小辣椒： 同學！

　　△　張志遠轉過身，一臉期待。

張志遠： 嗯？

小辣椒： 下次換我去探你班！

張志遠：（笑容燦爛）好啊，欠我一杯熱美式！

小辣椒： 快滾啦！

　　△　張志遠露出俏皮笑容，比出YA的手勢轉身離開。小辣椒目送他的背影，露出暖暖的微笑。

S30	外景：幽靜小巷／G公寓／日 人物：邱漢成、陳國勝

　　△　大員市的車水馬龍中，救護車呼嘯而過。

　　△　小巷裡，一台救護車閃著鳴笛駛入，在一間公寓門口停下。

　　△　邱漢成跟陳國勝下車。陳國勝前往確認地址，邱漢成則拉出擔架床，推著跟陳國勝走。

　　△　陳國勝確認了地址，兩人便走入樓梯間。

陳國勝： 這裡喔！

邱漢成： 喔！（提著急救包跟上）

S31	外景：幽靜小巷／G公寓／四樓門口／日 人物：陳國勝、邱漢成

　　△　四樓公寓門口，陳國勝按了電鈴，但是沒有人來開門。陳國勝的小指在手套裡似乎空蕩蕩的。

邱漢成：（用手機撥號，手機接通）李先生嗎？你好，我是剛剛打給你的消防隊員，我們按門鈴很久都沒人來開門。（聽了一陣子）請問你朋友自己一個人住嗎？這房子是他的嗎？

　　△　邱漢成又聽了一陣子，接著悶悶地掛了手機。

邱漢成： 好，知道了謝謝。

陳國勝： 怎樣？什麼情形？

邱漢成： 報案人說他朋友有憂鬱症，昨晚忽然傳簡訊跟他說珍重再見，他怕他想不開，要我們趕快破門而入，不然會來不及救人。

陳國勝：（不以為然地）他叫我們破門我們就破門？那又不是他家！

邱漢成： 報案人有鑰匙，他出差這兩天不在，現在已經在趕回來的路上。

陳國勝：（打斷）我們照流程！我們就先請求支援，其他的等他來再說。不是說他要破門我們就破門！

邱漢成：（焦急地）這特殊狀況……

陳國勝：現在不是有新規定？屋主不在家，我們就要等里長、警察到場簽名，然後才可以破門。所以，我們不能破門。

邱漢成：（還想說什麼）我……

陳國勝：（拍了拍邱漢成）不要逞強！我看，我先去樓下抽菸等好了。

　　△　邱漢成想再說什麼，但陳國勝已轉身下樓去抽菸了，邱漢成一臉無奈，又自己上前按了幾次門鈴。

S32	外景：幽靜小巷／G 公寓四樓門口／日
	人物：邱漢成、小高、同安隊員 A、陳國勝、警察大胖、員警乙

　　△　停著救護車的公寓大門口，現在多了一台同安分隊的消防器材車及一台警車。

　　△　四樓公寓門口，穿著消防衣的小高拿著橇棒，另一位同安分隊的年輕隊員A腳邊擺著圓盤切割器，在大鐵門邊等著。他們身邊是倚牆站著玩手機殺時間的陳國勝、油條警察大胖跟另外一位轄區年輕男員警乙。大家都一臉無奈地等著邱漢成。

邱漢成：（講著手機）請問你有他家屬的電話嗎？（聽了一下，抱歉地說）沒有屋主的同意，也沒有屋主家屬的同意，我們無法隨便破門。（又聽了一下）我知道你很急，我們也很急，我們也想趕快進去。但要……

　　△　對方氣得掛了邱漢成手機。邱漢成一臉無奈。

小高：（關心地）邱 Sir，情況怎麼樣？

邱漢成：報案人說屋主跟家人感情不好，已經好多年沒聯絡了。

警察大胖：他家人好像都在國外，20年沒回來了，剛剛我們就查過了。

邱漢成：（對正在滑手機的陳國勝）學長，警察在這，屋主又有憂鬱症，再不進去我怕會來不及。

陳國勝：上禮拜志遠救的那個說是有心臟病，結果破門根本沒人在家！

　　△　邱漢成一時語塞。

陳國勝：等里長來啦，你上次賠得不夠是不是？不要惹麻煩！

　　△　邱漢成啞口無言。陳國勝便繼續低頭滑手機。邱漢成無奈地嘆了一口氣。

S33	外景：幽靜小巷／G 公寓四樓門口／日
	人物：邱漢成、小高、同安隊員 A、陳國勝、警察大胖、員警乙、鎖匠、李先生

△ 樓梯間，小高跟同安隊員A帶著破門工具坐在樓梯上枯等。陳國勝跟兩個警察坐在更高的樓梯上滑手機。

△ 鎖匠努力試著開鎖，邱漢成站在旁邊等待。鎖匠滿頭大汗，喃喃自語。

鎖匠： 奇怪，怎麼可能打不開？

△ 陳國勝看到鎖匠如此兩光，不禁翻了翻白眼。

陳國勝：（對邱漢成說）漢成，你自己講的，開鎖的工錢你自己出喔。

△ 邱漢成點點頭，專心看著鎖匠。不料鎖匠轉頭，對邱漢成微微欠身。

鎖匠：（尷尬地）抱歉……真的沒法度啦……

△ 鎖匠收拾東西要走了，邱漢成一時不知該如何是好。陳國勝看了更火大。

陳國勝： 幹，里長人勒？啊報案人不是說要來，怎麼都還沒出現？我救護班都要結束了還在這邊拖！

邱漢成： 學長，你去幫我找里長好嗎？拜託你先去啦！

陳國勝：（無奈地）好啦好啦，真的是浪費時間…….

△ 陳國勝碎念著快速下樓了。此時鎖匠也收拾好東西跟著離去。

小高：（眼看鎖匠下樓走了，不禁問邱漢成）邱 Sir，連鎖匠都打不開怎麼辦？

△ 邱漢成一臉憂心地望著鐵門。此時一位中年男子氣喘吁吁地跑上樓，看到邱漢成他們，不禁訝異。

李先生： 還沒進去？

△ 邱漢成他們全轉過頭來。

邱漢成： 請問你是報案人……

李先生：（打斷邱漢成，破口大罵）都已經講了多少次！為什麼不破門！

△ 李先生氣急敗壞地拿出鑰匙，心一急反而讓手顫抖起來、插不進去，他氣得用力踢門，又再插了一次，才終於打開門衝進去。

S34　內景：幽靜小巷／G 公寓四樓客廳／日
人物：邱漢成、李先生、曾先生（屍體）、小高、年輕同安隊員、警察大胖、年輕員警乙

△ 客廳的門緊閉著。一陣開鎖聲。門終於打開，李先生從門外衝進來，卻忽然愣住，驚愕地望著前方。

李先生： 為什麼會這樣……？

△ 邱漢成跟著衝進來，也驚訝地愣住，望著前方。

△ 前方，是一雙上吊的腳。

△ 李先生雙腿一軟就跪坐地上。其他消防員跟警察也都進來了，大家都一臉訝異。

△ 望著前方的景象，李先生忽然嚎啕大哭起來。

李先生：（激動地）我要把他放下來，我要把他放下來！

小高： 李先生你先等一下。

△ 邱漢成也上前攙扶李先生，自責得說不出話。

△ 李先生難過地大哭。

S35　內景：同安分隊／二樓備勤室／夜
　　　　人物：陳國勝、魏嘉軒

△ 夜晚，大員市燈火闌珊。

△ 備勤室裡，改成備勤的陳國勝一邊吃便當一邊跟魏嘉軒抱怨。

陳國勝： 說要來，一直不來，後來我們打了十幾通電話，他們都說里長已經出發了，可是他媽的等了老半天，里長都沒出現！

魏嘉軒： 怎麼會這樣？

陳國勝：（忿忿不平地）對啊，我等到受不了，乾脆跑去里長辦公室找他，結果幹！他竟然在跟農會總幹事泡茶！

魏嘉軒：（驚訝）太誇張了！

陳國勝： 對！真他媽的氣死人！什麼東西！

S36　外景：同安分隊／大門外／日
　　　　人物：伍誌民、賴記者、何記者、記者及攝影師若干

△ 值班室門外，大批媒體正搶著訪問伍誌民。不常接觸這麼大陣仗媒體的伍誌民有點緊張。

記者： 又是你們分隊出問題，請問你要怎麼說明呢？

何記者： 分隊長，你們這次鬧出人命，請問要怎麼辦？

伍誌民：（謹慎地想著措辭）我們都是依法行事……

賴記者： 人命關天，你們卻只會說依法行事？

記者： 聽說他們有打電話請你們破門，但隊員遲遲不肯，請問這是怎麼一回事？

伍誌民：（臉色蒼白，更緊張了）我們隊員都是按照 SOP 流程在執行公務，而且依照規定，我們現場要有警方跟里長簽名我們才可以破門……

記者： 攸關人命的事情你們只能等嗎？

記者： 法律不是規定你們可以自行破門嗎？

△ 分隊長一臉無奈。

S37 內景：政論節目電視畫面
人物：節目主持人H、政論名嘴來賓一、二、三

△ 電視新聞裡，政論節目「台灣放大鏡」主持台前，主持人H跟四位來賓在棚內討論著消防隊破門的議題。

主持人H： 歡迎回到節目現場，我們今天來看昨天的自殺案件，上吊的曾先生跟李先生是同志情侶，他們相愛已經20年了！昨天李先生擔心曾先生想不開，跟119報案，但消防人員到了現場之後，居然什麼都沒有做！待在那邊一個小時。

來賓一： 我覺得這根本就是標準的公務員心態。什麼叫公務員心態？就是能不做就不做，今天你要他去幫民眾破門跟要他的命一樣，他現在在這個現場一個小時可以什麼事都不用做，多爽、多涼快！

來賓二： 這個消防員工作是鐵飯碗，坐領高薪，在關鍵時候卻不做事，那我們養他們幹嘛？我覺得有關單位真的要好好處理！

來賓三： 沒錯，我是覺得如果你真的有心要救人的話，那就一定要破門！我查過法規，法規上明明就寫著救人破門這件事是沒有罰則的！就算對方告你也不會成功……

S38 內景：同安分隊／浴室／夜
人物：邱漢成

△ 上一場來賓的聲音還延續。

（畫外音，來賓三：那麼現在你去救人卻沒有破門，你說你在等里長，你就是怕承擔這個責任啊！）

△ 同安分隊浴室，傳來陣陣淋浴聲。

△ 拉上浴簾的隔間裡，邱漢成站著低頭沖澡。

（畫外音，來賓一：講到米蟲，如果以一個20歲基層消防員四等特考為例，他的本俸一個月是18,535，他的專業加給是18,445，危險津貼是8,435，加班費是一萬兩千到一萬七千塊，我們納稅人一個月給你五萬到六萬塊，叫你破個門合不合理？當然合理啊！）

△ 邱漢成任憑水沖過自己身體，一動也不動，流水嘩嘩旋入排水孔，邱漢成一臉煩悶，心情更加鬱結。

（待續……）

　　邱漢成因破門事件備受媒體抨擊，邱妻更加期盼他轉行。林義陽到娛樂城進行消防安檢，該公司的沈經理竟找了王議員來關說威脅。徐子伶照規定婉拒胖大叔的捕蜂要求，胖大叔暴怒。張志遠奉命搶救想跳樓的錢小姐，他在高樓頂樓一直苦勸著對方，希望她回心轉意……

釀成意外的廢土砂石車，
差一點讓徐子伶受傷。

路人圍觀坐在頂樓的人，陳國勝與救護員忙著拉出封鎖線，不讓民眾靠近。

生日蛋糕的驚喜，大家跟著起閧，邱漢成才笑得稍微開心一點。

林義陽一絲不苟執行娛樂世界的
安檢，也埋下日後的伏筆。

張志遠無法挽回想跳樓的女子之求生意志，看著她墜落殞命，心理受到巨大衝擊。（戲劇效果，請勿模仿）

張志遠獨自坐在空盪
浴室憂鬱落淚。

同安分隊雖然難題不斷，但如果連消防員本身都放棄了，那麼還有誰能幫助救難？每朝太陽升起，又是充滿幹勁的一天。

| S1 | 外景：路邊／夜
人物：徐子伶、宋小隊長、警察大胖、員警乙、廢土車司機 |

△ 夜晚的大員市，萬家燈火。

（畫外音：消防車警笛聲由遠而近駛入，停下）

△ 路邊，有一輛運送廢土的貨卡冒著淡淡的煙。車旁站著兩位警察，和一位神情焦急的貨卡司機。

△ 駕駛徐子伶跟宋小隊長下了消防車。警察跟司機都很吃驚消防隊只來了兩人，但司機還是焦急地迎向前去。

廢土車司機： 快點啊，兄弟啊！快啦快啦，我這台車快要燒壞了。

宋小： （問司機）先生你車上有載什麼特殊東西嗎？

廢土車司機： 只是廢土而以，沒有什麼東西。拜託一下！

宋小： 好好，在這邊等！（對徐子伶）子伶布線！

徐子伶： 好！

員警乙： （攔著司機）讓消防隊處理就好。

△ 宋小一邊跟司機說話，一邊快速布水線並接到消防車幫浦。宋小將水帶遞給徐子伶。

宋小： 子伶。

　　△ 徐子伶接過，拿著水帶正快速布水線。警察大胖走過去，一臉不可置信。

警察大胖： 欸！，今天怎麼就只有你們就二個人？

徐子伶：（一邊布線一邊說）學長，我們今天上班十二個，一個坐值班台，一個 CO 宣導，二個查爆竹，二個裝住警器，救護車二台都出去了，你說我們剩幾個人？

警察大胖： 你們人手那麼不足，晚上幹嘛還安排這麼多勤務？

徐子伶：（一邊拿忙碌過去一邊說）早上還不是一樣。一個坐值班台，一個查水源，二個去學校宣導，二個做安檢。如果救護車都出去了，還不是一樣只剩二個人。

警察大胖： 這麼忙喔？

　　△ 沒戴上面罩的徐子伶把水線丟上冒煙的貨車後斗，說完已拿著瞄子爬梯上貨車。

警察大胖： 欸小心一點。

徐子伶：（用無線電對宋小隊長呼叫）宋小，放水。

　　△ 天線有些歪曲的無線電吡吡喳喳地，好像壞了。

徐子伶：（徐子伶拍了拍無線電，看它沒作用，乾脆回頭大喊）宋小！放水！

宋小： 收到！

　　△ 宋小隊長打開幫浦，貨卡上的徐子伶便開始對著冒煙的廢土射水。水一射入廢土中，就激起了大量煙霧。在消防車燈及消防員胸燈的照耀下，變成或紅或白的光霧，煞是詭魅。

　　△ 宋小隊長拿出無線電回報。

宋小： 灣台灣台，這裡是同安 07 呼叫，一台卡車不明原因冒煙，正在射水搶救。報案人是卡車司機，表示車上都是廢土沒有其他東西，由於車上冒出大量濃煙，我們初步灑水降溫，現場人車不足，請加派支援。

　　△ 貨卡上的煙霧越來越濃，徐子伶微微皺眉。

宋小： 後續狀況再跟灣台回報。

警察大胖：（望著貨卡的方向，疑惑地問宋小隊長）為什麼煙越打越大？

　　△ 徐子伶在貨車上露出疑惑緊張的表情。
　　△ 在地面的宋小隊長愣了愣，隨即臉色大變並大吼。

宋小： 子伶！快下來！

　　△ 此時貨卡轟然一聲，廢土爆炸了。徐子伶身影被煙霧淹沒。
　　△ 宋小隊長連忙衝向貨卡。

宋小：（緊張地邊跑邊大喊）子伶！子伶！

△　值班台，張志遠在值班。這時林義陽拿了台筆電跟一個保溫杯在張志遠旁邊坐下。張志遠看
　　向林義陽，一臉覺得奇怪。

張志遠：你來這裡幹嘛？

林義陽：我剛爆竹宣導回來，想說來上傳照片。

張志遠：幹嘛不在辦公室弄？

林義陽：……我想說來這邊陪你嘛，不行是不是？問題很多欸！

張志遠：（不置可否地看了林義陽一眼，看到林義陽的保溫杯就拿走）欸借我喝一下，好
　　　　　冷。

林義陽：（把保溫杯搶回來）不行不行不行，這是我剛剛泡的薑茶。

張志遠：（又搶回杯子想打開來喝）薑茶好啊！這麼冷。

林義陽：（再把杯子拿回來）不要啦！

張志遠：怎樣，不能喝一下喔？小氣欸！

林義陽：我等一下再泡一杯給你好不好？

△　這時候外面傳來倒車的聲音，林義陽連忙站起來，張志遠被他嚇了一跳。宋小臉上有些髒
　　汗、身上微濕的走了進來。

林義陽：宋小，你們剛剛那個廢土爆炸還好嗎？

張志遠：對啊，剛剛聽你們回報，我嚇一跳欸。

宋小：我自己也嚇一大跳！不知道哪個王八蛋在廢土裡亂倒禁水物質？還好子伶反應
　　　　快，看到狀況就往後退，不然的話，現在人在醫院了……

林義陽：那子伶還好嗎？

△　此時徐子伶拿著無線電進來，也是臉上有些髒汙還有小傷口，衣服微濕。
△　宋小把無線電等裝備都放好，就往裡面走去。

徐子伶：（邊放無線電邊問張志遠說）張志遠，給我那個黃色膠帶，這支無線電也變得時好
　　　　　時壞，都不知道第幾支了。

林義陽：（一臉關心與擔心）妳臉上那個是被炸到的喔？

徐子伶：（一邊黏膠帶一邊無奈的笑了）對啊。

張志遠：對啊，妳沒戴面罩喔？看起來很嚴重欸。

徐子伶：（一邊用膠帶黏無線電的天線一邊說）本來看那車上只是一堆泥土，又在室外，就
　　　　　沒有戴面罩……

林義陽： 下次還是要戴啦……

　　△ 徐子伶把膠帶還給張志遠，去放無線電。林義陽有點彆扭地拿起保溫杯想給她。

林義陽： 我剛剛有泡了薑茶，妳要喝嗎？

　　△ 張志遠打趣地望著林義陽。

徐子伶： （看了看林義陽手上的保溫杯）沒關係啦，不用，我先去洗澡喔。

　　△ 林義陽有點失望地看著徐子伶離開，回頭看見張志遠賊賊地朝著他笑。

林義陽： （有些尷尬害羞）幹嘛啦？

張志遠： （促狹地）羚羊好貼心喔。

林義陽： 靠夭喔！

張志遠： 還是我幫你叫她回來喝？（大喊）徐子伶！

林義陽： （制止）不要不要不要！

徐子伶： （樓梯間傳來的 VO）幹嘛啦！

林義陽： （大喊回去）沒事！

　　△ 張志遠依舊是揶揄地笑著。
　　△ 林義陽把保溫杯放在桌上。

林義陽： （對張志遠說）拿去喝啦！

張志遠： （拿起保溫杯抱著）太暖了！

林義陽： （拍了張志遠）暖你的頭啦幹！

　　△ 徐子伶又走了下來放車鑰匙，隨口問到。

徐子伶： 幹嘛啦？

　　△ 林義陽跟張志遠緊張地裝作沒事，林義陽架著張志遠轉回去看電腦。

林義陽： 沒事沒事。

　　△ 徐子伶放完鑰匙，看著尷尬抱著的林義陽跟張志遠，有點狐疑地走離開。
　　△ 徐子伶離開後，張志遠笑了出來，林義陽作勢架著張志遠的脖子。

張志遠： 徐子伶！徐子伶救命！

S3	內景：同安分隊長辦公室／日
	人物：邱漢成、伍誌民、消防局謝科長、消防局本部法務、宋小隊長

　　△ 這日，同安分隊裡似乎不太寧靜。
　　△ 分隊長辦公室裡，邱漢成、分隊長伍誌民、謝科長及一位法務正枯等著。

伍誌民： 不好意思讓你們等那麼久（對邱漢成說）記得，等一下少講話，盡量讓法務處理
　　　　就好了。

謝科長：（有點不高興）什麼少講話？該道歉還是要道歉，看看能不能和解？不然他一狀告到法院，我們賠都賠死了。

法務：先看對方的要求再說。我們先讓他消消氣。

△ 邱漢成點點頭，沒說什麼，只是默默坐著。

謝科長：（看看手錶，對伍誌民說）怎麼還沒來？你要不要打個電話問一下？

伍誌民：剛剛打過了，可是打不進去，一直進語音信箱。我請宋小再打打看。

謝科長：（有點不悅）你到底是跟人家約幾點？

△ 伍誌民還想說什麼，此時宋小隊長敲門進來。

宋小：分隊長，不好意思，有個東西可能要請你們看一下……

△ 伍誌民跟謝科長互看一眼，面露疑惑。

S4	內景：同安分隊／會客室／日 人物：邱漢成、伍誌民、謝科長、局本部法務、宋小隊長

△ 會客室裡，電視機正在播放新聞。

△ 邱漢成、伍誌民、謝科長、法務、宋小隊長正站著看電視。

△ 電視螢幕上，一位中年男子（曾先生）對著大批媒體澄清。

曾先生：這位李先生跟我弟弟只是朋友關係，憑什麼管我們曾家的事？

賴記者：（問曾先生）但他說如果消防隊早一點破門，事情結果可能就不一樣了。

S5	外景：幽靜小巷 ／G 公寓一樓門外（第四集死者公寓）／日 人物：賴記者、何記者、死者哥哥曾先生、記者及攝影師若干

△ 第四集死者G公寓的一樓樓梯間門外，一群記者圍堵死者哥哥曾先生。

曾先生：（一臉不屑）哪裡不一樣？我弟前一天晚上就自殺了，他隔天才打119，有用嗎？

何記者：聽說您弟弟有憂鬱症？李先生說你們全家人長年住在海外，都是他在照顧你哥。

曾先生：（一臉氣憤）他還有臉提這個！我倒是要問問這位李先生，到底是怎麼照顧我弟的？照顧到他想不開，走上絕路！

賴記者：李先生說他跟你哥相愛相守了20年……那房子是他們一起買的。

曾先生：完全胡說八道。這棟房子是我弟自己花錢買的。還有我再說一次，他跟我弟只是朋友關係，絕對不是什麼不正常的關係！

何記者：當初不是因為您母親以死威脅，才讓他們沒結婚的、你弟憂鬱症也因此變嚴重的嗎？

曾先生：（勃然大怒）你不要汙衊我母親好嗎！我弟的死，這件事情最該負責的不是我媽也不是消防隊，是那個姓李的！我請他三天之內打包好他的行李、離開我家！

S6　（接續第1場）內景：同安分隊／會客室／日
人物：邱漢成、伍誌民、謝科長、局本部法務、宋小隊長、廖新聞主播、賴記者

　　△　會議室裡，電視螢幕新聞主播持續講著。

廖新聞主播： 謝謝記者為我們帶來的報導。這一起撼動社會的自殺案件到今天已經受到相當多的矚目⋯⋯

　　△　備勤室裡，邱漢成仍怔忡看著電視。

謝科長：（彷彿大夢初醒似的，連忙對伍誌民說）告訴所有隊員，萬一有記者來訪問他們，千萬不要有任何評論，只要講「一切尊重家屬決定」，聽到沒有？

　　△　伍誌民點頭表示知道了。

法務：（鬆了口氣，對謝科長說）放心啦，不會有記者找你們的。現在他們找那個李先生都來不及了。

謝科長：（眉開眼笑地）我們只要保持低調，這次應該可以過關⋯⋯

　　△　謝科長心滿意足地準備離去，他拍拍邱漢成的肩膀。

謝科長： 你上輩子燒的好香啊。

　　△　伍誌民禮貌性地送謝科長他們出去，邱漢成看著電視，一臉落寞。

S7　內景：邱漢成家／廚房／夜
人物：邱漢成、小穎

　　△　邱家廚房，小穎一臉不悅地洗著碗。
　　△　邱漢成走了進來，看著小穎，有些猶豫。

邱漢成： 我和妳一起洗吧。

小穎： 不用了，我自己洗就好了。

　　△　邱漢成仍伸出手開始洗碗。
　　△　小穎見狀，瞥了一眼邱漢成，好像更不開心。

小穎： 那你洗，我去餵奶了。

　　△　小穎沖了沖手，仍心情很糟地走出廚房。
　　△　邱漢成有點無奈，獨自洗著碗。

<table>
<tr><td>S8</td><td>內景：同安分隊／車庫／夜
人物：邱漢成</td></tr>
</table>

△ 邱漢成獨自一人在車庫裡面保養車輛跟裝備。

△ 邱漢成靠著消防車，內心似乎有千萬焦慮不能排解，神色凝重、眉頭緊緊地皺著。

<table>
<tr><td>S9</td><td>內景：同安分隊／男生寢室／夜
人物：邱漢成、林義陽、張志遠、阿忠、徐子伶</td></tr>
</table>

△ 晚上，漆黑的寢室裡，剛洗完澡的邱漢成落寞打開門，無精打采地把盥洗用品放入自己床底。

△ 忽然張志遠跟阿忠從他身後蹦了出來。

張志遠、小高：（忽然大叫）生日快樂！

△ 邱漢成嚇了一跳。躲在床底的林義陽也爬了出來。

林義陽： 生日快樂！

△ 徐子伶跟魏嘉軒端著蛋糕開門進來。大家興奮地大聲唱生日快樂歌。

眾人： ……祝你生日快樂，祝你生日快樂！

△ 張志遠看到蛋糕上的鳳梨，皺眉頭跟徐子伶使眼色，徐子伶也皺眉對他搖搖頭。

張志遠： 哇靠誰買的蛋糕，上面都是鳳梨欸。

林義陽： 我們不要迷信嘛！

魏嘉軒：（趕緊也說）不會啦，不會！

張志遠：（對魏嘉軒說）你齁！

邱漢成： 沒那麼倒霉啦！

△ 邱漢成一臉感動，就想要直接吹熄蠟燭。眾人譁然趕緊阻止。

徐子伶： 邱 Sir 你是肚子太餓，等不及要吃蛋糕喔？

林義陽： 不是啦，邱 Sir 是職業病，看到火就想把他撲滅。

△ 大家笑了。

張志遠： 許願！許願！

△ 大家跟著起鬨，邱漢成才笑得稍微開心一點。

邱漢成：（十分感動）謝謝大家……我第一個願望是：我們隊上的人出勤的時候都能平平安安、健健康康。

△ 大家紛紛鼓譟拍手。

邱漢成：（笑了）第二個願望是：希望我的家人都平平安安、健健康康。

△　邱漢成默許了第三個願望，把蠟燭吹熄。大家拍手歡呼。

徐子伶： 耶！吃蛋糕！

　　　　　讚讚讚讚！吃蛋糕！

　　　　　（小高，廣播畫外音：子伶學姊、阿忠學長，救護喔！）

張志遠： 怎麼那麼扯啊？

　　△　徐子伶跟阿忠匆匆忙跑了出去。

林義陽： （對魏嘉軒說）怎麼會訂這個蛋糕呢？

魏嘉軒： 學長你叫我訂的欸。

張志遠： （指著林義陽）噢，抓到了齁！

林義陽： （連忙否認）不是，我叫他訂的是水果蛋糕，不是鳳梨蛋糕！

邱漢成： （笑著把毛巾丟向林義陽）那你要講清楚，重要的事要講三遍！

張志遠： 你要把鳳梨給我吃乾淨！

S10	外景：同安分隊／頂樓陽台／夜
	人物：邱漢成、林義陽、張志遠

　　△　頂樓陽台，微風徐徐，微弱的星光襯著清朗的天空和月亮，不遠處就是大員市的城市燈火。

　　△　邱漢成、張志遠、林義陽倚著頂樓的圍牆，一邊吃蛋糕一邊隨性聊著天。張志遠幫邱漢成跟林義陽點了菸。

邱漢成： 謝謝你們兩個今天幫我慶生，好久沒這麼開心了。

林義陽： 偶爾吃吃鳳梨蛋糕還是不錯的吧？（大家笑出來）

張志遠： （自己也點了菸）還敢講，消防員欸！

邱漢成： 哎小穎最近不知道怎麼搞的，一直跟我吵架、一直抱怨工作的事情，搞得我不知道要怎麼辦。

林義陽： 大嫂要一打二可能累了吧，不然這樣啦邱 Sir，你下次把琦琦帶來分隊，我幫你顧！

張志遠： 給你顧，她以後變恰北北喔！

林義陽： 什麼恰北北？再恰也比不過你小辣椒恰吧？

張志遠： （故意裝傻）什麼我的小辣椒啊？

邱漢成： 你要好好珍惜人家……（忽然感嘆起來）好像除了護理師之外，一般女生都很難理解消防隊員為什麼常不在家。

林義陽： 聽到沒有張志遠！

張志遠： 還敢講我，你跟徐子伶才是吧。

林義陽：什麼啦？

張志遠：羚羊終於破處了齁！

林義陽：你才破處！

　　△ 林義陽朝張志遠衝去，笑鬧地打在一起。

張志遠：欸欸欸，小心火燭！

　　△ 邱漢成邊看邊笑。

S11	內景：同安分隊／辦公室裡／日 人物：伍誌民、宋小隊長、張志遠、徐子伶、林義陽、邱漢成、阿忠、魏嘉軒、小高、陳國勝（四人救護班）

　　△ 又是同安分隊日常的一天。

　　△ 辦公室裡，勤教時間，隊員們坐在座位上。

　　△ 分隊長伍誌民拿著公文走向大家。

伍誌民：都到齊了嗎？好，幾件事情跟大家布達一下。爾後遇到火警勤務，警鈴響後80秒內一定要出勤完畢，務必，可以嗎？

　眾人：（有點無力地）可以。

伍誌民：另外一個就是，開救護車的同仁請注意，遇到紅燈時，一定要先停下來，確保安全再開。

　　△ 張志遠舉起手。

伍誌民：怎麼樣？

張志遠：但有好幾次我們停下來，民眾反而開過去，根本沒有人讓我們，這樣會延誤送醫時間欸。

　　△ 分隊長有點不知怎麼回答，有些無奈。

伍誌民：那就……讓他先過吧。先讓民眾，免得他檢舉。

　　△ 眾人露出傻眼的表情。徐子伶舉起手。

徐子伶：分隊長，我們無線電壞了一直都沒有修，之前都有呈報上去啊，都沒有回應。

伍誌民：這個是老問題，因為局那邊一直都沒有經費，體諒一下，先頂著用。

　　△ 徐子伶仍是一臉無奈表情，但也沒辦法說什麼。

伍誌民：還有什麼問題？沒有的話我們就解散了。

　　　　還有，（看著手上公告）同仁要破門但屋主不在時，雖然SOP是要警察跟里長都簽名，但萬一屋內民眾有危險時，大家還是可以斟酌。

　　△ 大家十分傻眼。邱漢成、魏嘉軒也一臉鬱悶。

伍誌民：（嘆了一口氣）好吧，大家還有沒有問題？（看大家沒反應）解散，謝謝各位！

S12　內景：大員市府大樓／市長辦公室／日
　　　人物：消防局楊局長、機要秘書、大員市蔡市長

△　市長辦公室裡，楊局長、蔡市長跟機要秘書正在小會客區爭執。

機要秘書：（勸著楊局長）無線電的天線歪了，這樣就要買新的？這預算叫我們跟主計怎麼列？

楊局長：雖然那些無線電還堪用，但萬一在火場裡故障，會造成很大的危險。

△　市長默默聽著他們討論，喝了一口茶，沉吟著。

機要秘書：楊局長，您又要買無線電、又要叫農業局接手捕蜂捉蛇的工作、還要聘心理諮商師，錢再多都不夠你用。

楊局長：心理諮商不是小事？美國每週有二個消防員自殺，PTSD的問題很重要。

機要秘書：（皺起眉頭）PTSD？

楊局長：創傷後壓力症候群，有很多同仁其實有心理陰影都不敢講，時間越來越嚴重，很多人走不出來的，最後想不開。

機要秘書：沒那麼嚴重啦，那我們明年預算再列這個嘛！有必要現在就動用第二預備金嗎？

楊局長：你前年這樣講去年也這樣講。結果我們消防預算一年比一年少。

機要秘書：（更不高興）楊局長，我們又不像別的縣市那麼有錢！你知道我們補貼老人假牙就花了多少錢？發放育兒津貼又花了多少錢？

楊局長：你辦一個中秋晚會就燒了1.5億，這些錢分一些出來買無線電不行嗎？

機要秘書：放煙火找明星唱歌，民眾才有感啊！發津貼、補助假牙才是政績嘛！你買一堆無線電民眾會覺得你有在做事？你弄一堆諮商能看出什麼績效？

楊局長：如果做什麼事都只想讓民眾有感，那我們以後做事都只要作作秀就好了！

機要秘書：什麼叫作秀！台灣是一個民主的社會，重視民意錯了嗎？

楊局長：（有些生氣）我們基層只有一套消防衣，無線電壞了也沒錢修，我什麼預算都爭取不到，我還當什麼局長！

機要秘書：（更不高興）你這話什麼意思！你在威脅嗎？有本事你就去跟中央要錢！你跟我吵這個幹什麼！

蔡市長：（砰地一聲放下茶杯，打斷兩人的對話）別吵了。

△　楊局長跟機要秘書轉頭看著蔡市長。

蔡市長：（對楊局長說）楊局長，我知道你很為基層著想，所以上次你說要幫一個基層弟兄請律師，我二話不說就動用第二預備金了，不是嗎？

△ 楊局長沒說話。

蔡市長： 可是你也知道我們大員市的稅收就是那麼少。要是你提的這些我們都照做，整筆第二預備金都不夠用⋯⋯

　　△ 面對市長質問，楊局長惴惴不安。

蔡市長： 捕蜂捉蛇這個事情相對單純，就動用第二預備金給農業局聘請專人來處理。楊局長，我們可以做的真的就這些了，其他真的沒有辦法。至於無線電，我會提醒主計，明年把無線電列入採購。可以嗎？

楊局長： 謝謝市長！那消防衣呢？

蔡市長：（嘆了一口氣）還是你要把無線電改成消防衣？

　　△ 楊局長愣了愣。蔡市長起身準備離去。

蔡市長： 明年的預算編列還有點時間，你要哪一個？選好跟我說就好了。

　　△ 楊局長也站起身，繼續追問。

楊局長： 市長，那心理諮商呢？

機要秘書：（露出輕蔑的笑容）楊局長，不要浪費錢，沒有基層會去用諮商的啦。

　　△ 蔡市長開門離去，機要秘書也跟著離開。楊局長看著他們背影，有點鬱悶。

S13　內景：同安分隊／值班台／日
　　　人物：魏嘉軒、小高、陳國勝、張志遠

　　△ 又是大員市日常的一天，同安分隊裡。
　　△ 魏嘉軒在值班台打電話。陳國勝在後面整理一箱住宅警報器。

魏嘉軒： 喂你好，我是同安消防隊，這裡有免費的住宅警報器可以幫你們安裝喔⋯⋯（聽了一下）今天晚上七點到九點可以到你們家幫你們安裝，（又聽了一下，皺眉頭）不是不是，我們不是詐騙集團⋯⋯喂，喂？

　　△ 魏嘉軒被掛電話，他只好把電話放回去。
　　△ 張志遠走進值班台拿鑰匙。

張志遠： 齁，我最討厭去發住警器，煩死了！

　　△ 小高在旁邊拿文件，看了張志遠一眼。阿忠也跟著張志遠走出來。

阿忠： 少女們要小心囉，同安第二帥張志遠要微服出巡啦。

張志遠： 什麼第二帥，我是第一帥好嗎？

阿忠： 有我簡冠忠在，我只能跟你說，「很遺憾」。

△　魏嘉軒聽著兩人的開玩笑，呵呵笑了出來。

陳國勝：（凶狠地）是在笑啥啦？你還敢笑喔？我們這個月績效是吊車尾欸，我跟你說喔，我們這個月安裝數量一定要達標，快打啦！

魏嘉軒：（膽怯地）好。

陳國勝：（拿著住警器離開）小高，等等幫忙打啦！

　　△　小高有點不明就裡地走到阿忠旁邊問。

小　高：國勝學長怎麼了？

阿　忠：阿災？大姨媽來吧？

張志遠：（戲謔地）歡迎來當打火英雄！

阿　忠：Fireman！

　　△　魏嘉軒苦笑，拿起電話準備打下一通。

S14　外景：小巷弄／甲民宅前／日
　　　　人物：張志遠、阿忠、本省中年婦人

　　△　大員市的小巷弄裡，張志遠跟阿忠手上拿著資料按門鈴。

　　△　有個阿姨走出來開門。

阿忠、張志遠：阿姨，妳好！

S15　外景：小巷弄／乙民宅前／日
　　　　人物：阿忠、張志遠、外省老先生

　　△　另一戶人家，張志遠跟阿忠也站在門外。

阿忠、張志遠：伯伯，你好！

張志遠：現在有免費的住宅警報器可以安裝。

S16　（接續第14場）外景：小巷弄／甲民宅前／日
　　　　人物：張志遠、阿忠、本省中年婦人

　　△　中年婦女露出狐疑表情，張志遠隔著柵欄說服。

張志遠：請問可以讓我們進去嗎？

中年婦女：免費？

S17	（接續第15場）外景：小巷弄／乙民宅前／日
	人物：阿忠、張志遠、外省老先生

△ 老先生隔著鐵門柵欄用不友善的眼神端詳張志遠他們。

老先生：（外省腔音）現在詐騙手法又出新招啦？

S18	（接續第16場）外景：小巷弄／甲民宅前／日
	人物：張志遠、阿忠、本省中年婦人

△ 柵欄後的中年婦女更不相信。

中年婦女： 哪有可能這麼好？

S19	（接續第17場）外景：小巷弄／乙民宅前／日
	人物：阿忠、張志遠、外省老先生

△ 張志遠繼續說服老先生。

張志遠： 我們不是詐騙集團！

S20	（接續第18場）外景：小巷弄／甲民宅前／日
	人物：張志遠、阿忠、本省中年婦人

△ 阿忠接著繼續跟中年婦女說。

阿忠： 阿姨，真的啦，我們沒有騙妳！

S21	（接續第19場）外景：小巷弄／乙民宅前／日
	人物：阿忠、張志遠、外省老先生

△ 張志遠繼續說服老先生，秀出自己的制服臂章。

張志遠： 你看我們制服就知道了！

S22	（接續第20場）外景：小巷弄／甲民宅前／日
	人物：張志遠、阿忠、本省中年婦人

△ 中年婦女不買單，準備後退進房子。

中年婦女： 不用不用！

| S23 | （接續第21場）外景：小巷弄／乙民宅前／日
人物：阿忠、張志遠、外省老先生 |

△ 老先生面露怒容，想關門。

老先生： 再不走我就要報警了！

| S24 | （接續第22場）外景：小巷弄／甲民宅前／日
人物：張志遠、阿忠、本省中年婦人 |

△ 碰的一聲，中年婦人也利索地關上門。

| S25 | （接續第23場）外景：小巷弄／乙民宅前／日
人物：阿忠、張志遠、外省老先生 |

△ 張志遠還想解釋，門碰地一聲被關上了。
△ 張志遠跟阿忠無奈地對視笑了笑，拍了拍阿忠。

張志遠： 我知道是你帶屎，但不要氣餒，下一間。（說完便走離）

△ 阿忠訕笑了兩聲，也走離。

| S26 | 內景：Ｆ公寓／三樓走廊／日
人物：阿忠、張志遠、阿婆、小宇、小翔 |

△ 破舊又雜亂的Ｆ公寓三樓，張志遠跟阿忠走入。

張志遠：（手拿文件喃喃著）12之2……

△ Ｆ公寓寓三樓的大鐵門外，張志遠按了其中一個門鈴，沒人回應，他又按了一次。
△ 一個阿婆開了門，用疑惑的眼神端詳著門外的他們，一臉提防的神情。

阿忠： 阿婆你好，我們是消防隊，現在有免費的住宅警報器可以幫住戶安裝，方便讓我
們進去說明一下嗎？

△ 阿婆還在猶豫，小宇（10歲）跟小翔（9歲）跑過來，從阿婆身後探頭。

小宇： 阿嬤，外面是誰？

張志遠： 我們是消防隊，就是開消防車喔伊喔伊的那個人。（邊說邊對兩兄弟微笑，期盼阿婆放他們進門）

△ 阿婆又望了張志遠他們一眼，她的戒心似乎有點動搖了。

△ 阿忠拿出了識別證，張志遠也在翻找包包口袋。

阿忠：（給阿婆看）這是我們的識別證。

張志遠：（從口袋中抽出幾張貼紙給小宇跟小翔）這個是消防宣導貼紙，送你們。

小宇：（珍惜的接過審視，對小翔說）好可愛喔！我們可以貼在秘密基地！

小翔： 好！

小宇：（很開心）那哥哥你可以陪我們玩一下嗎？

△ 張志遠愣了愣，跟阿忠互看一點，又看向阿婆，兩人友善地微笑。

S27　內景：F 公寓三樓／小宇小翔客廳內／日
　　　人物：阿忠、張志遠、阿嬤、小宇、小翔

△ 有些雜亂的客廳裡，小宇、小翔開心地跟張志遠畫畫。

阿婆： 啊你們這個是要做什麼用的？

阿忠： 這個裝在天花板，萬一厝裡電線走火、就會有煙飄上去，它就會響。

阿婆： 要是火燒厝了我會不知道？我又不是瞎了。

阿忠： 不是啦，是說萬一半夜你們在睡覺沒有發現，警報器叫醒妳啊。

阿婆： 安捏喔？好啦，不然你們就裝在廚房好了。

阿忠：（開始有點不耐）不行啦阿婆，廚房煮菜會有煙，這樣警報器會誤判。

阿婆： 這樣喔？那你貼在貼在牆壁那邊啦！

阿忠： 阿嬤，聽我的好不好？把警報器裝在天花板上……（指著客廳的天花板。）

張志遠：（眼看阿忠快發飆，連忙停下動作，走過去幫忙阿忠）阿嬤，因為濃都是往上飄的，所以警報器要裝在天花板，不然我們幫妳裝在房間？

阿婆： 不用那麼麻煩啦，這個你們放在桌上就好。

△ 張志遠跟阿忠互看一眼，阿忠忍不住翻個白眼。張志遠嘆了一口氣。

張志遠： 好啦，阿婆，我們先放這裡，妳有需要幫忙再跟我們說。那這個宣導單，麻煩妳看一下。

阿婆：（皺眉接過宣導單）這是要幹嘛的？

張志遠：（指著宣導單說明）這就是火災逃生的一些注意事項，比如說門外有濃煙的時候我們是建議不要逃出去，而是把門關上，在屋子裡面等待救援……

阿婆：（直接打斷張志遠）放心，我們家都很注意用火安全，不可能發生火災的啦。

△ 張志遠又看了阿忠一眼，阿忠面無表情，表示心已死。

張志遠： 好，那謝謝妳喔！

阿忠： 謝謝。

S28 外景：Amuz One 娛樂世界／大門口／日
人物：林義陽、行人若干

　　△ 這天，已經營業的Amuz One娛樂世界，行人來往，沐浴在陽光裡。

　　△ 林義陽走向側門，他抬頭看了看，走了進去。

S29 內景：Amuz One 娛樂世界／二樓遊戲機台區／日
人物：林義陽、沈經理、消防技士、顧客若干

　　△ Amuz One娛樂世界裡，櫥窗閃閃發亮。

沈經理： 要不要幫你準備點喝的？

林義陽： 不用謝謝，我現在在執勤。

　　△ 遊戲機台區，有些人在遊戲，林義陽正在進行複查，沈經理陪同在旁。消防技士爬上梯子，用一個噴霧罐測試天花板的警報器，但火災警報完全沒響。

林義陽：（板著臉）大哥你又拿噴灌？上次不是叫你拿偵煙探測棒？

消防技士：（一臉尷尬）啊，這個也可以啦。這個噴出來的效果跟火場一樣。

　　△ 消防技士一直努力測試警報器，但警報器還是沒響。

林義陽： 還是壞的嘛！燈也沒亮、警報器也沒響，這已經是第幾次了？上次不是請你們限期改善了嗎？為什麼還是一樣？

消防技士：（支支吾吾地）那個，我們真的有修啦。

沈經理：（連忙開口）下個月！下個月我們一定會修好，你這次先給我們過嘛。

林義陽： 上次也是這樣講，我已經開了限改單給你們，你們到現在還是沒修啊。

沈經理： 我保證，我保證這次一定把它修好，（對消防技士）下禮拜一就修！

林義陽： 你已經保證太多次了。這次我只能開舉發單。（對消防技士說）下來吧。

　　△ 沈經理裝出的笑容漸漸撐不住。

S30 內景：Amuz One 娛樂世界二樓／VR 房內及門外走廊／日
人物：林義陽、消防技士、沈經理

△　Amuz One娛樂世界的二樓VR房間內，在消防技士的陪同下，林義陽檢查指示燈，看看是不是會亮。

　　△　沈經理在VR房門外走廊講著手機。

沈經理： 有啊，跟他說了啊，我跟他保證下次一定改好，但是沒用啊……嘿對，態度很差……

　　△　林義陽冷冷看了沈經理一眼，隔著房門玻璃，林義陽聽不清沈經理講什麼，他只是繼續檢查滅火器。

林義陽： 我上次不是說這個滅火器過期了，怎麼還沒換啊？

　　△　消防技士仍支支吾吾。

S31	內景：Amuz One 娛樂世界／三樓走廊（連室內消防栓）／晨
	人物：林義陽、消防技士、王文德、沈經理、遊客若干

　　△　走廊盡頭，林義陽拉著室內消防栓的水線從遠方走回來。

林義陽： 沒水？會不會太誇張啊！

消防技士：（故意裝蒜）我們上次測試是正常啊……

　　△　沈經理冷冷等在旁邊，不再說話。

林義陽：（林義陽沒好氣地回應）你們滅火器過期、消防栓又沒水，萬一發生火災怎麼辦？

　　（王議員 VO 從背後傳來：什麼火災不火災，不要這麼烏鴉嘴嘛。）

　　△　林義陽回頭一看，是從走廊那端走過來的王文德議員。沈經理彷彿溺水的人看到救生圈似地，笑容滿面。

王議員： 又是你啊，我們很有緣嘛。

林義陽：（一看到是王議員就臉色一沉）議員，這不是什麼烏鴉嘴的問題，而是他們沒做消防，我依法開單。

沈經理： 什麼叫沒有做消防？我們花了那麼多的錢做廣播系統、做排煙管、做防火門！什麼叫沒有做消防？

林義陽： 做的一堆都是故障的，有屁用？

沈經理： 什麼東西用久了不會壞？所以要給我們時間修啊。

林義陽： 沒有給你時間嗎？每次來都說會改，到最後都一樣啊！騙誰啊？

王議員： 好了好了，講話不用這麼難聽？

沈經理： 對啊，我們是正當經營的公司，常常捐款做公益，你卻老是來找麻煩！

林義陽： 有錢捐款做公益，沒有錢做消防，一場火就害慘多少人！我跟你講，這件事我只能依法開單，（看了議員一眼）誰來關說都一樣！

王議員：（臉色一沉）欸，注意你的措詞。我不是來關說，我是來關心。

林義陽：（不以為然）那請問議員，你來關心什麼？

王議員：又有民眾投訴消防員，說消防員值勤時態度不佳，我能不來關心嗎？

　　△ 林義陽愣了一下，臉色微變。

王議員：（慈祥的笑容）你可以依法開單，民眾也可以依法投訴。

　　△ 林義陽壓抑著怒氣，忿忿不平地瞪著王議員及沈經理。

王議員：年輕人，你可以依法罰款，但也可以依法給他們修改的機會。

　　△ 林義陽啞口無言，不知該如何回應。

S32　外景：Amuz One 娛樂世界／三樓小高爾夫球室／日
　　　人物：王文德、沈經理

　　△ Amuz One娛樂世界三樓高爾夫球室外，人們開心談話聊天

　　△ 王議員正在球道上推杆，沈經理踩著腳步走來走去。

沈經理：（氣呼呼地）議員啊，我實在是從沒見過這種人。

　　△ 王議員沒說話，慢條斯理地調整推杆角度。但他的臉上有明顯的慍色。

沈經理：不管怎麼拜託，連您都來，他還是堅持開單罰款。他媽的什麼東西啊他！

　　△ 王議員仍沒說話，輕輕地推了杆。

S33　內景：同安分隊／值班台／日
　　　人物：徐子伶、民眾 H、大叔 G、消防員甲、民眾若干

　　△ 午後的同安分隊裡，好幾個民眾圍繞在值班台邊。值班的徐子伶忙得團團轉，消防員甲也在旁幫忙。

徐子伶：好、來，下一個。

民眾H：小姐，這是我們的檢修申報書，幫我看一下有沒有任何問題好不好？還有這個，這個也是。

　　△ 徐子伶接過文件遞給旁邊的消防員甲。

徐子伶：（對民眾無奈地說）我拜託你們不要每次都拖到最後一天才來交件好不好！

民眾 H：不好意思啦（拿出另一份文件）還有這個防火管理人的資料我也不太會寫……

　　△ 好幾位民眾鬧哄哄地排隊詢問安檢資料的問題，一位大叔G半跑地擠近值班台。

大叔G：小姐，小姐！

徐子伶： 請排隊好不好！

大叔G： 小姐，我們家陽台出現一個蜂窩，你們可不可以來幫我們摘掉？

徐子伶： 先生，捕蜂捉蛇不是我們的業務，是農業局喔。請你聯絡他們好不好？謝謝！

大叔G： （一臉不悅）啊你們怎麼講話都跟119一樣？有夠官僚！我就住在你們後面巷子那
裡，你們就不能來一趟嗎？又不遠！

徐子伶： （從抽屜拿出一張紙，有點抱歉地遞給大叔）來，農業局的電話在這裡，你再打給
他們啦！

大叔G： （看一眼紙條，更不滿）這我打過了，他們說人力不足，要後天才能來摘！

徐子伶： 可是我們是消防隊，不是捕蜂大隊，不好意思啦，你看我現在也很忙，真的沒辦
法幫你。

大叔G： （很不爽地說）你們公家機關就只會推來推去！米蟲！

△ 大叔G把紙條丟回去給徐子伶，忿忿離去。

△ 民眾窸窸窣窣耳語，徐子伶有點錯愕，但馬上整理好自己。

徐子伶： （繼續檢收民眾遞交的安檢單）好，沒關係，來，你說你哪裡看不懂？姓名地址，
你是負責人嗎？

民眾H： 我是負責人⋯⋯

S34　外景：大員市／G建築物前的馬路／日
人物：錢小姐（錢雅容）、伍誌民、張志遠、阿忠、小高、宋小隊長、同安消防員三
位、陳國勝（救護班）、同安救護班一位、圍觀民眾若干

△ 警笛作響，一台消防車駛在街頭，左轉後繞進一條人滿為患的道路，可看到已經停了許多消
防車。

△ 路邊人們圍觀，頻頻往上看、拿出手機拍，消防員正叫民眾往後退一點。

陳國勝： 往後退一點，沒那麼好看啦！

△ 可以看到G建築物的頂樓圍牆坐著一個女人（錢雅容，39歲）。

△ 地面滿是圍觀人群，對頂樓指指點點，有人拿出手機幸災樂禍地拍著。陳國勝（救護班）跟
另外一個救護員正忙著拉封鎖線，不要讓民眾靠近。

△ 宋小隊長正在指揮其他消防員拉封鎖線、搬走機車等雜物，以便鋪氣墊。但人行道上違規停
車的車子太多了，滿滿兩排，大家搬得很吃力。

伍誌民： 這邊車子全部清掉！

△ 消防雲梯車準備著待命。

△ 張志遠跟阿忠跑向伍誌民。

伍誌民： （對張志遠說）剛剛連絡到那位錢小姐的哥哥，說她是在網路上面認識一個男的，
說是什麼跨國界醫生聯盟，人都還沒見過就被騙了好幾百萬。

△ 張志遠、阿忠跟小高專心聽著。

伍誌民：之前東方公寓大火他們家也是受災戶，全部燒掉了，（對張志遠）對了，她之前是外商公司經理，是因為她媽媽中風癱瘓，辭掉工作在家照顧了好幾年……你待會上去盡量安慰她，不要太刺激她……我不管你講什麼，把人安全帶下來就對了。

張志遠：收到，（對阿忠跟小高說）走。

伍誌民：注意安全。

　　△ 阿忠及小高跟著張志遠走上樓。

S35　外景：大員市／G建築物的頂樓／地面／日
人物：錢小姐（錢雅容）、伍誌民、張志遠、阿忠、小高、宋小隊長、同安消防員三位、陳國勝（救護班）、同安救護班一位、圍觀民眾若干、警察若干

　　△ 從頂樓往地面看，可以看見地面密密麻麻的人群，以及消防員們正忙著搬運機車。

　　△ 樓頂，錢小姐呆坐在邊緣的圍牆，遠眺遠方天空。此時張志遠帶著阿忠他們走出頂樓的樓梯間出口，想悄悄靠近背對出口的她。只是出口距離錢小姐太遠，張志遠才走到一半就被錢小姐發現了，馬上變臉，作勢要跳下去。

張志遠：錢小姐不要衝動！妳冷靜！

錢小姐：（把兩腳都放到頂樓外）不要過來！

張志遠：（帶著阿忠跟小高後退）好，我們不過去。

錢小姐：下去，全部下去！

張志遠：好，拜託不要衝動，妳冷靜！我們不過去了！

　　△ 錢小姐警戒地盯著張志遠他們。

張志遠：不然我請他們下去，我一個人留在這裡陪妳好嗎？

　　△ 錢小姐勉強地點頭，張志遠連忙揮手示意，要阿忠他們完全退出樓梯間，然後對錢小姐說話。

張志遠：錢小姐我是來幫助妳的，妳有什麼需求都可以告訴我。（一邊靠近）

　　△ 錢小姐舉起手要張志遠後退，張志遠停了下來。

張志遠：（緊張地微笑）妳有沒有什麼想見的人，我可以帶他來見妳……妳先轉過來，先轉過來。

　　△ 錢小姐猶豫了一下，慢慢將自己轉回面對頂樓內。

S36　外景：城市街景／老舊大樓大門／日
人物：房東太太、邱漢成、魏嘉軒

△　救護車急急地駛到大樓前面。

　　△　大樓前，一位大嬸（房東太太）正焦急地張望著。救護車快速駛入，停下，邱漢成跟魏嘉軒趕緊下車。

房東太太：快一點快一點。不知道是不是昏迷了，怎麼喊他都沒回應。

邱漢成：（一邊拿急救包一邊問）是妳家屬嗎？

房東太太：不是，我房客……快點快點！

邱漢成：嘉軒快點！

　　△　邱漢成拿著擔架床迅速跟著房東太太走入大樓。

S37　外景：大員市／G 建築物的頂樓／日
　　　　人物：張志遠、錢小姐（錢雅容）、小高、阿忠

　　△　頂樓上，錢小姐一臉憂愁地看著張志遠。

錢小姐：（仍十分落寞）你的人生有沒有過遺憾？

　　△　張志遠不知怎麼回應。

錢小姐：我放棄高薪、放棄我自己的人生去照顧我媽媽，這些都是我的選擇。

張志遠：（斟酌著措辭）錢小姐，還是我們現在聯絡妳媽媽，請她過來這裡。

錢小姐：我想過了，如果那場火災沒有把媽媽救出來，我是不是就解脫了？

　　△　張志遠愣住了。

錢小姐：我男朋友說，每個受苦的人都應該被安慰，可是誰來安慰受苦的人？根本沒有人真的關心我。

張志遠：我們已經連絡上妳哥哥了，他們正在趕過來的路上……

錢小姐：（鄙視地笑）我哥？我跟他們說我房子燒掉了，叫他們把媽媽接過去住，他居然跟我說不行，說他老婆不答應。（憤怒地）媽媽是我一個人的嗎？媽媽不是我一個人的！他說他要來，他來了嗎？

張志遠：（謹慎地）聯絡上他了，應該快到了。

　　△　張志遠試著安撫她。

S38　外景：老舊大樓長廊／日
　　　　人物：房東太太、邱漢成、魏嘉軒

　　△　大樓的長廊裡，房東太太帶著邱漢成跟魏嘉軒急急走著。

房東太太：他只付了押金，我好心先讓他住進來，剛剛來催房租，怎麼敲門都沒人回。欸，你看你看，怎麼好像門縫都被堵起來了？（還沒說完，就已經來到一間房門口）

就是這間，我不敢開門……

△ 說著說著房東太太竟然就把鑰匙硬塞到邱漢成手裡。

△ 邱漢成愣了愣，不知該如何是好。

S39 外景：大員市／G建築物的頂樓／日
人物：張志遠、錢小姐（錢雅容）

△ 頂樓上，錢小姐仍在哭泣著。張志遠憂心地望著錢小姐，不知該說什麼。

錢小姐：（哀傷地哭著）這個世界上根本沒有人在乎我……我男朋友說要從馬拉卡爾飛過來找我，結果呢？我放棄自己的人生回去照顧媽媽，可是她只在乎他兒子，難道我就這麼不配得到你們的愛嗎？我什麼都沒有了，錢沒了、房子沒了、全部燒光光了，為什麼躺在病床上的不是我！為什麼要把媽媽救出來？為什麼不把我燒死算了！

△ 張志遠不知如何是好，他不知不覺也被觸動了哥哥的回憶，表情難過也幾乎要落淚。

錢小姐： 為什麼要把媽媽救出來？

S40 內景：老舊大樓套房／日
人物：邱漢成、魏嘉軒、李先生、房東太太

△ 一扇緊閉的套房房門，縫隙連鑰匙孔都被封箱膠封死了。地上擺著一盆已經熄火的木炭。

△ 一陣鑰匙插入門鎖裡的聲音，門便忽然打開，邱漢成帶著魏嘉軒走入，房東太太在外不敢進來。

△ 邱漢成一入室便打開門窗。遠處的床上躺著一位先生，地上到處是尚未拆封的搬家紙箱，還有一盆已經熄火的無煙炭。邱漢成急急忙忙撕掉窗縫的封箱膠、打開窗戶。

△ 邱漢成還在忙時，忽然聽到魏嘉軒叫喚。

魏嘉軒： 學長，你可不可以過來看一下？

△ 邱漢成疑惑地望過去，看到魏嘉軒站在床邊剛伸手量完民眾脈搏。

魏嘉軒：（搖搖頭）身體都硬了……

△ 邱漢成走過去，到床邊望向躺在床上的民眾，他倒吸了一口涼氣。

邱漢成： 房東太太，幫我報警。

△ 床上，上次破門事件的那位李先生，雙手在胸口捧著一幅照片。

△ 照片裡，是李先生跟他去世男友曾先生的幸福合照。

△ 李先生平靜地躺在床上，像是睡著一樣。

跨坐頂樓的錢小姐，想要放棄生命，張志遠小心翼翼努力勸說，而樓下的分隊長緊急指揮隊員鋪設氣墊。

217

S41	外景：大員市／G 建築物前的地面／日 人物：伍誌民、宋小隊長、同安消防員 3 位、陳國勝（救護班）、同安救護班 1 位、圍觀民眾若干、警察若干

△ 地面機車已快搬完了，宋小隊長正指揮大家把氣墊搬到錢小姐正下方。

伍誌民： 動作快一點，快把氣墊充起來！

陳國勝： 這麼多機車擋著怎麼充氣墊啊？

△ 消防隊員一團忙亂。

S42	外景：大員市／G 建築物的頂樓／日 人物：張志遠、錢小姐（錢雅容）、小高、阿忠

錢小姐： 我問你，你在救援的時候有想過那些人想被你救活嗎？

張志遠： 錢小姐，妳放心，有任何的問題我們都可以幫妳一起解決。

錢小姐： 真的嗎？

張志遠： 真的，請妳相信我。

錢小姐：（笑了笑）謝謝你陪我聊這麼久，我覺得沒事了，該下去了。

△ 張志遠放心了，伸出手。

△ 錢小姐把腳跨回頂樓，閉上眼，往後翻下樓。張志遠沒料到這突如其來的變化。

張志遠：（大喊衝過去）不要！

S43	外景：大員市／G 建築物前的地面／日 人物：伍誌民

△ 人群中忽然有人尖叫指著樓頂。

△ 碰地一聲，錢小姐掉下樓。

△ 伍誌民也跟著轉身，剛好看到錢小姐墜下，摔到尚未充氣的氣墊上。

△ 現場的人群全都尖叫。

伍誌民： 先救人，快點快點！

△ 呼叫聲此起彼落，現場亂成一團。

S44	外景：大員市／G 建築物的頂樓／日 人物：張志遠、小高、阿忠

△ 樓頂，張志遠衝到圍牆邊，抱著荒謬的期待，希望奇蹟出現，但往下卻只看到錢小姐慘狀。

他當場呆掉，震驚得說不出話來。

△ （張志遠主觀）從高空往地面看，遠遠地可以看見，鮮血汩汩流出的錢小姐躺在地上。幾個消防員一擁而上，有的測量生命跡象，有的試著要急救錢小姐。一切看起來都如此渺小。

△ 阿忠跟小高也衝到牆邊，錯愕難過地看著樓下慘死的錢小姐。

△ 張志遠望著地面，一臉震驚自責。他轉過身，失落地走離樓頂圍牆，眼淚在眼眶打轉。

S45　外景：老舊大樓門口／日
人物：邱漢成、魏嘉軒、若干警察、檢察官、若干圍觀民眾

△ 房東太太的那棟老舊大樓前，救護車旁多停了一台警車及檢察官座車。幾位警察跟刑警、檢察官出出入入，附近還有不少民眾圍觀，指指點點。

△ 邱漢成拿著急救包走到救護車旁的擔架床，魏嘉軒拿著表格走向他。

魏嘉軒： 還有東西要簽，我進去一下。

△ 邱漢成點點頭，魏嘉軒走離。

△ 邱漢成把擔架床關上救護車後門，然後抬頭望了大樓一眼。

△ 大樓某一層，可以看見有刑警來來去去。

△ 邱漢成望著窗口，神情黯然。

S46　內景：同安分隊／男生浴室／夜
人物：張志遠

△ 夜晚的同安分隊，寧靜得有點不尋常。

△ 洗手台上，沒關緊的水龍頭一滴一滴地滴著水。

△ 浴室裡，剛洗好澡的張志遠坐在洗衣機旁，脖子上披著毛巾，神情空洞坐在板凳上，頭髮仍濕答答的。他低著頭，水珠從髮絲滴到地板上。

△ 他臉上水珠留下，似乎是眼淚。

△ 張志遠盯著自己手上的數字手環，數字已經來到「402」。

△ 良久，張志遠用手捂著臉，擦去臉上的水珠。打開洗衣機，拿出早就洗好的衣服放入臉盆裡，動作慢得彷彿老人一樣。

S47　外景：大員市／某建築物前的馬路（熟女跳樓處）／日
人物：張志遠、徐子伶、車輛駕駛若干

△ 這一天，川流不息的馬路上，一輛救護車疾駛著。

△ 駕駛座上，張志遠開著車，似乎有心事。

一早備勤室裡，幾個消防員吃著早餐，徐子伶與林義陽也在其中。

張志遠：（看著前方有點煩躁地碎念）早上救護班是誰啊，都快沒油了還不加？

徐子伶：（看了看油表）還好吧，還有半桶欸！

△ 張志遠一臉焦慮，看了看右邊的路，不轉進去。

△ 徐子伶察覺異狀。

徐子伶：（疑惑地）你為什麼不右轉陽光街？（看張志遠）你這樣子是繞遠路欸。

△ 張志遠沒說話。

S48 內景：同安分隊／辦公室／夜
人物：張志遠、邱漢成

△ 晚餐時間，天色卻已全暗。城市裡燈火輝煌。

△ 辦公室裡只有張志遠一個人，神情落寞。他正坐在電腦前發呆，彷彿解離，處在另一世界似的。

（電腦影片
裡的旁白：即使受傷，我們從不說痛。即使危險，我們從不害怕。即使失敗，我們從不放
隊員）：棄。因為我們是人民的英雄！

△ 電腦影片裡，是幾個打火、救援及訓練的紀錄畫面，配上激昂勵志的配樂以及旁白。

△ 影片測試播畢，辦公室裡一片寂靜。

△ 張志遠回過神來，發現影片播完了，便直起身子想上傳影片，不料卻發現自己雙眼暈眩無法對焦。

△ 電腦螢幕畫面一下子模糊，一下子疊影，一下子變大，一下子變小，顏色也黯淡如黑白照。他的耳朵也一直耳鳴。

△ 張志遠瞇著眼想仔細看清。此時電腦螢幕似乎又變清晰了。他不禁鬆了一口氣。

△ 張志遠轉頭，原來是邱漢成抱著一疊安檢資料進來，正走到張志遠後面的辦公桌放下。

邱漢成：志遠，還在上傳影片啊？

張志遠：上面說我們的臉書粉絲團人數太少，要我們多 po 些影片。

邱漢成：（放好資料，猶豫了一下，忍不住還是開口了）你還好吧？

△ 張志遠愣了愣，轉頭疑惑地望著邱漢成。邱漢成欲言又止。

邱漢成：上次那個跳樓救助事件之後，感覺你悶悶不樂，這幾天都很少講話⋯⋯

△ 張志遠這才知道邱漢成想問什麼。

張志遠：（勉強笑一笑）沒事。

邱漢成：（語重心長地想關心跟開導）其實每次救援失敗之後，我也會很自責。

張志遠：（又勉強笑笑）邱 Sir，我真的沒事。

222

邱漢成：（苦口婆心）但日子還是要過，才能幫助更多……

張志遠：（忽然不耐煩）就跟你說我沒事！

△ 邱漢成有點錯愕，默默走離張志遠。

△ 張志遠一臉鬱悶，也沒跟邱漢成再說些什麼。

S49　內景：同安分隊／備勤室／日
人物：張志遠、林義陽、徐子伶、小高

△ 隔天，大員市跟往常一樣喧囂。

△ 早晨的備勤室裡，幾個消防員正在吃早餐。

△ 穿著救護背心的張志遠怒沖沖地走進備勤室裡。

張志遠：羚羊，早上器材車是你負責檢查的嗎？

△ 林義陽一頭霧水，點點頭。

林義陽：對啊，怎麼了？

張志遠：為什麼發電機的油沒有加滿？

林義陽：不是還很多嗎？

張志遠：剛才有時間為什麼不把它加到滿呢？如果救援到一半發電機沒電了怎麼辦？

△ 大家疑惑地望著張志遠。

林義陽：（很不以為然）拜託你不要那麼誇張好不好？

張志遠：（很不高興）人命關天的事，可以這樣隨隨便便的嗎？

林義陽：（更不高興）我哪有隨隨便便，你不要這麼神經質好不好？

張志遠：你這樣心存僥倖，我是在提醒你喔！

徐子伶：（連忙打圓場）志遠，好了，小高你去加……

小高：好……

張志遠：不用！我已經加好了！下次注意一點。

△ 張志遠怒沖沖地離開了。

林義陽：（餘怒未消地對徐子伶抱怨著）志遠最近是怎樣？吃炸藥是不是……

△ 徐子伶看著張志遠遠去的背影，又看看林義陽，欲言又止。

徐子伶：（猶豫了一下）昨天早上我跟他出救護，結果……

（接續第47場）外景：大員市／某建築物前的馬路（錢小姐跳樓處）／日
人物：張志遠、徐子伶、車輛駕駛若干

　　△　徐子伶看了看窗外，察覺異狀。

徐子伶：（疑惑地）你為什麼不右轉陽光街？（看張志遠）你這樣子是繞遠路欸。

　　△　川流不息的馬路上，張志遠仍心神不寧地開著車。

張志遠：（勉強淡淡一笑）沒差啦，轉這條也OK啊。

　　△　徐子伶困惑地回頭看看剛剛錯過的那條路，忽然恍然大悟地轉頭。

徐子伶：（對張志遠說）該不會那裡是前幾天那位小姐跳樓的地方？

　　△　張志遠迴避徐子伶的眼神，繼續沉默地開車。

（接續第49場）內景：同安分隊／備勤室／日
人物：張志遠、林義陽、徐子伶、小高

徐子伶：我想是他不敢經過那個跳樓的小姐墜樓的地方……

　　△　備勤室裡，大家都一臉驚訝。

小高：（恍然大悟）對欸，昨晚我跟他出救護時，他也是特別繞過那條路……

林義陽：（似乎對張志遠的氣已經消了，反而一臉擔心）怎麼會這樣？

　　△　大家都有點為張志遠擔心，但似乎也束手無策。

外景：同安分隊／頂樓／夜
人物：張志遠、15歲少年（哥哥張浩遠）

　　△　同安分隊的頂樓，籠罩在寧靜的夜色裡。
　　△　頂樓圍牆邊，可以看見張志遠的背影。他正斜倚著圍牆，顫抖的手拿著一根菸，吸了一口，
　　　　然後將菸放到一旁的菸灰缸。
　　△　張志遠神情空洞地望著遠方。
　　△　張志遠又抽了一口菸。他拿菸的手不自覺地微微顫抖著。他驚訝地看著自己顫抖的手，露出
　　　　惶恐不安的表情。這時，突然身後有聲音響起。
　　　　（15歲少年的畫外音：你也要跳嗎？）
　　△　15歲的哥哥靠在遠處的牆邊望著他，張志遠不知所措，彷彿跳下去是他唯一的歸所了。

　　　　　　　　　　　　　　　　　　　　　　　　　　　　　　　　　（待續……）

第六集　陰影

　　林義陽再次到娛樂集團安檢，不料卻跟沈經理起了更大衝
突。張志遠在一次任務中努力搶救人命卻失敗，惡化了他的
創傷後壓力症候群。徐子伶出任務去救護一位因蜂螫過敏而
瀕死的老翁，不料卻讓她陷入巨大的風暴中，成為千夫所指
的罪人……

辖區發生大規模火警，同安分局全員出動救援。

邱漢成找到驚恐躲在櫃子裡的小朋友，並呼叫隊友前來助援。

火災撲滅後，邱漢成自責
未能一次救出二位小朋友。

進行安檢的林義陽，稍後被
反鎖在娛樂世界的房間內。

面對蜂擁而至的媒體，徐子伶無力招架。正一起開車出勤的林義陽則出聲斥喝包圍的人，不要擋住救護車。

S1 外景：大員市／G 建築物的頂樓／日
人物：錢小姐（錢雅容）、張志遠

△ 一段蒙太奇，詭異的夢境。
△ 錢小姐在頂樓哭喊。

錢小姐： 我放棄自己的人生回去照顧媽媽，可是她只在乎他兒子，難道我就這麼不配得到你們的愛嗎？我什麼都沒有了，為什麼躺在病床上的不是我！為什麼要把媽媽救出來？為什麼不把我燒死算了！

張志遠： （衝過去大喊）不要！

S2 外景：同安分隊／頂樓／夜
人物：張志遠、15歲少年（哥哥張浩遠）

△ 同安分隊的頂樓，籠罩在寧靜的夜色裡。
（畫外音，消防人員搶救的聲音：同安分隊呼叫……擔架擔架……）
△ 頂樓圍牆邊，可以看見張志遠的背影。他正斜倚著圍牆，顫抖的手拿著一根菸。
△ 張志遠主觀錢小姐掉到地面後，消防人員上前搶救。
（畫外音，現場消防人員：病人 OHCA，趕快回報灣台，請大員醫院準備！……快、快貼AED［自動體外除顫器］……充氣式護木拿過來！……動作快！）
△ 張志遠又抽了一口菸。他拿菸的手不自覺地微微顫抖著。
△ （ins.）錢小姐在頂樓對張志遠露出淒慘的微笑。

錢小姐： 謝謝你陪我聊這麼久，該下去了。

△ 張志遠驚訝地看著自己顫抖的手，露出惶恐不安的表情。
（15歲少年的畫外音：你也要跳嗎？）
△ 15歲的哥哥靠在遠處的牆邊望著張志遠，張志遠轉過頭去看哥哥，不知所措。

張志遠： 閉嘴。

15歲少年： 是不是說錯什麼話，才害她忽然決定跳下去？

△ 張志遠別過頭，不回話。

15歲少年： 要是早點跑過去，是不是就來得及阻止她？

△ 張志遠微怒，轉向哥哥。

張志遠： 你給我閉嘴。

15歲少年： 你不回答我，就能夠逃避這些問題嗎？

張志遠： 你給我閉嘴！

△ 張志遠憤怒地拿起身旁飲料罐朝哥哥摔過去，但15歲少年早已不見身影。

△ 張志遠看著只有他一人的頂樓，無助地哭了出來。

△ 張志遠靠著圍牆坐下，停不住淚水，只能大叫出來，但即使怒吼，他的雙手仍顫抖著。

△ 畫面fade out，只剩張志遠的哭聲持續。

S3 外景：Amuz One 娛樂世界側門口／夜
人物：環境人物若干

△ Amuz One娛樂世界門前，行人來往。

S4 內景：Amuz One 娛樂世界／二樓遊戲機台區／夜
人物：林義陽、消防技士、沈經理

△ Amuz One娛樂世界的遊戲機台區，林義陽站在上次安檢沒過的地方，沈經理冷冷陪在旁邊。這次消防技士終於帶了專業的用具來。他站椅子上用模擬火災煙霧的工具來測試天花板上的煙霧感應器。

△ 感應器成功地響起，引來諸多客人的恐慌。服務生連忙安撫客人。

男服務生：（VO）沒事沒事，消防檢查而已，只是測試。

S5 內景：Amuz One 娛樂世界／三樓走廊（連室內栓）／夜
人物：林義陽、消防技士、沈經理

△ 走廊盡頭，林義陽將剛剛捲好的水帶，放回室內消防栓裡。然後低頭看了看安檢的文件。

林義陽： 這邊 OK 了，前面複查還是有問題，依法我要開單。

沈經理：（笑咪咪）好，請吧。

△ 沈經理帶林義陽打開旁邊的門，走入C廳。

S6 內景：Amuz One 娛樂世界三樓／C 廳（連 VIP 室）／夜
人物：林義陽、沈經理

△ 三樓C廳裡，已無民眾。

△ 沈經理帶著林義陽走進來，直接走向VIP室。

沈經理：（打開門，示意林義陽進去）你就在這裡慢慢開，開完再給我們就好。

△ 林義陽點點頭，帶著限改單、舉發單、各文件及無線電走進VIP室裡。

△ 沈經理關上門，離去。

S7 　內景：Amuz One 娛樂世界／三樓 C 廳的 VIP 室內／夜
　　　人物：林義陽

△ 時鐘指著七點快20分，VIP室裡，冷氣不停出風。
△ 林義陽獨自坐在偌大的VIP室裡，背對著門口，看不到外面的情況。
△ 他一邊翻著法條冊子查法條寫舉發單，一邊拉緊衣服，很冷的樣子。

林義陽：（搓了搓手）冷氣弄這麼冷幹嘛？

△ 他對著雙手呵氣，又摩擦雙手，繼續寫著。

S8 　內景：Amuz One 娛樂世界／三樓 C 廳的 VIP 室內／夜
　　　人物：林義陽

△ 過了20分鐘。
△ 林義陽終於寫完了。他整了整已經開好的安檢文件。
△ 站起來轉身，要去開門，卻發現門打不開。

林義陽：喂……有人在嗎？有人在嗎？……喂！

△ 他大力拍門，但沒有用。林義陽拿出手機想打電話，卻發現手機沒電。他不禁皺起眉頭。

林義陽：幹……沒電了。喂……有沒有人？

△ 林義陽再次用力拍門，但外面毫無動靜。林義陽氣得大力踢門，但門文風不動。
△ 林義陽又用力踢了幾下，然後他望著門外，一臉氣結。

S9 　內景：Amuz One 娛樂世界／三樓 C 廳的 VIP 室內／夜
　　　人物：林義陽

△ 打烊的娛樂城外，街頭幾乎沒有人跡。
△ 時鐘指著10點半。林義陽蜷曲著躺在沙發上，全身縮在一起，皺著眉頭睡著了。
△ 無線電傳來聲響。

宋小：（無線電 VO）羚羊羚羊，聽到請回答，羚羊！

△ 林義陽半昏厥了，緊緊縮著身子。

（沈經理 VO：抱歉抱歉，我以為他已經走了！）

S10 　內景：Amuz One 娛樂世界／三樓走廊及 C 廳／夜
　　　人物：沈經理、宋小隊長、阿忠

△　走廊，沈經理嘻皮笑臉地帶著宋小隊長及阿忠他們走著。

宋小：　我們門外等了三個小時，你們怎麼一直說明天早上才能來開門？

沈經理：（仍笑嘻嘻地說）我這不就已經來了？（邊說邊打開 C 廳的門跟燈）我從家裡大老遠趕來，多有誠意啊。

阿忠：　（拿著兩根橇棒，一臉氣憤）那是因為我們最後說要破門，你們才過來。

沈經理：（臉色一變，對阿忠說）小兄弟，講話需要這麼嗆嗎？

　　△　阿忠還想說什麼，宋小隊長舉手示意要他不要再講了。

　　△　沈經理拿著鑰匙，插進門的鑰匙孔中。

S11	（接第 9 場）內景：Amuz One 娛樂世界／三樓 C 廳的 VIP 室內／夜
	人物：林義陽、阿忠、沈經理、宋小隊長

　　△　VIP室裡，一陣開鎖的聲音後，門忽然碰地一聲打開，在沙發上睡著的林義陽被吵醒，有點睡眼惺忪。

宋小：　義陽，還好嗎？

阿忠：　幹！這也太冷了吧？

　　△　剛睡醒的林義陽抹抹臉，吸了吸鼻子。

阿忠：　還好你有帶無線電。

沈經理：（望著林義陽，嘻皮笑臉地）你在這，怎麼也不跟我們說一聲嘛！

林義陽：（忽然衝向沈經理，破口大罵又出拳）他媽的你會不知道我在裡面？就是你送我進來的你會不知道我在裡面！王八蛋！

宋小：　羚羊……好了！

　　△　沈經理邊擋邊倒退，林義陽還要往前去繼續揍他，阿忠跟宋小隊長連忙拉住怒火中燒的林義陽，場面差點失控。

林義陽：什麼東西！

阿忠：　羚羊！羚羊！

沈經理：小隊長，你隊員剛剛打人了！

林義陽：（更憤怒想衝上前）聽你在放屁，你根本欠揍！

阿忠：　（擋著林義陽）羚羊、羚羊！

宋小：　（也拉著林義陽）羚羊，好了，好了！

　　△　被拉住的林義陽仍一臉憤慨。

S12	外景：街上（勤務車上）／夜
	人物：林義陽、宋小隊長、阿忠

△ 午夜，街頭冷冷清清，已經不見任何人影。

△ 車窗外，城市裡的光影及街景快速倒退著。

△ 阿忠開著勤務車，宋小隊長坐在副駕駛座上。大家都心事重重。

△ 揍人闖禍的林義陽坐在後座打了個噴嚏，他又吸了吸鼻子，望著窗外美麗的光影，不發一語。

S13 內景：同安分隊／值班台／日
　　　 人物：阿忠、徐子伶、林義陽

△ 又是同安分隊日常的一天。

△ 林義陽戴著口罩病懨懨地坐在值班台。林義陽正吸鼻子、咳嗽，一邊打電腦。阿忠拿著一個衣架跟點滴等東西從辦公室走進來，徐子伶也跟著進來。

阿忠： 你還 OK 吧你？

林義陽：（看到阿忠，有氣無力地問）換班時間到了嗎？

△ 阿忠沒回答，一邊走到林義陽背後，一邊將點滴掛到衣架上。林義陽一臉疑惑。

林義陽： 幹嘛？

阿忠： 手給我啦。

△ 阿忠說完便開始要將點滴架在林義陽身上。林義陽看到，有些彆扭。

林義陽： 不用啦，幹嘛？我等等又要出一救了。

阿忠： 救你個屁啦，你這樣不傳染給病患我頭給你。叫你請假不請假……

林義陽： 靠夭喔，人力是夠喔？

△ 徐子伶一邊把針筒、酒精棉片等醫療器材放到旁邊桌上，一邊準備打點滴用的束帶。

徐子伶：（幫林義陽上點滴）待會救護我幫你去，值班台給你坐。

林義陽： 我不要，我可以啦……

徐子伶： 晚上居家訪視邱 Sir 也會幫你，你就好好休息吧。

阿忠：（把一張紙放他面前）邱 Sir 叫大家幫你排好班了，都有人頂你的班，你就好好休息啦。

△ 林義陽看著那張紙，原來是一張手寫的排班表，林義陽很是感動。

林義陽： 可是你們這……（劇烈咳嗽講不出話）

阿忠：（拍拍林義陽）好啦！欠我一杯珍奶好不好？（對徐子玲說）交給妳啦！

△ 阿忠走離，林義陽看著阿忠背影，感謝又愧疚。

徐子伶：（把一個保溫杯放到林義陽前面）喏，先喝薑茶。

林義陽：（看著徐子伶，徐子伶嘴角有微笑）謝啦！

徐子伶：（邊收醫療垃圾邊說）你之後如果去 Amuz One 做安檢，找人陪你去，不要再自己去……（把點滴頭打進林義陽手裡）

△ 林義陽看著徐子伶幫自己打針，痛得倒吸一口氣。

S14　內景：大員醫院／急診室／夜
　　　人物：張志遠、小辣椒

△ 夜空，皎潔明月在雲間溫柔地發出光芒。
△ 張志遠坐在急診室寫救護紀錄表。
△ 小辣椒推著推車走來，有點欲言又止，終於開口。

小辣椒：同學，明天下班後要不要一起吃早餐？

張志遠：先不要好了，我明天早上有事。

小辣椒：喔。（悻悻然準備離開）

△ 小高急急忙忙跑過來。

小高：學長，阿忠學長受傷了！

張志遠：怎麼會這樣？

小高：他們剛剛回報說半夜警鈴響，大家趕著起來，阿忠學長腳滑了摔了一跤受傷。正在送過來的路上。

S15　內景：大員醫院／急診病床／夜
　　　人物：阿忠、小辣椒、張志遠、小高

△ 阿忠躺在病床上，小辣椒、張志遠、小高圍在旁邊。

張志遠：幸好你只是扭傷，等一下應該就可以出院了。

小辣椒：上次田新分隊的阿孟也是，半夜警鈴響，他從上鋪跳下來，結果摔傷，骨折！

阿忠：沒事，不要擔心啦，我這大概休息三四天就好了。（想到什麼）對了！千萬不要跟我老婆講，我會跟她說我們最近分隊人力不足，所以我要停休幾天，沒辦法回家，不要害我齁！

小辣椒：你要騙你老婆？不好吧。

阿忠：（想了一下）我這哪算騙啊？我這在練習說故事！

△ 張志遠微微笑出來。小辣椒繼續念阿忠。

小辣椒：你們這些消防隊的真的很愛騙家人欸，每次受傷都不講，都說沒事。

阿忠：跟他們講幹嘛？他們也只會瞎操心啊，我講了也不會比較快好，對不對？

小辣椒：（對小高說）你以後不要學你們這些學長，壞榜樣！

小高：是的，學姊。

△ 三人笑談，張志遠在一旁，笑容卻漸漸黯淡。

S16 內景：F公寓／三樓（小宇小翔家）客廳／夜
人物：無

△ 大員市日常的一天。
△ 夜空，月亮被雲遮蔽，天空一片深紫。
△ 漆黑雜亂的客廳裡，只有神明燈兀自發著詭譎紅光。
△ 神明燈後糾結的電線，開始冒出火光。
△ 而客廳的桌子上，一盒沒有被安裝的住宅警報器靜靜躺在那裡。

S17 內景：F公寓／三樓（小宇小翔家）第二間臥室／夜
人物：小宇、小翔

△ 漆黑的臥室裡面，小宇、小翔跟阿嬤睡得香甜，沒聽到隱約傳來的燃燒聲。
△ 10歲的小翔把大腿跨到12歲的小宇身上。

S18 外景：大員市空拍／日
人物：無

△ 鳥瞰大員市的空景。這一天，大員市裡似乎不太寧靜。

（畫外音：消防車急駛過街頭的警笛聲。）

（畫外音，主播與記者：今天凌晨的千華公寓大火，老舊公寓火勢延燒快速，消防局出動
32輛水箱車、二台雲梯車滅火，經過數小時的搶救，目前火勢已逐漸控制。）

（畫外音，現場指揮官的無線電：灣台36通報，灣台36通報，三樓火勢熄滅，四、五樓
火勢已控制，目前救出受困民眾17位，10位送醫。）

（畫外音，勤指中心無線電：好，灣台收到。）

S19 外景：F公寓大樓外／日
人物：消防員救護員若干、宋小、林義陽、徐子伶、小高、民眾婦人

△ 狹窄的小巷弄裡，擠滿了消防員、救護員以及圍觀的人群。人聲嘈雜。
△ 該公寓大樓的一樓，幾個消防員進進出出。
△ 宋小用無線電呼叫邱漢成。

宋小： 邱 Sir，到三樓進行二次搜索，確認沒有民眾受困。（看到林義陽跟徐子伶前來）
義陽、子伶，到四樓，支援光榮他們。

徐子伶： 好，收到。

△ 徐子伶與林義陽把身上救命器插銷交給宋小，進入公寓。

△ 另一邊的樓梯，小高跟消防員攙扶一位婦人走下來，一旁救護員趕緊上前。

小高： 快，有民眾嗆傷。（跟救護員將婦人扶到擔架床上）學長，我目前已經檢查過了，
沒有明顯外傷，交給你們了。

救護員： 好！

S20 內景：F 公寓大樓／三樓小宇家客廳 (連走廊跟臥室)／日
人物：邱漢成

△ 小宇、小翔家外面，被燒過的痕跡述目驚心。

（畫外音，邱漢成無線電回報：宋小，我是漢成，已經到三樓現場準備進行二次搜索。）

（畫外音，宋小無線電回報：好，收到！）

△ 仍冒著白煙的三樓公寓客廳裡，水線錯綜複雜地攤在地板上，地板濕透了，煙霧幾乎已經散
去。

△ 室內完全沒電。邱漢成一個人巡視著。他沒有戴面罩，只穿著消防衣，胸口的手電筒發出明
亮的光束，照到的盡是被燻黑的家具。由於現場家具東倒西歪，他只能慢慢走。

△ 忽然間他好像踩到什麼，邱漢成的腳抬起來，原來下面踩到了一張兩個小兄弟的合照相框。

S21 外景：F 公寓大樓外／一樓大門口／日
人物：消防員救護員若干、林義陽、徐子伶、張志遠、魏嘉軒、受傷少婦

△ 樓梯底下，穿著背心的救護指揮官正在無線電回報勤指中心。

救護指揮官： 剛送一名女性到持仁醫院，目前傷患累積共 12 名。

△ 張志遠跟魏嘉軒推著擔架床走過來向指揮官報到。

張志遠： 學長，回來了，同安 91。

救護指揮官： 好，旁邊待命，排在光榮跟田新後面。

△ 徐子伶帶著林義陽走下樓梯，林義陽抱著一個滿臉被燻黑，表情痛苦的少婦。

徐子伶： 小心喔！

徐子伶： 學長！發現一名女性患者，意識清楚，疑似腳部脫臼。

救護員： 收到，來我們先讓她上擔架床。

少婦： 腳好痛！

內景：F公寓大樓／三樓小宇家臥室／日
人物：邱漢成

△ 邱漢成走入臥室裡，看到四處散落雜亂倒塌的物品，他艱困地往前走了幾步，掀開房間內的簾子，沒發現什麼。

△ 一轉身，發現一隻跟他女兒琦琦喜愛的同款熊寶寶玩偶。

△ 邱漢成繼續轉身要離去，一旁卻傳來東西掉落聲音，邱漢成困惑地停下來張望。

△ 邱漢成發現懸空櫃，他伸手去敲櫃子。

邱漢成：有人嗎？

△ 這時櫃子裡有輕微的咳嗽聲，聽起來像小孩子的。

邱漢成：（又敲了兩下）有人嗎？

△ 邱漢成奮力想打開櫃子，他爬上雜物堆，好不容易才拉開櫃子的門。

△ 邱漢成望向裡面，有點愣住。

△ 手電筒的光照亮了櫃子，也照在躲在櫃子裡，滿臉燻黑的小翔臉上，小翔被強光刺得睜不開眼，看起來十分虛弱。

△ 邱漢成連忙用無線電呼叫。

邱漢成：（對無線電）宋小宋小，漢成呼叫！

△ 無線電傳來不知是遇到死角還是故障，只有一片雜訊。

邱漢成：（對無線電）宋小宋小，漢成呼叫！（放棄無線電，對外大喊）外面有沒有人？有人嗎？

△ 外面無人回應，邱漢成皺起眉頭，火速把消防帽脫了，卸下全身裝備，跳上懸空櫃。

邱漢成：弟弟，你可以把手給我嗎？

△ 邱漢成與小翔之間還隔著雜物，他奮力伸出手。

△ 小翔也虛弱地伸出手，卻忽然昏倒了。

△ 邱漢成趕緊把雜物清出，努力地上前，想把小翔拉出。這時他發現小宇也在裡面，但好像被聖誕燈繩纏住，邱漢成想清掉聖誕燈繩，但卻無法。他想了想，先抱著小翔跳下櫃子，檢傷後發現小翔OHCA。

△ 邱漢成看了看弟弟小翔，又看了看櫃子，一臉猶豫。他最後決定抱著小翔跑出房間。

外景：F公寓大樓外／一樓大門口／日
人物：消防員救護員若干、林義陽、徐子伶、張志遠、魏嘉軒、邱漢成、小翔

△ 公寓樓梯間大門口，邱漢成抱著小翔衝出，一邊大喊。

邱漢成：（大喊）OHCA！OHCA！12－2號三樓還有一個小孩，快點！

△　消防員們聽到都衝上前，張志遠發現竟然是小翔，大吃一驚。

救護指揮官：　為什麼還有小孩受困？你們剛剛都沒有查到嗎？

消防員B：　沒人知道還有小孩！剛剛那戶只有拉一個昏迷的老太太出來！

　　　△　小翔被放到擔架床上，三、四名救護員上前急救。

救護指揮官：　（大喊）子伶，等下接下一組 OHCA！

徐子伶：　好！收到！

　　　△　張志遠卻跟著邱漢成往上衝。

S24　內景：F 公寓大樓／三樓小宇家第二間臥室／日
　　　人物：邱漢成、小宇、張志遠、消防員

　　　△　邱漢成又爬進櫃子，想把小宇拉出來。
　　　△　張志遠跟另一位在櫃子底下乾等，看到櫃子上貼著他曾送給小兄弟的消防宣導貼紙。
　　　△　（ins. 第五集回憶）張志遠送給小兄弟消防宣導貼紙。
　　　△　張志遠臉色驟變。
　　　△　邱漢成抱著小宇跳下來，另一位消防員幫忙，張志遠趕緊接過小宇。

邱漢成：　也是 OHCA！

　　　△　張志遠抱著小宇往外衝。

S25　外景：F 公寓／一樓大門口／日
　　　人物：張志遠、小宇、徐子伶、魏嘉軒、同麟學長、小高、救護員丙、光榮 92 救護
　　　員兩名

　　　△　張志遠抱著小宇衝下來。

張志遠：　OHCA 了，快！上車再急救！

徐子伶：　好！

　　　△　徐子伶跟魏嘉軒連忙準備，張志遠一把小宇放到擔架床上，就馬上開始CPR。
　　　△　大家把小宇安頓好之後，就把擔架床拉起來，快速往救護車前進，張志遠持續單手
　　　CPR。

S26　內景：奔馳的救護車上／日
　　　人物：魏嘉軒、張志遠、徐子伶、小宇

△ 奔馳的救護車上，魏嘉軒飛快開著車。無線電的畫外音也一直響著……

徐子伶：（對無線電）灣台灣台，同安91呼叫。

勤務指揮中心：（VO）灣台回答。

徐子伶：（邊壓甦醒球邊講無線電）車上一名OHCA男性約10歲，現在送往大員醫院。預計10分鐘內抵達。

勤務指揮中心：（VO）好，灣台收到。

△ 張志遠跟徐子伶坐在後座急救小宇，小宇仍昏迷不醒。徐子伶繼續壓甦醒球、檢查5H5T（靜脈、瞳孔、體溫、氣管），張志遠則一直替小宇做CPR。他邊做邊望著小宇。

△ （ins. 第五集回憶）小宇、小翔開心地跟張志遠畫畫。

△ 張志遠的額頭上汗水直流，一臉著急。

S27	外景：熱鬧的馬路／日 人物：魏嘉軒、徐子伶、張志遠、小宇、汽車駕駛若干

△ 市中心裡，車子仍川流不息。

△ 救護車開到一個十字路口，剛好遇到紅燈，便停下來。

△ 駕駛座上的魏嘉軒，臉色蒼白地左右張望著是否有來車。

△ 左右車輛有不少減速，但仍有一些汽車仗著自己是綠燈，完全不理會救護車的警笛而繼續疾駛。

△ 魏嘉軒冒著冷汗、左右張望著，一直不敢往前開，就怕又有車子跟上次一樣衝出來撞他們。

△ 馬路上的車都停下來讓路了，但救護車仍停在原地，緩慢地猶豫著。

△ 一直按壓甦醒球的徐子伶看到窗外景色、查覺異狀，忍不住大喊。

徐子伶： 嘉軒你在幹嘛？開過去啊！

魏嘉軒：（膽怯又焦慮地說）可是局裡規定紅燈要先停車……

張志遠：（正在CPR，滿臉大汗氣得大罵）往前開！

△ 魏嘉軒焦慮地往前慢慢開。

△ 疲憊的張志遠隨便抹了一下臉上的汗，便繼續CPR，一臉焦急。

S28	外景：F公寓大樓外／日 人物：邱漢成、宋小隊長、林義陽、小高、消防員若干

林義陽： 宋小，我先去排煙哦。

宋小： OK，先確認排煙動線。

△ 林義陽拉著排煙機往上走。

　　△ 邱漢成疲憊地走下樓梯。

　　△ 邱漢成疲憊地靠牆坐下。

　　△ 宋小看到坐著休息的邱漢成，拿了瓶水給他。

宋小： 今天辛苦了。

邱漢成：（接過水）宋小，那兩兄弟，情況怎麼樣了？

宋小： 弟弟應該沒什麼大問題了，別擔心。

　　△ 宋小隊長說完便轉身想離去。

邱漢成： 哥哥呢？

　　△ 宋小隊長猶豫了一下，覺得自己實在無法閃躲這個問題，只好搖搖頭。

　　△ 邱漢成愣了愣，一時說不出話來，一臉內疚。

邱漢成： 我應該一次抱兩個出來⋯⋯

宋小：（拍拍邱漢成的肩膀）那地方堆滿東西，根本沒辦法一次救兩個⋯⋯你已經盡力
　　　　了，不要想太多。

　　△ 宋小隊長拿著撬棒離開。

　　△ 邱漢成嘆了口氣，一臉自責。

S29 外景：同安分隊／車庫／夜
　　　 人物：張志遠、徐子伶、魏嘉軒

　　△ 同安分隊，值班室裡燈火通明，幾輛消防車靜靜地蹲伏在車庫。濕漉漉的地板看得出剛剛大
　　　 家清洗過水帶。

　　△ 此時救護車慢慢駛回。魏嘉軒慢慢倒車入庫，徐子伶跟鬱鬱寡歡的張志遠先下車離去。

S30 內景：邱漢成家／陽台／夜
　　　 人物：邱漢成

　　△ 深夜，大員市萬籟俱寂。

　　△ 邱漢成獨自望著夜景，神情鬱悶。

S31	內景：同安分隊／三樓寢室／夜 人物：張志遠

△ 深夜，同安分隊前的街道，十分寧靜。

△ 隊員寢室外走廊的日光燈，有一盞似乎壞了，忽明忽暗閃著。

△ 上鋪，可以看見張志遠躺在床上，眉頭緊蹙，彷彿陷在夢魘中。

　　（畫外音：救護車警笛、AED 的聲音一起刺耳響著。）

S32	內景：救護車內／日（本場畫面跟下一場互相穿插） 人物：張志遠、小宇

△ 夢境。

△ 張志遠幫小宇做CPR，他的臉上有豆大的汗珠。

徐子伶：（VO）嘉軒你在幹嘛？開過去啊！

張志遠：（VO）往前開！

△ 小宇閉著眼，毫無反應。

小宇：（VO）大哥哥你可以陪我們玩嗎？

△ 小孩的笑聲迴盪。

△ 張志遠固執地壓著CPR。

張志遠：（眼睛睜得大大的，失控大喊）你不能死，快醒來……快醒來……

△ 小宇依舊毫無反應。

△ 張志遠執拗地做著CPR。

S33	內景：舊張宅旁角落（16年前）／夜（回憶，跟上場互相穿插） 人物：12歲張志遠、15歲張浩遠、救護員／消防員若干

△ 夢境。

△ （小張志遠主觀）全身髒汙的15歲哥哥張浩遠正昏迷。有消防員/救護員跪在地上，一直幫張浩遠做CPR，但張浩遠卻毫無反應。

小張志遠：（VO，哭著）哥……哥……

△ 12歲的小張志遠滿臉髒汙，頭髮離亂，手腳多處擦傷，明顯是火場歷劫之後的模樣。他的眼淚滴下來，後面的母親安撫他卻毫無作用。

△ 張父張母、小張志遠望著前方救護員正在急救張浩遠，一臉痛苦。

△ 張母流著淚，張父一臉黯然。

張志遠：（VO）快醒來！快醒來！

S34 （接續第31場）內景：同安分隊／三樓寢室／夜
人物：張志遠

　　△ 張志遠睜開雙眼，冒著冷汗大口喘氣。
　　△ 張志遠在上鋪床上坐起身，痛苦地把頭埋進雙手裡，不發一語。

S35 外景：同安分隊外／日
人物：宋小、謝科長、邱漢成、小高

　　△ 謝科長邊生氣的對宋小講話邊往勤務車走，邱漢成跟小高跟在後面。
謝科：你們把水線拉去隔壁，把隔壁鄰居地板和家具都弄濕了，人家當然會生氣要投訴
　　　你們嘛！
小高：（一臉不服氣）如果水線不經過他們家要繞一大圈欸！
謝科：（停下，對小高凶）繞一大圈又怎樣？連繞路都懶！
宋小：（趕緊緩頰）發生這個事情誰也不願意，小高還年輕，局裡的檢討報告再請謝科你
　　　通融通融。
邱漢成：而且謝科，小高是經過屋主同意，屋主才讓他進去的。
謝科：這次好在你們邱 Sir 機警，發現那對小兄弟把他們救了出來，不然我還以為你們
　　　分隊只會製造麻煩！
　　△ 宋小跟邱漢成都認錯地點頭，小高也壓下情緒，低下臉。
謝科：念在你救人有功，檢討報告我就盡量，不過局長怎麼批示我可不保證。
宋小：是（趕緊幫謝科開門，讓他上車）謝科慢走！
　　△ 三個人看著謝科的車子遠去，宋小拍了拍小高。
謝科：長官在講話，少說兩句！
邱漢成：你不要這麼白目。
小高：（一臉鬱卒）謝謝宋小、謝謝學長。

S36 內景：大員醫院／急診室／夜
人物：小辣椒、周醫生、護理師若干

　　△ 大員市的夜晚，一片寧靜。
　　△ 醫院的急診室深夜沒那麼繁忙，幾位護理師在病床照顧病人。
　　△ 小辣椒跟另外幾位護理師在值班台忙碌。

△ 年輕帥氣的周醫生拿著幾杯咖啡走進來。

周醫生： 嘿，辛苦了。

　　△ 護理師一擁而上。

護理師 A： 啊，謝謝！

護理師 B： 那我要拿鐵！

護理師 C： 我要美式。

周醫生： 都有！

護理師 A： 哇，每次小辣椒在我們都可以喝到周醫生請的熱飲。

護理師 B： 對啊，好好喔！

小辣椒： （侷促）你們不要亂講話啦！

周醫生： 對啊，你們不要亂講，（對小辣椒說）啊你還沒喝，趕快拿啊！

小辣椒： （走出值班台）我先去看一下病人。

周醫生： 妳飲料還沒拿欸！

小辣椒： （笑了笑，走掉）沒關係啦，我晚一點再拿。

　　△ 看著不領情的小辣椒，周醫生有些失望。

> S37　內景：某餐廳內／日
> 人物：林義陽、林義陽弟弟（林義方）

　　△ 大員市巷弄一隅。

　　△ 餐廳內，林義陽跟弟弟吃著飯。

林義陽： 多吃一點，上次我跟媽也是來這邊吃欸。

　　△ 林義方點點頭，夾著菜。

林義陽： 啊你今天去比科展比的怎麼樣？該不會又第一名吧！

林義方： 哥，那成績沒那麼快出來。

林義陽： 我是比過科展喔？我哪知道！

林義方： 我怎麼知道你有沒有比過科展？

林義陽： 啊你學測準備得怎麼樣？有沒有選好要讀哪間大學？

林義方： （有些猶豫）哥，我一定要讀大學嗎？

林義陽： 什麼意思啊？

林義方： 我想跟你一樣去考警專，當一位消防員。

　　△ 林義陽聽著，面有難色。

林義陽： 可以讀書的，你不念大學，你考什麼警專啊？

林義方： 可是讀警專不用付學雜費啊！20歲又可以直接工作，這樣可以幫家裡減輕一點負擔。

林義陽： 我跟你說，家裡的負擔我一個人扛就可以了，你就好好念書。這工作這麼危險，我們家一個消防員就夠了。

　　△　林義方抿抿嘴，不說話。

林義陽： 趕快吃啦，在外面一定都飲食不均衡。我跟你說你就好好念書，聽到沒有。

林義方： 嗯。

林義陽：（也拿起筷子）多吃一點。

S38 外景：透天厝大門外／日
人物：徐子伶、阿忠、18歲少年R、阿公

　　△　又是嶄新的一天。陽光灑在市中心裡，救護車聲音劃破天際（淡入）。

　　△　少年R在透天厝的門外焦急等候，車庫內可見一個人躺在地上。

　　△　一輛救護車駛近門前，停下。

徐子伶：（用無線電回報）灣台灣台，同安91抵達現場。

　　△　徐子伶跟阿忠迅速下車。

　　△　驚慌的18歲少年R上前。

少年R：（緊張地）不好意思可以快一點嗎？

徐子伶： 發生什麼事了？

少年R： 我阿公被蜜蜂螫到！

徐子伶：（邊開後車門邊問）他現在情況怎樣？

少年R： 他說他很痛，然後我……我就去打119，我一打完電話阿公就昏倒了。

　　△　徐子伶眉頭微蹙，蹲下來發現老先生眼皮浮腫、臉色發紺、全身蕁麻疹，她臉色大變。

徐子伶： 阿伯……阿伯聽得到我說話嗎？

　　△　徐子伶伸手去測量頸動脈、檢查阿伯生命跡象。

　　△　阿忠推著擔架床進來。

徐子伶：（對阿忠）OHCA了，快！

　　△　徐子伶立刻CPR。

S39 內景：大員醫院／急診室走廊／日
人物：徐子伶、18歲少年R、阿公、檢傷處護理師、大叔G、醫護若干、病人若干

△ 急診室走廊，護理師們推著擔架床狂奔。

△ 徐子伶邊跟著邊幫做ＣＰＲ，少年Ｒ在後面拿著點滴跟著。

護理師： 小心！借過！快！

徐子伶： 小心！

護理師： 借過！

△ 一位醫生跑過來接手CPR。徐子伶匯報病人狀況。

徐子伶： 病患被蜜蜂螫，是過敏性休克，CPR兩分鐘，給了兩支 BOSMIN。

△ 醫生點點頭，跟護理師以及少年Ｒ推著擔架床進了急救區。

△ 徐子伶停下來，此時大叔Ｇ蒼白著臉匆匆跑入急診室，從徐子伶背後經過時卻不小心撞了她一下。但大叔Ｇ沒有任何道歉，連停下來都沒有就繼續往前跑。

大叔 G： 爸！

△ 被撞的徐子伶看著頭也不回的大叔Ｇ背影，她沒認出對方是誰。

S40	外景：某市場走廊／衣服店／日
	人物：林義陽、張志遠、婦人甲、路人若干、暈眩婦人

△ 同一時間，人潮如織的市場裡，林義陽跟張志遠推著擔架床，跟著一位婦人快步行走。

婦人甲： 快啦，他是我隔壁在賣衣服的啦。忙到一半，整個人就昏倒了！

林義陽： 那他有心臟病、糖尿病還是什麼特殊疾病嗎？

婦人甲： 有啦有啦，他有糖尿病啦！

林義陽： 好，（蹲在暈眩婦人前面）阿姨、阿姨！

△ 暈眩婦人坐在衣服店鋪的椅子上，穿著跟跳樓錢小姐雷同的一套襯衫。

林義陽： 阿姨，阿姨妳哪裡不舒服，妳聽的到我說話嗎？

△ （ins.）跟暈眩中年婦人穿著類似款式及顏色服裝的錢小姐坐在頂樓圍牆上。

△ 暈眩婦人含含糊糊說不出清楚回答。

林義陽： 早餐吃了沒？

△ 張志遠看著暈眩婦人，把頭別過去。

林義陽： 阿姨聽得到我講話嗎？早餐吃了沒？

△ 暈眩婦人仍然回答不出完整的話。

△ （ins.）從高樓往下看，錢小姐墜落的屍體，鮮血流出來，消防員們一擁而上要急救。

△ 張志遠一臉不適。

林義陽： 阿姨，妳早餐吃了嗎？

△ （ins.）錢小姐坐在頂樓圍牆上對張志遠淒苦地笑了笑。

△ 張志遠振作起來，走進賣衣服的店鋪。

林義陽： 那我先幫妳量血壓喔，兩隻手都可以量血壓齁？

△ 張志遠也蹲下來，把急救包放下。

張志遠： 阿姨我幫妳測血糖。

林義陽： 幫妳量一下血氧喔，放輕鬆就可以了。過去有什麼過敏史嗎？有在吃什麼藥嗎？

△ 張志遠這邊，已經打起精神開始測量中年婦人的血糖（one touch test），他幫暈眩婦人擦酒精棉片。

林義陽： 還有哪裡不舒服嗎？

張志遠： （準備打針）來，深呼吸。

林義陽： 血壓78/40，心律100，血氧正常。我先備 IV 喔。

張志遠： 嗯。（幫暈眩婦人撕了段膠帶，看血糖計）血糖有點低喔，要幫妳打針。（對林義陽說）給他打 D50。

△ 林義陽馬上準備葡萄糖液，張志遠則拿出靜脈注射針筒跟酒精棉片，然後準備消毒中年婦人的手，但他卻發現自己雙眼暈眩無法對焦。

△ 張志遠眼前的畫面再度變成黑白、忽大忽小、忽模糊忽疊影。

△ 已經拿著針筒的張志遠，努力搖頭想清醒，他的右手不由自主抖動起來。林義陽對張志遠更擔心了。

林義陽： （察覺到異狀）志遠？

△ （ins.）錢小姐在圍牆上看著張志遠，往後一翻。

錢小姐： 我覺得沒事，該下去了！

張志遠： （VO 大喊）不要！

△ 張志遠臉色蒼白，拿著針筒的右手仍不由自主地抖著。

張志遠： （霍然把針筒遞給林義陽）你來打……

△ 張志遠說著便自顧自站起來，拿下口罩，一臉喘不過氣。

△ 林義陽雖然有點疑惑，卻二話不說馬上接手注射。

林義陽： 阿姨深呼吸，我剛剛給妳打的是葡萄糖，妳等一下看看有沒有好一點？如果還有什麼不舒服的要馬上講。

△ 張志遠皺著眉頭，心神十分不寧。

S41　內景：大員醫院急診室／檢傷處／日
　　　人物：張志遠、林義陽、暈眩婦人、小辣椒、病患及家屬若干、醫護若干

△ 急診室可以看見張志遠跟林義陽正推著擔架床進來。

林義陽： 阿姨我們到醫院了，妳有辦法自己移動嗎？

△ 婦人點了點頭，林義陽跟張志遠扶著婦人讓他移動到醫院病床上。

林義陽： 阿姨妳等一下把健保卡給我，待會需要幫你聯絡誰來嗎？

△ 小辣椒也過來幫忙。

小辣椒：（問張志遠）什麼 case？

張志遠：（繞過小辣椒，走向林義陽說）義陽，等一下你送她去檢傷，我去洗手間。

林義陽： 喔。（對小辣椒說）病人低血糖，血壓偏低，過去有糖尿病史。剛剛現場血糖 38，
給了兩隻 D50。

△ 小辣椒跟林義陽交接，邊疑惑地看張志遠的背影。

S42	內景：大員醫院急診室／男廁／日 人物：張志遠、15歲張浩遠、林義陽、年輕人 H

△ 水龍頭的水，嘩啦啦地流著。

△ 醫院廁所裡，洗手台前的張志遠正用力洗臉。

△ 張志遠洗完臉，望著水槽中顫抖的右手。

（15歲哥哥畫外音：還在想那個跳樓的小姐？）

△ 張志遠抬頭，看見15歲的哥哥在鏡子裡，就站在自己旁邊。

張志遠： 不關你的事。

15歲哥哥： 都已經這麼久了，為什麼阿忠、小高他們都能放下，就你不行？

張志遠： 說夠了沒。

△ 張志遠不想再討論這個話題，霍地離去。

S43	內景：大員醫院急診室／檢傷處／日 人物：張志遠、小辣椒、病患及家屬若干、醫護若干

△ 張志遠從廁所心神不寧地走出來。

小辣椒：（遠遠地喊住他）張志遠！

△ 張志遠停下，疑惑地望著小辣椒。

小辣椒： 羚羊表格都填好了。（故意冷冷地把救護紀錄表給他，以掩飾自己的擔心）剛剛你
是掉進馬桶裡喔？上個廁所上這麼久！

△ 張志遠反常地沒有鬥嘴或開玩笑，只是勉強在表格上隨意簽名。

張志遠：（撕下紀錄表的醫院聯給小辣椒，聲音低得彷彿聽不到）有嗎？

小辣椒： 你怎麼了？你最近好像怪怪的。（看張志遠沒回應）而且你最近常常沒有回我電話。

張志遠：（勉強笑了笑）最近比較忙……

小辣椒：（疑惑地）真的嗎？

張志遠： 謝謝。

△ 張志遠把單子交給小辣椒。轉身沉重地走出急診室大門。

△ 小辣椒困惑地望著張志遠的背影，掩不住眼裡的擔憂。

△ 遠遠可以看見，張志遠帶著救護紀錄表，孤單走向遠方，消失在轉角。

S44 內景：張志遠家／飯廳（連廚房）／夜
人物：張志遠、張父、張母

△ 張家一家人正圍著飯桌吃晚餐。

△ 張志遠夾菜時，右手微微抖著。張母注意到了。

張母： 志遠你的手怎麼了？會痛嗎？

張志遠：（連忙搖頭，收回手）沒事。

張母： 那不然你怎麼一直抖？

張志遠： 沒什麼啦，這種小毛病，妳不要緊張兮兮的。（換成湯匙）

張母： 可是我看你最近都睡不好，房間裡還有安眠藥跟酒……

張志遠：（不耐煩）你沒事去我房間幹嘛啊！而且我都幾歲了，為什麼不能喝酒？

△ 張父嚴肅地看著張志遠，不發一語。

張母： 我有個朋友在當醫生，在田新醫院當主任，我請他安排時間給你做個健康檢查好不好？

張志遠： 媽，我就是最近壓力比較大，這是現代人的文明病而已。

張母： 你工作壓力大要不要請假休息一下？

張志遠： 現代人誰的工作壓力不大，有人因為工作壓力大請假的嗎？

張父：（不悅）你媽是關心你欸，你這什麼態度啊？

△ 張志遠瞪了父親一眼。

張父： 早就叫你不要當消防員了，你就是不聽！

張母：（連忙緩頰）你爸是希望你能換個工作啦……

△ 張父霍然站起身來，離開飯桌回房間去。張母看了看張父、又看了張志遠一眼，連忙放下筷子，也追入房間裡去。

△ 張志遠落寞地望著桌上豐盛的菜色，不發一語。

內景：張家／張志遠房間／夜
人物：張志遠

△ 張志遠沮喪地開房門回房間，坐在沙發上搗著臉。
△ 簡訊聲響起，他拿出手機檢視。
　（小辣椒VO：同學有事別悶在心裡，隨時可以找我！）
△ 張志遠嘆了長長一口氣，往後仰靠在牆上。

S46 內景：海因社區管理室／日
人物：阿忠、老管理員、記者若干、大叔G、少年R、王文德（電視畫面）

△ 次日午後，整座城市一如往昔喧囂。
△ （第三集的）海因社區管理室，老管理員正在看電視。阿忠走進來。

阿忠： 阿伯，我同安消防隊，今天跟總幹事約好要來做安檢。

老管理員： 喔，消防隊的，你等一下。

△ 老管理員開始打電話，要找總幹事。阿忠在旁等著，卻忽然聽清楚電視裡面傳來的聲音。
△ 電視畫面裡，王議員陪著少年R跟大叔G，大叔G聲淚俱下。

電視畫面，大叔G： （聲淚俱下的控訴）我家就住在消防隊後面的巷子裡，他們就是不肯來摘蜂窩！

電視畫面，記者： 請問他們當時拖延了幾天？

電視畫面，記者： 請問你當時是打119嗎？

電視畫面，大叔G： 我不只打119，我還親自到消防隊跟他們拜託。他們還是不肯來，他們跟我說，他們是消防隊，不是捕蜂大隊。

△ 阿忠不安地看著電視機。

電視畫面，大叔G： （憤怒地）現在我爸被蜂螫死了，他們誰要出來負責！

電視畫面，王議員： 我們納稅錢就是用來養這種米蟲嗎？原本應該救人的消防員，現在害死人了！

電視畫面，王議員： 我想問那天拒絕摘蜂窩的消防隊員，你們良心在哪裡？你們晚上睡得著嗎！

電視畫面，記者： 聽消防隊說這是農業局業務！

電視畫面，記者： 請問捕蜂到底是誰的業務？

電視畫面，王議員： 農業局推給消防隊，互推皮球啦！我想問，像這樣子不像話的市府團隊，說是我們人民公僕嗎？這根本就是官僚殺人，不像話！

S47　內景：大員市／消防局大廳門口／日
人物：楊局長、何記者、記者媒體若干

△ 消防局大廳門口，一群記者圍堵著楊消防局長。

記者： 局長來了，局長來了！

何記者： 對於消防員害死人命，您有什麼要解釋說明的嗎？

記者： 聽說死者家屬曾到消防隊跟你們親自要求摘蜂窩，這是真的嗎？

楊局長：（嚴肅地）對於孫老先生的去世，我們非常遺憾。但我也要特別澄清，捕蜂捉蛇不是消防員的工作，王議員對我們基層的指控，我要提出最嚴正的抗議，謝謝。

△ 楊局長說完便走了，記者繼續追著他。

S48　外景：新聞主播台畫面／日
人物：廖主播

△ 電視新聞上，廖主播站在台前，秀出社群網站上民眾的各種討論。

廖主播： 消防局長的回應，在社群網站上引起軒然大波，很多的網友紛紛表示「都害死一條人命了，消防局還死不認錯」、也有網友說「超誇張的！要是你家有蜂窩你也會等那麼多天才去摘嗎？」。甚至有網友在網路上發起「拒絕官僚！消防局長下台」的連署活動，短短三個小時內，聯署人數就超過 10 萬人，而大員市長的施政滿意度更是大跌了 12 個百分點，在全台的縣市首長滿意度是敬陪末座……

S49　內景：同安分隊／值班台／日
人物：魏嘉軒、徐子伶、林義陽

△ 徐子伶跟林義陽走進值班台拿車鑰匙，電視裡主播正播報捕蜂風波的新聞。

廖主播：（VO）此外，各個政黨的議員也在市議會質詢的時候批評消防局的官僚心態……

△ 魏嘉軒在旁邊看著外面，一臉無助。

△ 值班台外，大批記者等候著。

△ 林義陽跟徐子伶拿了東西，走出去。

<table>
<tr><td>S50</td><td>外景：同安分隊／車庫／日
人物：徐子伶、林義陽、邱漢成、賴記者、媒體若干</td></tr>
</table>

△ 同安分隊的車庫前，聚集了大批記者。徐子伶跟林義陽走向救護車要去出勤時，記者們連忙跑去追拍徐子伶，一邊追問。

賴記者： 對於害死一條人命，請問你有什麼話要對家屬說？

林義陽： 延誤時間的是農業局，你們罵她幹什麼？

△ 林義陽一路壓制怒火，而徐子伶保持沉默，匆匆上車。

△ 記者仍不放過徐子伶，拍著車門。

記者： 不解釋一下嗎？可以解釋一下？

△ 媒體仍聚集在救護車前，林義陽上車時，忍不住對媒體破口大罵。

林義陽：（憤怒地）延誤救人你們要負責嗎？你們讓開！

△ 記者們這才讓出一條路，讓救護車離去。

△ 從頭到尾，徐子伶都不發一語。

△ 發出刺耳鳴笛聲的救護車急駛離去，像是想甩掉這些螫人的蜂群。

<table>
<tr><td>S51</td><td>內景：大員醫院／急診室／日
人物：徐子伶、小辣椒</td></tr>
</table>

△ 徐子伶寫著救護紀錄表，一臉鬱悶。

（小辣椒VO：欸，你還好嗎？）

△ 徐子伶抬頭，看著小辣椒，沒回答，低頭又繼續寫紀錄表。

△ 小辣椒坐在徐子伶旁邊。

小辣椒： 捕蜂捉蛇本來就不是你們工作，而且你們局長早就宣布這件事回歸農業局了。

徐子伶：（無奈地）但是人命關天，病患家屬不會這麼想，而且媒體也不在意啊。

小辣椒： 妳不要管那些媒體名嘴說什麼，他們根本什麼都不知道！之前邱Sir的破門事件還不是每天被他們罵！

△ 徐子伶抬頭看著小辣椒。

小辣椒： 你們跟我們醫護人員一樣，辛辛苦苦照顧別人，一天到晚被罵！

△ 徐子伶把頭靠在牆上，兩人都很無奈。

S52 內景：徐家飯廳／夜
人物：徐子伶、徐母、行人若干

△ 這天，徐家飯廳裡，徐子伶有點鬱鬱寡歡，跟徐母默默吃飯。桌子角落胡亂擺著些藥品。

徐母： （比了比桌上兩張帳單給徐子伶）妳的卡費記得繳。

△ 徐子伶點點頭，接過帳單來看，裡面掉出一張通知函。徐子伶疑惑地看了一下，然後交給徐母。

徐子伶： 你們大學同學會欸。你要不要去？

徐母： （沒有伸手去接）不要，跟他們不熟。

徐子伶： 幹嘛老待在家？去見見老同學不很好啊。

徐母： 為什麼要去？很無聊欸，去聽人家炫耀他們事業多成功？家庭多圓滿？小孩多優秀？

△ 徐子伶遂住口，不想多說話，默默吃飯。

徐母： 欸妳要不要藉這個機會換個工作？

△ 徐子伶還是沒說話，但臉色越來越鐵青。

徐母： 我真的覺得妳滿倒楣的欸，妳看妳那麼認真工作卻被嫌到這樣！那些媒體喔！辭一辭，找個新工作啦！（一邊吃飯一邊說）妳看妳弟這麼優秀在美國開飛機，妳咧？哼，消防員……

△ 徐子伶倏地起身。

徐子伶： 我吃飽了。

徐母： 妳在幹嘛？

△ 徐子伶走離飯廳，碰的一聲關上房門。

徐母： （對著子伶背影喊）我是關心妳，生氣什麼啊！

S53 內景：同安分隊／車庫／夜
人物：宋小

△ 深夜，宋小獨自在車庫講電話，一臉憤慨。

宋小： 謝科，我知道，我們沒有延誤就醫，我們隊員都照著 SOP 走的（聽了一下）隊員有給他農業局的電話，我沒有敷衍！沒有官僚！

受指責的徐子伶，在頂樓望向城市黯淡的燈火，林義陽靜靜待在一旁。

△ 頂樓，徐子伶面對城市僅存的黯淡燈火。

△ 宋小講電話的聲音微弱但清晰地從一樓傳來。

宋小：（VO）是，那天值班的是子伶沒錯，可是那個民眾的死根本不是她的錯！……
是，她那天的確拒絕摘蜂窩，但這是局裡的新政策不是嗎？……什麼叫她也有部
分責任，怎麼可以這樣說！

△ 徐子伶止不住淚水。

宋小：（VO）沒有，絕對沒有！我們一進去發現他 OHCA 就馬上進行 CPR！我沒有罵
人、沒有不耐煩……

△ 忽然，一包衛生紙放在徐子伶旁邊，徐子伶轉頭一看，是林義陽。

△ 林義陽沒說話也沒看徐子伶，只是默默在她身邊靠著圍牆。

徐子伶：（勉強裝出笑容）我沒事啦！

△ 徐子伶雖然這樣說，但眼淚仍無法自制地往下掉。

△ 林義陽仍靜靜待在旁邊，不發一語。

△ 徐子伶想讓眼淚停住，不停吸氣，但眼淚就是止不下來，她吸了一口氣，又是一口氣。

（待續……）

　　張志遠 PTSD 越來越嚴重，他卻開始鋌而走險，想抄捷徑
解決這個問題。徐子伶出救護任務時竟巧遇生父，讓她十分
震撼，也與徐母產生巨大衝突。邱漢成去山難搜救時遇到大
雨，只好紮營過夜，邱妻獨自面對病痛哭鬧的小孩幾乎崩
潰，也讓他們夫妻的關係陷入更大的危機⋯⋯

邱漢成進入山區擔任山難搜救任務。

午後的河堤邊，徐子伶跟林義陽正在悠閒地散步。

患有「創傷後壓力症候群」的張志遠，失眠及焦慮越來越嚴重。

S1 內景：同安分隊／男生寢室／夜
人物：張志遠、阿忠、魏嘉軒

△ 深夜，萬籟俱寂。整座城市彷彿都沉睡了。

△ 同安分隊男生寢室裡，上鋪的張志遠翻來覆去，似乎正坐著惡夢。

△ （ins.）救護車內再怎麼CPR也毫無反應的小宇。

　　（畫外音：小孩的笑聲）

　　（畫外音：小孩哭著喊哥哥）

△ （ins.）當年被救出來的小張志遠看著哥哥被CPR，一邊哭泣。

△ （ins.）錢小姐坐在頂樓圍牆上對張志遠笑。

△ （ins.）張志遠無助地蹲下哭泣。

△ （ins.）小宇快樂地笑著

△ （ins.）錢小姐從頂樓往後翻下，張志遠來不及救她。

△ 張志遠驚醒。

S2 內景：同安分隊／值班台／夜
人物：張志遠、小高

△ 拿著水壺的張志遠輕輕走進值班室，偷偷看了一下值班台。

△ 值班台裡，值宿的小高安穩地睡著了。

△ 張志遠躡手躡腳地走過值班台，悄悄推開通往車庫的門，深怕小高發現。

S3 內景：同安分隊／車庫／夜
人物：張志遠、林義陽

△ 從救護車裡面往外看，救護車的後車門忽然打開，張志遠小心翼翼上車，打開醫療包，拿出裡面一罐藥，打開，先倒出兩顆，打開水壺想和水吞下。

△ 這時救護車後林義陽走過來，本來要關上後車門的他發現張志遠。

林義陽： 志遠，你在幹嘛？

△ 張志遠驚訝地回頭一看，是林義陽嚴肅又擔心的臉。

S4 內景：同安分隊／頂樓／夜
人物：張志遠、林義陽

△ 午夜，天空裡看不到一顆星星。

△ 平安分隊的頂樓，林義陽在張志遠旁邊，有一搭沒一搭地聊著。

林義陽： 你這樣偷藥吃多久了？

張志遠：（心虛地笑笑）沒多久啦……最近一直睡不好，吃這個有點幫助。才吃個兩次就被你撞見。

林義陽：（擔心地）是嗎？我們都認識這麼久了，你有狀況不想跟別人說，我可以理解。但至少該讓我知道吧。

張志遠： 沒事啦！我覺得我就是最近工作壓力太大而已。

林義陽：（想起什麼似地）以前我實習時，有個學長也是這樣，壓力大到有時手一直抖，大家叫他去看醫生，醫生說是什麼「廣泛性焦慮症」，吃那個抗焦慮藥物，竟然就慢慢好了。

張志遠：（驚訝地問）是喔？

林義陽： 對啊。但後來他開消防車不小心跟別人擦撞，賠了好多錢……然後又開始抖了。衰小！

△ 張志遠忍不住笑出來，但旋即恢復憂慮的模樣，林義陽有些擔心地看著他。

林義陽： 志遠，以前在學校的時候我什麼都跟你講，你知道我家裡有困難，還會帶我去吃雞排飯啊、義大利麵的，我真的很感謝你……可是現在你有狀況就該讓我知道，我會幫你！

△ 張志遠低著頭，若有所思。

S5 | 內景：主播台／日／（新聞畫面）
人物：廖新聞主播

△ 次日，大員市一如往昔喧囂。

（電視主播畫外音：渲染一時的大員市蜂螫猝死事件，又有了新的發展。）

△ （新聞畫面）主播台上，廖新聞主播繼續播報。

廖新聞主播： 爭議連連的大員市消防局長楊正斌，今天上午向市長請辭獲准。楊正斌因蜂螫事件越演越烈而下台，因此事而民調大幅滑落的市長隨即宣布，由學者韓大信接任……

△ 主播身後螢幕秀出的，是新聞剪輯畫面。

S6 | 內景：大員市／消防局／大廳角落正中央／日
人物：媒體若干、新局長（韓大信）

△ 大廳正中央，在眾多記者的麥克風及攝影機前，韓大信一臉嚴肅。

韓大信： 對於孫老先生的往生，我們非常抱歉。我們大員市政府是一體的，凡事都該以民眾福祉優先，不分農業局消防局…我會再親自拜訪家屬表達我們的誠意，我認為我們是民眾的公僕，凡事都要秉持為民服務的精神，只要大員市的市民有需要，我們都會為大家捕蜂捉蛇。

△ 韓大信說話時，記者不停地拍照，鎂光燈不停閃著。

記者：（舉手）局長，您的意思是前任楊局長的行為是錯的？

韓大信： 當然不是……

S7 內景：同安分隊／備勤室／日
人物：徐子伶、魏嘉軒、小高、阿忠、林義陽、隊員 A

△ 同安分隊的備勤室裡，徐子伶、林義陽、阿忠、魏嘉軒、小高跟阿忠正在吃午餐便當看新聞。

△ 備勤室裡，大家看著電視，一邊討論一邊吃午飯。

（韓大信畫外音：我認為將來在協調跟溝通方面我們要再加強……）

林義陽： 幹！這新上任的局長看起來就不會幫基層啊！

阿忠： 對啊，講什麼屁話！幹嘛把楊局長換下來啊？

魏嘉軒： 我上次被蜂螫真的很痛欸……本來還以為真的不用捕蜂了。

△ 徐子伶只是默默地吃著便當，沒加入討論，也沒看電視。林義陽察覺徐子伶的沉默，轉移話題。

林義陽：（拿起遙控器關掉電視）別看了啦，看到他的臉就煩。欸我想要訂飲料外送，有沒有人要一起？

阿忠： 我！我要珍奶！

小高： 學長我也要……

林義陽：（看到小高也舉手）很好，要訂的去找小高。

小高： 喔……好。

隊員 A： 我要百香綠！

△ 這時徐子伶飯只吃兩口，就默默拿著便當盒離開，林義陽看著徐子伶背影。

S8 內景：同安分隊／辦公室／日
人物：徐子伶、林義陽

△ 大員市的午後，一如往日喧囂。

△ 徐子伶坐在自己的電腦前，苦思著要如何打字。

△ 螢幕裡是一個已打開的文件，最上面的標題是「蜂螫事件檢討報告」。

△ 徐子伶無精打采地思索著。半晌，她黯然低頭，卻瞥見桌上有一本準備考試的書，跟考試報名表。

△ 徐子伶看了報名表一眼，便落寞將報名表拿起，輕輕撕了，丟進一旁的垃圾桶裡。然後她又開始看著電腦螢幕，打了兩下，又一一刪除。

△ 林義陽坐在椅子上從一旁滑了過來，把一杯飲料放在徐子伶桌上。

林義陽： 妳的飲料來啦！蜂蜜檸檬！

△ 徐子伶抬頭，林義陽在她桌面上放了一杯飲料。

徐子伶： 我又沒訂飲料。

林義陽： 不知道哪個白癡多訂的啦！啊妳在幹嘛？（湊近電腦念出來）蜂螫事件檢討報告……我跟你講，寫這種檢討報告我是專門的。我看看喔……

△ 林義陽擅自把徐子伶的電腦螢幕稍微轉向自己，在電腦上打了幾個字。

林義陽： 蜜蜂（邊打著字），對人類而言……

徐子伶： （想把電腦螢幕轉回來）你不要鬧啦。

林義陽： （又把電腦螢幕轉回去）妳要相信專業，全分隊沒有人比我會寫檢討報告！（繼續打）蜜蜂對人類而言非常重要，如果沒有蜜蜂，我們就沒有蜂蜜檸檬可以喝了！莫忘世上苦人多，人生短短幾個秋……

△ 徐子伶被弄的又好氣又好笑，看著林義陽認真又胡鬧地打報告，她終於笑了出來。林義陽看徐子伶笑了，自己也微微地笑出來。

△ 兩個人併著肩，在電腦前面喝飲料跟寫報告。

S9 內景：持仁醫院精神科診間／日
人物：病人若干、藍醫生、張志遠、15歲哥哥

△ 同一時間，持仁醫院的精神科診間外，幾位病人正百無聊賴地候診著。

△ 診間內，藍醫生看著電腦螢幕上的各種檢查報告。

藍醫生： （看著電腦）你做了各種檢查，但還是查不出原因是嗎？

△ 張志遠地點點頭。藍醫生沉吟著。

藍醫生： ……你是什麼時候開始做惡夢跟手抖的？

張志遠： 就……上次有個火災……有個小孩沒救回來。

藍醫生： （深深望著張志遠）小孩沒救回來，讓你有什麼感覺？

張志遠： （勉強笑一笑，不想多談）能有什麼感覺？還不就那樣。

藍醫生：（意味深長地看他一眼）除了手抖跟惡夢之外，你還有其他困擾嗎？

△ 張志遠不耐煩地搖搖頭，迴避醫生眼神，不料卻看到醫生後方不遠處，哥哥坐在診療床上，睜大的雙眼直直地望著他。

△ 藍醫生發現張志遠眼神似乎在看著誰，便轉頭看了一下，但他沒看見任何人，於是又回頭疑惑地看看張志遠。

藍醫生：張先生？……張先生！

△ 張志遠回過神來，臉色蒼白地望著藍醫生。

藍醫生：怎麼了嗎？

張志遠：（勉強笑一笑，搖搖頭）沒事。

△ 張志遠再次迴避醫生的眼神，搖搖頭。

△ 藍醫生沉吟了一下，便轉身打電腦。

藍醫生：我先開藥給你。下次回診時我會安排諮商師跟你聊聊。

張志遠：（有點驚訝地抬起頭，故作輕鬆地笑著）我不過就是工作壓力太大，吃個 Paroxetine 就好了，哪需要跟諮商師聊什麼？

藍醫生：（繼續打電腦開處方）其實這些身體症狀都是反映你的內心狀況，像你這樣，我們建議還是要從心理問題根本解決。

△ 張志遠望著藍醫生，一臉無奈與不願意。

S10　內景：張家／夜
　　　人物：張志遠、張父

△ 張志遠回到家，發現父親坐在鋼琴前默默保養哥哥的小提琴。

△ （ins.）12歲的小張志遠滿臉髒汗，頭髮雜亂，前方救護員正在急救張浩遠。張父一臉黯然。

△ 張父沒注意到張志遠，認真地保養小提琴。

△ 張志遠默默地走開。

S11　外景：救護車上／日
　　　人物：徐子伶、林義陽

△ 這天，大員市一如往昔車水馬龍。一輛救護車在街上閃著紅燈急駛著。

△ 副駕駛座上的徐子伶正在戴手套，此時無線電響起。
　　（勤務中心無線電畫外音：同安91，同安91，灣台呼叫。）

徐子伶：同安91收到。

（勤務中心無線電畫外音：大和路現場打架受傷的婦女改為兩名，兩人都有明顯傷勢，請你們先處理，我們會再增派田新支援。）

徐子伶：同安91收到。（放回無線電）

林義陽：歐巴桑也會打架，還要加派支援，好可怕。

徐子伶：（笑了笑）你認真開啦。

　　△ 林義陽看徐子伶笑了，自己也露出笑容。

S12	外景：路邊麵攤／日 人物：徐子伶、林義陽、徐母、圍觀人群若干、王太太、王小姐

　　△ 路邊麵攤旁，桌椅胡亂倒著、杯盤狼藉、還有些葉菜凌亂地碎在地上。救護車由遠而近駛入、停下，戴好口罩跟手套的徐子伶跟林義陽下車。

　　△ 人群議論紛紛。

　　△ 徐子伶打開救護車側門，拿了救護包，往前面人群走去，並穿過人群。

徐子伶：119救護喔，麻煩借過一下！謝謝！（看到受傷的婦人王太太）發生什麼事了？

王太太：她！（指著對面）莫名其妙！

　　△ 徐子伶看到前面的受傷民眾，大吃一驚。

　　△ 原來，在圍觀的人群中央，頹坐的傷患竟然是掛彩的徐母！

徐子伶：（連忙走過去，緊張地問）媽！發生了什麼事？

　　△ 徐母不吭聲。但不遠處的婦人（王太太57歲）及其女兒（王小姐，23歲）聽見徐子伶說的話，不禁馬上轉過頭來。

王小姐：他是妳媽？妳媽到底是怎樣啊？！

　　△ 林義陽推著擔架床過來，看見這個情況也有點愣住了。

王小姐：（繼續對徐子伶氣憤罵著）我剛跟我媽在那邊吃飯，結果妳媽就拿菜丟我媽，還把我媽抓成這樣，搞什麼啊！

林義陽：小姐我們處理好嗎？

徐子伶：（對著徐母）媽，是這樣嗎？妳到底怎麼了？

　　△ 徐母還是不吭聲，兀自把地上散了一地的小雜物跟水壺收進她的包包裡。此時王小姐的電話響起，她連忙接聽。

王小姐：喂爸，你電話怎麼都打不通？媽剛剛遇到一個瘋婆打她……（王小姐邊講邊走遠）

林義陽：（蹲下，開始幫王太太檢傷）太太你還好嗎？有沒有哪裡不舒服？

徐子伶：（也蹲下開始幫徐母處理額頭傷口）媽，除了這裡妳還有哪裡受傷嗎？

△ 徐母仍舊不說話，繼續收拾她的包包。而對面的傷患王太太則不時瞪向徐母，一臉氣憤。

S13　內景：大員醫院／急診室／日
人物：徐子伶、醫生、警察、王太太、王小姐、王先生、王小妹（21歲）、徐母、林義陽、田新分隊1救護員

△ 急診室內的外科治療區，徐母坐在醫院病床上，脫了口罩跟手套的徐子伶陪在一旁。

△ 不遠處，警察正在幫王太太做筆錄，王太太正在填寫資料，田新分隊的一個救護員站在旁邊填寫救護紀錄表。此時王先生及王小妹也趕來了。

王小妹：（看到王太太連忙叫）媽！

王先生：（對王太太）妳有沒有怎樣？

王小姐：爸！就是那個瘋婆子，亂打人！（指徐母）

△ 王先生轉頭看到徐母，不禁驚訝地瞪大眼睛。

王先生：（震驚地望著徐子伶母女，半晌才開口）靜華？

△ 徐子伶有點疑惑。她看了徐母一眼，但徐母只看了一眼王先生，又冷冷轉頭，沒有說話。

△ 徐子伶驚訝地看著王先生，一旁填寫救護紀錄表的林義陽也面露困惑。

S14　外景：大員醫院／急診室門外／日
人物：徐母、王先生、徐子伶

△ 大員醫院急診室門外，掛彩的徐母及王先生在角落裡默默站著，一時無語。徐子伶在一旁陪著徐母。王先生看了看徐母，又看了看徐子伶。

王先生：（有些尷尬地找話題）妳……多大了？

徐母：（插嘴）她多大了你會不知道？

王先生：（愣了愣，才開口）沒想到在這個狀況遇到妳，妳一個人帶大孩子嗎？還是有家庭了？我其實找妳們找很久……

徐母：（忽然笑咪咪地問）找我做什麼？要跟我結婚？

王先生：（又愣了愣，囁嚅著）當年我是想負責的，我想領養這孩子，心愉也是這麼想……

徐母：（打斷王先生）不要跟我提起那個女人。你都已經跟我交往了，還去跟我同學勾搭。

△ 王先生又愣住，一臉尷尬。

徐母：沒想到我的好同學竟會搶走我男友。你是這麼不負責任！

王先生：（很無奈地）我跟妳從來沒交往過，怎麼會是男女朋友？

徐母：（冷笑了一下）從沒交往過，那我肚子怎麼大起來的？

王先生：（愣了愣，才無奈、小聲地說）妳明明知道……靜華，我們只是那晚多喝了兩杯……（嘆了一口氣）而且……還是妳主動……

△ 王先生還沒說完，徐母就憤怒地推開他。

徐母：你說什麼，什麼叫我主動！（對王先生笑笑）台灣這麼小，我又沒改名，你要是真的有心想找我們母女，會20幾年都找不到？說什麼你想負責，鬼才相信你說的！

△ 王先生一時語塞。

王先生：我是真的要找你們！

徐母：（笑了笑）你不是搬到離島工作了？還帶一家子大老遠趕來參加同學會啊？很好啊，那天我也會去。老同學們幾十年沒見，到時大家一定很開心！

王先生：靜華……（看向徐子伶）……子、子伶？我們……

△ 徐母轉身離去。徐子伶冷冷看了王先生一眼，也隨徐母而去。

△ 王先生想對徐子伶說什麼，卻又想不到合適的話語。只能默默看著她們母女倆走入急診室，消失在門後。

S15	內景：徐家／徐子伶房間／日 人物：徐子伶

△ 天氣陰沉。徐子伶家門前的馬路，被冬日的風上了一層暗淡的濾鏡。

△ 徐子伶房間拉起所有窗簾，也不開燈。休假的她悶悶不樂，坐床上發呆。

△ 徐子伶身邊散了幾張照片，是她幼時跟徐母的合照。照片裡，母女倆笑容燦爛。旁邊的手機忽然傳來簡訊聲，螢幕也亮起來，原來是林義陽傳了簡訊來問：「還好嗎？我能幫什麼忙嗎？」

△ 徐子伶恍神，兩秒後才看了手機一眼，也沒拿起手機，又回到自己發呆的狀態。

S16	內景：徐家／飯廳／日 人物：徐母

△ 飯廳裡，徐母煮好四菜一湯，放到餐桌上。然後她看看手錶，微微蹙眉。

S17　內景：徐家／徐子伶房間／日
　　　人物：徐子伶、徐母

　　△ 徐子伶的臥室裡，她仍在發呆。
　　△ 房間外面傳來敲門聲。
　　　（徐母畫外音：幾點了，你不吃飯？吃飯還要人家叫。）
　　△ 徐子伶沒回應，徐母又敲門。
　　△ 徐母索性開了門進來，一臉不悅。徐母看到徐子伶床上的照片，有點心虛，惱羞成怒。

　徐母：不想吃就別吃，不吃拉倒，我也不吃，大家都餓死好了。（轉身就要離開）
徐子伶：妳都不想聊一聊嗎？
　徐母：現在是怎樣？跟我算總帳是不是？
徐子伶：（一臉哀傷）為什麼要騙我說，那個人因為我是女的，所以才拋棄我們！
　徐母：我做這些還不都是為妳好！
徐子伶：什麼優秀的弟弟……美國長春藤名校，在開飛機……妳這樣比來比去也是為我好？
　徐母：（惱羞成怒）不這樣講妳會上進嗎？會拚命嗎？
徐子伶：妳只是不想面對事實，妳扯這麼多謊話根本只是在騙妳自己！因為那個人從頭到尾就沒有喜歡妳，這跟我是男是女完全沒有關係！
　徐母：（情緒更激動起來）妳爸只會講那堆好聽的，其實他根本不要妳！我一個人養妳長大，受了多少氣，看了多少白眼妳有想過嗎？（爆哭大吼）對！我傻我笨啊！我當年根本就應該要墮胎的！不然我現在根本不是過這種日子！
徐子伶：妳有想過我嗎？妳講這種話不覺得很自私嗎！
　徐母：妳說我自私？妳敢說我自私！我的青春，我的事業，還有我夢想中美好的家庭，全都因為妳沒有了。不是因為妳嗎？我的人生都是被妳毀掉的妳知道嗎！妳有什麼資格說我自私！妳才是最自私的那個！
　　△ 徐母怒沖沖地離開，還大力摔了門。徐子伶錯愕心痛地望著她離去的背影，半晌，才流下一行清淚。

S18　內景：大員醫院／急診室／日
　　　人物：張志遠、小辣椒、阿忠

　　△ 張志遠獨自坐在一旁寫救護紀錄表，小辣椒看到，走近他。
小辣椒：同學，最近怎麼這麼少話啊？
張志遠：（笑了）我本來就很文靜好不好！

小辣椒：拜託，你文靜？

△ 小辣椒走到張志遠旁坐下，拉下口罩，看了張志遠一眼。

小辣椒：好啦，其實羚羊跟我說你最近晚上睡不好。

張志遠：靠，他真的是大嘴巴欸。（想了一下，小聲地問）我問妳喔，妳有沒有辦法幫我拿個藥？Paroxetine？

小辣椒：你要抗焦慮的藥幹嘛？

張志遠：（有點驚慌對著遠方說）怎麼了？

△ 原來是阿忠走了過來。

阿忠：他們充氣式護木還了沒？

張志遠：好像還在裡面，可以幫我看一下嗎？謝啦！

阿忠：好。（轉身往外科治療區走去）

張志遠：（看阿忠離開，繼續小聲地問小辣椒）怎麼樣？可以嗎？

小辣椒：你幹嘛不去看醫生拿藥就好？

張志遠：看過了，他就叫我去諮商什麼的。

小辣椒：諮商？

張志遠：對啊，我就跟他說是工作壓力太大，不需要看什麼諮商，吃個藥就好了。

△ 張志遠把紀錄表給小辣椒，小辣椒接過簽名。

張志遠：有辦法嗎？（看小辣椒不回應）我又不是要做什麼傷天害理的事情，又不是要變賣什麼的，妳就幫我一下！

小辣椒：我再想想看。

阿忠：（拿著充氣式護木走來）我先上車了，你要一起嗎？

張志遠：好！

△ 張志遠站起離開，出去之前還轉身對小辣椒比了個再連絡的電話手勢。

△ 小辣椒看張志遠離開，臉色有點擔憂。

S19　內景：國中教室／日
人物：徐子伶、林義陽、國中男生 A、B、C 及一個班級的國中學生

△ 這天午後，花木扶疏的國中校園裡，陽光溫柔地從樹梢灑下。

△ 一間班級教室前方貼著「消防安全宣導」的大海報，徐子伶跟林義陽正在進行宣導。鬱鬱寡歡的徐子伶，面對台下鬧哄哄的國中生，一直壓抑著煩躁。

徐子伶：最重要的是，如果你們發現火警、打開房門看到外面都是濃煙時，要趕快關上房門，等待救援，知道嗎？

林義陽：　剛剛發下去的家庭急救手冊，大家回去看一下，這樣發生意外就知道怎麼做了。

徐子伶：　大家有沒有問題？

　　△　班上前排的角落有幾個國中男生（包括國中男生A、B、C）根本沒在聽，跟旁邊的同學互相用捲起來的課本打了起來。徐子伶制止。

國中男生A：老師（指著旁邊的男生），他有問題要問妳啦！

國中男生B：（對國中男生 A 小聲地罵）哭爸喔，閉嘴啦！

徐子伶：　可以問啊，什麼問題？

國中男生A：老師他要問妳 IG 帳號啦！

　　△　旁邊一群國中男生爆笑了出來，徐子伶一臉無奈。

林義陽：　喂，不要亂問啦！

國中男生A：那老師，你是她男朋友喔？

　　△　旁邊一群同學又是爆笑。

徐子伶：　（無奈地）你們沒問題的話，我們今天就到這邊喔……

國中男生B：（忽然很緊張）老師等一下，妳看他！（指著國中男生 C）

　　△　徐子伶定睛一看，發現國中男生C抱著肚子，痛苦地皺眉著。

徐子伶：　（有點擔心）怎麼了？

國中男生C：老師！我肚子好痛！

　　△　徐子伶焦急地往國中男生C走，彎下腰壓國中男生C的肚子。林義陽也跟著走過來查看。

徐子伶：　我看一下喔，（壓國中男生 C 的肚子）是這邊痛嗎？

國中男生C：（痛苦皺眉）好痛……是上面一點……

徐子伶：　不是肚子嗎？

國中男生C：（徐子伶摸到胸口時大笑了出來）老師我心痛啦！

　　△　周圍偷偷竊笑的國中生瞬間都爆出笑聲來，國中男生C得意洋洋。林義陽正要數落這群男生時，忽然聽到徐子伶的大吼。

徐子伶：　騙人很好笑嗎？（生氣地）你們覺得騙人很好笑嗎！大家覺得很好笑嗎？

　　△　孩子們都愣住了。班上鴉雀無聲。

S20　　外景：國小／校園一角／日
　　　　人物：徐子伶、林義陽、國中學生若干

　　△　校園一角，消防器材車上，林義陽正在將宣導材料一一搬上車。徐子伶坐在旁邊的花台上，懊惱地望著地面。

△　林義陽收拾好所有宣導材料後，走到徐子伶身邊坐下。

徐子伶：（有點沮喪）我今天是不是太凶，嚇壞那些小朋友？

林義陽：（笑一笑）這樣也好，他們太超過了，死屁孩。妳沒有罵他們，我一定會把他們罵到哭出來。

徐子伶：（沉默了半晌）一想到我媽說的那些全是騙人的，我就覺得不能承受……

　　△　徐子伶說不下去，林義陽看了她一眼。

林義陽：說到騙人，我倒是想起小時候一件糗事。

　　△　徐子伶瞥了林義陽一眼，但沒什麼反應。

林義陽：那時候我家很窮，有一天老師要我們每個人買一條新抹布到學校給地板打蠟，我回去跟我媽說了這件事，我媽就把她的一條舊內褲剪開，交給我說這是抹布。

　　△　徐子伶有點驚訝地抬起頭來，望著林義陽。林義陽望著前方繼續回憶。
　　△　徐子伶不可置信地望著林義陽。

林義陽：等到打蠟時，同學們看到我的抹布就很訝異地說，林義陽這不是女生內褲嗎？我就說不是，這是抹布。

　　△　徐子伶終於忍不住笑了。林義陽也笑著。

林義陽：我同學又說，騙人，這明明是女生內褲。我就說不是！這是抹布。然後超生氣跑過去揍他。我回家就跟我媽說妳怎麼給我一條內褲，然後兩個禮拜不跟她講話。可是長大以後就覺得，也許我媽那時候有什麼困難，可能我們家真的窮到一條抹布都捨不得買。

　　△　徐子伶聽了，若有所思。
　　△　樹梢，微風搖曳著枝枒，煞是美麗。

S21　內景：徐家客廳／日
　　　人物：徐子伶、徐母

　　△　這一天早晨，徐子伶家的公寓沐浴在陽光裡。
　　△　徐子伶剛下班，打開客廳大門走進來。

徐子伶：我回來了。

　　△　徐母躺在沙發上，一動也不動。
　　△　徐子伶看徐母沒蓋被子，拿了旁邊的毯子要幫她蓋上，卻發現不對勁。

徐子伶：（疑惑地叫了聲）媽……？

　　△　徐母皺著眉，沒什麼回應。徐子伶向前探觸她的額頭，發現是滾燙的。她不禁臉色一變。

徐子伶：（緊張）媽你發燒了，媽！

S22

内景：徐家徐母房間／夜
人物：徐子伶、徐母

△ 夜晚的大員市，一片寧靜。馬路上，少許車輛駛過。

△ 徐母房裡，徐子伶剛好端著一碗湯進來。

△ 徐母躺在床上，一臉不適。

徐子伶： 媽，有沒有好一點？

徐母： 小感冒又沒怎樣，幹嘛大驚小怪，硬帶我去看醫生！

徐子伶： 流感哪是小感冒？妳到底拖了幾天？妳知不知道這病拖下去會死人？（把徐母扶起來）來坐起來，（端起湯攪拌了一下，遞給徐母）我煮了妳最喜歡的魚湯，喝完趕快吃藥，流感的藥要定時吃。

徐母： （有點心軟了）妳自己煮的？

徐子伶： 不然勒？

徐母： （嚐了一口鮮魚湯，緊緊皺眉說）妳有加薑和鹽巴嗎？

△ 徐子伶露出困惑的神情，彷彿從沒想過此事。

S23

外景：河堤邊／日
人物：徐子伶、林義陽

△ 午後的河堤邊，徐子伶跟林義陽正在悠閒地散步。兩人聊起魚湯的事，林義陽聽了哈哈大笑。

林義陽： 妳真的不知道煮魚要加薑絲？

徐子伶： 只要大家認為女生該做的事，我都排斥。

林義陽： 就為了妳媽口中那個在美國超級優秀的弟弟？

徐子伶： 對，從小我就告訴自己，不能輸給男生，尤其是那個弟弟……結果現在發現那個假想敵根本不存在，我忽然有點不知道自己未來的目標了……

林義陽： 那……妳可以從煮魚湯開始啊。

徐子伶： （笑出來）你很無聊欸！

林義陽： （笑一笑，認真地看著徐子伶）所以這也是妳不考幹部的原因嗎？

△ 徐子伶愣了一下，兀自繼續往前走，不回答。

林義陽： （跟上徐子伶）我在垃圾桶看到妳的書跟報名表。

徐子伶： 考上幹部又能幹嘛？幹部有比局長影響力大嗎？就連局長也隨時會被換下來，當幹部又有什麼用？我們那些預算跟裝備問題，也不會有任何改變的。

林義陽： 但我覺得，說不定妳真能改變什麼。

徐子伶： 我能改變什麼？

林義陽： 我是說，妳那麼聰明，遇到事情可以很冷靜解決，跟我不一樣，我只會暴怒。

徐子伶： 你終於知道自己很容易暴怒了喔？

林義陽： 我是認真的啦，如果妳想做什麼，一定能想到辦法。

徐子伶： （開玩笑）你是說如果我去選立委爭取消防預算？還是上街遊行推動消防改革？還是去當網紅、募款買消防衣？

　　　　　△ 兩人都忍不住笑了。

林義陽： ……說真的……妳看妳馬上就想到很多方法，妳根本就不輸給男生，哪像我，連遇到喜歡的女生都不敢告白。

徐子伶： 會嗎？

林義陽： 我不敢啊，我沒膽啊。

徐子伶： 平常都在凶，敢對議員嗆聲，還敢跟分隊長吵架，竟然這麼沒膽！

林義陽： 那不一樣！像妳一直不回我，我也不敢再傳啦！

徐子伶： 好啦好啦，那我現在回（拿起手機打字）。

　　　　　△ 林義陽有點好奇，徐子伶不讓看。

　　　　　△ 叮咚一聲，林義陽收到簡訊，他連忙拿起來看。

　　　　　△ 手機上是徐子伶傳來的訊息：「那你願意跟我在一起嗎？」

　　　　　△ 林義陽驚喜抬頭，有點不敢置信地看著徐子伶。

　　　　　△ 徐子伶只是笑一笑。

　　　　　△ 林義陽馬上開心地牽住徐子伶的手。

徐子伶： 你手流汗對不對？

　　　　　△ 林義陽沒回答，笑了笑。河堤邊，樹葉搖曳。潺潺河水，在陽光下閃閃發光。

S24	外景：山區登山口前／日
	人物：山搜指揮官、邱漢成、大虎、消防員 D、消防員 V、民間搜救隊 W、12 位消防員及民間搜救隊、登山山友二位、待救者太太（賈太太）

　　　　　△ 陽光普照。靜謐的山脈煞是美麗。

　　　　　△ 山區登山口前，停著幾台消防勤務車、一台救護車以及一台警車。

　　　　　△ 白板前，負責山搜的指揮官正開始講解此次搜索任務。

山搜指揮官： 待救者，賈先生，38 歲，身穿亮藍色的外套、深灰色褲子，這邊有家屬提供的照片……提醒各位雖然我們搜尋的高度只有三百到一千公尺，但因為搜救距離比較遠，而且山區地形高低落差大、植被茂密，所以請各位務必小心。

△ 指揮前哨站前，站了許多穿著登山服的消防員及民間搜救隊員。

山搜指揮官：（指著白板）我們在最後賈先生失去訊號的地方。等一下請各分隊來支援的警消、義消，先前往賈先生最後訊號的地點，然後再分成三組，分別去搜尋下面這幾條路線，如果有搜尋到待救者，務必在第一時間尋求支援……

△ 來支援的邱漢成，背著裝備跟眾人一起專心聽著。邱漢成旁邊一列是民間搜救隊的隊伍，隊員大虎站在邱漢成後方遠處，也專心聽著。

S25 外景：深山裡／山區小徑（到叉路口）／日
人物：邱漢成、大虎、民間搜救隊 W、消防員 D、消防員 V、二位民間山搜、搜救隊員若干

△ 蒼綠的青山、遼闊的草原。無線電與人們交談的聲音此起彼落。

△ 高過人身的荒草中，邱漢成帶著大家背著裝備在山路上走著。行進過程中，隊伍末端的大虎趕上邱漢成。

大虎：漢成！

邱漢成：嘿。

大虎：你們分隊今天派你來啊。

邱漢成：（笑了笑）對啊，今天剛好我在救援的編組裡。啊大虎，你最近工廠還好嗎？

大虎：（笑著說）忙歸忙，義消工作還是要做……你呢？小穎跟孩子們都好嗎？

邱漢成：（愣了一下，然後微笑敷衍這個話題）就，老樣子。

△ 隊伍來到叉路口，邱漢成看了看岔路。

邱漢成：各小隊注意，接下來分開行動，第一小隊左線，第二小隊跟我走這邊，第三小隊走右線，沒有問題就開始行動。

眾人：好！

△ 大家兵分三路，邱漢成帶著大虎及民間搜救隊W、消防員V往叉路走。

S26 內景：邱家廚房／日
人物：小穎、琦琦

△ 廚房的抽油煙機刺耳地響著。小穎正忙著洗碗，一邊瓦斯爐上正在熬湯跟燒開水，忙得不可開交，但女兒琦琦卻在廚房門口生氣。

琦琦：媽媽，我要出去玩！

小穎：（轉頭匆匆說）你感冒，先不要出去……（忽然很驚訝地看著琦琦）你為什麼沒有

戴口罩？這樣會傳染給弟弟！

琦琦： 戴那個不舒服！我要出去玩！

△ 小穎正在安撫琦琦時，瓦斯爐上的一壺開水煮沸了，發出刺耳的聲音，小穎慌亂地跑去關火。

△ 琦琦看到媽媽離開，馬上開始尖叫。

琦琦： 我要爸爸！爸爸都會帶我出去玩！我要爸爸！

S27 外景：山區林間空地／日
人物：邱漢成、大虎、民間搜救隊W、消防員V

△ 山裡一處小空地，邱漢成、大虎跟民間搜救隊W、消防員V坐著吃午飯（口糧）。

△ 吃完口糧的邱漢成在喝水時，手機響起，他拿起接聽。

邱漢成： 怎麼了？（聽了一會兒，說）對不起，剛剛我沒聽到鈴聲，應該是山裡訊號不好。我不知道妳打很多通，我又不是故意的！

邱漢成： （又聽了一會兒）琦琦，妳幹嘛惹媽媽生氣呢？妳生病爸爸就不能帶妳出去玩，爸爸不是說過了嗎？

△ 邱漢成說著，便站起來往旁邊走，到大家聽不清楚的地方講電話。

△ 邱漢成努力勸著跟小穎吵架的琦琦，但大虎看著皺眉講電話的邱漢成，露出了有些擔心的表情。

S28 內景：同安分隊辦公室／日
人物：保險業務員、阿忠、小高、魏嘉軒、徐子伶、林義陽、消防員A、消防員B

△ 辦公室裡，白板上寫著許多消防員團保的規範和級別，以及保費資訊。

△ 穿著襯衫的保險業務員在白板前跟隊員們講著關於今年度保險及補助的事情。

業務員： 各位不好意思，消防員職業風險太高，只能保第六級，保費比較高、也有限制保額。但這次因為有消防署補助，我們公司才有這個團保方案，請大家參考一下……

△ 業務員一邊講，一邊走動將資料發下去。此時林義陽跟徐子伶穿著便服從門口匆匆走了進來，兩個人手上都拿著同一家咖啡廳的外帶杯。

業務員： 兩位是同仁嗎？

林義陽： 是。

業務員： （遞上資料）參考一下喔！

△ 兩人進來之後分別找地方坐下，隊員有些開始竊竊私語，阿忠露出了然於心的表情，揶揄坐在自己旁邊的林義陽。

阿忠： 欸，（用手肘推推林義陽）你跟徐子伶是怎樣？

林義陽： （看著剛剛拿到的保險資料，露出笑意）什麼怎樣？

阿忠： 休假出去玩啊？在一起了齁！

林義陽： （藏不住笑）沒有啦，不要亂講……

阿忠： （突然舉手高喊）我們恭喜，同安分隊林義陽同仁，成功追到同安女俠子伶姊姊！

△ 隊員們跟業務員都笑出來，一起拍手歡呼。林義陽窘迫地抓著阿忠要他別鬧，徐子伶不太喜歡在工作場所談私事。

徐子伶： 在一起怎麼了嗎？（眼看小高跟魏嘉軒也跟著起鬨，隨即板起臉，看向小高）你再笑！明天不是要考繩結？學會了沒？

林義陽： 學會了沒？

魏嘉軒： （有樣學樣）學會了沒？

林義陽： （打了魏嘉軒一下）你學會了沒啦！

徐子伶： 坐下啦！

林義陽： 坐下啦！

小高： 學長恭喜……

△ 原本興奮的兩個菜鳥露出有點驚慌的表情。

徐子伶： （轉移話題，對業務員說）不好意思，其他沒來的人，可以也幫他們留一份資料嗎？

業務員： 好的沒問題，（忽然想起）接下來發下的還有信紙，大家填申請書時請順便寫信給重要的人，如果真的有意外發生，我們會把信交給他們！

阿忠： 那不就是遺書嗎？

業務員： 嗯……這個……（有點為難地笑笑）想寫給誰都可以的……

阿忠： 那我要寫給張志遠，他欠我的飲料，我要叫他兌現給我老婆，不然他一定到我死都還沒還我！

△ 大家被阿忠逗笑，紛紛開始寫起信來。

S29	外景：深山裡／1號陡坡邊（上方）／日
	人物：邱漢成、大虎、民間搜救隊 W、消防員 V

△ 搜索隊繼續在山裡走著。邱漢成帶頭在前面。搜救隊員們此起彼落地喊著賈先生。

邱漢成： 喂！賈先生！

△ 樹影搖曳，不見任何人回應。

△ 邱漢成發現1號陡坡邊有一隻登山鞋，便停了下來，蹲下。

△ 大虎他們疑惑地圍過來，邱漢成站起來往陡坡下喊。

邱漢成： 有人在下面嗎？賈先生？

△ 半晌，一個有點微弱的聲音從陡坡下傳來。

（賈先生畫外音，有點虛弱：我在這裡！）

邱漢成： （指揮大虎他們說）你們先開始架繩索！（往陡坡下喊）賈先生，我們現在準備下去拉你上來喔！

△ 其他人開始忙碌架設繩索。邱漢成用無線電回報。

邱漢成： （對無線電）第一小隊呼叫前進指揮所……目前發現失蹤的賈先生，座標是東經 12123.36 北緯 2451.11 度，等我們找到空曠地點，會再回報新座標，請直升機前來營救……

S30	外景：深山裡／1號陡坡（下方）／日
	人物：邱漢成、大虎、賈先生、消防員 V、民間搜救隊 W

△ 清風拂過樹梢，蓊鬱的樹林。

△ 1號陡坡下方，邱漢成跟大虎蹲在地上，邱漢成正在檢傷，坐在地上的賈先生一臉痛苦。

賈先生： 我太太，我太太她知道你們找到我了嗎？

邱漢成： 嗯，她在前進指揮所。

賈先生： （雖然很痛，但比較放心了）那就好……

邱漢城： （剪破男士褲腳，檢傷賈先生的腳）賈先生，你腳可能有骨折，我先幫你做固定，會有點痛，要忍耐一下。

△ 大虎協助邱漢成拿出抽氣式護木包紮固定賈先生右腳，固定時，賈先生不時喊痛。

△ 大虎與邱漢成一人抬身體一人抬腳，將賈先生固定在SKED上，同時將保暖物蓋在賈先生身上，接著搬運。

△ 邱漢成、大虎跟其他隊員辛苦地把賈先生拉上山坡。

S31 外景：深山裡／林間小路／日
人物：邱漢成、賈先生、大虎、消防員 D、民間搜救隊 W、消防員 V、12 位消防員及民間搜救隊

△ 樹林密布、光線不明亮的林子裡。賈先生被大虎他們用SKED從陡坡拉上來。他的斷腳已經做了固定的支架。

△ 從別的路線趕來增援的消防員D和其他消防員也在幫忙大虎他們。

邱漢成：（講無線電）第一小隊呼叫前進指揮所，目前山林茂密，無法降落，準備人力後送……

△ 陰天的山路裡，十幾位消防員跟民間山搜排成一長排，抬著賈先生緩慢移動中。

△ 邱漢成抬頭看了一下天色，猶豫了一下。

邱漢成：（無奈地宣布）天黑前我們應該下不了山，今晚先在山上紮營。

△ 大虎跟大家聽了，便動手開始紮營。

△ 其實邱漢成不想滯留山上，但也只能開始動手、忙碌紮營。

△ 他看了看手機，手機螢幕上顯示沒有訊號。他無奈地嘆了一口氣。

△ 山上的天空烏雲密布，可以感覺到風雨欲來。

（畫外音：閃雷聲，隨後是下雨的聲音）

S32 外景：馬路邊／夜
人物：徐子伶、林義陽

△ 冬雨中，買完保險繼續騎機車出去約會的林義陽跟徐子伶，急忙騎到路邊已經關門、有遮雨棚的店家躲雨。

徐子伶：天啊，趕快進來。

△ 兩人躲雨，看著大雨。

林義陽：怎麼下這麼大？

△ 林義陽拍了拍徐子伶身上的水珠，徐子伶有點訝異，但幸福地笑了出來。林義陽想到什麼似的，跑到機車旁。

徐子伶：你要幹嘛？

林義陽：（拿出一件雨衣）拿雨衣！

徐子伶：只有一件喔？

林義陽：給妳穿！

徐子伶： 我戴帽子，妳穿！

林義陽： 不然一起穿！

徐子伶： 怎麼一起穿？

　　△ 林義陽把雨衣披在兩人身上，徐子伶噗哧笑了出來。

　　△ 遮雨棚外，雨勢漸大。

S33 內景：邱家臥室／夜
人物：小穎、琦琦

　　△ 夜晚，城市裡下著雨。

　　△ 邱家客廳裡，母女對峙著。客廳茶几上散著一些藥包。

琦琦：（一邊哭一邊說）我不要吃藥！我不要吃！

小穎：（一邊撥手機一邊煩躁地跟琦琦說）妳要吃藥才會好！為什麼講不聽！

琦琦： 我不要吃！我要爸爸！

小穎： 好我們打給爸爸……（把手機秀給琦琦看）現在連絡不上爸爸啊！妳先吃藥好不好？

　　△ 一道閃電在窗簾外劈過，接著是巨大的閃電聲。嬰兒哭聲從房間響起，小穎只好拋下琦琦、衝入房內。但琦琦卻哭得更大聲了。

琦琦：（繼續哭喊說）爸爸！爸爸！

S34 外景：深山裡／紮營空地（帳篷內）／夜
人物：邱漢成、大虎

　　△ 從帳篷內往外看，可以看到雨水沿著帳篷流下。四週只有雨聲。

　　△ 深夜的小帳篷內，只有邱漢成跟大虎躺著。

　　△ 大虎已入睡，只有邱漢成睜著眼睛看手機。手機螢幕上顯示沒有訊號。

　　△ 邱漢成仍煩惱地望著手機，螢幕上的妻女對他微笑。

　　△ 邱漢成放下手機，無奈地閉上眼睛。

S35 外景：山區部落／日
人物：邱漢成、若干消防員、若干民間搜救隊、大虎、賈太太、賈先生、消防員D

△ 清晨的陽光再次灑向靜謐的山脈，蓊鬱的森林彷彿甦醒了。

△ 部落裡，這次只停著數台消防勤務車、一台救護車以及一台警車。

△ 指揮前哨站前，指揮官帶了幾位穿著登山服的消防員及民間搜救隊員在等著。賈太太也焦急地等著。

△ 當邱漢成跟大虎他們一行人抬著賈先生出現時，幾位消防員連忙往前接手。賈太太也衝上去。

賈太太： 我想請問一下我先生還好嗎？

邱漢成： 妳來這邊，我跟妳說明一下妳先生目前的狀況，大體上沒什麼問題，但有點失溫跟左腳骨折，接下來交給我們，妳別擔心。

△ 隊員們快速將賈先生送上救護車。賈太太則不停地向邱漢成他們道謝。

賈太太： 辛苦你們了，謝謝、謝謝！

△ 賈太太還是感謝得頻頻欠身，然後才跟著賈先生的擔架床離開。

△ 看著賈先生跟賈太太，邱漢成面露欣慰。

S36 內景：邱家客廳／日
人物：邱漢成、小穎

△ 大門打開，完成山搜、兩夜一天沒回家的邱漢成帶著一身疲憊進來。但他一進家門時，卻愣住了。

△ 客廳裡，桌椅、書櫃東倒西歪，散了一地的衣服、尿布、玩具，飯廳地上則散了一堆破碗盤。

△ 小穎披頭散髮，正疲憊地在摺衣服。

邱漢成： （有點驚訝地）怎麼搞的？家裡怎麼那麼亂？（邊說邊整理凌亂的桌面）

小穎： （忽然憤怒，生氣瞪著邱漢成）什麼叫家裡那麼亂！（越講越氣）弟弟發燒急診！琦琦哭鬧一整晚！什麼事都是我一個人處理，你有本事就你來顧啊！你來嘛！

△ 小穎恨恨地拿了外套就奪門而出，邱漢成想追上去，此時房裡傳來嬰兒被驚醒的大哭聲，邱漢成著急地看看房間又看看邱妻背影，只好焦慮地往房間快速走去。

S37 外景：人行道／日
人物：小穎

△ 小穎失魂落魄地走在街上，她邊走邊哭，拿著家裡的鑰匙，一臉無助。

△ 前路茫茫，她竟不知如何是好……

（待續……）

第八集　惡火

　　張志遠私下要小辣椒幫他偷取藥物，小辣椒猶豫了。面臨婚姻危機，邱漢成終於動搖，前往邱妻哥哥的公司面談。林義陽與老鳥消防員陳國勝再度大吵，事後卻從分隊長口中得知陳國勝的往事。晚上火警警鈴響起，這次是一場空前的惡火，四位主角都換上裝備，馳向危險的起火商城現場……

晚上火警消防任務，林義陽
自告奮勇代陳國勝出勤。

娛樂世界火警，消防隊員
進入搜索起火點。

火勢越來越大，消防隊員
以水柱滅火。

進入火場的林義陽，與王議員被大火困住。

S1　內景：張家琴房／日
人物：12歲小張志遠

△　奇幻的光影。昏暗的琴房。充滿壓力的氛圍。
△　小張志遠獨自坐在琴房，固執地練著同一段曲子，但總會在某些地方出錯，他皺眉執著地彈
著，一遍又一遍，似乎十分氣惱。

S2　內景：張家／張志遠臥室／夜
人物：張志遠、小宇、15歲的張浩遠

△　張志遠充滿壓力地睜開眼睛，發現這只是一場夢。他似乎鬆了一口氣，坐起身，卻驚訝地看
到熟悉的人影。

△ 房間裡，張浩遠正坐在椅子上保養小提琴，小宇坐在旁邊看。錢小姐也坐在一旁。

△ 彷彿所有的亡魂都糾纏著他。張志遠終於受不了，倏地坐起身來，跳下床，拿起床頭櫃邊的一個空瓶，倒出一顆肌肉鬆弛劑，又倒了一杯酒，一起吞下。

△ 張志遠嗆到，咳嗽漸漸激烈。

S3　外景：海邊／日
人物：林義陽、徐子伶

△ 偌大的海岸，蔚藍的海水拍打著石頭。

△ 徐子伶跟林義陽牽手走在海邊散步。

林義陽： 這海邊不錯吧！當初妳可是開來這邊找廁所欸，抗命來找廁所欸！

徐子伶： 妳很煩欸！

林義陽： 你那天真的很帥欸。

徐子伶： 聽說那個老奶奶過沒幾天就過世了，還好有帶她來。

林義陽： 對啊，希望我們也能跟他們一樣，這個手牽起來呢，就是一輩子。

徐子伶：（笑出來）你很肉麻！

林義陽： 下次我們一起休個兩天，我帶妳一起回家好不好？

徐子伶： 為什麼？

林義陽： 介紹妳給我媽認識啊！

徐子伶： 不用吧，我們才沒在一起多久就要見喔？

林義陽： 妳怎麼這樣說！我們還沒交往，我就去過妳家見過妳媽了欸！

徐子伶： 林義陽你欠打！

△ 兩人開心地在海邊打鬧，漸漸遠去。

S4　內景：同安分隊／分隊長辦公室／日
人物：王文德、沈經理、白科長、伍誌民

△ 分隊長的辦公室裡，伍誌民正泡茶給王文德議員、沈經理及白科長。

沈經理： 白科長，當初是分隊長他們來拜託我們捐住警器的。我們也都捐了，不是嗎？

伍誌民：（有點尷尬地笑著說）是，很感謝沈經理的幫忙。

沈經理： 不敢不敢，你們不要在安檢時故意刁難，我們就謝天謝地了。

伍誌民：（笑容有點僵）怎麼會刁難？我們隊員都是按照正常程序檢查，應該是小誤會啦。

王議員：（笑笑地指著沈經理拿出的舉發單說）分隊長，我也希望是一場誤會，Amuz One 娛樂世界五年前蓋大樓時，電線全都符合規定。現在你們突然要他們這些全改用防火電線，我怎麼看，都是刁難！

沈經理：（忿忿不平地說）這整棟大樓要重做管道，要花上百萬欸！

白科長：（努力打圓場）歹勢啦……法律是中央修改的，可是又規定我們基層必須執行，他們也沒辦法……

王議員：（還是笑著）白科長，你們的法規有問題，怎麼是廠商要花錢改呢？那不是擾民嗎？

沈經理：而且同樣的法規，為什麼人家灣河縣就知道不要抽查這個，你們就要抽查？我們在灣河縣就可以通過安檢，在你們這邊就不可以？

伍誌民：沈經理，那是……

沈經理：（打斷伍誌民）還有你們那個隊員，上次安檢時態度多差你知道嗎？

伍誌民：（連忙辯解說）那是因為他被你們關起來，而且一關就好幾個小時……

王議員：那是意外啊，但你們隊員打人也是意外嗎？

　　△　伍誌民一時語塞。沈經理便指著太陽穴邊的OK繃。

沈經理：還把我打成這樣！昨天一個電視台朋友看到了還問我怎麼受傷的？我要怎麼回答呢，白科長？

白科長：歹勢啦。我們隊員太衝動，真失禮。

王議員：白科長，這事你要好好處理。沒處理好不行啦。

　　△　白科長跟伍誌民只能尷尬地笑著。

S5　內景：同安分隊備勤室／日
　　　人物：小高、陳國勝、消防隊員若干

　　△　備勤室，小高正要用封箱膠黏破損的消防衣袖子。

　　△　穿著紅色制服，剛安檢回來的陳國勝經過看到，上前詢問。

陳國勝：你在幹什麼？

小高：這是退休學長給我的衣服。昨天出勤時我發現這裡破了一個洞，想說把它黏一黏。

陳國勝：（驚訝地）幹你在找死喔！這不能自己亂黏，會破壞衣服的防火材質，而且那膠帶在火場就會燒起來。

小高：（一臉錯愕）那……要怎麼辦？

陳國勝：（拿起小高的消防衣，審視袖子上的破洞）可以去申請新的啦。

小高：（露出驚喜的笑容）可以嗎？我可以申請新的嗎？

陳國勝：可以啊，你這件是學長的舊衣不是嗎？

　　△ 小高開心地點頭。

陳國勝：（笑容滿面）趕快去申請新的。但最後他們會告訴你現在沒新的，要等。

　　△ 小高一時反應不過來，愣在現場。陳國勝把消防衣還給小高。

陳國勝：菜鳥，我那件膝蓋破個洞，都幾年了你知道嗎？

小高：（一臉不可置信）這樣進火場不是會被燙傷？

陳國勝：你真是菜逼八，不會去跟休假的借沒破的來穿啊？

　　△ 小高還想說些什麼，卻又說不出話來。

陳國勝：（碎唸著）沒死幾個消防員，大家永遠不會重視我們的命啦……

　　△ 陳國勝一邊碎念一邊揚長而去。小高望著陳國勝的背影，又看看手上的消防衣，神情複雜。

S6　外景：馬路路口轉角（身心科診所附近）／日
　　人物：張志遠、小辣椒

　　△ 午後，城市公園裡，車輛、行人並不很多。張志遠看了一下手錶，似乎有點焦慮地在等人。

　　（小辣椒畫外音：張志遠！）

　　△ 張志遠眼睛一亮，原來小辣椒走了過來。

張志遠：（故意笑著掩飾焦慮）就說要請妳吃飯啊？約在這裡幹嘛？

小辣椒：（給了張志遠白眼）靠夭，一頓飯就想打發我？（一邊在她的大包包裡翻找，一邊說）。

張志遠：謝啦！

　　△ 張志遠笑一笑，充滿感謝、期待地看她翻找藥物。不料小辣椒拿出一副口罩，交給張志遠。

張志遠：（困惑地說）給我這個幹嘛？我又不是要這個。

小辣椒：戴上。

　　△ 張志遠一頭霧水。小辣椒又掏出一頂棒球帽。

張志遠：（勉強地乾笑）是怎樣？要我去搶銀行喔？

小辣椒：你跟我去一個地方，到了之後我就把東西給你，走吧。（說著便走了）

張志遠：（無奈地看著小辣椒背影）去哪裡？

小辣椒：走啦！

外景：身心科診所前／路邊騎樓／日
人物：張志遠、小辣椒、張浩遠、環境行人若干

　　△ 小辣椒帶著遮住臉孔的張志遠往前走著。張志遠四處張望。

張志遠：（邊走邊問）到底在哪裡？

小辣椒：到了！（又走幾步）到了！

　　△ 小辣椒在一棟建築前面停下。
　　△ 張志遠抬頭一看，那是一間身心科診所。張志遠愣住了。

小辣椒：到了！這醫生是我的朋友，不管你說什麼他都會幫你保密。

　　△ 張志遠一臉不悅，轉身就想走。

小辣椒：如果你不希望留下紀錄，他也會幫你。

　　△ 張志遠仍不耐地看著小辣椒，又看了看診所招牌。

小辣椒：（摸摸張志遠肩膀）我會在外面等。你看完醫生，他會直接開藥給你。

　　△ 張志遠再次看了看診所大門。門外，15歲的張浩遠正跟他遙遙對望。

小辣椒：走吧（勾起張志遠的手）我們進去。

張志遠：幹嘛？我又沒病。就跟你說我只是工作壓力大而已，吃個抗焦慮藥物就好了啊。

小辣椒：（拉著張志遠的衣袖說）我跟我朋友講好了，你連掛號處都不用去，我們直接去診間。

張志遠：（不肯走）我不要去！

小辣椒：（硬拉著張志遠）你不用怕！根本不會有人知道你是誰！

張志遠：（生氣撥開小辣椒的手）不要逼我，拜託妳！

　　△ 張志遠脫下墨鏡跟口罩，怒沖沖地塞給小辣椒，轉身就走。小辣椒急得追過去。

小辣椒：你就聽我一次好不好？

張志遠：（小聲地）放開我。

小辣椒：你需要看醫生，你聽我一次！

　　△ 小辣椒拉住張志遠，張志遠卻狠狠推開她。

張志遠：（大吼）放開我！（瞪著小辣椒）妳以為你是誰，憑什麼幫我做這個決定？

　　△ 氣炸的張志遠把棒球帽狠狠摔到地上，拂袖而去。
　　△ 小辣椒望著張志遠離去。她的眼眶紅起來。

內景：同安分隊／分隊長辦公室（連隊員辦公室）／日
人物：林義陽、伍誌民、隊員若干

△ 同一時間，林義陽怒氣沖沖地從隊員辦公室衝到分隊長辦公室前，打開分隊長辦公室的門，也沒敲門，只見他手上拿著一張單子。

林義陽：（把紅單秀給分隊長看）Amuz One 這張是不是被銷單了？

伍誌民：（看了一眼舉發單的分隊存根聯）這張給我，我來處理就好。

林義陽：（無法接受）他們那些電線都不是防火電線，為什麼這樣就銷單了？

伍誌民：上面覺得有一點行政程序瑕疵。

林義陽：什麼行政瑕疵？

伍誌民：你不用管這麼多。我說我會處理。

林義陽：可是單子上簽名的是我，我不用負責嗎？

伍誌民：（終於有點受不了林義陽，低聲訓斥）你要負什麼責？你把人家打傷了，人家都找上白科長了，額頭上還有傷口，你有負什麼責？

林義陽：（愣了一下，隨即忿忿不平地說）那個姓沈的去告狀是吧？我他媽根本沒有打他！而且你們就是關說欸！

△ 伍誌民沒說話，只是煩躁地收拾桌上東西。

伍誌民：（終於大怒）他現在還找上媒體了！你是嫌我們分隊上新聞不夠多是不是？你這麼想紅？

△ 林義陽愣了愣。他還想辯解什麼，伍誌民繼續憤怒地罵。

伍誌民：媒體去圍堵白科長時你能負什麼責？去圍堵局長時你能負什麼責？你要是覺得我這個分隊長還不夠挺你，可以請調去別的分隊！選一個你喜歡的，我幫你！你單子拿過來我就簽！

△ 林義陽仍一臉憤怒，但無話可說，他回頭用力摔門離去。門外的隊員辦公室裡，幾位隊員望向伍誌民及林義陽這裡。

△ 伍誌民看著林義陽離開，神情鬱悶。

S9 內景：大員醫院／急診室／日
人物：周醫生、小辣椒、醫護病人若干

△ 周醫生拿著杯飲料走過值班台，看到小辣椒正出神地想事情。

周醫生：嘿，恍神喔？

小辣椒：（回神，笑了笑）哪有！

周醫生：（遞過飲料）給妳。

小辣椒：謝謝學長。

周醫生：這週六妳有空嗎？

△　小辣椒有點不明白，沒回答。

周醫生： 看妳最近壓力好像很大，我們要不要一起去大員公園走走？

　　△　小辣椒猶豫著，下不定決心。

周醫生： 我跟妳說啊，佛洛伊德說散步 30 分鐘，大腦會釋放多百分之二十的多巴胺，有助於釋放心理壓力喔！

小辣椒： 佛洛伊德有這樣說喔？

周醫生： 沒有，我說的。那，我周六來接妳。

　　△　小辣椒沒有拒絕，只是對周醫生笑笑，周醫生也笑著。

S10	內景：邱家客廳／日
	人物：邱漢成、小穎

　　△　邱漢成打開門回到家，看到客廳堆著一個個紙箱，小穎從房間裡搬出一袋嬰兒的用品。

邱漢成： （驚訝地問）妳幹嘛收衣服？

小穎： （一邊繼續整裡一邊說）我要搬去我媽那。

邱漢成： 什麼意思？琦琦跟弟弟怎麼辦？

小穎： 弟弟我已經先帶回去我媽那了，琦琦下課之後我也會去接。

邱漢成： 為什麼……？妳怎麼都沒先跟我討論？

小穎： 有什麼好討論的？你會聽嗎？我不搬回去有人可以幫我嗎？我可以去上班嗎？（看了邱漢成一眼）反正你的工作比較重要吧。

邱漢成： （急著解釋）不是這樣的，我的工作是救人，上班時間跟大家不一樣，這婚前妳就知道的啊。

小穎： 對對，你老是去救別人、幫別人，我每次撐不下去我都跟自己講「我老公很偉大，他在做很有意義的事情，我身為消防員太太要堅強、要獨立」，但我也是人，我也有需要你幫忙的時候，為什麼這個家都是我在付出，你只會說對不起？為什麼別人的先生都可以正常回家，你就不行？

　　△　邱漢成講不下去。

小穎： （冷冷地）你自己選，你要我們這個家，還是你要你的工作？你自己決定。

　　△　小穎說完，又繼續開始整理。

邱漢成： 小穎妳別再收了。

　　△　小穎還是沒理會邱漢成，兀自打包。
　　△　看著心意已決的小穎，邱漢成嘆了一口氣。

邱漢成： （神情黯然）別再收了，我答應妳……

△ 小穎訝異地停下手邊的事情，回頭看著邱漢成。

邱漢成：（無奈地）我先去妳哥公司那邊聊聊，看看適不適合。

△ 小穎地望著邱漢成，點點頭。

S11 內景：同安分隊／值班台／夜
人物：徐子伶、林義陽、陳國勝、阿忠

△ 夜晚，剛出完救護任務的徐子伶及林義陽有說有笑地走入值班室，準備打電腦跟紙本紀錄。

徐子伶：沒想到這趟救護出這麼久，都幾點了……（問阿忠）你們吃飽了喔？

阿忠：吃飽啦，都幾點了？

林義陽：那妳先 Key 資料，我去弄點吃的。

徐子伶：好啊，冰箱好像還有蔥油餅。

△ 值班台內，值班的阿忠聽了一直笑，但正在打業務統計的陳國勝卻忍不住揶揄徐子伶。

陳國勝：這麼甜蜜喔，子伶可以準備嫁人囉，啊怎麼還讓老公煮飯？

△ 徐子伶聽了，臉色微變。但她不想吵架，只是默默打電腦。林義陽有點不高興地瞥了陳國勝一眼，本來要離開值班台。

陳國勝：（還不知節制）我就說你們女生不適合這一行嘛。

林義陽：（停下腳步）學長你什麼意思？

陳國勝：哪有什麼意思？我只是關心你們，女孩子幹嘛要做這麼粗重的事，我就說女孩子不適合當消防員嘛！

林義陽：（忍不住回嗆）子伶是 TP，學長你才 T 幾，有比她適合嗎？

陳國勝：（有點惱羞成怒）你這話什麼意思？你是幾期的？你這是對學長講話的態度嗎！

△ 阿忠連忙上前制止，徐子伶也插了進來。

林義陽：（生氣地）學長又怎樣？你每次打火時就站在消防車後面裝忙，一直拿東西走來走去就是不進火場，你以為我們不知道？一天到晚只會抱怨工作，只會抱怨就能改善現況嗎？你要是這麼个爽排就不要做！

陳國勝：（勃然大怒）你自己就沒抱怨過？你抱怨罵人就天經地義，我抱怨抱怨就罪該萬死？那你常常這個不爽那個不爽的，為什麼還繼續做？

△ 林義陽愣了一下。

△ 陳國勝怒氣沖沖地走了。

徐子伶：好了啦，學長個性就是這樣，不要吵架。

內景：同安分隊辦公室／夜
人物：林義陽、伍誌民

△ 辦公室裡，林義陽獨坐在電腦前忙碌。
△ 分隊長端著盤水餃走進來，到林義陽身旁。

伍誌民： 我老婆包的，吃吃看。這麼晚還在忙？

△ 林義陽沒回應，繼續悶悶地用電腦。

伍誌民： 你跟我一個老朋友很像，他也是消防隊的。拚命三郎、滿腔熱血，做什麼事都第一個。後來發生了一件事情改變了他，他有個同梯非常好的朋友，有一次打火受傷癱瘓，摔成下半身癱瘓，後來領到的補償費，請了看護後很快就坐吃山空了，也因為這樣失業，全家陷入困境……他為了這個朋友抱不平，到處幫他奔走，但都沒用。後來沒隔多久，他朋友就走了。

△ 林義陽仍沒說話，但看著分隊長。

伍誌民： 因為這件事情把他對工作的熱情徹底打熄了，人也變得古怪不好相處，有點憤世嫉俗。後來有次捉毒蛇被咬，差點沒命，打了好多血清才救回來，幸好最後救回來，但手指沒保住，截掉一支手指頭……

△ 林義陽有點愣住了，明白了什麼。

伍誌民： 就是國勝。

林義陽：（驚訝地說不出話來）為什麼都沒聽他說過？

伍誌民： 他自尊心比較強，不喜歡提這個事情，他覺得很丟臉。

△ 林義陽聽了，百感交集。

伍誌民： 你跟他吵架的事情我聽說了，他可能有不對的地方，但他嘴巴壞，心不壞，打火打了大半輩子，脊椎出了很多問題。你應該知道他快退休了，就看他快退休的份上，多多體諒他吧。

△ 林義陽沒說話，但眼神已經溫柔許多。

伍誌民： 好啦，餃子快吃吧，喜歡再跟我說，家裡還有。

△ 伍誌民拍拍林義陽的肩膀，起身離去。
△ 林義陽看著餃子，有些愧疚。

內景：某生技公司／小型會議室／日
人物：邱漢成、邱妻哥哥、公司經理

△ 這一天，大員市一如往昔喧囂。

△ 小型會議室裡，一位西裝筆挺的經理翻了翻邱漢成的履歷，前面坐著小穎哥哥跟有點坐立難安、穿著正式西裝的邱漢成。

公司經理：（問小穎哥哥）天正，你說這位是你的……？

小穎哥哥：經理，漢成是我妹婿，本來在當消防員，正在考慮轉換跑道。

公司經理：消防員？很好啊，那來我們這邊一定也很 OK 的！

△ 邱漢成微笑點頭。公司經理繼續滔滔不絕地講。

公司經理：邱先生，我本來啊，在科技園區當主管，直到我爸肝出了問題，我才開始找營養食品想讓他恢復健康。找了好多家都不滿意，直到朋友介紹才接觸我們家產品，沒想到效果超好！所以我就決定跳槽到這家公司來了……

△ 經理一直滔滔不絕。邱漢成努力聽著，不時點點頭，但還是有些彆扭。

S14 外景：生技公司／櫃檯外／日
人物：邱漢成、邱妻哥哥

△ 小型會議室外的走廊，小穎哥哥跟邱漢成走出來。

小穎哥哥：我們公司的人事流程還要一點時間，但下次應該可以直接來見習。

邱漢成：（點點頭）沒問題，我會跟小穎說。

小穎哥哥：（嘆一口氣）我知道這年紀要轉行很辛苦。你要扛一家子生計，我們業務員的薪水沒有你們消防員薪水那麼穩定，要靠業績衝收入，偏偏你個性又不喜歡應酬……

△ 邱漢成擠出笑容，沒說什麼。

小穎哥哥：（拍拍邱漢成肩膀）你別擔心，一開始會比較不習慣，以後做久了就會 OK 的。（拿了一袋健康食品給邱漢成）來，這給你，你常熬夜，調調身體。

邱漢成：謝謝哥，那我就先走了。

小穎哥哥：好，加油！

S15 內景：邱家／客廳連飯廳／夜
人物：邱漢成、小穎、琦琦、小嬰兒

△ 邱漢成開了家門，他穿著襯衫，剛剛穿去保健食品公司的外套拿在手上，手上還有一大袋去大賣場買回來的日用品，看起來有點鬱鬱寡歡。

△ 小穎還在張羅晚餐，琦琦看到邱漢成回來，開心地叫喚。

琦琦：爸爸！

小穎：你回來啦！

邱漢成：弟弟呢？

小穎：已經睡了。

△ 飯桌上滿滿豐盛的菜。邱漢成把一大袋日用品放到飯廳角落。

邱漢成：妳要的沙拉油幫妳買了。

小穎：今天是琦琦煮的咖哩喔！

邱漢成：這麼好！

小穎：（溫暖地微笑）幫忙切蘿蔔對不對？

琦琦：對！

△ 邱漢成到飯廳坐了下來，三個人在餐桌上準備吃飯。

小穎：要喝點湯嗎？（舀了碗湯）今天去看哥的公司還好嗎？

邱漢成：（勉強對小穎笑笑）還不錯，他們人都很好。

△ 小穎露出欣慰的笑容。邱漢成舉起筷子開動了，

琦琦：媽媽，我要湯！

小穎：好，那妳要蘿蔔多點還是豆腐多點？

琦琦：豆腐。

小穎：那妳不要都吃咖哩也要吃菜喔，今天琦琦好棒喔，還幫我顧弟弟，超棒的！

△ 邱漢成看著小穎跟琦琦溫暖的互動，淡淡地微笑。一家人溫馨地圍著桌子用餐，但邱漢成的心情有些複雜。

S16	外景：同安分隊／車庫／日 人物：林義陽、陳國勝

△ 林義陽跟陳國勝跑上救護車，林義陽在駕駛座，等著陳國勝拿手套。

△ 林義陽看到陳國勝帶上手套的手斷了一截小指，表情有點愧咎。

S17	內景：舊公寓Ｔ／大門口／房間／日 人物：林義陽、陳國勝、胖病患

△ 一棟老舊公寓的房間裡，林義陽跟陳國勝正努力要把床上一個胖子搬到椅式擔架上，林義陽搬頭部，陳國勝搬腳，兩人十分吃力。

△ 搬到椅式擔架上之後，陳國勝痛苦地撫著腰，林義陽看了陳國勝一眼。

林義陽：（對病患）頭放輕鬆向後靠……

S18 外景：舊公寓Ｔ／樓梯間／日
人物：林義陽、陳國勝、胖病患

△ 樓梯間，還在氣林義陽的陳國勝，逞強推著椅式擔架往前走，痛苦地下樓梯。
△ 樓梯平台，林義陽伸手過去搶了椅式擔架的把手。

林義陽： 學長我來啦！你去下面幫我護著。

△ 陳國勝有點訝異地看了林義陽一眼。
△ 林義陽若無其事地開始推著椅式擔架下樓。陳國勝連忙搶先走下樓，走在胖子下面幫忙護著。
△ 胖子真的有點重，林義陽咬緊牙根。
△ 陳國勝看在眼裡，有點感動。

S19 外景：邱家陽台／主臥／夜
人物：邱漢成、小穎、琦琦、小嬰兒

△ 夜闌人靜，萬籟俱寂。
△ 臥室裡，小穎跟孩子們正熟睡著。
△ 邱漢成坐在邱家楊台外的小椅子上抽菸，看著夜空出神。
△ 邱漢成身邊的小桌子上，擺著一張健康食品直銷公司的簡介DM。彩色精美的印刷。
△ 邱漢成想著什麼，又吐了口煙。

S20 內景：同安分隊／車庫／夜
人物：陳國勝、林義陽

△ 陳國勝在車庫獨自抽著菸。
△ 林義陽也拿著菸走到外頭，兩人互看一眼。
△ 林義陽拿出菸咬在嘴裡，想點火卻打不著。
△ 這時一個打火機湊上前，是陳國勝。林義陽有點驚訝，但靠著陳國勝的火點了菸。

林義陽： 今天真的有夠倒楣，早上跟你搬了一個，晚上我又搬到一個一百多公斤的，到現在我手還會抖。

陳國勝： 夭壽喔，你真的有夠衰小。

△ 兩人默默地吐煙。

內景：同安分隊／備勤室／日
人物：林義陽、徐子伶、阿忠、小高、魏嘉軒、張志遠

△ 這日中午，備勤室裡，幾個消防員在吃午飯便當。林義陽夾了一小塊肉到徐子伶碗裡，阿忠在旁邊假裝羨慕。

阿忠： 好好喔羚羊！人家也要！

林義陽： 來，這好料的給你！（笑著把剛吃完的骨頭夾起來）

小高： （從別桌湊過來）學長，我也要！

林義陽： 你也要喔，這給你！（把骨頭夾給小高）

小高： 蛤！骨頭喔！

△ 張志遠在旁邊的桌子默默吃飯，一臉鬱鬱寡歡。

徐子伶： （VO）來啦你最喜歡的南瓜！

阿忠： （VO）NO！這我不要！你們真的很噁心欸，休假還來放閃。

林義陽： （VO）我才休一天，我家住那麼遠，回去不划算啦！

徐子伶： （VO）你叫你老婆來陪你啊！

阿忠： （VO）那算了我還是瞎了好了！

林義陽： （VO）喔，跟你老婆說！

徐子伶： （VO）你幹嘛，跟老婆吵架喔？

△ 眾人笑了出來。張志遠仍一點笑容也無。

S22 內景：同安分隊／廁所／夜
人物：林義陽、陳國勝

△ 夜色籠罩著同安分隊。

△ 廁所外，林義陽穿著便服，在洗手台用手洗衣服。

△ 陳國勝衝來廁所，林義陽一臉奇怪。

（陳國勝畫外音，從廁所裡：幹，怎麼這麼臭？）

林義陽： 剛剛是阿忠大便啦，你拉肚子喔？

陳國勝： （在廁所裡）對啊，今天一整天都在拉……齁幹這裡真的很臭！

林義陽： 阿忠就很屎啊，你不知道他剛剛二救尾刀送大員醫院還扣床嗎？

陳國勝： （在廁所裡）靠！這麼衰小？我要拜託長官不要讓我跟他一起出勤。

林義陽： （整理好洗完的衣服）我要出去了，你大便也很臭！

陳國勝： 很臭你還一直跟我聊，我又不是自願想拉肚子！

△ 林義陽正要回嘴時，忽然警鈴大作，並傳出廣播。

（廣播畫外音：火警！火警！）

△ 廁所裡傳來陳國勝的哀嚎。

陳國勝：（從廁所裡面傳來）挫屎！

林義陽： 學長，我替你先去頂一下啦，我今天休假，你等會開勤務車來。

陳國勝：（從廁所裡面傳來）感謝啦！

林義陽： 欠我一杯飲料！

陳國勝：（從廁所裡面傳來）好啦！

△ 林義陽匆忙離去。浴室裡仍迴盪著警鈴聲。

（廣播畫外音：火警！出動11、16、61、91、72……）

S23 內景：同安分隊／車庫／夜

人物：邱漢成、張志遠、阿忠、小高、宋小、徐子伶、林義陽、消防員若干

△ 眾人正忙碌地穿上消防衣，跑向消防車。

△ 徐子伶也在著裝，林義陽也跑過來穿消防衣，徐子伶看到，一臉錯愕。

徐子伶： 你幹嘛穿裝備，你今天不是放假嗎？

林義陽： 國勝學長在大便，我先幫他頂一下。

△ 眾人跑上了消防車，全隊的車輛都閃著紅光、響起警笛出勤。

S24 外景：街頭（同安12上）／夜

人物：徐子伶、林義陽

△ 高架道路上，同安分隊的三台消防車跟著一台救護車往前飛快疾駛著，警笛聲分外刺耳。

△ 道路最遠方，可以看見遙遙城市裡有一棟建築不斷冒出濃濃的黑煙。

△ 同安12副駕駛座的徐子伶看到窗外不遠處冒出的黑煙。

徐子伶：（不禁皺了眉頭）這麼嚴重？

林義陽： 媽的，我就知道那地方早晚會出事，（忍不住說）等一下要不要我進火場，妳弄幫浦？

徐子伶：（瞪了林義陽一眼）你是司機就專心做你的事！

△ 林義陽開著車，一臉擔憂。

S25	外景：Amuz One 娛樂世界／火場第二面同安16旁／夜
	人物：伍誌民、張志遠、15歲張浩遠、邱漢成、消防員若干、救護員若干、記者若干、警察若干、圍觀民眾若干

△ 遠遠可以看見，Amuz One娛樂世界周圍停了一整排消防車及救護車，許多濃煙從二、三樓窗戶冒出來。火場外，許多消防員忙碌著，幾台SNG車前面站著記者在播報新聞。無線電的聲音此起彼落。

△ 分隊長伍誌民正一邊查看火場火勢，一邊用無線電跟火場指揮官回報。

伍誌民：（對著無線電）對，是第二面這裡……二樓跟三樓都有濃煙竄出，研判裡面火勢強烈，目前起火點不明……

△ 張志遠走過伍誌民身邊。他邊走邊套上消防手套時，看到一旁15歲的張浩遠對他搖搖頭，示意他不可進火場。但張志遠只看了哥哥一眼，便不予理會。

邱漢成：（經過張志遠身邊，催促）快點啊！

△ 張志遠跟邱漢成拿著撬棒跟乾扁水帶，往火場快速走去。

S26	外景：Amuz One 娛樂世界外／火場第二面同安12旁／夜
	人物：徐子伶、林義陽

△ 同安12邊，林義陽剛把水帶裝上幫浦，徐子伶便背著尚未充水的水線要往火場走。

林義陽：（對徐子伶）妳要小心，裡面動線很複雜，設備也很多問題。

徐子伶：沒事啦！（敲敲林義陽的安全帽）待會見！

△ 自信滿滿的徐子伶兀自往前走。林義陽擔心地看了她背影一眼，繼續忙自己的工作。

S27	外景：Amuz One 娛樂世界／火場第二面／側門入口／夜
	人物：張志遠、邱漢成、宋小隊長、徐子伶、小高、魏嘉軒、若干消防員

△ Amuz One娛樂世界的側門入口，張志遠跟邱漢成拔掉救命器上的安全插銷，交給正在門口忙碌講無線電的宋小隊長，然後拿著撬棒跟水帶走進去。

宋小：（跟同安隊員講）拿破壞器材過來！（看到有人被救出來）救護班過來，快點！

邱漢成：宋小！

△ 邱漢成跟張志遠把插銷拔掉，交給宋小。

△ 此時，徐子伶跟小高也來了，一樣拔掉救命器上的安全插銷，交給忙碌的宋小隊長，然後進去。

△ 宋小把插銷拿在手上，在紀錄板上正要紀錄時間，忽然看到不遠處的魏嘉軒還在手忙腳亂地布水線。

宋小：（走過去糾正）嘉軒，你這樣就弄錯了，這才是接幫浦的。

　　△ 娛樂世界外，消防員忙碌著，也有不少民眾圍觀。

宋小：（對無線電）同安06，同安06，宋小呼叫！

伍誌民：（VO，無線電）同安06回答！

宋小：（對無線電）現場人員進入，布線完成！

伍誌民：（VO，無線電）收到！

宋小：（繼續指揮現場）救護班的，現場準備，快點！

S28	內景：Amuz One 娛樂世界／二樓遊戲機台室連吧檯區／夜 人物：張志遠、邱漢成、昏迷男人、徐子伶、小高、消防員若干

　　△ Amuz One娛樂世界二樓，雖然斷電漆黑而且有些煙，但在邱漢成及張志遠的頭燈跟胸燈照射下，仍可以看出被遊戲機台劃分出的好幾條小通道。他們兩位搜索著。

邱漢成：志遠，搜索左邊！

張志遠：好！

　　△ 邱漢成及張志遠發現不遠處地上躺著一個中年男人，連忙放下水帶與撬棒，往男人方向前進。

邱漢成：志遠，有傷患！

張志遠：好，（跑到傷患旁）先生！

　　△ 張志遠蹲下，將共生面罩戴在男人臉上，邱漢成拿起無線電回報。

邱漢成：同安06，漢成呼叫。二樓發現受困民眾一名，我們正要拉他出去。請救護班在門口待命。

　　（無線電VO：好，收到收到。）

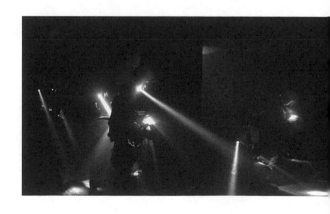

徐子伶帶小高一起進入火場。

△　此時吧檯區的通風管忽然竄出火苗，火勢迅速延燒。

邱漢成：火燒起來了，快！

　　△　邱漢成跟張志遠一起扛起民眾，費力地將他往外抬去。在遊戲機台室的門口遇到前來打火的徐子伶跟小高。他們沒有說話，只是互看了一眼。

徐子伶：（對小高）火很大，跟緊我！

　小高：好！沒問題！

　　△　吧檯區的火勢非常旺盛，徐子伶、小高跟另外兩位消防員都在打火。

消防員A：右邊火變大了！小心！

徐子伶：（對小高）後退一點，蹲下。

　小高：喔！

　　△　不料吧檯區裡的東西忽然爆裂，徐子伶往後跟蹌了兩步，小高連忙幫忙攙扶。

　小高：學姊有沒有怎樣？

徐子伶：沒事沒事。

　　△　徐子伶驚魂甫定，便繼續打火。但火勢猛烈，似乎有漫延開來的趨勢。

S29 外景：Amuz One 娛樂世界外／火場第二面同安11旁（連同安12）／夜
人物：魏嘉軒、林義陽、白科長、稚嫩消防員、消防員若干

　　△　火場外，同安11消防車司機魏嘉軒聽用無線電呼叫。

　　△　天線歪掉、上面用亮黃色膠帶纏住的無線電吱吱喳喳地發出雜訊，好像壞了，沒有聲音。

魏嘉軒：（苦惱地拍著無線電）有聽到嗎？喂？子伶學姐這裡是同安11！有聽到嗎？有收到嗎？

　　△　經過同安11的林義陽看到了。

林義陽：嘉軒你在幹嘛？

　　　　（徐子伶畫外音，無線電：同安11有收到嗎？）

林義陽：（對無線電喊）同安11收到喔！

　　△　林義陽把自己的無線電（編號17）跟魏嘉軒（編號23）的交換。

　　△　魏嘉軒還在跟徐子伶講無線電時，林義陽已經離開了。他走沒幾步，忽然有人拍了拍他的肩膀，他回頭一看，原來是穿著西裝襯衫的白科長。

白科長： 等一下！（指著安水分隊的稚嫩消防員，對林義陽說）裝備帶起來，跟安水分隊 學弟一起進去。

林義陽： 但我是12司機……

白科長： 找人顧一下。總不能讓學弟一個人進火場。

林義陽： 好。我去拿氣瓶。

　　△ 林義陽往回跑，向魏嘉軒喊。

林義陽：（大喊）嘉軒，你先幫我顧12幫浦，等國勝哥來就交給他。

魏嘉軒： 好！

　　△ 魏嘉軒胡亂點頭，然後就繼續講無線電，完全沒注意到林義陽是跑回同安12去拿氣瓶、要 進火場。

S30 內景：Amuz One 娛樂世界／二樓吧檯區／夜
人物：徐子伶、小高、若干消防員

　　△ 徐子伶跟小高在吧檯區繼續打火。附近不少消防員忙碌著。

　　△ 火舌往上竄升，燒到了天花板的裝潢。

徐子伶： 上面，上面！

消防員 A： 右邊上面，小心！

　　△ 徐子伶蹲低，往上方火苗射水。高溫的水灑下來，落在徐子伶跟小高身上。副瞄子手小高 慘叫了一聲，連連後退兩步。

徐子伶：（轉身問）小高，怎麼了？

小高： 消防衣破洞，水跑進去。

徐子伶： 嚴不嚴重？

小高： 沒關係，我還可以。（忍著痛）沒事沒事，我們繼續。

徐子伶： 不行，我們先出去。（對無線電喊）同安06，我子伶，小高燙傷了，我們先撤。

無線電：（VO）好，快撤出來！

S31 外景：Amuz One 娛樂世界／火場第二面側門入口／夜
人物：林義陽、宋小、稚嫩消防員、阿忠、大叔 K、張志遠、邱漢成、昏迷男人、 光榮救護員兩名、伍誌民（無線電聲音）、消防員若干

　　△ 林義陽從同安12上拿好氣瓶跟水帶，又回到白科長身邊跟稚嫩消防員會合。

休假中的林義陽替陳國勝代班，因人手不足，也被叫進火場幫學弟，卻沒料到竟受困火場。

林義陽：　白科長！

白科長：　搜救優先，三樓還有人受困。

　△　林義陽走到不遠處的火場側門入口附近，把身上的救命插銷拔下，交給宋小隊長，後面的稚嫩消防員也是。

　△　安全管制白板前的宋小，看到林義陽要進火場，愣了一下。

林義陽：　宋小！（對宋小解釋）他是安水分隊的學弟，只有一個人來，我帶他進去。

　△　宋小點點頭，將林義陽與稚嫩消防員的插銷貼上白板，然後看看手錶。

宋小：　（對阿忠說）在他們兩個旁邊寫 20:32，還有這幾個。（把張志遠等人的插銷也交給阿忠）

阿忠：　（看著手上的張志遠及邱漢成插銷，問宋小）志遠是幾分進去的？

　△　宋小正在思考時，一位大叔K慌張跑來。

大叔K：　（指著火場遠方）趕快趕快！我太太被困在裡面，快進去救我太太！

宋小：　不好意思，我們都有任務，你可以去指揮站那裡通報嗎？

大叔K：　（焦急憤怒）有什麼比救人還重要？你們不進去救人，在這裡幹什麼！

　△　宋小跟阿忠面面相覷。

大叔K：　快一點！你們再不來我太太就要死了！

宋小：　嗯……好吧……阿忠，走。

　△　宋小跟阿忠跟著大叔離去了。此時，張志遠跟邱漢成兩人抬著意識不清的傷患從火場內出來。

張志遠：　快來，救護班！

　△　光榮分隊的兩名救護員連忙過來接手，發現傷患已經OHCA，連忙開始急救，現場一片忙亂。

張志遠：　（用無線電說）同安06同安06，志遠呼叫。

伍誌民：　（VO）同安06回答。

張志遠：　二樓受困民眾已救出火場，現在正在急救。二樓的排煙系統完全沒用。

　　　　　（伍誌民的聲音，從無線電傳出來：好我知道了。現在裡面受困民眾太多，你們先休息一下、等一下再進去找人。）

張志遠：　好，收到。我們換了氣瓶就進去。

　△　張志遠講完無線電，望向黑色濃煙不停竄出的建築物。

| S32 | 內景：Amuz One 娛樂世界／三樓 A 長廊／夜
人物：林義陽、稚嫩消防員 |

△ 三樓，煙霧越來越濃的A長廊裡，林義陽拿著瞄子（飽滿水帶）、摸著牆壁往前走。

林義陽：（邊走邊說）學弟，要跟緊。

稚嫩消防員：（在後面一邊整理水帶一邊說）好。

林義陽：學弟，去幫我順一下水線！等一下跟著水線走過來！

稚嫩消防員：好！

　　△ 稚嫩消防員往回走，看了看水線的分歧。

　　△ 這時急促的嗶嗶聲響起，稚嫩消防員拿起壓力錶一看，緊張得手足無措。

稚嫩消防員：啊幹……忘了檢查氣瓶！（回頭叫林義陽）學長！學長！

　　△ 濃霧之中沒有回應。

稚嫩消防員：快沒氣了，我要先出去……

　　△ 稚嫩消防員摸著牆壁，害怕地往外走。

S33　外景：Amuz One 娛樂世界外／火場第二面同安 11 旁／夜
　　　人物：徐子伶、小高、魏嘉軒、宋小隊長（無線電聲音）、田新分隊兩名救護員、消防員若干

　　△ 徐子伶扶著小高走出火場。

徐子伶：救護班過來支援！（對迎上來的救護員說）小高左手燙傷了！

　　△ 徐子伶協助小高脫裝備、救護員們用水沖燙傷處，小高痛苦地大叫。

救護員：忍耐一下，忍耐一下！

S34　內景：Amuz One 娛樂世界／二樓 B 長廊（連 VR 室）／夜
　　　人物：張志遠、邱漢成

　　△ 二樓濃煙中，邱漢成跟張志遠兩人的手電筒光束只有一點點效用。兩人沿著牆壁往前走。

邱漢成：這間房間搜索一下。

張志遠：好。

　　△ 邱漢成打開第一扇門，原來那是一間玩ＶＲ遊戲的房間，房間內因為煙霧不濃而視線稍好，此時張志遠也跟著進來，邱漢成用手電筒稍微照一圈。

　　△ 張志遠在濃煙中忽然看到前方隱隱熟悉的身影，他定睛一看，那似乎是跳樓錢小姐的背影，張志遠懷疑著自己的眼睛。

邱漢成：（VO）沒人在裡面，換下一間。

| S35 | 外景：Amuz One 娛樂世界／火場第二面／田新器材車旁／夜
人物：韓局長、謝科長、二位幕僚、范大隊長、孫董、沈經理、田新隊員、賴記者、
記者若干、消防員若干、圍觀民眾若干 |

△ 謝科長跟二位穿著幕僚背心的幕僚，簇擁著新局長來到指揮中心的白板旁。指揮板前，身穿
消防衣的范大隊長看到局長來了，連忙報告現場狀況。附近的賴記者及幾位其他記者、攝影
也圍過來聆聽。

范大隊長： 局長，現在二樓火勢猛烈，三樓濃煙，都有民眾受困。我們目前也都有派人進去
搜救……

△ 范大隊長報告時，Amuz One娛樂世界的孫董跟沈經理也來到現場，向局長關切。

沈經理： （對孫董小聲說）有九百萬還放在保險箱裡拿不出來……

| S36 | 外景：Amuz One 娛樂世界／火場第二面／同安 11 旁（連同安 12）／夜
人物：徐子伶、魏嘉軒、消防員若干 |

△ 徐子伶來到12消防車旁，看到是魏嘉軒，一臉疑惑。

徐子伶： 嘉軒怎麼是你？林義陽呢？

魏嘉軒： 我不清楚欸，他只有叫我幫他顧12幫浦。

△ 此時魏嘉軒無線電發出聲音呼叫他，他趕緊回應。

魏嘉軒： （對無線電喊）同安11收到！（離開12車）

△ 徐子伶不禁露出疑惑的眼神。但只好先拿著氣瓶走向遠方的空壓車。

△ 在其他隊員幫助下，徐子伶邊卸下氣瓶，邊擔心地看著同安12車林義陽本來應該在的地方。

| S37 | 外景：Amuz One 娛樂世界／火場第二面田新器材車旁／夜
人物：韓局長、謝科長、二位幕僚、范大隊長、孫董、沈經理、田新隊員、賴記者、
記者若干、消防員若干、圍觀民眾若干 |

△ 火場第一面的指揮中心，現在由韓局長接手，謝科長和二位幕僚各自忙碌著，幾組記者正在
連線轉播，或各自筆記寫新聞稿。沈經理和孫董站在旁邊，一臉不耐與不悅。

△ 韓局長拿著無線電指揮，一旁孫董一臉焦慮。

韓局長： 灣台兩號通報，現場搶救方針以人命搜救為主，請各帶隊官加強人命搜救！

孫董： 韓局長，都幾小時了，你們還沒控制火勢？再燒下去我們整棟樓都燒光了。

韓局長： 孫董，滅火有滅火的程序和戰術。

沈經理：（眼看孫董很不高興，連忙指著三樓黑煙瀰漫、隱隱有小火光的窗戶，對韓局長說）我們三樓有重要財物在裡面，你們明明有雲梯車為什麼都不用？

△ 一旁有媒體聽到質疑，眼睛發亮，馬上就湊上來質問。

賴記者： 請問局長，為什麼雲梯車來了卻只停在路邊，不趕快射水打火？

謝科長： 請不要妨礙我們打火，謝謝！

△ 媒體卻一直拍個不停。

韓局長：（臉色尷尬為難）請相信我們，一定會盡快把火滅掉。

沈經理： 那就快呀！趕快叫他們射水，還等什麼！

△ 韓局長猶豫著不知該如何是好。他看見幾個記者的相機鏡頭對著自己，不禁滿臉大汗。

△ 孫董冷冷看了韓局長一眼，走到旁邊拿起手機撥號。

孫董：（手機接通了）市長啊，我是孫正弘。我們娛樂城失火了你知道吧？……

△ 韓局長看著失火的娛樂城，一臉焦慮。

S38 內景：Amuz One 娛樂世界／三樓 A 長廊連 C 小廳／夜
人物：林義陽、王文德（小房間內）

△ 林義陽在黑煙密布的A長廊內沿著牆壁走，看到前方有明亮的光線。他走向前，透過門上的窗戶發現C廳中央起火了。林義陽連忙轉頭呼喚稚嫩消防員。

林義陽： 學弟？學弟！

△ 濃煙密布的A長廊裡，沒有任何人影。

△ 林義陽轉頭又看了一下C廳，有點猶豫是否要撤退。不料卻發現C廳彼端的高爾夫球室裡，透明玻璃窗後有人影在晃動。

（畫外音，微弱地：救命！救命！）

林義陽：（拿起無線電要回報）同安06同安06，義陽呼叫……

△ 無線電一片寂靜無聲。林義陽這才發現那是壞的（天線上有黃色膠帶的那支）。

林義陽：（懊惱地）幹！

△ 林義陽又看了一眼遠方的受困民眾人影，以及擋住去路的火光。為了救人，他決定先滅火，而不是撤退。

S39 外景：Amuz One 娛樂世界／火場第二面側門入口／夜
人物：稚嫩消防員、白科長、阿心、阿敬

徐子伶非常擔心林義陽。

△ 火場一樓的側門入口，已拿下面罩的稚嫩消防員疲憊地出來，剛好遇到在外一直拍照、回傳照片給長官的白科長。

白科長：（看到稚嫩消防員一個人出來，愣了愣）怎麼只有你一個人出來？

稚嫩消防員：三樓煙太濃，我跟學長走散了。

白科長：（一臉憂心）所以他現在一個人在裡面？

△ 稚嫩消防員點點頭。白科長眉頭微皺。

白科長：你怎麼把學長一個人丟在裡面！

△ 稚嫩消防員一臉無助，白科長看到旁邊兩位田新的隊員阿心跟阿敬。

白科長：（對阿心跟阿敬）你們兩個進去找，三樓有隊員落單。（對稚嫩消防員說）你跟他們講在哪裡！

稚嫩消防員：（緊張地）在三樓那個樓梯，右手邊上去……

△ 白科長看著火場，一臉緊繃。

S40 內景：Amuz One 娛樂世界／三樓 C 小廳（連高爾夫球室）／夜
人物：林義陽、王文德

△ C廳的門打開，林義陽帶著自己的水線進來，朝火射水。

△ 強大的水柱射過去，火光漸漸變小，黑煙卻多了起來。

△ 小房間玻璃門後的人影發現林義陽的出現，一直努力揮手求救著。

△ 林義陽最後滅了C廳中央的火，只剩左右兩邊牆上的小火。他想繼續拉水線往前，水線卻卡住。

林義陽：媽的卡住！

△ 林義陽丟下瞄子，直接衝向彼端的高爾夫球室。他打開高爾夫球室的玻璃門，反手關上。卻發現門後那個人竟是王文德議員，他不禁一愣。

△ 王議員看見消防員是林義陽，也不禁一愣。

S41 內景：Amuz One 娛樂世界／二樓 B 長廊（接 VR 室）／夜
人物：張志遠、邱漢成

△ 二樓的另一頭，依舊濃煙密布。

△ 煙霧瀰漫的長廊裡，邱漢成走到另一個房間門前。

邱漢成：進入搜索！

張志遠：收到。

△ 邱漢成打開門，走進去搜尋，後方的副瞄子手張志遠也正要走入時，卻在濃煙中忽然看到錢小姐正對著他。

△ 張志遠驚愕地睜大眼。

錢小姐： 謝謝你，我該下去了。（說完便走掉）

張志遠：（大喊一聲，丟下水帶往前追跑過去）錢小姐！

邱漢成：（在屋內驚訝疑惑地轉頭）志遠？志遠！

△ 張志遠已經跑到另外一條長廊。

張志遠：（邊跑邊大喊）錢小姐，錢小姐！

△ 張志遠往左邊看，是一望無際的走廊與濃煙。他往右邊看，仍是一望無際的走廊與濃煙。此時錢小姐忽然又出現，往某個地方走去。

△ 張志遠往錢小姐奔過去。

張志遠：（往前大喊）錢小姐！

△ 濃煙裡，張志遠往錢小姐方向奔去，卻發出一聲慘叫。

S42 內景：Amuz One 娛樂世界／B1貨梯井／夜
人物：張志遠

△ 張志遠往下墜落，撞到貨梯井。貨梯井底（B1），積了20公分左右的水，張志遠全身重裝加上從樓上掉下來的衝擊力，讓他因為撞擊力而昏迷。

△ 這是一座廢棄的貨梯井，而故障場敞開的二樓門口，一直有濃煙竄出，累積在貨梯井頂端。頂端濃煙裡，一直有小東西往下墜落，有的甚至有小小的火苗。

△ 從電梯井頂往下看，可以看見張志遠摔在井底，側躺在地上昏迷，不知道是死是活。他的頭燈跟胸燈照著電梯井。

△ 張志遠仍在昏迷著。電梯井上方濃煙密布，不時有金屬物墜落，許多都有小小火苗，有的甚至會掉到張志遠身上。但昏迷的張志遠卻完全不知閃躲危險。

S43 內景：Amuz One 娛樂世界／三樓迷你高爾夫球室／夜
人物：林義陽、王文德

△ 而三樓這邊，兩側牆壁的小火苗已經迅速攀升到天花板，也蓄積起不少濃煙。

△ 王文德議員躲藏的室內迷你高爾夫球室，林義陽正拿出共生面罩來要給王議員戴。王議員看著他，神情複雜。

林義陽： 等一下你緊緊跟著我走，知道嗎？知道嗎？

王議員：好！

△ 王議員點頭。林義陽轉身打開門，帶著王議員往前走。

△ C廳裡，天花板的濃煙裡不時有東西掉下來。

△ 王議員怕得一手抓著林義陽，另一手護著頭。

△ 林義陽小心翼翼地注意前方跟上方，慢慢往前走。

△ 兩人走沒幾步，忽然天花板巨大的吊飾砸下來，差點壓到兩人身上，林義陽連忙舉起手護住王議員，卻被掉下的東西砸中，痛得說不出話來。

王議員：（嚇得臉色蒼白，卻又擔心地問林義陽）你有沒有怎樣？有沒有怎樣？

林義陽：（撫著受傷的手，忍住痛）沒事沒事！我們趕快離開這裡！

△ 著火的天花板完全擋住去路。後方是熊熊烈火。

△ 林義陽帶著王議員退回高爾夫球室，他望著前方，臉色嚴肅。

王議員：（也憂心忡忡地看著前方）現在在怎麼辦？

△ 林義陽看著眼前的熊熊烈火，他們被困住了，進退維谷。林義陽眉頭緊蹙。

△ 而大火猛烈燃燒，彷彿要吞噬整個世界。

（待續……）

第九集 真相

　　火場裡，林義陽跟王議員受困三
樓，無處逃脫。火場外的徐子伶發現
後，連忙爬上氣窗想營救他們。火場
的另一邊，受傷的張志遠在貨梯井底
昏迷不醒，二樓的邱漢成著急萬分，
但前來搶救的宋小隊長，在煙霧瀰漫
中卻一直找不到張志遠受困之處……

邱漢成找到張志遠跌落的貨梯井。

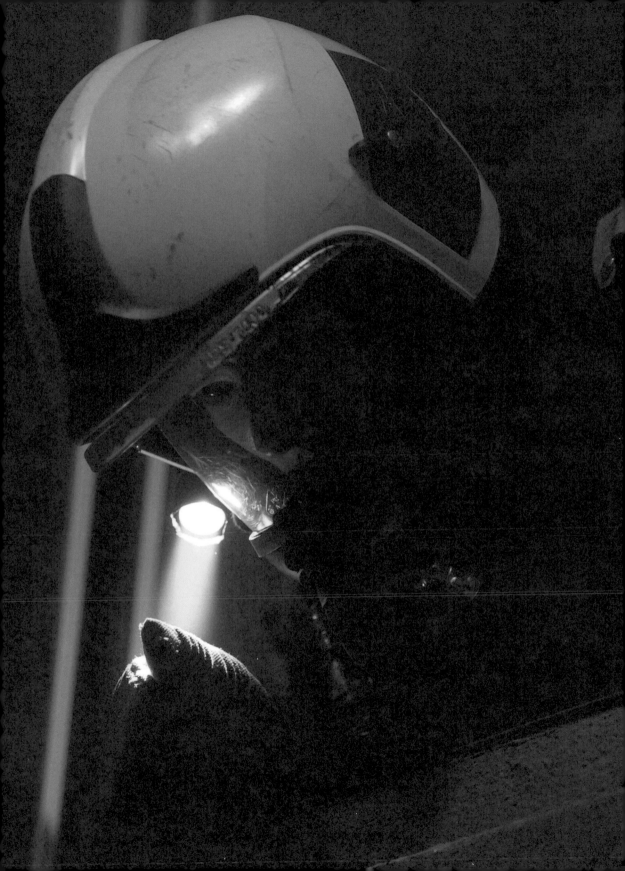

跌落貨梯井底的張志遠，恍惚中終於睜開眼睛。

火場內火勢猛烈。

救離議員後，林義陽能不能突破火場？

林義陽不幸被火海隔離而岌岌可危。

徐子伶發現火場爆燃，林義陽殉職後，整個人崩潰。

S1	內景：張家廚房／夜
	人物：張母

△ 張家廚房，張母正洗著碗，客廳開著的電視機傳來微弱但清晰的新聞播報。

（新聞畫外音：……北部地區 17 到 18 度，中部地區 19 到 20 度，南部地區 19 到 21 度，以溫度來說您可能還沒感覺到變天，但提醒騎車的朋友，外頭風已經變強了，建議您多加一件外套保暖，小心不要著涼。氣象專家表示，預計最下快周五，氣溫就會像溜滑梯一樣，一口氣下降到 14 度，但強度是否會到達大陸冷氣團等級還有待觀察……）

△ 新聞兀自播報著，張母也不甚在意，一切就像尋常的夜晚。

△ 張母把洗好的碗盤準備收好，卻不小心摔在地上。她伸手想撿起來，又不小心被割出一道血痕。

（新聞畫外音：……現在為您插播一則新聞。大員市 Amuz One 娛樂城在今天晚上發生大火，火勢一發不可收拾，現場濃煙密布，許多民眾受困在娛樂城內，大員市消防局出動了 42 台消防車、71 位消防員，火勢仍難以控制。相關消防車輛及支援人員仍持續增加中，而消防局長也已經抵達現場指揮。目前已經疏散民眾 48 人、搶救 22 人。送醫後一死二命危……）

△ 張母看著傷口，露出不安的表情。

S2　內景：Amuz One 娛樂世界／三樓 C 小廳／夜
　　　　人物：林義陽、王文德

　　△　娛樂城外，濃煙仍不斷冒出。
　　△　C小廳裡，熊熊烈火擋住去路。

王議員：（再次憂心忡忡地問林義陽）現在怎麼辦？

　　△　林義陽撫著受傷疼痛的手，看著前方火場沉吟著。

王議員：（非常著急）這樣怎麼出去？

林義陽：（果斷轉身面向迷你高爾夫球室）我們退回去。

　　△　王議員一臉訝異。
　　△　林義陽帶著王議員退回高爾夫球室，把玻璃門關上。外面一片火海。

S3　內景：Amuz One 娛樂世界／B1貨梯井／夜
　　　　人物：邱漢成、張志遠、12歲張志遠、15歲張浩遠

　　△　濃煙竄出的二樓貨梯門口，邱漢成慢慢摸索走出來，發現前方是貨梯井，他往下一看，發
　　　　現了張志遠，連忙跪下來，一臉焦急。
　　△　貨梯井底，張志遠側躺在地上昏迷，不知道是死是活。他的頭燈跟胸燈照著貨梯井。

邱漢成：（一臉焦急）志遠？志遠！你聽得到我聲音嗎？志遠起來！

　　△　躺在地面的張志遠毫無反應。
　　△　邱漢成回頭看，只見走廊濃煙密布，他又往貨梯井看，不停有東西從貨梯井上方往下掉。

邱漢成：張志遠！（連忙拿出無線電焦急地喊著）同安06！我是漢成！志遠掉到貨梯井
　　　　裡昏迷，請馬上派支援到B1貨梯井！

　　△　貨梯井底，可以看見全身著裝的張志遠仍側躺在地上，因為墜落的衝擊而昏迷。張志遠雙
　　　　眼緊閉。
　　△　情況危急，張志遠卻仍舊昏迷不醒。

S4　內景：Amuz One 娛樂世界／三樓高爾夫球室／夜
　　　　人物：林義陽、王文德

　　△　在關著門的小高爾夫球室裡，視線還算明朗，但門外的煙越來越濃，不但從天花板堆積到
　　△　地面，而且還不停地從玻璃門縫中竄進來。
　　△　退回高爾夫球室的王議員已經脫掉共生面罩，林義陽也脫掉了沒氣的氣瓶。

王議員：你手還能動嗎？

林義陽：我沒事。

　　　△ 兩人看著高爾夫球室外的大火，不知如何是好。

　　　△ 林義陽拿起纏著黃色膠帶的無線電，嘗試呼叫。

林義陽：（對無線電）同安06義陽呼叫、同安06……（放棄嘗試）

王議員：怎麼都沒回應？

林義陽：壞了。

　　　△ 王議員無語，往別處看，好像看到什麼。

王議員：（看著牆上）這邊有氣窗。

　　　△ 林義陽往後看了看，氣窗在相當高的地方。

　　　△ 王議員站在林義陽肩上，林義陽吃力地撐著。

林義陽：扶好喔！（奮力慢慢站起來）還好嗎？

　　　△ 王議員攀上氣窗，氣窗口是一片鋁製的柵欄。

林義陽：需要桿子嗎？

王議員：可能不用……

　　　△ 林義陽的手跟肩膀都痛，但他仍咬牙忍著，一聲不吭。

　　　△ 王議員把鋁製柵欄硬拆掉，外面還有一層。

王議員：桿子給我！

　　　△ 林義陽把身旁的高爾夫球桿遞給王議員。

　　　△ 王議員用桿子撞了好幾下，外層的氣窗終於掉落，王議員連忙從窗戶往外看。

　　　△ （王議員主觀）從三樓氣窗往下看，許多消防員在忙碌著。

王議員：（向下大喊著）喂！這裡啊！喂！我們在這裡！

　　　△ 下面的消防員們各自忙碌，無線電聲音又此起彼落，根本沒人聽到。

王議員：（繼續大喊跟揮手）這裡！這裡！

　　　△ 下面消防員們仍沒人注意。

林義陽：（吃力地說）把球桿丟下去，讓他們知道我們在這裡……

　　　△ 王議員連忙將手上的高爾夫球桿往窗外丟。

S5	外景：Amuz One 娛樂世界／火場第二面田新器材車旁／夜 人物：徐子伶、阿忠、若干消防員

　　　△ 充好氣瓶的徐子伶正靠在圍牆上休息，卻被一根從天而降摔到地上的球桿嚇了一跳。她跳
　　　　起來往上方一看，竟然看到三樓窗口有人影。

徐子伶：（連忙指著樓上大喊）上面有人受困！

　　△ 阿忠以及幾位消防員驚訝地往樓上看，果然看到窗口的人影。

阿忠：架關東梯！

徐子伶：（拿起無線電）同安 06，子伶呼叫！有人受困三樓，人數不明。我們要架梯上去救人⋯⋯

S6 內景：Amuz One 娛樂世界／三樓高爾夫球室／夜
人物：林義陽、王文德

　　△ 林義陽苦撐著王議員，一邊露出焦急地眼神往高爾夫球室外看。

　　△ 玻璃門外面，大火熊熊燃燒，絲毫沒有減緩的跡象。

S7 內景：Amuz One 娛樂世界／B1 電梯井／夜
人物：張志遠

　　△ 貨梯井這邊，邱漢成拚命叫著張志遠。

邱漢成：張志遠！你聽得到我聲音嗎？志遠！

　　△ 井底的張志遠仍閉著眼毫無反應。

　　△ 貨梯井頂端的濃煙裡有一片片火苗掉下來。

　　△ 火苗落在張志遠身旁，張志遠仍閉著雙眼。

　　△ 鋼琴聲淡入。

S8 內景：舊張家琴房（張志遠回憶）／日
人物：12 歲小張志遠

　　△ 昏暗的琴房。奇幻的光影。充滿壓力的氛圍。

　　△ 小張志遠獨自坐在琴房，固執地練著同一段曲子，但即使他皺眉固執地彈著，一遍又一遍，仍舊在同一個地方出錯。

　　△ 小張志遠忽然氣得用力按下琴鍵，然後把琴譜全掃落地面。畫面飛黑。

林義陽隻身進入三樓高爾夫球室搶救王議員。

　△　黑暗中，有人正叫喚著張志遠。

張浩遠：　志遠，志遠！

　△　模糊當中，有個人影走來。

　△　鋼琴前，跟小張志遠穿著同款式便服的張志遠，眯著眼想看清楚前方。(整場都是離離晃晃，充滿暈光的鏡頭)

　△　四周慢慢不再刺眼。張志遠發現身處在一個黃昏的頂樓平台。前方人影原來是哥哥張浩遠。

張浩遠：　為什麼你那麼怕彈錯？

張志遠：　（有點沮喪地轉頭）已經練習那麼多遍了，為什麼永遠練不好？

張浩遠：　（走到鋼琴邊）你已經長大，不需要練了。

　△　張志遠有點驚訝地望著哥哥。

張浩遠：　你也不用那麼怕犯錯，你不知道嗎？

張志遠：　（神情黯然）可是有的錯誤，永遠沒辦法彌補……

張浩遠：　所以你要一直待在那個房間？

張志遠：　（更加感傷）你不也是嗎？

張浩遠：　我早就離開那裡了。

　△　張志遠更錯愕地望著哥哥。

張浩遠：　你不想離開嗎？

張志遠：　（猶豫了一下）我不知道要怎麼離開？

張浩遠：　其實很簡單……起來，志遠。

　△　張志遠還是有點猶豫。

　△　哥哥站起來，對張志遠伸出手。

張浩遠：　起來，志遠。

　△　張志遠逆光看著哥哥，還是有點猶豫，但他的衣服已經變成消防服了。

張浩遠：　起來。志遠。

張浩遠：　志遠！起來！

　△　張志遠看著哥哥，他的瞳孔裡反映著哥哥的身影。
　　（邱漢成隱約的畫外音淡入：志遠！起來！）

374

S10	內景：Amuz One 娛樂世界／電梯井／夜
	人物：張志遠、邱漢成

△ （邱漢成隱約的畫外音：志遠！起來！）

△ （張浩遠畫外音：志遠，起來！）

△ 張浩遠的聲音跟邱漢成的重疊在一起。

△ 張志遠閉著的眼睛忽然睜開。

△ 邱漢成跪在濃煙竄出的二樓貨梯口，焦急地呼喚張志遠。貨梯頂端濃煙密布，一直有著火的小火苗掉下來。

邱漢成：（發現張志遠醒來了，驚喜萬分）志遠！趕快爬到一樓，上面可能要塌了！

△ 貨梯井上方的濃煙裡，忽然傳來奇特的金屬聲響，一個龐然大物掉落出一小角，露出濃煙之外。

△ 張志遠想爬到一樓空地，但他一動就慘叫，因為手腳摔傷了。

邱漢成：（對下方焦急喊著）志遠，快啊。

△ 張志遠一臉痛苦，努力想爬向一樓空地，但他神情痛苦，速度很慢。

△ 電梯井最上面的濃煙裡，再次傳來巨大的聲響，龐然大物搖搖欲墜。

S11	外景：Amuz One 娛樂世界／火場第二面田新器材車旁／夜
	人物：徐子伶、伍誌民、阿忠、若干消防員

△ 一樓地面已經架好了關東梯，徐子伶正往上爬。伍誌民、阿忠等消防員穩住梯子，緊張地向上看著已爬到二樓的徐子伶。

伍誌民：（神情嚴肅地對上面喊著）踩穩！不要急！

△ 梯子上徐子伶小心翼翼地爬著。

徐子伶：（邊爬邊喊）你不要動，我上來救你！

S12	外景：Amuz One 娛樂世界／火場第一面臨時指揮站／夜
	人物：謝科長、消防員若干

△ 同一時間，臨時指揮站附近，一台光榮分隊的雲梯車正緩緩升梯。許多消防員在指揮或忙碌著。

謝科長：光榮31靠近一點，再靠近一點！好！

△ 謝科長正用無線電指揮著，要光榮分隊的雲梯車靠近孫董指的窗口。

<table>
<tr><td>S13</td><td>內景：Amuz One 娛樂世界／三樓高爾夫球室內／牆外／夜
人物：林義陽、王文德、徐子伶</td></tr>
</table>

△ 高爾夫球室內，林義陽將身上的四米繩交給王議員。

林義陽： 等一下你先出去，記得把這個交給消防員，讓他綁好後垂下來給我。知道嗎？

（徐子伶畫外音：只有你們兩個人受困嗎？）

△ 林義陽抬頭一看，窗口的徐子伶跟他都大吃一驚。

徐子伶： 林義陽，怎麼是你？

林義陽： 沒時間解釋了，先出去再說！

△ C廳火勢越來越旺。高爾夫球室的大片玻璃窗，開始有了小小的裂痕。

<table>
<tr><td>S14</td><td>外景：Amuz One 娛樂世界／火場第一面臨時指揮站／夜
人物：雲梯車消防員、雲梯車操作員、沈經理、孫董、韓局長、記者若干、消防員若干</td></tr>
</table>

△ 指揮站附近，光榮分隊的雲梯車已經升到高空了。上面的消防員正在跟地面的司機確認水壓。

雲梯車消防員： （對著無線電）光榮31，我這邊好了，麻煩加壓。

地面消防員： （對著對講機）收到！

△ 指揮站這裡，局長講著手機，一臉鬱悶。

韓局長： 是的，市長……（聽了一會）我知道，可是……

△ 沈經理在一旁跟孫董竊竊私語。

<table>
<tr><td>S15</td><td>內景：Amuz One 娛樂世界／三樓高爾夫球室內／牆外／夜
人物：林義陽、王文德、徐子伶</td></tr>
</table>

△ 高爾夫球室內的濃煙越來越多。在林義陽幫助下，王議員爬上氣窗。徐子伶也在梯子上綁好四米繩，垂降到高爾夫球室了。

△ 高爾夫球室的玻璃門有點裂痕。

△ 王議員攀上氣窗，徐子伶協助他，並且看向林義陽。

徐子伶： （對王議員）來，腳給我！腳給我！

△ 王議員看了看梯子，又看了看下方高度，一臉驚懼。

林義陽： 趕快！

王議員： （嚇得臉色蒼白）我怕高……

徐子伶：（氣得罵）怕什麼怕，要來不及了！

王議員：我沒辦法……（才剛說完，忽然聽到玻璃碎裂聲，嚇得往 C 廳看去）

△ 原來是高爾夫球室的玻璃門支撐不住高溫而全面破裂，巨大的聲響把他們三人都嚇一大跳。眼看濃煙馬上竄入，房內煙霧越來越濃，往氣窗湧去，三個人都被嗆得猛咳嗽。

徐子伶：林義陽你還好嗎？

林義陽：（邊咳邊大喊）快！

徐子伶：（邊咳邊協助王議員）快點把腳給我！

△ 林義陽被濃煙嗆得痛苦咳嗽。

S16　內景：Amuz One 娛樂世界某處／夜
人物：宋小、消防員兩名

△ 黑暗中，宋小奮力推開一扇電梯門，身上的手電筒幽幽地亮著。

宋小：媽的，不是這裡！

△ 宋小趕緊走向另外兩位消防員。

宋小：你們兩個有找到人嗎？

消防員：沒有！

邱漢成：（VO，從無線電呼叫）宋小宋小，你們快到了嗎？

宋小：（對無線電）他們改了這裡通道，濃煙很多，我們還在找！（叫兩位消防員）走，我們去西側！

△ 他們焦急地繼續搜索。

S17　內景：Amuz One 娛樂世界／貨梯井／夜
人物：張志遠、邱漢成

△ 電梯井上方，濃煙裡掉落的東西越來越多了。邱漢成焦急地望著下方。

邱漢成：志遠快點！這邊要塌了！

△ 貨梯井底，張志遠仍吃力地想爬到一樓空地，但因為受傷以及門檻的高度，他一直爬不上去。

邱漢成：（焦急地望著上方濃煙，又看著下方）志遠快！

△ 貨梯井底，張志遠咬緊牙根，卻還是痛得爬不上去。

△ 張志遠再次使盡全身力氣往上爬。

王議員懼高，徐子伶在氣窗旁催促著。

邱漢成：志遠用力啊！志遠！

△ 張志遠努力地想把自己撐上去，一臉痛苦。

S18	內景：Amuz One 娛樂世界／三樓高爾夫球室內／夜 人物：林義陽

△ 在熊熊火光中，林義陽努力地拉著繩索想攀上去，卻因為手受傷頻頻失敗。
△ 林義陽滾落在地上，痛得大叫。但他又再次站起來，嘗試要爬上窗戶。

S19	內景：Amuz One 娛樂世界／貨梯井／夜 人物：張志遠、邱漢成

△ 邱漢成抬頭看，電梯井上方的濃煙裡，再次發出巨大聲響，一塊很大的角鋼及鋼索往下掉下
　 來，只剩一小截鋼索連著，懸在空中搖晃著，似乎隨時會掉下來。
△ 下方的張志遠痛得想放棄，他已經沒有力氣將自己撐上去。

邱漢成：志遠不要放棄、不要放棄啊！

S20	內景：Amuz One 娛樂世界／牆外／夜 人物：王文德、徐子伶、伍誌民

徐子伶：快點爬下來啊！

△ 牆外的王議員已經攀在梯子上，不敢往下看，但在徐子伶的鼓勵下慢慢往下移動。

徐子伶：來踩左腳！快點！
伍誌民：一步一步走下來！
徐子伶：你可以的，好，右腳踩，快點快點！
伍誌民：快點……快！

S21	外景：Amuz One 娛樂世界／火場第一面／臨時指揮站／夜 人物：韓局長、謝科長、二位幕僚、范大隊長、孫董、沈經理、田新隊員、賴記者、 記者若干、消防員若干

△ 指揮站這裡，局長講著手機，一臉鬱悶。

韓局長：是……嗯……（深吸一口氣）好的，市長。

謝科長：（看到局長掛了電話，馬上迎上來）局長……光榮31已經準備好了。

△ 局長仍猶豫著。孫董臉色十分難看。賴記者跟其他媒體也都看著局長。孫董見狀，連忙對局長施壓。

孫董： 還等什麼？再等下去火勢變大，你要負責嗎？

S22 內景：Amuz One 娛樂世界／貨梯井／夜
人物：張志遠、邱漢成、宋小、消防員兩名

△ 張志遠還在嘗試，但頻頻滑落。他抬頭看向貨梯上方，上面的金屬已經搖搖欲墜。

邱漢成： 志遠快點！快！用力一點！

△ 下方的張志遠痛得想放棄，他已經沒有力氣將自己撐上去。

邱漢成： 志遠不要放棄、不要放棄啊！

△ 張志遠咬緊牙關，一臉絕望。此時忽然一雙手把他拉起來。張志遠抬頭一看，是宋小。

宋小： 志遠！快！

邱漢成： 快點，這邊要塌了！

△ 宋小隊長跟兩位消防員連手將張志遠用力拉到一樓樓面。

△ 此時電梯井的大塊角鋼及鋼索轟然一聲掉落，邱漢成趕緊把身體縮回來。

△ 角鋼掉落發出巨響，濺得水花到處都是。及時逃脫的張志遠斜倚在地上，大口大口地喘著氣，驚魂甫定。

S23 外景：Amuz One 娛樂世界／火場第一面臨時指揮站／夜
人物：韓局長、謝科長、二位幕僚、范大隊長、孫董、沈經理、田新隊員、賴記者、記者若干、消防員若干

△ 指揮站這裡，局長下不定決心。

孫董： 韓局長，快！

韓局長：（看了看濃煙不停竄出的火場，終於下定決心）好，射水。

謝科長：（馬上拿起無線電）光榮31，現在射水。

△ 雲梯車上，消防員打開瞄子，往Amuz One娛樂世界的三樓射水。強力的水柱射出，射破濃煙密布、隱隱有火光的窗戶。

△ 窗戶玻璃應聲破裂，水注射入滿是黑煙的窗內。

S24	內景：Amuz One 娛樂世界／三樓 A 長廊／C 小廳／小高爾夫球室／夜 人物：林義陽

△ 林義陽跟稚嫩消防員走散的那條煙霧瀰漫的A長廊，忽然「轟」地一聲火焰閃現，沿著濃煙霎時將整條通道燒起來。

△ 悠揚的聖歌吟唱響起。

△ 連著A長廊的C小廳，整片空間也頓時火光熊熊、全面燃燒。

S25	外景：Amuz One 娛樂世界／火場第二面／梯子邊／夜 人物：徐子伶、王文德、伍誌民、阿忠、若干消防員

△ Amuz One娛樂世界的牆外，梯子上的王議員還在一、二樓之間的高度，但動作快速的徐子伶已經到達地面。

△ 此時一陣可怕的火舌及黑煙從三樓窗口衝出來，然後是恐怖的爆炸聲。

△ 著火的破裂物紛紛飛出掉落，王議員嚇得摔落地面，徐子伶也大驚失色，不敢置信地望著窗口大火。

徐子伶： 林義陽！

△ 徐子伶衝向關東梯想往上爬，一旁分隊長跟其他消防員把她攔住。

徐子伶： 放開我，我要救林義陽！

伍誌民： 冷靜點！

徐子伶： 林義陽！

△ 被抓住的徐子伶拚命掙扎，無助地哭喊。

△ 掉落地面的王議員還躺在地上，手似乎斷了，一臉痛苦。

△ 一個又一個的消防鞋奔過水線。

△ 徐子伶哭喊的聲音越來越絕望。安全管制板上，林義陽的插銷隨風搖晃。

△ （slowmotion）仰望夜空，可以看到三樓氣窗黑煙猛烈地竄出，彷彿夢境一樣不真實。鏡頭再往上搖，可以看見黑夜被火光染上紅光，有種異樣的美感。在悠揚的聖歌中，一切顯得如此遼闊，如此美麗。

△ 畫面飛黑。聖歌吟唱結束。

△ 進片名。

S26	外景：河堤邊／日
	人物：徐子伶、林義陽

△ 徐子伶跟林義陽悠閒的在河堤散步。

徐子伶：（走了幾步，忍不住開口）你那天真的嚇到我了，我還以為你出事了！

林義陽： 不用擔心啦！好險我反應快，看到旁邊櫃子躲進去！

徐子伶： 你還敢講，我是認真的！

林義陽： 我不會丟下妳啦！妳那麼凶我怎麼敢……

徐子伶： 知道我凶，還不打電話報平安？

林義陽： 好啦好啦，現在打給妳好不好。

△ 徐子伶笑著瞪了林義陽一眼。林義陽卻興沖沖拿出手機來打。

△ 徐子伶的手機響了。

林義陽： 欸趕快接啊。

△ 徐子伶翻白眼，覺得接電話很幼稚。手機鈴聲一直響著。

林義陽：（笑嘻嘻的）快接啦。

S27	內景：徐家／徐子伶臥室／晨
	人物：徐子伶

△ 徐子伶在臥室裡面躺著，眼睛緊閉。

△ 手機鈴聲持續響著。

△ 徐子伶張開眼睛，看向床頭櫃的手機，手機上是鬧鐘的響鈴，時間指著早晨六點半。

△ 徐子伶按掉鬧鐘，留下一行清淚。

△ 一旁桌子上，林義陽的安全插銷靜靜躺著。

S28	內景：同安分隊／浴廁／日
	人物：陳國勝

△ 陳國勝走進分隊的浴廁，看到林義陽出勤之前正在洗的衣服還留在水槽中。

△（ins.）林義陽一邊洗衣服一邊跟在廁所裡的陳國勝聊天。

△ 陳國勝抬起頭，本來想到林義陽的玩笑，嘴角留著笑意。但那抹微笑慢慢褪掉，取而代之的是眼角泛淚。

S29 內景：同安分隊／備勤室／日
人物：廖新聞主播（電視畫面）

△ 早晨，同安分隊的備勤室裡，電視上正在播報晨間新聞。
  廖新聞主播：震驚全台的Amuz One娛樂世界大火，造成三名消防員殉職、五名重傷，其中一名剛剛脫離險境，但因為缺氧太久恐怕造成癱瘓……
△ 整個備勤室裡空蕩蕩的，只有電視嘰嘰喳喳的新聞播報聲。

  （ins.）電視螢幕裡，有 Amuz One 娛樂世界大火裡爆燃的畫面。烈火噴出三樓所有窗口，濃煙衝天。

  （廖主播的旁白繼續說著，一直延續到下一場：這次 Amuz One 娛樂世界的建築物三樓會出現爆燃……）

S30 內景：同安分隊／車庫／日
人物：魏嘉軒、小高、阿忠、廖主播（新聞畫面）

△ 同安分隊的車庫，魏嘉軒、小高、阿忠一如往常地發車、檢查裝備，但他們都沒有交談，無精打采的。
  （新聞主播畫外音：受困火場的王文德議員表示，特別感謝消防員林義陽的搶救。對於他的犧牲，王文德十分難過，他同時也向這次殉職的三位消防員至上最大敬意……至於這次發生爆燃的原因，消防局表示，火場狀況瞬息萬變，疑似密閉空間中，火場溫度持續上升，才會忽然發生爆燃，高溫瞬間奪走三名警消性命。）阿忠經過放裝備的櫃子，忍不住停下來。
△ 櫃子是林義陽放裝備的架子，上面標著林義陽的編號跟名字，櫃子空蕩蕩的，什麼都沒有。
△ 阿忠看了一眼之後，低著頭走開。
△ （ins.）新聞主播畫面：是什麼原因造成這麼大的傷亡，檢調目前還在調查當中。而起火原因部分……

S31 內景：大員醫院／病房／日
人物：張志遠、張母

△ 病房裡，鏡頭慢慢前進。
  （新聞主播畫外音：……消防局這兩天密集請廠商配合切割鋼樑及清理大量殘餘物後，由火調科進行採證，將待整個區域清理復原後，將證物送相關單位鑑析釐清……）
△ 陽光照入病房，手腳都受傷住院的張志遠鬱鬱寡歡看著電視上的新聞。張母坐在病床邊，削了蘋果給張志遠。
  （新聞主播畫外音：而市長對這場悲劇也做出初步的聲明，表示自己對殉職的消防弟兄感到萬分悲慟，這次不幸罹難的三名警消都非常年輕……）

S32 內景：大員醫院／病房外／夜
人物：張志遠、護理師

△ 張志遠手打著石膏，他獨坐在椅子上，一臉沉鬱。

（新聞主播畫外音：有人才剛結婚，也有人剛到分隊服務。年紀最大者也才 29 歲，最年輕者才 21 歲，令人不捨！政府除了給予撫恤金之外，也會發起募捐……）

△ 一個護理師走過，張志遠毫無反應。

S33 內景：同安分隊辦公室／日
人物：阿忠、做筆錄民眾、小高、陳國勝、邱漢成、魏嘉軒

△ 又是大員市日常的一天。
△ 同安分隊的辦公室裡一片低氣壓，很多人都無精打采地忙著這次打火後的業務。
△ 陳國勝正在打電話要資料。

陳國勝： 喂，我這邊同安，你們昨天那個部署資料好了嗎？（聽了一下）拜託趕一下嘛！我還要跟光榮拿……

△ 魏嘉軒手上拿著車輛布署圖走進辦公室，穿過阿忠面前。
△ 阿忠前面坐著一位民眾，正在做筆錄。

阿忠： 那天你從娛樂世界出來時，大概是幾點？

△ 魏嘉軒繼續往前走，經過小高的電腦桌，小高正在聽打所有的無線電通話內容。
△ 魏嘉軒走到邱漢成桌邊，心情低落的邱漢成正望著自己電腦螢幕上的火災檢討報告發呆。

魏嘉軒： （指著手上的文件）邱 Sir，這張車輛布署圖我這樣畫可以嗎？

△ 邱漢成沒有回答，只是望著電腦螢幕，若有所思。

魏嘉軒： （沒查覺異樣，繼續問著）因為本來 16 停在這邊，可是之後我們停去另外一邊，但是我不知道我要怎麼標示，你覺得呢？學長？……學長？

邱漢成： （忽然暴躁地揮手大吼）我不知道！不要問我！

△ 魏嘉軒嚇了一跳，驚訝地望著邱漢成，然後默默走掉。
△ 驚覺自己失態的邱漢成，看著被嚇到的魏嘉軒離去，邱漢成用手摀著臉，嘆了一口氣。

S34 內景：消防局／會議室／日
人物：林母、林弟（林義方）、謝科長、伍誌民、白科長、宋小隊長

△ 林義陽的母親與高中生弟弟林義方坐在桌子一端，坐在另一端的謝科長手上拿著一疊文件及照片，身邊坐著白科長、伍誌民分隊長及宋小隊長。

謝科長： 林媽媽，當日狀況就如我剛才報告的。

林　母： （雙眼含淚）他們說那天是因為雲梯車射水才造成爆燃的，不然義陽也不會出事，是不是？

謝科長： 怎麼可能？我們一向把消防弟兄的安全放第一。（指著其中一張照片）妳看，我們現場都有安全管制板，每個消防弟兄進火場時都會紀錄時間，這位小隊長就是那天的安全官，全程計算大家氣瓶殘壓，這是安全官抵達現場後唯一要做的工作。

△ 宋小隊長蒼白著臉。

△ （ins.）宋小在火災現場為了民眾而離開安全管制板。

謝科長： 要是哪位弟兄氣瓶殘壓不夠了，就會趕快叫他撤離，（轉頭看宋小）對不對？

△ 宋小勉強點頭。

林義方： 但我們真的很想知道真相，希望可以參與你們的調查……

謝科長： 我說的就是真相啊。

林義方： （微微皺眉）既然這樣，為什麼當天的無線電通話錄音檔，我們只能聽你們修剪過的片段，不能聽完整的檔案？

謝科長： 因為檢調單位已經在調查了，偵查不公開嘛。

林義方： 可是檢調單位又不懂消防！有人跟我說，檢調單位問的都是消防局長官幹部，根本查不到基層真相……

謝科長： （眼看林義方聰明難敷衍，便嘆一口氣低聲說）好啦，偷偷告訴你，其實義陽那天根本不該進火場，他卻自己跑進去，你們知道嗎？

△ 林義陽弟弟跟母親都愣住了。

△ 一旁白科長臉色一變，看向謝科。

謝科長： 我實在很不想告訴你們內幕……但那天他不聽我們現場長官的指揮，自己一個人逞英雄，結果出事了，（轉頭看白科長）我們都非常遺憾很難過，是不是？

△ 臉色慘綠的白科長，猶豫了一下，不敢看林母，嘴唇蒼白地點點頭。

謝科長： 那天的通話紀錄要是都公布出來，大家發現義陽殉職的真相，傳出去多難聽？現在最重要的，就是讓他好好晉升小隊長、風風光光地走，還可以進忠烈祠，這樣不是很好嗎？

△ 林母跟林義方一時語塞。

謝科長： 市長明天會特地去給義陽上香。你看她多重視我們消防弟兄對不對？

△ 伍誌民從頭到尾都不說話，臉色沉重。

S35 內景：消防局／會議室外走廊／日
人物：伍誌民、謝科長、白科長、宋小隊長、林母、林弟（林義方）

△ 會議室外，眾人接連走出來。
△ 謝科朝林母及林義方鞠躬欠身。

謝科長： 辛苦您了，我們宋小會開車送你們回旅館，如果還有問題的話可以隨時打電話給我。

△ 徐母點點頭。跟著宋小隊長鬱鬱寡歡地前往停車場。

S36 內景：消防局／會議室／日
人物：謝科長、伍誌民、白科長

△ 會議室內，謝科開始收東西要離開。分隊長伍誌民忍不住對謝科長開口。

伍誌民： 對不起我有個問題，我想請教我們剛剛這樣做這樣對的嗎？

△ 謝科長停下動作，有點不高興。

伍誌民： 我覺得這對林媽媽不公平……那天義陽的無線電根本是壞的。

白科長：（有點詫異）無線電是壞的？

謝科長： 可是你們之前也說過無線電還OK，可以用啊。

伍誌民： 那是因為你們說沒錢買新的！而且那天明明不該射水進去，為什麼還下令31射水？我不懂為什麼？

謝科長： 那你們宋小明明該做好安全官，為什麼中途就跑掉、不顧好管制板？

伍誌民：（更不平地說）那是因為民眾一直抗議、罵他，要他們進火場啊！

謝科長： 那長官也是因為民眾跟媒體一直要他射水啊！（眼看伍誌民還是不服氣）不然你統統都講出來好了！你去跟媒體說嘛！去跟檢調說嘛！你看你們宋小到時會是什麼下場！

△ 伍誌民一時語塞。

謝科長： 長官那邊目前讓他們三個認定成因公殉職。但如果家屬把事情鬧大了，追究到最後影響殉職的判定，改成因公死亡，林媽媽能領的撫卹金馬上少一半，那不是反而害了他們？

△ 伍誌民鬱悶，沉默不語。

謝科長： 現在這已經是最好的安排。

△ 伍誌民沒再說什麼。謝科長離開。
△ 伍誌民惱怒地推了一把椅子，一臉無能為力。
△ 白科長則愧疚地抬不起頭，滿臉自責。

S37	內景：同安分隊／車庫／夜
	人物：宋小隊長

△ 無人的車庫裡，消防車輛靜靜待著。

△ 宋小獨坐在一台消防車後，難過自責地哭著。

S38	內景：林義陽靈堂弔念區／日
	人物：市長、韓局長、謝科長、白科長、林母、林弟（林義方）、幕僚數人

△ 第二天，陽光普照。城市裡一如往昔喧囂。

△ 林義陽的靈堂，小小的弔念區擠滿了人。

△ 市長、韓局長與謝科長、白科長跟一些幕僚排在林義陽的照片前上香弔念。

謝科長： 今天市長帶著弟兄向義陽上香致意。

△ 林母跟林弟站在旁邊答謝，林母掉下眼淚，市長看到趕緊上前安慰。

市　長： 林媽媽……節哀。

△ 市長弔念完轉身走到靈堂門口，下屬們也跟在一旁，謝科長引導林母也到了門口。

謝科長： 林媽媽，我們這邊請。

S39	內景：林義陽靈堂門口／日
	人物：市長、韓局長、謝科長、白科長、林母、幕僚數人、記者數人

△ 門口擠著更多記者，鎂光燈不停閃著。

△ 林母跟著市長，在謝科長護送下，看著媒體大陣仗，一臉無助。

記者 A： 市長市長、這邊！

記者 B： 可不可以跟我們講幾句話？

記者 C： 市長有什麼要對殉職消防員的家屬說？

記者 D： 請問大員市對殉職消防員有什麼撫卹？

△ 記者湧了上來，林母有點被嚇到。市長等林母站到她旁邊後，便抬起頭，滿臉哀傷。

市　長： （一臉哀傷）我們永遠感念義陽，他犧牲自己保衛家園，是最偉大的英雄！

△ 市長跟林義陽母親握手時，在鏡頭前流下淚。媒體又不停地拍照。

△ 旁邊謝科長遞給市長一包慰問金，市長在記者的拍攝下將慰問金給林母。

市　長： 這是我們一點心意，請妳務必收下。

△ 林母詫異著，看著市長手上的慰問金，媒體在旁拍照，林母猶豫著，但在市長堅持下只能接
　過。林母一臉的無助以及惶恐。

△ 一旁的韓局長紅著眼眶、謝科長也淚流滿面。

S40 內景：林義陽靈堂弔念區／日
人物：林弟（林義方）、王文德

△ 靈堂內，只剩林弟一個人。他默默摺著紙蓮花，又回過頭來看林義陽的儀照，看到一個人
影孤單走進來站著。
△ 那是因摔落地面而手臂受傷、用繃帶固定的王文德議員。他望著儀照裡的林義陽，紅了眼
眶，深深地鞠躬。

王議員：（小聲地對遺照說）謝謝你……。

S41 內景：同安分隊／寢室／日
人物：阿忠、邱漢成

△ 從衣櫃往外看，可以看見邱漢成正把最後一批衣服拿出來。
△ 邱漢成把衣服疊好放進箱子，關上衣櫃門時發現有張照片還貼在上面，他看到照片，愣了
一下。
△ 照片上，林義陽跟林母及林弟燦爛的笑容，邱漢成一一把照片拿下來。
△ 阿忠也在身後收拾東西。

阿忠： 邱 Sir，好了嗎？

邱漢成：（點點頭，把照片一起放進箱子裡）走吧。

△ 邱漢成把衣櫃的門關上。

S42 內景：同安分隊／會客室／日
人物：伍誌民、林母、林弟（林義方）

△ 會客室裡，伍誌民把一份牛皮紙袋遞給林母。

伍誌民： 局那邊為了感念義陽，所以會晉升他為小隊長……

林義方：（冷冷地說）人都死了，當小隊長有什麼用？

△ 伍誌民愣了一下，一時不知道怎麼回應。

伍誌民： 林媽媽……我們沒有照顧好義陽，對不起……（哭了出來）真的很對不起！

林母：（一想到林義陽又哭了起來）當初義陽可以保送體大，都是因為我聽他教練說，
消防員待遇比較好，才要他去考警消的……都是因為我……

伍誌民：　林媽媽，這不是妳的錯！絕對不是妳的錯！

△　但林母仍悲傷哭著，伍誌民心虛地不敢直視林母跟林弟。

S43　外景：同安分隊門口／日
人物：林母、林弟（林義方）、伍誌民、阿忠、邱漢成、魏嘉軒

△　同安分隊門口，同安分隊勤務車已經等在門口。邱漢成跟阿忠正在把三個紙箱放入後車廂裡。

△　林母跟林義方緩緩走出分隊門口。分隊長在後面送行。

伍誌民：　（指著後車廂的紙箱）林媽媽，義陽的東西我們都整理好了，其他的會快遞下去。

　林母：　謝謝。

伍誌民：　有什麼需要的都可以再跟我們說。

△　林母憔悴地點點頭，鞠躬致謝。而分隊長、邱漢成跟阿忠也連忙對林母鞠躬，然後阿忠便上車要去開車。

△　林母跟林義方上了車，阿忠把車子開走，漸漸消失在遠方。

△　伍誌民一臉自責，雙眼已經哭腫，他目送林母他們離去。

S44　外景：消防遊行現場／日
人物：阿心媽媽、林義方、鄭消防員、陳國勝、抗議群眾數兩百名、記者若干

△　遊行現場，飄揚著許多「要求真相」、「終止大火悲劇」的布條。

△　台上，阿心媽媽捧著阿心遺照，一臉憤慨的林義方也在台上，聲淚俱下。

鄭消防員：　（在台上用麥克風喊）要求真相，終止悲劇！

　群眾：　要求真相，終止悲劇！

鄭消防員：　現在我們請殉職弟兄林義陽的弟弟來跟大家講幾句話。

　群眾：　（此起彼落）加油，加油！

林義方：　消防局公布的調查報告，都沒有提到雲梯車射水的事，我只是想知道那天為什麼會爆燃，想知道我哥是怎麼走的，為什麼局裡都不讓我們參與調查？

△　台下有兩三百位消防員及親友，有很多人戴口罩墨鏡，深怕被長官認出而秋後算帳，有些甚至只能尾隨在遊行大隊後方不遠處，若即若離地移動，默默表達內心的支持。

△　台上，沒戴口罩的鄭消防員拿著麥克風。

鄭消防員：　每次去拜訪罹難弟兄的父母，他們不斷對我說，希望他孩子是最後一個殉職的消防員，可是這句話，我們已經聽過多少次，多少次了你們知道嗎？

△ 台下，許多頭上綁著布條的消眷在擦眼淚。陳國勝也在底下。

群眾：（忿忿不平）官僚！

陳國勝： 改革！改革！

鄭消防員： 過去 10 年台灣殉職消防員的人數，已經超過香港過去 90 年的總和！每次檢討報告出來永遠都說是「大火瞬息萬變」、「消防員訓練不足」，不然就是「意外」，這對嗎？

群眾： 不對！

鄭消防員： 各位，這是我們三位殉職弟兄，也是他們口中所謂的意外，這樣子對嗎？

群眾： 不對！

陳國勝： 不對！不對！

鄭消防員： 永遠檢討基層，說基層有問題、廠商有問題，但指揮系統從來沒問題！這樣要如何避免下一次悲劇再發生？這根本是制度殺人！

S45 內景：同安分隊／備勤室／日
人物：徐子伶、陳國勝

△ 備勤室的電視機裡，是消防員們抗議的身影。
（鄭消防員電視畫外音：要求真相！終止悲劇！）
（群眾電視畫外音：要求真相！終止悲劇！）

△ 穿著救護背心的徐子伶坐在備勤室，神情空洞，手裡握著林義陽的安全插銷。這時候救護廣播響起。
（魏嘉軒廣播畫外音：子伶學姊、小高，救護喔！）
（新聞主播畫外音：Amuz One大火中，消防員的家屬出席昨天上午的遊行，帶頭的鄭姓消防員表示⋯⋯）

△ 徐子伶渾然不覺，仍然坐在原地，像枯死的植物一般。

△ 陳國勝從廚房拿水走出來，看到徐子伶的樣子，停下腳步。

陳國勝： 子伶，救護喔！

△ 陳國勝看徐子伶沒反應，走過去提醒。

陳國勝： 子伶，要出救護了。

△ 徐子伶這才回過神來，緩緩起身往值班台走，彷彿行屍走肉似的。

陳國勝： 等一下！（拿起沙發的背心）背心沒拿⋯⋯

△ 陳國勝看著徐子伶的背影，一臉擔心。

Amuz One 娛樂世界火災後，打火弟兄殉職多人，卻真相不明，包括消眷在內的遊行現場，「要求真相」、「終止悲劇」的聲音被聽見。

內景：同安分隊／分隊長辦公室內、外／日
人物：陳國勝、伍誌民

　　△ 分隊長辦公室門前，陳國勝敲敲門，不等對方應答就急得直接開門進去。

陳國勝： 分隊長，這樣下去不行！

伍誌民：（原本心事重重看著電腦上的遊行新聞，只好壓抑著煩躁抬頭）怎麼了？

陳國勝： 不要再排子伶的班了，她現在狀況很糟你不知道嗎？

伍誌民： 我知道，但現在分隊少兩個人，人力根本不夠。

陳國勝： 她這樣出勤很危險，不能就讓她單純值班或支援訓練就好？

伍誌民： 現在大家都停休很多天，人力真的調度不來。

陳國勝： 不然，我就多停休幾天啦！

伍誌民： 不行啦，你已經停休很多天了，這樣下去也不是辦法……

陳國勝： 沒問題啦，志遠也需要好好養傷，我多做一點沒差啦。

　　△ 伍誌民桌上的電話響起。伍誌民想接。

陳國勝： 分隊長！

伍誌民：（煩躁地說）好好好！子伶我會處理，我保證。我先接電話……（接起電話）喂我
伍誌民……

　　△ 陳國勝終於安心地轉身離去。

伍誌民：（望著陳國勝的背影，繼續煩躁地講電話）啊，謝科，是的……

　　△ 桌上的伍誌民電腦上，新聞報導中，許多消防員仍在街頭抗議著。

內景：大員市消防局／大會議室／日
人物：謝科長、韓局長、伍誌民、20位消防分隊長、鄭消防員（新聞畫面）

　　△ 消防局的大會議室裡，坐滿了20位分隊長。

　　△ 投影布幕上，是這次消防大遊行的新聞媒體畫面。

　　△（ins.）新聞畫面：鄭消防員在台上悲憤地說：清潔隊督察調來我們消防局仍是督察，即使他
一點也不懂消防，這種外行領導內行的現象什麼時候才會停止？每次火勢越大，現場就變成
越大的官來當火場指揮官，這些大官打火經驗都比我們少，能不出事嗎？

　　△ 謝科長忿忿關掉影片。

謝科長：（很不滿地對台下的分隊長們說）大家都是消防大家庭，為什麼要這樣去外面打擊
自己人、破壞我們的形象？有意見大家在內部討論就好，像這樣去遊行抗議多不
應該！

△ 韓局長神情複雜地望著投影布幕，不發一語。而台下的分隊長們沉默。
△ 謝科長接著播放PPT，裡面是上次消防大遊行時許多消防員戴著口罩的臉孔照片。

謝科長：（一邊播一邊說）法律規定公務員不可組工會，未經許可也不能以私人名義發表有關職務的談話。像這些去示威遊行還講我們消防問題的，根本違法，市長特別交代，務必查出他們身分、給予處分。千萬不要讓少數人破壞我們的團結，知道嗎？

△ 伍誌民望著台上滔滔不絕的謝科長，以及從頭到尾都望著投影布幕、沉默以對的局長，神情複雜。

S48　內景：同安分隊／值班台／夜
　　　　人物：陳國勝、小高

△ 夜晚，同安分隊前的馬路，人車稀少。
△ 值班室裡，值班的陳國勝將小茶几上的紙箱打開，拿出一個個嶄新的無線電，一一放到一旁的櫃子裡，並將櫃子裡那些纏了膠帶的無線電一一收入紙箱裡。
△ 穿著制服的小高爆竹查察結束回來，正要把機車鑰匙放回牆上時，看到陳國勝在處理無線電。

小高：啊，我們終於有新的無線電了？

△ 陳國勝沒說話，繼續處理無線電。

小高：（走到陳國勝旁邊幫忙）局裡終於肯買無線電給我們了。
陳國勝：你錯了，這不是局裡買的。

△ 小高愣了一下，一頭霧水。

陳國勝：這是用義陽的血換來的。

△ 陳國勝說完便將裝滿壞無線電的紙箱合起來，抬起紙箱離開，搬入值班室旁的小房間裡。
△ 小高望著陳國勝背影，又回頭看著嶄新的無線電，沉默不語。

S49　內景：健康食品公司／小型會議室／日
　　　　人物：邱漢成、小穎哥哥、十幾位公司員工

△ 同一時間，小型會議室裡坐了十幾位員工，小穎哥哥在白板前激昂地講著，員工也熱烈回應。邱漢成坐在靠窗的角落，神情有些落寞。

小穎哥哥：老闆只能給你一個位置，不能給你一個未來！在一般公司的價值是老闆決定，但在這裡的價值是你自己決定！

小穎哥哥：相信是成功的起點，堅持是**翻轉**的關鍵！我們必須在失敗中尋找勝利，在絕望中尋求希望。勇敢創造奇蹟，**翻轉**你的人生！

　　　　　△ 員工們再次拍手叫好，邱漢成在角落也勉強自己小小地拍著手。

小穎哥哥：我們是健康專家，要照顧全家！來讓我們一起念！

**　　員工：**我們是健康專家，要照顧全家！

　　　　　△ 窗外隱約有救護車的聲音呼嘯而過，邱漢成卻不由自主地被那警笛聲吸引，轉頭看向窗外，彷彿坐牢的人望向牢外那片自由的藍天。

S50　內景：邱母家／客廳／日
　　　　人物：邱母、大虎、邱漢成

　　　　　△ 中午時分，大員市一如往昔喧囂。

　　　　　△ 邱母家客廳裡，邱母正跟大虎愉快吃飯著。桌上有一些飯菜。

**　　大虎：**他就衝出去，把我丟在後面！

　　　　　△ 邱母忍不住笑了。此時大門忽然打開，邱漢成進屋來，邱母一臉驚喜。

**　　邱母：**（開心地說）漢成你怎麼回來了？

　　　　　△ 心情煩亂的邱漢成看到大虎，愣了一下，隨即禮貌地微笑。

**　　邱母：**要回來也不先講一聲？來吃飯啊！

**　邱漢成：**大虎哥你來了？我先去洗手……

**　　邱母：**大虎，先吃吧。

　　　　　△ 大虎點點頭，看向邱漢成有些落寞的背影。

　　　　　（鏡轉）

　　　　　△ 飯後，邱母切水果，邱漢成與大虎在喝茶。

**　邱漢成：**大虎謝謝你，上次在山上你說你很久沒來看我媽，你今天就來了。

**　　大虎：**你爸爸生病的時候我就答應過他，每年都會來看她……而且你媽媽那個菜頭粿，厲害欸！（神情黯然）可惜邱伯伯的茴香菜湯，現在再也吃不到了。

　　　　　△ 說到邱父，大虎感觸萬千。邱漢成落寞笑笑。

**　　大虎：**你還好嗎？看你中午吃飯時都沒講什麼話。

　　　　　△ 邱漢成還是笑笑。

**　　大虎：**（忽然靈機一動）欸，不然這樣，等下有沒有事？要不要去兜風一下？

　　　　　△ 邱漢成有點驚訝地望著大虎。大虎對邱漢成笑笑。

S51 外景：山路上／日
人物：大虎、邱漢成

△ 山裡一條小徑上，大虎的小貨車靜靜前進著。
△ 一路上，兩人默默無語。邱漢成看著車窗外的景色，心事重重。
△ 大虎看了一下邱漢成，便繼續開車。

S52 外景：小徑上／日
人物：大虎、邱漢成

△ 一座小山丘前，大虎的車子駛入，停下，大虎跟邱漢成下車。
大虎：（指著遠方山區幾戶屋宇）以前我老家在那一帶。現在看到還是充滿回憶。當年生氣放火燒我們家後院倉庫時，波及那邊林子，一大片被我燒光光。
邱漢成：（有點驚訝）你當年那麼叛逆？
大虎：喝酒、打架、鬧事什麼都做，那天晚上被我爸趕出家門，我一氣之下就去我們家後院倉庫放火，想把自己燒死算了。
△ 邱漢成驚訝地望著大虎。
大虎：你爸趕來打火時，火勢已經延燒到倉庫旁的樹林。我還對他大喊：我不稀罕你救我！我爸媽都不要我了，你救什麼？
△ 邱漢成更訝異地望著大虎。
大虎：沒想到你爸還是冒險衝過來拉我，在穿越火場時一路護著我說：不要怕，我一定不會丟下你。（說著便哭出來）
△ 邱漢成望著大虎，若有所思。
大虎：你爸沒跟你說過？
邱漢成：（搖搖頭）進火場的事，他不跟家人說的。
大虎：（又繼續說）這兩年，我開始收購一些荒地跟廢棄果園來種樹，復育山林，希望將來種出的樹林，能比我當初燒掉的林子大一百倍。不錯吧？
△ 邱漢成也是笑一笑，點點頭。
大虎：你爸曾跟我說，如果他救了一個人，這個人又去幫助五個人，那五個人再去幫助更多人，這樣世界就不一樣了……
△ 邱漢成思索著。他跟大虎繼續往前走，在一個制高點停下。
大虎：我現在當義消，也是因為你爸。（轉頭看邱漢成）我想他在天上一定知道，當年他救的那個人，已經去幫助更多人了。

第九集 真相 399

△ 邱漢成聽了，眼眶微微紅了。他不想讓大虎看見，便轉頭望向遠方。

△ 前方，是一片蒼綠的林子，林子裡站著一棵棵大樹。

△ 邱漢成望著前方，彷彿領悟了什麼。

△ 遠遠地可以看見，邱漢成跟大虎站在山丘上的渺小身影。

△ 眺望遠方群山，可以看見一片片蒼鬱的森林。

△ 而在山林上方，是更遼闊的世界。那是一望無際的蔚藍天空，天空裡萬里無雲。

（待續……）

第十集 初衷

　　為了推卸責任，起火商城的老闆表示，該建築物的消防安檢是同安分隊檢查通過的，一切責任都應由消防隊負責。同安隊員們為此悲憤難平，整個分隊瀰漫著低迷的氣氛，甚至開始討論起日後在火場如何偷懶苟且以求自保的法子，大家都忘記了當初要做消防員的初衷，以及那股搶救人命的熱忱……

康復中的張志遠終於說出心中的秘密。

張志遠出院後，小辣椒陪他到墓園看張志遠的哥哥，也讓張志遠重新振作。

邱漢成下定決心不離開分隊，
邱妻小穎則決定離開他。

徐子伶決定投身消防改革。

邱漢成堅定心念，決定繼續走下去。

S1	外景：消防局／大門口／日
	人物：孫董、保全兩位、賴記者、何記者、媒體若干

　　△　（ins.）電視機畫面裡，廖主播滔滔不絕說著。

廖主播： 關於這次 Amuz One 娛樂世界的火災原因及責任歸屬，目前檢調單位仍在偵辦中。

　　△　一群媒體聚集在消防局的大門前，當一台黑頭高級車駛近時，記者們就像禿鷹一樣擠過去。

　　　　（新聞主播畫外音：該集團孫董表示……）

　　△　兩位助理下車開門、保護孫董走出來時，記者們連忙詢問孫董。

賴記者： 孫董，Amuz One 娛樂世界的火災鑑定調查報告出來了，初步認定你們消防設備失效，才導致這次傷亡慘重，請問您的解釋是什麼？

孫　董： （面色凝重）對於這次傷亡我也很心痛，但 Amuz One 娛樂世界一切合法……

何記者： 可是聽說你們排煙設備跟室內消防栓都故障了，這樣沒問題嗎？

賴記者： 許多民眾指出當天你們火災警報器根本沒響……

S2	內景：同安分隊 備勤室／新聞台上／日
	人物：徐子伶、陳國勝

　　△　備勤室裡的電視正播報新聞，上面是孫董回應的新聞畫面。

孫　董： （電視裡，義正辭嚴）上次的消防安檢，是這次殉職消防員林義陽親自檢查通過的，怎麼可以說我們沒做好消防？我們 Amuz One 娛樂世界的消防設備完合乎規定，若有任何問題應由消防隊負起全責。

　　△　電視螢幕裡，媒體還想詢問什麼，但孫董不再回答記者問題，在兩位助理保護下神情凝重地走入消防局裡。

　　△　備勤室裡，幾個吃飯的消防員看著電視，大家卻一片沉默。

　　△　徐子伶看著電視裡的畫面，不知道能說些什麼，有些失神。

　　　　（新聞主播畫外音：孫董更表示說他們的娛樂城 Amuz One 在各縣市安檢都是合格的，都是業界的模範生……）

陳國勝： 幹，講那什麼垃圾話？

S3	外景：同安分隊門口／日
	人物：伍誌民、記者媒體若干

　　　　（新聞主播畫外音：而在大員市同樣按照消防隊的要求進行了改善，最後也都是由林義陽

來驗收通過的，因此他們沒有任何問題，不過對此檢調單位不願意給任何回應，也表示目前所有責任歸屬有待釐清。）

△ 消防隊門口，分隊長一走出，許多媒體記者就圍上來質問。

△ 分隊長沒有回答任何問題，只是臉色鐵青地坐入阿忠開的勤務車離去，留下一群失望的記者。

S4　內景：同安分隊／辦公室／日
　　　人物：邱漢成、徐子伶、阿忠、魏嘉軒、小高

△ 這天，辦公室裡，分隊同仁都無精打采，氣氛顯得十分低迷。

△ 徐子伶坐在桌前發呆。小高趴在桌子上想睡覺。阿忠跟魏嘉軒也懶洋洋地準備著消防宣導海報及用品。

阿忠： 你宣導的東西整理了嗎？

魏嘉軒： 上次到現在都沒動過……

阿忠： 小高，海報好了嗎？

△ 小高拿著兩張板子給阿忠。

小高： 學長，不要那麼認真，那麼認真，最後結果都一樣。

△ 此時邱漢成推著紙箱進辦公室。

魏嘉軒： 對啊，羚羊學長明明那麼認真，他們卻把一切問題都推到他身上。

阿忠： 還不是因為死人沒辦法替自己講話！

△ 徐子伶仍空洞地坐在椅子上發呆，對大家說的話置若罔聞。

△ 邱漢成一邊整理東西一邊望著氣氛低迷的隊友們。

小高： 我們以後打火不要那麼拚命。

魏嘉軒： 對啊，反正那麼認真，最後還不是跟羚羊學長一樣。

阿忠： 也是，羚羊死了，上面也沒保護他，就這樣讓媒體亂報。

邱漢成： （忽然開口了）你們這樣，義陽會開心嗎？

△ 所以人都被這突來的一擊嚇了一跳，大家都望向邱漢成。

邱漢成： 在死亡面前我們每個人都是平等的，不管對方是好人壞人、是朋友還是仇人，只要他想活下去，哪怕只有那麼一點機會，都必須被搶救，不是嗎？

△ 大家低著頭，說不出話。

邱漢成： 大家問問自己，當初為什麼要來當消防員？我們每天面對生離死別，去火場救人，我們面對體制不公平、面對不懂我們的人無理取鬧、冷嘲熱諷是為了什麼？為了混口飯吃？為了養家糊口？我承認我就是這樣，你呢？阿忠，你為什麼當消防隊員？因為可以救人？因為很帥，可以當英雄？可以當鋼鐵人、蝙蝠俠？嘉軒呢？為什麼當消防隊員？因為體力好，因為是游泳隊的？小高呢？因為要照顧家裡弟妹所以當消防員，是這樣嗎？不是的，一定不只是這樣，一定有某些東西埋在我們心中像種子一樣，那是我們當消防隊員的天職、我們的使命、我們的榮耀，這是義陽生前堅持的事情。

△ 徐子伶在一旁，默默地哭了。

邱漢成： 義陽離開我們，我們都很難過，但我們能做的就是提起我們的精神，找回我們的初衷，扮演好我們消防隊員的角色，好嗎？

△ 大家望著邱漢成，似乎在咀嚼著他的話語。徐子伶也忍不住動容。

△ 邱漢成回頭看了看徐子伶，走了出去。

△ 原本失魂落魄的徐子伶掉著淚，轉頭望向林義陽的桌子。

△ 林義陽的桌子，什麼東西都沒有。

△ 徐子伶望著桌子，神情變得堅毅。

S5	外景：市議會門口／日
	人物：徐子伶、王文德、環境路人若干

△ 市議會門口，王文德議員走出時，看到前方一位熟悉的身影，他不禁有點疑惑地停下腳步。

△ 在火場中救了王文德的徐子伶，望著對方，不發一語。

△ 王文德神情凝重。

△ 在大門口已經等很久的徐子伶走向王議員，遞給他一個小小的紙袋。

徐子伶： 這是義陽那天進火場前，最後摸過的東西。

△ 王議員打開紙袋，倒出一個小小的物品，他不禁疑惑地看著徐子伶。

徐子伶： 這是他救命器上的安全插銷。現在它再也沒有主人了。

△ 王議員低頭望著安全插銷，心情沉重。

徐子伶： 現在所有媒體名嘴都說義陽要為大火負責，你看到了嗎？

△ 徐子伶凝視著王議員。

△ 王議員看了看徐子伶,又看了看手上的安全插銷,不發一語。

S6 內景:大員醫院／病房／日
人物:張志遠、邱漢成

△ 大員醫院的病房裡,張志遠拄著拐杖獨自進了病房,發現邱漢成坐在病床旁邊,不禁露出驚喜的笑容。

張志遠:邱 Sir!

邱漢成:(對走過來的張志遠淡淡一笑)需要幫忙嗎?

張志遠:不用不用。

邱漢成:你的傷勢好多了?

張志遠:好多了,手上這個明天就可以拆了,(拍拍拐杖)但現在還得靠這個。

邱漢成:(看了,露出笑容,把禮盒遞給張志遠)大家合買要送你的,讓你補補身體。阿忠他們說明天要來看你。

張志遠:(聽到隊友們要來而淡淡露出笑容)太客氣了吧,那大家還好嗎?

邱漢成:都還好……義陽的遺物都收完了,他媽媽把東西拿回去了。現在看義陽床鋪空蕩蕩的,還是很不習慣。

△ 張志遠聽了,頗感傷。

邱漢成:還有子伶狀況也不是太好,現在分隊長讓她多休息,所以我們現在一起分擔她的工作。

張志遠:分隊現在少了兩個人力,大家一定累壞了……我會趕快復健出院的。

△ 張志遠坐上床,邱漢成幫他把棉被蓋上。

張志遠:謝謝!

邱漢成:(猶豫了一下才開口)但在你歸隊之前,有一件事我得和你談談……

△ 張志遠露出疑惑的表情。

邱漢成:那天在火場,你掉下貨梯井前……是在跟誰說話?

△ 張志遠沒想到邱漢成有聽到,一時回答不出來。

邱漢成:我們在火場裡,隨時都可能有生命危險。不管是打火戰技,還是心理質素,都必須比一般人還要強大。否則,救人的反變成被救的人,那是消防員最大的失職。

△ 張志遠表情複雜,盯著邱漢成。

邱漢成:你是優秀的消防員;但如果你連自己的問題都無法面對,要怎麼去幫助別人?

△ 張志遠聽懂了他話裡的暗示。

張志遠:邱 Sir,謝謝你。

418

S7

△ 傍晚，大員市籠罩在橘黃色的光裡。

△ 張志遠在病房裡獨自看書。

（小辣椒畫外音：咦？這位先生，你怎麼看起來好眼熟……）

△ 張志遠轉頭一看，是手上拿著兩杯咖啡、穿著便服的小辣椒。

小辣椒：（促狹地皺著眉頭想著）我們是不是在哪見過？

△ 一直悶悶不樂的張志遠有點驚喜。

張志遠： 妳怎麼來了？

小辣椒： 喔，那謝謝再連絡。（轉身就走）

張志遠：（急了）喂等等……

小辣椒：（轉身瞪張志遠）你應該要說，（微笑）妳怎麼那麼久才來？都沒人陪我吃早餐。

張志遠：（終於淡淡笑出來）不，我應該說……如果妳現在離開，我會心痛，要幫我 CPR。

小辣椒：（臉色一變）再吵我把你打成 OHCA！

張志遠： 哪有人這樣對病人的？

小辣椒：（在病床旁邊坐下）我啊！（遞上咖啡）你的熱美式！

△ 兩人喝了口咖啡。

小辣椒：（想起什麼似的，轉身翻自己包包）對了，阿晴他們合寫了一張卡片給你，還說一定要我大聲念給你聽……（仔細找）咦？難道忘了帶？

張志遠： 對不起。

△ 小辣椒愣了愣，停下翻找的動作。

張志遠： 上次看醫生的事……我太過分了……

△ 小辣椒還是沒說話。

張志遠： 我不知道要怎麼辦……所以就……我不應該對妳那麼凶的。

小辣椒： 這麼過分的事，一聲對不起就算了嗎？

△ 張志遠愣了愣，臉色變得蒼白。

小辣椒： 你用這種態度拒絕，知道有多傷人嗎？

△ 張志遠神情凝重，忐忑地說不出話來。

小辣椒：（轉過身來，惡狠狠地瞪著張志遠）下次要是再拒絕跟我吃早餐，你就完蛋了，知道嗎？

△ 小辣椒瞪著張志遠，然後笑出來。

△ 張志遠也鬆了一口氣，露出久違的笑容。

內景：大員醫院走廊／病房／夜
　　　　人物：小辣椒、張志遠、家屬病患若干

△ 張志遠撐著拐杖努力地復健，小辣椒在旁邊陪他，兩人時不時談笑，看來氣氛愉悅。

△ 回到房間的張志遠仍獨自認真地撐拐杖走路復健。

S9　內景：大員市議會／大廳／日
　　人物：王文德、賴記者、媒體記者若干

△ 這一天下午，大員市議會似乎頗不平靜。

△ 一樓長廊盡頭，王文德議員從轉角走出來，他神情嚴肅地走著，彷彿戰士即將面對嚴峻的戰場。

（記者畫外音：……現在大員市多家媒體都在市議會外等候多時，究竟在 Amuz One 大火之後，王議員的……來了！我們來聽王議員說法）

△ 長廊外，有媒體看到王議員時，連忙衝過來，許多媒體一擁而上，擋住長廊出口。

記者一：王議員請接受我們的採訪！請問你要離職的消息是真的嗎？

記者二：王議員，可否請您針對您中午發的新聞稿說明嗎？

王文德：（清清喉嚨）關於 Amuz One 娛樂世界大火……其實就像我新聞稿上寫的，當初他們並沒有通過消防安檢。是我受到他們孫董的請託，施壓給消防局，才將消防隊員林義陽開的單子銷單。

△ 王文德說話時，現場鎂光燈不停地照著王文德。

王文德：我會負起該負的責任，從今天起辭掉議員職務，靜候調查。

記者三：請問這是您個人決定還是黨團決策？

記者四：辭職後還會接手其他黨務工作嗎？

記者五：明年立委選舉你會參加嗎？

王文德：我也希望孫董不要再推卸責任，侮辱這群出生入死的英雄。

△ 現場許多媒體記者想提問，但王文德只是清清喉嚨。

王文德：最後，我要呼籲政府重視消防員的配備跟人力問題。

△ （ins.）徐子伶的手機上，王議員正在新聞上講著。徐子伶靜靜看著。

王文德： 請補足他們的人力、更新他們的裝備，更希望救災現場的民眾不要隨意指責或指揮消防員，因為我們永遠不知道他們當時的任務是什麼……

△ 媒體繼續發問，王文德不發一語離開。

S10　內景：新聞畫面
　　　人物：主播

主播： 面對王文德議員的指控，Amuz One 娛樂集團孫董事長指出一切指控都是子虛烏有，他對王文德提出最嚴正的抗議，並將保留法律追訴權。

S11　內景：同安分隊／分隊長辦公室／日
　　　人物：陳國勝、伍誌民

△ 同安分隊外，一切看似平靜。

△ 分隊長辦公室裡，陳國勝忿忿不平地跟分隊長抗議。

陳國勝： 為什麼突然安排我去開會？我那麼久沒休假了，就只有申請下週六休，為什麼不能休？

△ 分隊長沒說話，批閱著桌上的公文跟資料。陳國勝望著分隊長半晌。

陳國勝： 你是故意的，對不對？

△ 分隊長沒理會陳國勝，繼續批公文。

陳國勝： 你知道我下週要去遊行，所以故意派我去開會？

△ 分隊長還是沒說話。陳國勝氣得渾身發抖。

陳國勝： 如果不是義陽，今天死的人就是我！我下周一定要休假。

伍誌民：（嘆一口氣，抬頭望著陳國勝）我沒准你休假，你沒來就是曠職。而且現在志遠還沒回來上班，子伶又只坐值班，你怎麼休？

△ 陳國勝氣得說不出話來。

伍誌民： 你教我班要怎麼排？田新分隊有好幾人收到考績會的警告通知單了，你難道想跟人家一樣？

△ 陳國勝氣得一拳打在辦公桌上。

伍誌民：（仍面無表情地說）這是幹嘛？能解決事情嗎？你要是丟了工作，兩個小孩怎麼辦？誰養？我幫你養嗎？國勝，你的專長是打火，除此之外你沒別的事情可以做了，不要這麼想不開，不要這麼衝動。

△ 陳國勝將分隊長辦公桌上的文具跟桌牌掃到地上。分隊長仍不為所動。

△ 陳國勝瞪著分隊長。但分隊長只是拿起旁邊公文，繼續批改。

△ 半晌，陳國勝像個戰敗的公雞離去。在陳國勝即將開門離開時，分隊長卻開口了。

伍誌民： 我的確安排你去開會，但如果你臨時生病，我也沒辦法……

△ 陳國勝疑惑地轉頭，看著分隊長。但分隊長只是埋頭看公文。

伍誌民： 臨時生病，頂多算請假，不算曠職……

△ 陳國勝望著分隊長，思索著分隊長的話中涵義。分隊長繼續改公文，若無其事地。

伍誌民： 唉……我看那些去遊行的消防員，也不會保護自己。很多都不知要戴帽子、口罩、墨鏡，一下就被認出來了。

△ 陳國勝聽懂了分隊長的暗示，他露出又驚訝又感動的笑容，開門離去。

S12 外景：街頭抗議現場／日
人物：抗議民眾40人、鄭消防員、媒體若干、路人若干、柯先生

△ 街頭有許多人頭上綁著布條，拿著各種旗幟，旗幟上大多寫著「今天公祭明天忘記」、「拒絕血汗消防」、「要求改革」等抗議標語。但遊行人數已不多了。

群眾： 要求真相！消防改革！要求真相！消防改革！

△ 遊行人群的外圍，陳國勝戴著口罩跟帽子，在街頭忙著發傳單給路人。

陳國勝： （發傳單）請支持我們消防改革，謝謝！請支持我們消防改革……

△ 第一個路人拒拿傳單，面無表情迅速地走了。

△ 第二個路人客氣敷衍地拿了傳單就走。

△ 第三個路人邊微笑拿傳單邊說加油。

△ 第四個路人（中年男子柯先生）接了傳單後，看著傳單念出來。

柯先生： 連續上班48小時才可休24小時，爆肝工作太血汗。

陳國勝： 是，像美國消防員是上班一天休三天，還不用捕蜂捉蛇、撿鑰匙做雜務，香港是上一天休二天……

△ 陳國勝還沒講完，柯先生就冷冷打斷他，一邊把傳單退還一邊說。

柯先生： 社會上沒工作的人很多，你們每個月賺好幾萬還嫌東嫌西，真敢講。不爽就不要做嘛！

陳國勝： 先生！先生！

△ 柯先生揚長而去，陳國勝氣得說不出話來。

△ 鄭消防員站在肥皂箱上拿著麥克風。

群眾： 要求真相！消防改革！

鄭消防員： Amuz One 大火到現在，還有多少人記得我們、記得要求殉職真相？王文德議員

說的內幕，請問市長跟消防局什麼時候要回應？

△ 台下的遊行人群紛紛鼓譟。

群眾： 要求真相！消防改革！要求真相！消防改革！

鄭消防員： 從中央到地方，長官永遠說沒錢補人力、換裝備，可是政府投資的事業跟基金會酬庸了多少董事長……年薪動輒數百萬！怎麼會沒錢？

△ 這次遊行人群更少了，只有寥寥40幾人，但大部分的人都神情堅定。

S13	內景：大員醫院病房／日
	人物：張志遠、小辣椒、張父

△ 病房內，電視裡主播播報著新聞。

廖主播： 有關消防員抗議他們每月爆肝工作將近四百小時，甚至一兩百個小時常沒補休，也沒有加班費之事，消防署長做出了回應，他說這些加班費是各級縣市政府的權責，中央無法干涉，他只能呼籲各級縣市政府要重視消防預算。此外，消防署也規畫要在三年內補足人力，希望立法院能在預算上給予他們支持……

△ 病床上，手肘包紮已經拆除的張志遠正在看電視新聞上的署長報導，神情嚴肅，一旁穿著便服的小辣椒看了就拿起遙控器。

小辣椒： （關電視）你們長官每年講的都差不多，有什麼好看的？（邊說邊拿走張志遠的手肘活動石膏）

張志遠： 欸你拿那幹嘛？帶回家作紀念喔？

小辣椒： 我哪有這麼變態，你已經不用了，我要拿去扔了。

△ 小辣椒要走出病房時，愣了一下。

小辣椒： 張叔叔……

△ 張志遠望向門口，不禁臉色微變。張父站在房門口，對張志遠擠出一個勉強的微笑。

△ 小辣椒看張父的神情，便識相地對張父微笑點頭。

小辣椒： 張伯伯，我先回去了。

△ 張父對小辣椒禮貌性地微笑告別，然後轉頭看張志遠，似乎有心事。

S14	內景：大員醫院病房／日
	人物：張志遠、張父

△ 病房裡，張志遠坐在床上，張父在一旁拿出一些吃的東西，兩人有點尷尬。

張志遠： 爸，媽不是感冒嗎？叫她不要再做這些了。

張　父： 是我做的。（望著張志遠說）都傷成這樣了，你的好朋友又走了，難道你真的要當消防一輩子？

△ 張志遠愣了一下，沒說話。

張　父： 你媽現在還是常常保養家裡的鋼琴，她就是希望你能再彈琴。

△ 張志遠還是迴避張父的眼神，沒說話。

張　父： 你真的不願彈琴就算了，為什麼要做這麼危險的工作？

△ 張志遠望著父親，強忍情緒，終於把心裡的恐懼說出來。

張志遠： 爸，你知道我為什麼想當消防員嗎？因為我最想救的人沒救到，那個人就是哥哥（眼角帶著淚，直視著張父，彷彿一切都豁出去了）你知道當年那場火是怎麼燒起來的嗎？你知道哥哥是怎麼死的嗎？

△ 張父愣住了。

△ 張志遠激動起來，淚水幾乎要奪眶而出。

△ （ins.）年幼的小張志遠剛從火場被救出，他哭著，身後的張母也哭著，一旁張父臉色凝重，一家人看著前方消防員在急救已經沒有反應的張浩遠。

張志遠： 我告訴你，那天玩火的人其實是我，不是他……

△ 張父驚訝地瞪大眼睛，說不出話來。

張志遠： 是我不小心點火讓火燒起來的……哥哥只是來幫我滅火，他後來就在我面前昏倒……我當時真的太害怕，就騙了你們。

△ （ins）小張志遠哭著，張父跟張母也是。

張志遠： （淚水忍不住滑落）一切都是我的錯，是我造成火災的，是我害死哥哥的！從那天開始，我沒有一天不問自己，為什麼死的是他，不是我？

△ 病房裡，張志遠滿臉淚水。張父望著張志遠，沒有說話。

張志遠： （望著張父）你跟媽媽也是這樣想的對吧？你也是這樣想的，對吧！

△ 張志遠忍不住滿溢的情緒，嚎啕大哭起來。

張志遠： 為什麼死的是哥哥不是我？為什麼！為什麼！

△ 氣氛凝重的病房內，張父看著傷心的志遠，也心疼地流下眼淚。

S15　內景：大員醫院走廊／夜
　　　人物：張志遠

△ 夜闌人靜。整座城市彷彿都睡了。

△ 張志遠獨坐醫院長廊，撫摸著手上的骰子手鍊。

△ 骰子上的數字是清晰的412。

△ 張志遠望著手鍊上的數字，若有所思。

S16 內景：邱家客廳／夜
人物：邱漢成

△ 晚上，夜闌人靜。

△ 失眠的邱漢成獨自一人在客廳裡收拾孩子玩具，正要收到櫃子裡時，卻看到當初林義陽給他的募款紙箱，上面是林義陽很醜的、孩子氣似的字跡，還有一隻小小的羚羊。

△ 邱漢成看著字跡，不發一語。

△ 邱漢成抬頭，看到牆上相框裡的全家福，小穎跟孩子們都笑得很開心。

△ 邱漢成臉色黯然。

S17 內景：邱家飯廳／夜
人物：邱漢成、邱妻小穎、小嬰兒

△ 飯桌前，邱漢成跟小穎仍默默坐著。小穎無法置信地望著邱漢成。

小穎：（半晌，她終於開口了）我沒辦法再過這樣的生活……

△ 邱漢成望著桌面，沒有說話。

小穎： 你那些隊友真的比我跟小孩重要？

邱漢成： 我從來沒有這樣想……

小穎： 但你的行為證明了這點！（握住對面邱漢成的手）求求你，去我哥的公司工作好不好？

邱漢成： 我不是不肯去，只是這個時間點不適合……

小穎： 那什麼時間點適合？

邱漢成： 我不知道，現在是分隊氣氛最低迷的時候。我不能在這個時候離開。

△ 小穎望著邱漢成，一臉憤怒。

邱漢成： 他們就像我的兄弟，我不能在他們最需要我的時候丟下他們，妳懂嗎？

△ 小穎還是望著邱漢成，眼裡滿是失望。她的手離開了邱漢成。

△ 但邱漢成只是低下頭，望著桌面不再說話。

△ 小穎深深地凝視邱漢成，她的眼眶紅了。

S18 內景：同安分隊／辦公室／日
人物：伍誌民、張志遠、阿忠、小高、陳國勝、阿煌、阿洲

△ 勤教時間，分隊長伍誌民在交代事情。

伍誌民： 基本上沒什麼特別事情，但有兩個好消息，第一個就是志遠終於回來了，我們歡迎一下。

△ 張志遠站起來揮揮手，大家開心地對他鼓掌。

△ 張志遠對大家笑笑，坐下，旁邊的阿忠笑著拍拍他的肩膀。

伍誌民： 另外，剛分發的新生今天也來報到了。阿煌、阿洲，站起來對學長打個招呼。

△ 一臉稚嫩的警專畢業生阿煌、阿洲靦腆地站起來。大家也鼓掌歡迎。

伍誌民： 上面這些學長都是你學習的對象，小高！

小高： 是！

伍誌民： 媳婦熬成婆了，好好教。另一個嘉軒不在，跟他講，你們一人帶一個，該教的要好好教。

△ 張志遠望向林義陽空蕩蕩的桌子，一臉不捨。

伍誌民： 你們在學校都是學基礎理論，在這邊完全不一樣，是真槍實彈……（淡出）

S19 外景：邱家大門／日
人物：邱漢成、小穎、琦琦、嬰兒、邱妻哥哥

△ 這一天，城市一如往昔喧囂。

△ 邱家大門口停著一輛小轎車。憔悴的小穎懷裡抱著嬰孩，在旁邊等著。

△ 邱妻的哥哥正在將最後一箱大行李搬上後車廂。

邱漢成：（對車內的琦琦說）要聽媽媽的話喔。

琦琦： 爸爸不一起來嗎？

△ 小穎坐入車內，兀自繫上安全帶。

△ 邱漢成神情落寞地望著小穎他們，欲言又止。

△ 邱妻哥哥也坐入駕駛座，闔上車門。

△ 邱漢成對琦琦笑笑，揮揮手。

△ 邱妻哥哥發動車子，向遠方駛去。

△ 邱漢成望著遠去的車子，以及在車內一直看著自己的琦琦，紅了眼眶。

S20 內景：持仁醫院／精神科診間外／夜
人物：病患若干、小辣椒、張志遠

△ 夜晚，持仁醫院沐浴在寧靜的夜色中。

△ 精神科診間外，依舊有幾位病人百無聊賴地候診著。

△ 張志遠跟小辣椒也有點緊張地等著。

△ 輪到張志遠了，小辣椒摸摸他的肩膀，張志遠對小辣椒笑了笑，起身進入診間。

S21 內景：持仁醫院／精神科診間／夜
人物：張志遠、藍醫生護理師

△ 診間內，藍醫生正忙著打電腦，張志遠坐下來。

藍醫生：（看了看電腦紀錄）唉你怎麼那麼久都沒來回診？現在還會常失眠嗎？

張志遠： 偶爾。

藍醫生： 如果只有失眠、而失眠又有改善的話，那我還是開一樣的藥，你需要時再吃。

△ 張志遠猶豫著，沒說話。

△ 藍醫生轉頭打電腦，一旁的護理師引導張志遠。

護理師： 張先生，請在外面等一下喔。

△ 張志遠轉頭望著藍醫生，沒有移動。藍醫生疑惑地抬頭望著張志遠。

張志遠： 嗯，其實……我還有其他困擾……我想請你幫我安排諮商師。

△ 藍醫生有點訝異地望著張志遠。

S22 外景：徐子伶家／客廳／日
人物：徐子伶

△ 徐子伶回到家，徐母不在。

徐子伶： 我回來囉！

△ 她走進客廳，看到茶几上有幾封自己的信件，便隨手收起來，走回房間。

S23 內景：徐子伶家／徐子伶臥室／日
人物：徐子伶

△ 桌前，徐子伶緩緩坐下，把手上雜亂的一疊信放到桌上，然後拿出第一封信，打開。

△ 原來是那個孕婦（雷小姐）寄來的，裡面還附上寶寶的照片，以及手寫的一行字。

△ 卡片上面寫著：「謝謝乾媽，沒有你就沒有我。我會加油，好好長大！」
（ins.）徐子伶先前救護車禍孕婦的片段。

△ 徐子伶忍不住笑了。她看著寶寶照片，眼裡透著欣慰。

△ 半晌，徐子伶拿起第二封信，卻變了臉色。

△ 信封上是林義陽潦草的字跡，上面寫著徐子伶收。那是第七集大家買保險時，寫給親愛人的遺書。

△ 徐子伶望著信封，終於鼓起勇氣拿出信件、攤開來讀。

△ （林義陽OS：子伶，這是我第一次寫信給妳，沒想到就是一封遺書，希望妳永遠不要收到，突然想到如果妳收到這封信就代表我永遠也沒機會知道我寫些什麼，不知道妳會不會跟我一樣有很多話想說，卻不知道該說些什麼才好，能跟妳在一起我覺得好幸運好幸福。想跟妳說，不要給自己那麼大的壓力，一直武裝自己，很累，很辛苦，我看了很心疼。如果有一天，我因為救人而死，請妳一定要忘記我死時的慘狀，因為我是壯烈犧牲，是很帥的，沒有比這更值得的事了。最重要的是，我愛妳，請一定要好好活下去。我相信，未來我們一定會在更美的地方相見。到時候妳應該很會煮魚湯了吧！義陽）

（ins. 林義陽在第七集專心寫信的畫面）

△ 徐子伶看著信不知不覺笑了起來，笑中卻藏著淚水。

△ 徐子伶看著信，最後終於忍不住盡情痛哭起來。

S24 | 內景：張家琴房／日
人物：張志遠

△ 張家琴房裡，張志遠正環視房間，從牆上的照片，到鋼琴邊的書櫃。他看見書櫃裡的琴譜，便抽出其中一本，拍拍上面的灰塵，然後攤開瀏覽起來。

△ 樂譜裡的紙張，都已經泛黃了。

△ 張志遠捧著樂譜，猶豫了一下，然後下定決心在鋼琴前坐下來，打開琴蓋，輕輕摸著琴鍵。

△ 張志遠神情猶豫。

△ 琴鍵上，張志遠的手終於輕輕按下一個音。清脆的聲音，在房間裡迴盪著。

△ 張志遠看著鋼琴上面，小時候的他跟哥哥的合照。

△ 張志遠看著琴譜，按下一個音，再按下一個音。

S25 | 內景：張家一樓廚房／日
人物：張母

△ 一樓正在洗碗的張母，聽到樓上傳來的鋼琴聲，有點愣住，她把水龍頭關上，往樓梯上走去。

S26 | 內景：張家琴房／日
人物：張志遠、張母

△ 張志遠有些不熟練，但仍穩穩地彈著鋼琴。

△ 張母來到琴房門口。

△ 開著門的房內，張志遠仍彈奏著鋼琴。那不是很複雜的音符，卻流露出濃厚的感情。

△ 張母激動地捧著胸口，緩緩閉上眼睛。半晌，她的眼角流下一行淚。

△ 張志遠繼續彈，那是緩慢而悠揚的琴音。

△ 鋼琴上的合照，小張志遠跟哥哥燦爛天真地笑。

S27　內景：高級餐廳／日
　　　人物：徐子伶、王文德、服務生、客人若干

　　　△ 餐廳一角，徐子伶跟王議員面對面。

王議員： 答應妳的我已做到了。怎麼樣，還想要談什麼嗎？

徐子伶： 讓你賠上政治生命，很不好意思……

王議員： 這是我欠義陽的。應該的。妳要找我談，是什麼？

徐子伶：（沉吟了一下，才開口）我找了幾位殉職者家屬，成立了一個聯盟，要推動消防改革法案，不知道你能不能幫忙？

　　　△ 王議員愣了愣，似乎有點驚訝。

徐子伶： 前任的消防局楊局長、義陽的媽媽跟弟弟，以及這次殉職警消的幾位家屬都連署了……

王議員： 我選民服務處都關了，也開始接受檢調單位約談，還能怎麼幫妳？

徐子伶： 我想要找你們黨的立院黨團，說服他們幫我們遞案。

王議員：（又愣了一下，猶豫著）想改革是很好……但民眾早就淡忘 Amuz One 娛樂大火了，這事恐怕沒有妳想像的容易……

徐子伶： 我知道這很困難……但這是我想做的事情。

王議員： 妳不怕成為你們長官眼中的麻煩？不怕以後被刁難或處罰？

　　　△ 徐子伶沉默了，沒有回答。

王議員：（嚴肅地說）曾經有消防員來找我陳情，就是因為參加遊行被處分……

　　　△ 徐子伶仍不發一語，她看向窗外。

　　　△ 窗外，是美麗的街景。

　　　△ 王議員仍等著徐子伶的回答。

　　　△ 半晌，徐子伶終於轉過頭來，謙和地看著王議員。

徐子伶： 義陽活出了他自己……我也想活出我的。

　　　△ 王議員驚訝地看著徐子伶。

　　　△ 徐子伶對王議員笑一笑，彷彿這世上沒有任何事可以阻擋她的心。

S28	內景：同安分隊／頂樓陽台／日
	人物：徐子伶

△ 天空清澈，一列候鳥飛過。

△ 徐子伶在頂樓陽台講電話。

徐子伶：（對電話）好，那我們就下禮拜三立院黨團辦公室見，謝謝！

△ 徐子伶拿出文件，再檢查一次。

△ 文件上寫著：「改善警消工作權益，法案刻不容緩」聯署書。上面已經有許多連署人的名字。

△ 徐子伶把這張文件收入一個牛皮紙袋，然後她倚著欄杆，遠眺街景，在欣慰中思索著未來更艱困的路。

S29	內景：同安分隊／辦公室／日
	人物：徐子伶、魏嘉軒、小高、阿煌、阿洲、邱漢成

△ 徐子伶走進辦公室裡要拿文件，看見魏嘉軒、小高正在教阿煌、阿洲怎麼寫救護紀錄表。

魏嘉軒：……如果到時候他們沒帶健保卡，怎麼辦？

△ 阿煌、阿洲茫然互望，不知該怎麼回答，發出「嗯」的沉吟聲。

小高：嗯什麼，還要不要救？

阿洲、阿煌：要！

徐子伶：是！學長！

△ 大家回頭，原來是徐子伶。

徐子伶：（促狹地對魏嘉軒跟小高說）不錯喔學長！靠你們了！加油。

△ 徐子伶拿好文件、帶著笑意走開。

（廣播，阿忠的聲音：嘉軒、阿煌救護喔！）

魏嘉軒：快啦，發什麼呆啦！

△ 魏嘉軒跟菜鳥阿煌連忙起身，跑了出去，菜鳥阿煌第一次接任務，慌慌亂亂，顯得非常緊張。

△ 邱漢成在自己的位置上看到了，也微微笑出來。

小高：欸，昨天晚上學的繩結會了嗎？

阿洲：呃……

小高：喔還不會，下午好好練，晚上要驗收知道嗎？

阿洲：知道！

△ 邱漢成看著兩人的互動笑了笑，低頭看到桌上全家的合照。邱漢成想起家人，笑容中帶著些許的淒涼。

S30 外景：同安分隊／車庫／日
人物：魏嘉軒、阿煌

△ 魏嘉軒跟阿煌坐上救護車，魏嘉軒在駕駛座。

魏嘉軒：今天這個是老主顧，你要跟他敬禮問好喔。

阿煌：（拿著派遣單，一頭霧水）敬禮問好？

魏嘉軒：在那個公園路倒的，一定是那個酒空ㄟ，他每次喝醉都會打人。

△ 阿煌一臉驚訝。

△ 救護車開了紅燈跟鳴笛，駛離了同安分隊。

S31 （接續29場）內景：同安分隊／辦公室／日
人物：邱漢成、小高、阿洲

△ 辦公室裡，邱漢成收拾文件，走到阿洲跟小高前面。

邱漢成：小高、阿洲，走、去拿繩索，我們去頂樓練垂降。

阿洲：（有點驚慌）邱 Sir，你是說頂樓嗎？

邱漢成：（看到阿洲的神情）頂樓啊！你該不會是怕高吧？

△ 阿洲尷尬地笑著。

小高：（看了邱漢成一眼，露出會心的一笑）怕高，那更要練囉。以前邱 Sir 超常帶我練的，頂樓很好玩，風景漂亮啦！

阿洲：好！

△ 邱漢成微笑。

外景：墓園／日
人物：張志遠、小辣椒

△ 陽光普照，遼闊的青山。
△ 墓園裡，張志遠放下一束鮮花，凝視墳頭，彷彿在跟哥哥告別。然後他走過去，把手鍊放在墓碑上。然後低頭閉眼對著墓碑，不知在默禱什麼。
△ 小辣椒站在他的旁邊，望著他，沒有說話。
△ 等張志遠睜開眼睛，小辣椒好奇地問。

小辣椒： 剛剛你跟你哥說什麼？

張志遠： 也沒什麼，就只是說……請他放心，把爸媽交給我，我一定會好好照顧他們的。

△ 手鍊上的數字，在墓碑上反射著光芒，煞是美麗。
△ 張志遠看著小辣椒，兩人都露出溫暖會心的笑容。

外景：同安分隊／頂樓／夜
人物：張志遠

△ 夜闌人靜，張志遠走上同安分隊的頂樓陽台，點了一支菸，放在圍牆上。
△ 這根菸是為了林義陽點的。
△ 那菸頭被風吹得亮晃晃，煙裊裊地飄著。接著，張志遠也為自己點了另一根菸。
△ 寂靜無人的夜晚，陰與陽兩個人就這樣靜靜相對著。
△ 星月無語，群山也跟著靜默，張志遠在心裡默默與義陽交談著，那是他們兩個人的世界。

同安分隊的隊員們，日復一日身臨險境，與無情火神搏鬥，與各種災難計時賽跑，

誠實面對自己的生命課題，以及內心的徬徨與掙扎，

當一一克服重重險阻之後，他們的故事——

並未結束，還會持續下去……

溫昇豪 × 邱漢成

「自己不只因為這部劇集看見人性冷暖與社會百態，近日看到電視新聞上那些台鐵搜救人員的身影，感觸更加深刻，敬佩他們的英勇之舉外，也希望大眾能看見他們同樣身為人的脆弱，並給予支持。」

—— 金馬奇幻影展《火神的眼淚》首映媒體見面會

林柏宏 ✕ 張志遠

「現在每次在路上聽到消防車或救護車聲音的時候，我都會替他們禱告，希望他們能夠平安。每個人在面對密集壓力或重大創傷時，常常選擇去壓抑傷痛不說。但是藉由我的角色，就是希望能夠鼓勵大家，不只是消防員，各行各業的人，遇到傷痛的時候，都應該要勇敢地說出來，尋求幫助。」

—— 金馬奇幻影展《火神的眼淚》首映媒體見面會

◆ 可否談談《火神的眼淚》這個片名的由來？

答：「火神」指涉的，當然是「打火的人」，也就是消防員。台灣消防員的工作雖然救護居多，但還是打火工作比較容易讓觀眾聯想到消防員，所以我們便選了火神這個詞彙。

而「眼淚」則是取自一個意象，叫「觀音垂淚」：神明看盡人間苦難，因而流淚。所以《火神的眼淚》結合起來，就有一種慈悲的意象。這倒不是說消防員都是神聖之人。剛好相反，他們大多是凡人，但在這些驚險危難中，搶救人命不畏犧牲的精神，我們稱之為「在煉獄與死神拔河的人」，那是種慈悲和溫暖的想像。

當初我們在想劇名的時候，傷透了腦筋。雖然參考了許多消防題材的影視作品，但大部分的片名都比較傾向英雄主義。最後是製作人李志薔想到這個劇名，我也覺得很棒，才就此定案。因為我們不想模仿中港或歐美模式做一部打火英雄片，而《火神的眼淚》這樣的劇名正好削去它陽剛堅硬的一面，增添柔性跟社會議題的色彩，成為一部實實在在的消防職人劇。

◆ 這部戲被網友讚譽十分寫實，非常貼近台灣的消防現狀，可否談談你們田調跟編劇的過程做了哪些準備？

答：在出發去訪問消防員跟替代役男之前，我跟編劇夥伴曾群芳就已經先做了很多功課：上網查詢相關新聞及資料、博覽相關書籍跟影片，這樣才能在我們進行訪問前，對消防有初步的了解。

接著，我們開始訪問來自不同縣市的消防員跟替代役男，並到台東及新北市的分隊觀摩與見習。特別是新北市消防局，協助我們去新店分隊跟莒光分隊長期蹲點跟田調。在那段日子裡，我們跟過打火、救護、安檢、發放住警器、水域救援、山搜、水源查察、

水域巡邏、CO 宣導、爆竹宣導、捉蛇、消防演習等各種勤務，也觀摩他們的常訓以及勤教時間，對我們劇本的撰寫有非常關鍵的幫助。

在一邊觀摩、一邊修改劇本的日子裡，遇到專業細節我們就請教消防員，希望最後呈現出來的故事可以貼近實際的消防現況。但由於台灣每一縣市的消防救護做法跟狀況，（無論是救護口訣、給藥的數量、火場的安全官制度、消防裝備等），往往會有些不同。為了呈現台灣多數縣市消防資源不足的困境，劇中的大員市設定成一個資源比較困窘的縣市。

在整個編劇過程中，另一位製作人湯哥（湯昇榮）從製作面給了許多寶貴的經驗分享，讓我們劇本更可行。等到開拍前三個月，導演組、製片組跟幾位主演們陸續進組後，在讀本跟開會的過程中，也給予我們許多重要的建議。而身兼共同編劇的志薔，也在這個漫長的修本過程中，跟我們一起反覆討論及修改劇本，為了就是希望能拍出一個精采動人的好劇。

◆ **回到拍攝與製作層面，這部影集最大的挑戰是什麼？**

答：主要還是各種高難度的打火戲。這對台灣影視慣常的小製作規模而言，是一大挑戰。很謝謝製片統籌廖述寧（kiwi）跟我們齊心作戰，用心規畫，才能一起克服這些難關。

第一集的住宅火警戲，製片組很有創意地找到台北市一間即將都更拆除的大樓。該大樓住戶都已搬走，只等待怪手來拆除，所以我們在選好的幾個房間裡架設各種火管、做好美術陳設，以便拍攝當天直接放火燃燒。

拍攝當天除了封街之外，現場還有50位真正的消防員來支援，再加上我們的演員、臨演以及劇組工作人員，大約有一、兩百人需要調度。這都靠吳孟糖帶領的導演組以及張琨帶領的製片組，將現場調度得有條不紊，才能讓我們在表定時間內順利拍完這幾場打火戲。

而橫跨第八～九集的 Amuz One 娛樂城大火，更是艱難。這一段長達半小時的打火戲，其規模完全不亞於電影。

在外景上，我們想要租借一個大樓來取景（拍攝時完全不放火，等後期製作時再用動畫特效去創作出火勢跟濃煙），因為要搭建一個四層樓以上的娛樂城，對我們來說工程實在太浩大了，製作經費無法負荷。

即使我已經把該場戲設定成夜戲，但要找到一間商場願意讓我們拍攝三個晚上，還是非常困難。我們從台北一路往南，從前製期一直找到開拍了都還在找，讓我非常煩惱。幸好最後很幸運地在林口找到願意讓我們取景的複合式商城，才終於解決這個難題。

而內景戲當然只好搭景，因為這需要真的放火去燒。其細節容後再敘。

另一個特殊需求是張志遠摔落的 B1 貨梯井的戲，由於井底要淹水，水還是一直流動的。我和劇組主創一直苦思，到底該如何執行呢？

因為貨梯井的工程太浩大，製片組跟導演組為了怕我爆支，一度力勸我改戲，將張志遠這一條線也改成打火戲，他們當時還想了各種精彩的火警梗來給我靈感，我覺得好感動也好感謝！

只是我覺得，林義陽那一條線已經是打火戲了，如果張志遠這一條也是打火，太過重複。何況消防員打火時的危險，往往未必是烈火，有時更是濃煙、迷路、摔落等。因此，我堅持要保留貨梯井的戲，而且還保留貨梯井底流動的水，以便跟林義陽那一條線的熊熊烈火做為對照。

除了場景問題外，還有拍攝上的困難。像火場裡的高溫跟水蒸氣，常會導致攝影機起水霧。（此外，本劇有大量救護車出勤的畫面，這些車拍鏡頭也是一大挑戰。）只拍過電影的我，過去一向會在開拍前完成所有分鏡腳本，但這次拍攝十集的連續劇，而且又是

這麼困難、專業的消防職人劇，根本沒時間去構思每一個分鏡，完全就是倚仗攝影師楊豐銘的分鏡跟攝影，他就像魔術師一樣，帶著攝影團隊將所有困難的戲──化成精采的畫面。也很謝謝執行導演王威翔，許多火場戲以及具有大量特效的戲，我都仰賴他的特效專業來規劃，尤其在後製期，在他的大力協助之下，我才得以解決許多棘手的問題。

另外一個大挑戰其實是消防資源的取得。即使我們有比一般連續劇更多的預算，但如果沒有消防單位的支援，這部戲還是拍不成的。因為我們無法去租消防車（沒有車行出租）、也沒能力去買（一輛動輒上千萬），而且我們也沒有場地、器材與專業能力來訓練演員打火跟救護。

幸好透過黃勻祺老師跟志薔的引薦，我們得以向台北市消防局介紹本劇。很感謝北市消的大力協助，他們除了在籌備期提供演員訓練之外，拍攝期也提供教官到現場指導，還又提供消防救護車輛及器械的支援，這些對我們都是莫大的幫助，可以說沒有他們的協助，我們無法完成火神。而新北市消防局除了提供樹林分隊及金山分隊來當本劇主場景（同安分隊）之外，還提供了許多警消義消來支援我們山難救援及水域救援的戲。內政部及消防署也協助我們去南投竹山的消防訓練中心參觀訪問，讓我們更了解消防員的訓練。他們都是成就本劇的貴人。

◆ 如何規劃並呈現出劇中爆破跟打火的畫面？

答：針對劇本中每個火災和救難的場面，籌備期我們就進行許多規劃。在我提出我對這場戲的想像、也跟主創人員討論可行性之後，便決定了火場的大致規模。之後再配合製片組找到的場景（或美術組的搭景），來確定演員動線，人與火的相對位置，最後決定火怎麼運動？ 管線要如何配置？ 很感謝爆破特技指導陳銘澤帶領的火效組用心投入，以及顧問霍錦棠的珍貴建議，我們才得以展開打火戲的第一步。

這基本上是所有劇組夥伴結合各自的專業，所整合起來的工程。全部的打火或爆炸戲，事前都會請火效組跟我們一起勘景，並跟我們主創再三開會。火效組除了規劃瓦斯管線之外，也會給予美術、製片、造型等各組相關的建議。像是娛樂城的火警，內景都是我們自己搭建的。很感謝美術指導鄭予舜的用心，他們美術組根據火效組的建議，在搭景時針對戲中的需求，要在幾個需要一再放火燃燒的地方，特別加了石膏來加強，也在景牆上塗抹了比較防火的材料。另外我們還規劃了逃生的通道，以及排煙的規劃。

製片組及火效組也在現場準備了灑水的裝置，每次我喊卡之後他們就馬上滅火灑水降溫。拍攝時也都會商請真正的消防員在現場待命，以防萬一。另外有幾場戲是關於民眾受困火場的戲，很謝謝造型指導 Ryan（周建良）的用心，他們在火效組的建議下，特別為這幾位民眾演員準備了比較防燃的衣服，而且也在衣服上塗抹了一些防火的材質。基本上，就是務必達成專業的視覺效果，並確保所有演職員的安全。

但，只有拍攝期的投入，是無法完整呈現劇中打火或爆破的精采畫面的，一定還要後製期的特效處理，才能讓整體場面變得驚險而動人。最主要的原因是：即使我們已經在內景架設了許多火管，但也不可能讓現場的火勢跟我要求的一樣猛烈，因為高溫跟濃煙會傷害演員跟工作人員。更何況娛樂城的外景，完全要靠特效才能無中生有創造出驚心動魄的火勢跟濃煙。

為了達到後期特效的自然，特效總監涂維廷（Wells）從前製期便跟我們多次開會，提出拍攝時的注意事項，並在我們每次拍攝火場戲的時候到現場溝通確認。貨梯井的戲更是全 CG 製作，這需要靠事前充分的溝通準備、後製時不厭其煩地一再修改，才能在最後呈現出如此動人的效果。

事實證明，我們的團隊經過用心的籌備與規劃，也可以做到國際水準。

◆ 本劇拍攝前，演員跟劇組人員做了什麼準備？

答：在主創人員跟演員確定了之後，拍攝前三個月，導演組、製片組和幾位飾演消防隊員的演員們就開始做功課。

首先，演員們被安排到台北市幾個不同的消防分隊去觀摩，跟著基層隊員一起常訓跟出勤，體驗消防隊的真實工作與生活。接著，他們到台北市消防訓練中心接受打火訓練，甚至進入燃燒櫃，體驗火場的高溫。結訓時也讓他們體驗在煙霧瀰漫、伸手不見五指的火場中搶救民眾的困難。

同時，我們也安排他們接受基本的救護訓練課程，然後再針對每位演員所要演出的特殊救護戲來進行訓練：像是氣胸穿刺、糖尿病患、噎到病人、溺水、腿部骨折等各種病患，我們都一一針對該場戲訓練相關演員。

除此之外，由於林柏宏的戲涉及到彈琴還有ＰＴＳＤ（創傷後壓力症候群），所以我們也特別安排了鋼琴老師來教他彈琴、安排了諮商師來向林柏宏介紹ＰＴＳＤ。至於他摔落貨梯井的那場戲，由於拍攝時他必須身穿消防衣帽鞋及背戴厚重的氣瓶，全身重量快達百公斤，重力加速度之下，那場戲就變得相當危險，因此我們特別安排動作指導事前給他特訓，最後他親自演出該場戲，完全沒有替身。

在演員們接受消防訓練的同時，我們的劇組同仁們也非常認真地一起做功課，還常去消防隊請教教官跟隊員，到最後，導演組、製片組跟許多劇組夥伴都比我更懂消防！ 他們的認真跟努力，讓我好感動。

◆ 本劇還有哪些不為人知的挑戰？

答：本劇類型頗為特殊，如何讓片中驚險的打火、救援戲跟其他的文戲自然穿插、融成一體，我覺得其實很困難。尤其片中有許多節奏很快的戲（如：第一集的打火戲、或是搶救噎到休克病人的戲），也有節奏很緩慢的文戲（例如第二集的器官捐贈、或是癌末老太太的戲），如何讓愛看動作戲的觀眾也能深被感動，我覺得是很大的挑戰。

而這個部分，完全是靠剪接指導金仲華的創意跟細心琢磨，才能讓劇中各種驚險的、幽默好笑的、憤怒的、哀傷的、感動人心的戲自然地融合在一起。事實上，本劇開拍前的劇本內容以及場次，跟定剪後的有許多不同。我常覺得剪接師彷彿是隱形的編劇，讓

整個影像故事有更多的可能。此外，音樂總監羅恩妮、配樂莊鈞智（Thomas）以及混音指導蔡瀚陞（Hanson）也居功厥偉，謝謝他們忍受我在許多細節上的反覆雕琢，更謝謝他們的才華，才能讓我們拍攝出的素材得以綻放異彩。

還有特別艱辛的一點，就是新冠肺炎的衝擊。因為火神開拍日是 2019 年 12 月 9 號，原訂在 2020 年農曆年之後去拍攝急診室的戲，製片組也都已經協調好要去取景的各個醫院了，不料 2020 年 1 月爆發新冠肺炎疫情，等到農曆年之後，台灣各醫院都婉拒所有劇組的取景。最後，我們逼不得已只好自己搭景，搭起了一整座的急診室、一條醫院長廊跟醫院病房，拍攝班表也受到不少影響，延後了好幾天殺青，當然也爆支很多。

在殺青後，我們一方面要面臨預算緊繃的問題，一方面又要求火神維持精彩的品質，十分艱辛。非常感謝後期製片宋姿萱（Sherry）的一路相挺。她對品質的堅持，讓我深深感動，沒有她的用心，火神無法克服種種難關，細膩呈現在觀眾面前。

　　關於《火神的眼淚》作為「消防職人劇」的類型定位，在我
們動念想拍攝這個消防題材的影集之前，當然做了許多國外現有影視作品的調查。既然
有這麼多先進國家都做過同樣的題材了，我們如何跟歐美日韓相比？ 如何跟以往的消防
題材作品不同？

　　幾經思索後，我們認為：必須具有在地特色，並且和在地觀眾產生情感的共鳴。也就
是說，這個故事必須跟你我息息相關，你看了會憤怒、會激動、會想要去了解、想要關
心，甚至會因這個故事而聯想到你、我跟我們的家人朋友，以及生命的種種。

　　因此，這不會是一部英雄主義的影集，也不會純粹以打火任務為主（即使打火在劇情
的緊張感和視覺張力上最符合商業元素）。事實上，台灣消防隊在出勤時的主要任務，救
護占了大多數，其餘才是打火、山搜、救溺及各種災難救援。做為一部消防職人劇，其
任務的配比，當然要如實反映台灣社會的現狀。所以，本劇除了有精彩的打火場面外，
更多的是消防任務的多元呈現，是他們面臨人手不足、過勞，和裝備老舊、業務龐雜等
問題，以及他們在各式各樣的執勤過程中，生理與心理所遭受的衝擊。

　　另外，從一開始，我就提出希望讓劇本在寫實的基調裡，特別加入一點魔幻的元素。
因為我們希望本劇除了熱血、冒險等商業元素之外，還能探討深刻的台灣消防議題，以
及某種程度的哲學思考。

　　而張志遠那位少年早逝的哥哥張浩遠，剛好適合魔幻寫實的表現方式。他既是張志遠
童年的陰影，也是張志遠的自我質疑與投射。做為一個不存在的人，少年哥哥透過質問，
不斷反映張志遠心中的掙扎：為什麼想當消防員？ 如果你辛苦搶救的人並不感謝你，那
你還要救他嗎？ 為什麼同樣救援失敗，其他消防員就可以度過低潮但自己卻不行？ 救人
的意義到底在哪裡？……這是我們在劇本裡一個比較魔幻寫實的設計；我們希望，觀眾
看完全劇，除了對消防議題的更多理解外，也能有更多不同的哲思。

最後，我想聊一聊在2021年當下，台灣影視劇劇的發展狀況，以及我個人的觀察。

相較於亞洲先進國家，台灣戲劇（尤其是連續劇）是遠遠落後於日韓的，其關鍵在於市場太小，電視台給予的製作費太低，以致於某些極燒錢的題材無法被拍攝，比如科幻或奇幻的題材、大場面的動作戲、古裝或時代劇。因此，台灣最常見的就是年輕人常看的偶像劇以及長輩們常看的長壽本土劇。

這種過分保守以求不虧本的製作方式，往往導致品質不佳，市場越來越萎縮的惡性循環。但這兩三年，政府前瞻計畫預算的投入、文策院資金的催化和挹注，加上國際市場氣候成熟，Netflix、HBO、福斯、愛奇藝都紛紛投入台劇的共同製作，使得拍攝預算大幅成長，遠遠超越過往電視台的數倍。這樣的誘因，讓台灣的電影導演紛紛投入影集製作，開創了穿越劇、警匪偵探劇、奇幻片甚至微科幻等諸多類型。

這其中，公視的魄力和領頭羊的角色，吸引了台灣品牌 myVideo 等 OTT 平台的共同投資，為台灣戲劇開創了新的能量，幾部大型旗艦台劇如《斯卡羅》、《天橋上的魔術師》預算高達2億；而《火神的眼淚》也花了9400萬製作，儼然是一個台灣國家隊的概念，希望未來能與日韓等影視強國爭鋒。在2021年到2022年度，有其他高製作成本的影集傾巢而出，這就是媒體屢屢報導的台劇大爆發現象。

這樣的趨勢已經起一個勢頭了。這是一個有利的開始，高規格和高品質的台劇會不斷前進，我們也期盼台劇早日跟國際接軌，並且有朝一日，做出自己的品牌與風格。

製作人／編劇

李志薔

【祝福打氣金句】給打火英雄消防職人的一句祝福

【邱漢成】
「在死亡面前我們每個人都是平等的，不管對方是好人壞人、是朋友還是仇人，只要他想活下去，哪怕只有那麼一點機會，都必須被搶救——」

【徐子伶】
「我們是消防員，不是法官，更不是上帝。我們的職責就是好好地把傷病患送到醫院——」

【張志遠】
「就算再痛苦，只要她想活下去，我們都應該要救她。」

【林義陽】
「我以前太自以為是了，看到不爽就發飆，沒有想過，可能那個人真的有困難。」

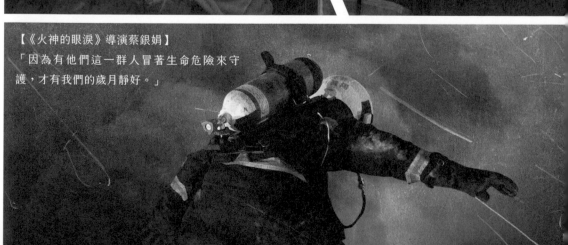

【《火神的眼淚》導演蔡銀娟】
「因為有他們這一群人冒著生命危險來守護，才有我們的歲月靜好。」

國家圖書館出版品預行編目資料

火神的眼淚：職人影視原創劇本／影像寫真書 = Tears on fire/蔡銀娟, 李
志薔, 曾群芳, 財團法人公共電視文化事業基金會, 台灣大哥大myVideo
作. -- 初版. -- 臺中市：晨星出版有限公司, 2021.06
　　面；　公分. -- (台灣文學館；59)
ISBN 978-986-5582-61-6(平裝)

854.8　　　　　　　　　　　　　　　　110005601

線上讀者回函，
加入馬上有好康。

台灣文學館 59

火神的眼淚：職人影視原創劇本／影像寫真書

作　　　　者　財團法人公共電視文化事業基金會、台灣大哥大myVideo、
　　　　　　　蔡銀娟、李志薔、曾群芳
照 片 提 供　財團法人公共電視文化事業基金會、台灣大哥大myVideo
主　　　編　徐惠雅
執 行 主 編　胡文青
校　　　對　蔡銀娟、李志薔、曾群芳、胡文青、莊文松
美 術 編 輯　李岱玲
標準字設計／　陳世川／壹壹影業
海報設計
封面協力設計　柳佳璋

創 辦 人　陳銘民
發 行 所　晨星出版有限公司
　　　　　台中市 407 工業區 30 路 1 號
　　　　　TEL：04-23595820　FAX：04-23597123
　　　　　E-mail：service@morningstar.com.tw
　　　　　http：//www.morningstar.com.tw
　　　　　行政院新聞局局版台業字第 2500 號
法 律 顧 問　陳思成律師
初　　　版　西元 2021 年 06 月 01 日

印　　　刷　上好印刷股份有限公司

總 經 銷　知己圖書股份有限公司
　　　　　台北　台北市 106 辛亥路一段 30 號 9 樓
　　　　　TEL：（02）23672044／23672047
　　　　　FAX：（02）23635741
　　　　　台中　台中市 407 工業 30 路 1 號
　　　　　TEL：（04）23595819　 FAX：（04）23595493
E - m a i l　service@morningstar.com.tw
網 路 書 店　http://www.morningstar.com.tw
郵 政 劃 撥　15060393
戶　　　名　知己圖書股份有限公司

定價 480 元
（如有缺頁或破損，請寄回更換）
ISBN：978-986-5582-61-6
Published by Morning Star Publishing Inc.
Printed in Taiwan